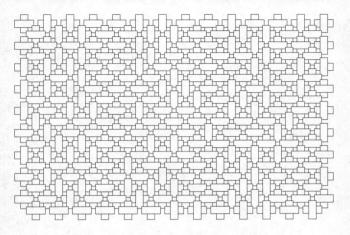

神々にえこひいきされた男たち

島地勝彦

JN178277

講談社＋α文庫
プラスアルファ

序文

ジャズ喫茶「ベイシー」店主　菅原正二

ナポレオンもスマホやウォシュレットを使ったことがない。もちろんベートーヴェンだって。

昔はなかった便利なものが今は氾濫して人々は夢中になっているが、ナニ、それだってあと何年も待たずして「昔は……」と言われるに決まっている。いくらSL（蒸気機関車）ファンといえども用事のある時には新幹線に乗る。その新幹線もやがて「リニア」にその座を奪われそうだが、それはやめといたほうがいい。地上に敷かれたレールの上を非接触で走ったところで、「LPレコード」に対し非接触で音楽信号を読み取る「CD」のようなものだから、所詮〝中継ぎ〟に終わるのは目に見えている。次に控えているのは、空中なり地下にパイプを通し、乗客をカプセルに封じ込め瞬間移動という手に出るだろう。残念なのは、これに似たようなものがパリの郵便局などでは昔も今も現役だと聞く。

新しいもの、便利なものにヤッキとなって挑戦するのは別に悪いことだとは言わない。その恩恵も日常的に十分に蒙《こうむ》っているからだ。

問題なのはただひとつ。便利なものを手にした時、その何倍もの大切だったことを指の間からポロッとこぼしてしまう「落とし物」だろう。下手すると、得たものより失ったもののほうがはるかに大であったりする。

先程の、カプセルによる瞬間移動で失うもの、それは「旅情」だ。

「シマジ」こと島地勝彦は、ここで改めてその正体をバラすまでもない。世にいう「シマジ教徒」の強者たちは、その教祖たる怪物「シマジ」に心酔している。一生に一人でも本気で心酔出来る人物を持った人は幸せ哉《かな》。心豊かな人生を送れる。

断っておくが、シマジ教は多々あるその他の宗教とは根本的に趣きを異にする。まず、教祖たる本人は布教活動なるものを一切しない。行っているのは自分の好きなあれこればかりで、これを本人は『遊戯三昧』と総称し、悠然としてとんでもないことを実行して憚《はばか》るところが全くない。その発するオーラが赤の他人に伝染、心の琴線に共鳴した者たちが勝手にシマジ教の教徒と化すのであって、警視庁もこれには手をつけられない。それに、シマジ教のモスクというか、カテドラルというか、つまり「教会」は、白昼堂々とシングルモルトのウイスキーが飲め、上等の葉巻が吸える「バー」であることがミソで世界の注目を集め、はるばるスコットランドあたりからも信者がやって来る。

教祖は、そして綺麗ごとばかりを口にしない。下品なこと、高貴なこと、下世話なこと、ジョーク等をシェーカーで攪拌《かくはん》、結果として不思議な味を出し、人々を煙に巻く。これを「シマジ・レシピ」と呼ぶ。清濁あわせ持ったこの味は、まるで黄金時代のカウント・ベイシー楽団のあのサウンドみたいなものか。

ストライク・ゾーンの広い島地さんと一緒に飲んでいる時、ぼくが好んでリクエストするのは男と女のスッタモンダではなく、もっぱら「ジョーク」のほう。何《な》んでも「ジョーク」は元々が誰のものでもないのが普通だからパクっても印税がからまないのだという。それにジョークというものはそれぞれが自分のセンスでアレンジ可なので、いつしか元ネタよりも洗練されて行くケースが多いところがこれまたいい。気の利いたジョークを一発聞けば1週間ぐらいは幸せに暮せるものだ。

さて、講談社よりこの文庫のゲラが「ドサッ」と音を立てて届けられた。ミッシリと書き込まれたこのゲラの厚さを定規をあてて計ってみたら、およそ2センチあった。

シマジ教徒の皆さんは既にこの内容をメールマガジンで読み、暗記さえしているはずである。ケータイさえ持っていないわたくしは、でありますからこれを全部まとめて読まなくてはならないハメになった。折から、毎年恒例の渡辺貞夫さんの二夜連続ライヴが当店には入っており、これには島地さんの女神・鈴木京香さんが今年もわざわざいらしてくれた。京香さんは、この3年ばかり「皆勤賞」である。祭りのあとは温泉にでも浸ってひと休みしたい気分であったが、厚さ2センチのゲラが盲腸のように残されていた。逃げ道は残されていない。覚悟を決め、定休日を丸一日かけて遂に読破。最初は仕事だと思って一枚一枚めくっていたのだが次第にハマり、一字一句逃さず最後まで読み終えた時には達成感すら覚えた。ほんとの仕事はそれからだというのに。

内容に関しては皆さんとっくに読んでいることだから、改めてコメントは不要と思われる。NHK『全身編集長』をテレビで観て「島地勝彦」の名前だけでうっかり書店で買ってしまったPTAのお母さんなどなどの初心者の顔もチラリと頭をかすめたが「ギョッ」とするか突如として教徒の仲間入りをするかはあなた次第で、この際も「じかあたり」が一番だろう。大体に於て、この「序文」をここまで通読しているということは既にこの本を買ってしまっているわけでありましょうから、もう後戻りは出来ません。途中であいそをつかしてもいけません。何せ清濁あわせ持った書でありますからして、重ねて「毒を喰らわば皿まで」。

わたくしが今回も奇妙に印象に残ったのはですネ。いつもそうなのだが、島地さんは、「週プレ」時代の上司や部下、それに加え、縁あった人々の名前を実に明確にフルネームで書いているという驚愕に値する事実。そして、縁を持った友人の死を悲しむ文章が大変多く、末尾に「合掌」の文字が何回出て来たのか、途中までは数えていたのだが。「墓参り」という言葉も然り。

シングルモルトやシガーの銘柄、製造年代等がいちいち詳しく明記されるのは「プロ」としての島地さんのそれは鎧《よろい》だから、読むほうにとっては為になる参考書として説得力は抜群だ。島地さんは自らを「人たらし」と言うが、それ以上なのだと察しがつく。照れても無駄です。「島地さん、人が好きなんでしょ？」

——昔あって今はないものがある。

——昔は居て今は居なくなったタイプの人がいる。

【し】島地勝彦。昔いた怪物の残党。昔と今の掛橋。語部《かたりべ》。

目次

本書を編集途中に香港で客死した原田隆に捧ぐ。

神々にえこひいきされた男たち

第一章——男と女は誤解して愛し合い、理解して別れる。

マミさまや　あゝマミさまや　マミさまや

男の〝性なる欲望〟はイマジネーション次第で化け物のごとく際限なく膨らむものである。

少し前のことであるが、鈴木真美さんという女性からよくメールをもらうようになった。わたしのことをフィーチャーしたNHK BSプレミアムのドキュメンタリードラマ『全身編集長』を閃《ひらめ》き制作してくれたNHK制作局のお偉いさんである鈴木さんの秘書からのメールだと勝手に思い込み、丁寧に返信していたわけだが、最後に必ず「鈴木さんによろしくお伝えください」と結んでいた。

鈴木さんは学生のころから「週刊プレイボーイ」の〝シマジ編集長〟の大ファンで、その後エッセイスト兼バーマンになってからの著作もすべて読破しているという熱狂的な〝シマジ教〟信奉者である。つまりユーモアが解せる人である。

未だ見ぬ真美さまとのメールはだんだんと親密になっていき、真美さまがわたしの理想のフルボディに思えてくるのにさほど時間はかからなかった。

わたしとミツハシが「乗り移り人生相談」で、男性が女性を口説くときには「やらせろ」とか「寝たい」「抱きたい」といった直接的で下品な言葉を吐かなくて済むよう『カナユニ』に行かない？」という符号を考案したことを真美さまはご存じでしょうか、と訊《き》いてみた。すると真美さまから「存じ上げております」という返信をいただいた。バイパス手術をした心臓が激しく鼓動するのを感じながら、わたしはこう畳み掛けた。

「それでは真美さま、わたしと一緒に『カナユニ』に行きませんか？」

女性が「いいわよ」といえばその夜の秘め事は保証され男の人生はバラ色になるはずである。もしも「遠慮しておきますわ」という返事が返ってきたら、永遠にお友達の境界は越えられないのである。刹那——真美さまからメールが届いた。

「喜んで伺わせていただきます！」

72歳の老体は天にも昇る軽やかな心地になって忙しいスケジュールのなかから空白の夜を真剣に探した。何とか候補日を二つ発見してすぐにメールで伝えた。一つ重要なことを書き加えて。

「真美さま、この蜜会は鈴木さんには内緒にしておいてください」

「蜜会」と書くのは〝マイ・ハニー〟に会うからである。

間を置かず真美さまから返事が届く。

「もちろんですわ。この蜜会のことは墓場まで持って行きます」

真美さまも蜜会と書いてきた。真美さまはきっと、進歩的で冒険好きないい女なんだろう。わたしにとって理想的な女性だ。「カナユニ」の美味しい料理に舌鼓を打つように、ベッドの中で真美さまは目眩《めくるめ》くであろう。

美食家にはスケベが多いと今東光《こんとうこう》大僧正が言っていた。上の粘膜と下の粘膜は同じ人間の一部である。真美さまの鋭敏な粘膜と、わたしの使い古しだがまだいくらかは感度が残っている粘膜とがドラマティックにドッキングするときがきたのだ。

大僧正はこうも言っていた。

「女性が股を開くというのは荘厳なことや。だからわしはいつも観音さまに対するように手を合わせて拝むんや」

いよいよ〝性なる夜〟がやってきた。わたしの妄想はもはや抑えがきかなくなっていた。真美さまのはち切れんばかりの谷間で窒息しそうになっている自分を想い描き、一人恍惚状態で「カナユニ」の重い扉を押し開けた。

ガロの真っ赤な勝負パンツを穿《は》いたわたしは早めに着き、バーマンの武居に自慢した。

「今夜はまだ会ったこともないメル友の美女がくる。タケイ、腕によりをかけて極上のベリーニを作ってくれ」

「かしこまりました」

しばらくして、なぜか真美さまの上司の鈴木さんがニコニコしながら登場したではないか。やはりわたしのよこしまな計略はバレていたのか、と怪訝な顔をしていると、鈴木さんは名刺を差し出してこう言った。

「シマジさん、よーく見てください。わたしの名前にはルビがふってあります。真美と書いて『しんび』と読みます」

百戦錬磨、手練手管のはずのシマジが、生まれてはじめて、自分の仕掛けた罠に自分からはまってしまったのである。恥じ入る感情が一気に汗となり全身の毛孔から吹き出した。そしてその夜は「真美さま」と爆笑しながら痛飲した。現実の鈴木真美さまはじつにやさしいユーモアの人であった。

ドラマ『全身編集長』の反響

２０１３年11月27日にＮＨＫＢＳプレミアムで放映された再現ドラマ『全身編集長』の反響は予想以上に大きかった。わたし自身一人で観るのはどうにもこそばゆかったので、「現代ビジネス」編集長のセオが企画したパブリック・ビューイングで熱狂的なシマジ・ファン約１００人と一緒に観賞した。

約30年前の狂気と哀愁が画面に漂いはじめ

たとき、永いこと封印していた懐かしさと悔恨の情がわたしのこころに一挙に吹き荒れて感無量となった。

たしかに、わたしのいままでの生涯において「週刊プレイボーイ」編集長の日々はまさに〝人生の真夏日〟であった。あれは男たちだけの熱い世界から生まれた〝狂った果実〟だったのだろう。

ドラマが終了し興奮覚めやらない会場に突然、あのお福さんが妖艶な出で立ちで現れた。これはお福さんによるサプライズの友情出演だったのだが、会場は沸きに沸いた。見事な口上もやってくれて、わたしの隣にいた「スタスタ坊主」ことヤマグチ長老のツルツルの頭皮にブチュッとハデなキスマークをつけた。これでスタスタさんは大きな福をもらったようなものだ。わたしも負けずにお福さんのお尻を両手で撫で撫でしておいた。

お福さんはなんと二次会まで開いてくれ、

かなり散財させてしまった。ふと気がつくと深夜の2時を過ぎていた。いつもならとっくに夢の中にいる時間だが、あの晩は久しぶりに「夜はまだ若い」という気持ちになっていた。

翌朝10時過ぎに枕元の携帯がけたたましく鳴った。集英社の堀内丸恵《まるえ》社長が忙しいなか電話をかけてくれたのだ。

「シマジさん、昨夜は宴会がありましたが無理をいって中座させていただき、10時から自宅でしっかり拝見しました。なかなか感動的なドラマでした」

先輩に敬意を表するところが堀内社長らしい。「マルちゃん、有り難う」と言ったところで、わたしはしばし絶句した。

一関《いちのせき》第一高等学校の一つ下の優秀な後輩であり、伝説的なジャズ喫茶「ベイシー」のマスター菅原正二《すがわらしょうじ》さんからは熱いファクスが届いた。

「シマジさん、昨夜のドラマ、滋味深く観賞させて頂きました。全編に漂う『狂気』と『悲しみ』に平伏！　またまた勉強になりました。次回お会いする日を楽しみにしております。それにしても『シマジ』本人はいい役者ぶりでしたよ。　11月28日　ベイシー　菅原正二」

すぐさまファクスを返した。

「正ちゃん、有り難う！　まだ生きているうちにドラマになるなんて不思議な感覚に襲われました。NHKとしては予想外によくやってくれたと思います。早く会いたいねえ」

あの当時、男ばかりの「週刊プレイボーイ」編集部にたった一人だけ女性がいた。事務処理を一手に引き受けてくれていた岩坂加代子女史である。彼女はまさにわれわれ男どもの〝慈母〟的存在であった。書道の有段者でもある彼女は、得意の毛筆を鮮やかに躍らせた和紙の手紙をくれた。

「拝啓　寒い日がつづいております　お元気ですか　先日のドラマ楽しく拝見致しました　何とも懐かしかったです　いろいろたいへんだったと思いますが　若かった　元気だった　今思えば良い時代だったですよね　私にとっては毎日がそれこそおもちゃ箱をひっくり返したような日々でした　あの時代の週刊プレイボーイ　開高健《かいこうたけし》　そして島地勝彦と関われあえて幸せだったと改めて思います　また伊集院さんのコメントがとても印象に残りました　はたして物書き島地勝彦にとって編集者島地は存在するのか　実は一人二役だったりします？　まだまだお忙しいと思いますがくれぐれもご無理なさらずどうぞご自愛下さい　敬具」

破天荒な男たちをあきれ果てながらもやさしい目で見守ってくれていたカヨちゃん、本当に有り難う。あなたのような達筆の人が側にいたのに、自己流のヘタクソな筆でしょっちゅう巻物の〝紙爆弾〟を拵《こしら》えていたあのころを思い出すと、赤面の至りです。

しばらくして、かつて「文藝春秋」の大編集長だった堤堯《つつみぎょう》さんと痛飲した。

「シマちゃん、『全身編集長』観たよ」

「どうだった？」

「まぁよく出来たドラマだったけれど、シマちゃんのすべてを知っているおれからすると少し物足りなかったな。あの多忙のなかで多穴主義のシマちゃんが女たちをイテコマしていたシーンがいっこうに出てこないのは、やっぱり画竜点睛を欠くんじゃないかな」

わたしが敬愛してやまないギョウちゃんはやっぱり鋭かった。そう、あのころのわたしはH・G・ウェルズに負けないくらい「絶倫の人」でもあったのだ。

わが愛しの真美さまからの吉報

ＮＨＫの鈴木真美さまから久しぶりにメールがきた。もう騙されないぞと身構えて苦笑いしながら読みはじめたのだが、その内容はわたしを天にも昇る心地にしてくれた。さすがは〝わが愛しの真美さま〟である。

２０１３年11月に放送され評判となった、わたしの〝人生の真夏日〟である「週刊プレイボーイ」時代の再現ドラマ『全身編集長』の再放送が正式に決まったという、嬉しい知らせだった。２０１４年３月９日の日曜日、前回同様ＢＳプレミアムで22時から22時59分の枠だという。メールのやりとりではまどろっこしいのでさっそく携帯に電話を入れた。

「真美さま、有り難うございます。ところで一つお願いがあります」

「また『カナユニ』ですか？」

「いえいえ、ちがうんです。たった3秒でいいですから、写真を1枚挿入してもらえないでしょうか」

「一度出来あがった作品にたった1枚でも写真を挿入するのは難しいことなんですが、大好きなシマジさんのためなら考えましょう。で、それはどういう写真なんですか？」

「30年前の『週刊プレイボーイ』編集部を捉えた衝撃の1枚です。命がけで働くわたしの可愛い部下たちが写っています。ちょうど午前4時ごろですか、トモジ、シンイチロー、アルガが爆睡していて、なぜかオニキだけ上半身ハダカで笑いながら立ったまま電話をしているモノクロ写真です。集英社の社カメが撮ったものですから質感は絶品です」

「シマジ編集長はそこには写ってないいんですか？」

「真美さま、わたしは部下に寝顔をみせるような男ではないんです。ダンディズムの沽券《こけん》にかかわります」

「では会社の仮眠室かなにかで休んでいたのですか？」

「真美さま、ヤキモチを焼かないで聞いてくださいね。そのころの『週刊プレイボーイ』の活版の原稿は、編集者自身には書かせませんでした。当時は、無名ではあるが才能に溢れ、自らを〝売文の徒〟と呼ぶ名文家がそこらじゅうにごろごろいた時代だったのです。そういう猛者《もさ》たちに編集者が取材をもとに書いたデータ原稿を持っていき、『こんな感じの流れで仕上げてください』と全体のイメージを伝えます。すると、見事な大人の文章に彫琢《ちょうたく》された完成原稿が上がってくるのです。その後パソコンが普及して、いつの間にか編集者が自分で凡庸な文章を書くようになってしまいましたが、少なくともわたしの時代は編集者には書かせませんでした。それくらい文章には厳しかったのです」

「シマジさんが文章に厳しいことはわかりました。それで、シマジ編集長はどこで原稿が上がってくるのを待っていたのですか？」

「真美さま、絶対にヤキモチを焼かないでくださいね」

「シマジさん、くどいですよ。わたしはどんなことがあろうとも嫉妬なんてしません。シマジ語録の『嫉妬するより、嫉妬される人間になれ』をモットーにして、NHKのなかで頑張っているんですよ」

「ではお教えしましょう。わたしは常々、部下に寝顔をみせるリーダーは凡夫だと思っていましたから、深夜12時ごろから3～4時間編集部を抜け出して、女のところで仮眠を取っていたんです。とくにトップ記事が上がってくる木曜の夜は必ず。そのことは信頼出来る部下はみんな知っていましたよ」

「なるほど。でも当時は携帯もなかったわけですし、連絡はどうしていたんですか？」

「トモジだけにそっと、女の部屋の電話番号を記したメモを渡していたんです。トモジから電話がかかってくると女に起こしてもらっていました。たまに『今週は先週の番号とちがいますね』なんて皮肉を言われたものです」

「なるほど。『週刊プレイボーイ』を100万部雑誌にするためには多くの女性の援助があった、ということですか」

「まさしくその通りです」

「しかしその衝撃的な写真はどこでみつけたんですか？」

「さすがは真美さま、鋭いですね。じつは『全身編集長』が放映された直後の土曜日、伊勢丹（新宿店メンズ館8階）の『サロン・ド・シマジ』にシンイチローの奥さまが訪ねてきて『もし再放映があるようでしたら、この写真を入れていただけませんか』と仰《おっしゃ》ったんです。『そうすれば、みなさまより早く亡くなったシンイチローが浮かばれます』ところで今夜は『カナユニ』に行かなくてもいいんですか？」

と。わたしは一言もなく、ただただ頷《うなず》くばかりでした」

「真美さま、決してヤキモチを焼かないでくださいね。今夜は別の女と参ります」

「シマジさん、その写真は必ず入れましょう。演出家の佐野に大至急渡してください。

『全身編集長』リターンズ

２０１４年3月10日夕刻、「現代ビジネス」セオ部長自ら電話をかけてきた。部長就任祝いでわたしの原稿料をあげてくれるのかと思ったら、セオはこう言うのであった。

「シマジさん、凄いですね。昨夜はＢＳプレミアムで『全身編集長』を愉しませてもらったと思ったら、今日は朝日夕刊のトップページに写真が載っていてびっくりしました。５面の『人生の贈りもの』で5回も連載されるんですね。シマジさんはよく『悪名は無名にまさる』と言いますが、これはまさに『悪名が有名になった』瞬間ですよ。

だいたいＮＨＫと朝日新聞なんていったら、どちらもシマジさんにはいちばん縁遠い存在のはずなのに、まさに〝ジャック〟してしまいましたね。あとは岩波書店さえ押さえれば完全制覇です。この勢いでメルマガに面白いエッセイをじゃんじゃん書いてください」

「有り難う。つい先程、ＮＨＫの真美さまから4月25日の深夜12時10分から総合地上波で再々放送することになったと連絡があったばかりだよ。セオ、その日が近づいたらまたお得意の〝号外〟を出してくれ」

「ホントですか！　やりましたね。お祝いにまた真美さまと『カナユニ』に行かねばなりませんね。おめでとうございます」

間を置かず、立木義浩《たつきよしひろ》巨匠の一番弟子長濱《ながはま》治《おさむ》からメールが届いた。

「朝日新聞の連載、滅茶苦茶よろしい。大新聞も時にはヤルもんだ。但し5回連載では物足りないな。1ヵ月連載にすべき素材ですよ。しかし島地勝彦の4文字は高齢者の勃起剤だね。おれにとってはバイアグラですよ。ヤリ爺・長濱」

何よりも尊いものは友情である。

尊敬する編集者の先輩西村眞さんからも久しぶりに電話があった。

「シマジさん、『全身編集長』、懐かしく観させてもらいましたよ。それでロマネ・コンティを一緒に飲みたくなりました。開高さんとよく通った『アピシウス』で今晩どうですか？」

その夜、わたしが万難を排して「アピシウス」に出かけたのは言うまでもない。

「ごめんなさい。ここにあるのはいちばん古いものでも1992年でした。今日のところはこれで勘弁してください」と西村先輩は笑った。

親しい小澤シニアソムリエがダイナマイトの信管を抜くかのような慎重な手つきでその1992年を抜栓してくれた。ヴィンテージも状態も申し分なく、独特のエロティックな芳香があたりに立ち込め、久々に興奮しながら堪能した。美味かった。

NHKの『全身編集長』のなかでは3本もロマネ・コンティを開けているが、あれはちょっとやりすぎで、これがわたしにとって生涯で8本目のロマネ・コンティであった。

人生とは出会いであるとつくづく思う。西

村先輩はそのむかし「BIG tomorrow」の名編集長として鳴らし、悩める若者たちに元気を送っていた方である。

約4年ぶりの再会であったが、気が合う男同士というものは、まるで昨日別れたばかりのようにごく自然に会える。女とは、たとえ同棲した仲であっても4年ぶりに会ったなら、顔を見た瞬間からこんなに気持ちよく打ち解けはしないだろう。男と女はやっぱり別の動物なのである。だからこそたがいに惹かれ合うのかもしれない。

そんなわけで『全身編集長』は多くのビッグプレゼントをわたしにもたらしてくれた。まずはじめにNHKの真美さまへの見果てぬ恋に落ち、次に西村さんと再会したことでロマネ・コンティにありつけたのである。真美さま、そして西村さま、本当に有り難うございました。

わたしの人生はやはり恐ろしい冗談の連続である。4月25日、NHK総合での再々放送がどんなビッグサプライズを巻き起こすのか、いまから愉しみでしかたがない。

ちなみに後でこっそり小澤ソムリエに訊いたところによれば、ロマネ・コンティ１９９２年は１１０万円したそうである。

ぐぁんばれ！　タニガワ

２０１４年10月4日の土曜日、伊勢丹の「サロン・ド・シマジ」をわざわざ休んでまで、千葉で行われる結婚式に出席したのは、バーの常連客である谷川聖和（39）のたっての願いに応えるためであった。

タニガワは故あって両親とも兄弟とも義絶

している身である。新婦のご両親が参加しているのにタニガワ家の親族が誰もいないのでは格好がつかない。そこで、わたしが父親代わりとして出席することになったのだ。『salon de SHIMAJI バーカウンターは人生の勉強机である』(こんなに早く重版が決まったのはみなさまのお蔭です。感謝!)のなかでもタニガワのエピソードを書いているが、わたしがはじめて会ったころの彼は手に負えない〝野人〟であった。「サロン・ド・シマジ」本店にやってきて、わたしに断りもなくレッドリボンを手酌で飲むわ、コイーバのベイーケをヒュミドールから勝手に取り出して吸うわ、誰がみても目に余る狼藉を平気でやってのけたものだ。

ところが、新婦の小西槙希子さん(27)と出会ってからというもの、ガラリと人間が変わった。彼女を連れてわたしの仕事場を訪れるようになってからは、「先生、このクリスタルボトルに入ったマッカランのMを飲んでもいいですか?」という具合に、ちゃんとわたしに断りを入れるようになったのだ。

しかもタニガワは太っ腹である。わたしが軽くアクビをしながら「ポート・エレンのファーストを飲みたくなったなあ」と言うと、どこからか手に入れて持参してくるのである。とにかく、槙希子さんと知り合って以降、タニガワは驚くほど相手を思いやる人間になった。

タニガワの得意技は、髪の毛ほどの細い人間関係を、瞬く間にステンレスのワイヤーぐらい強靱な関係へと変えてしまうことだ。だからこの日行われた人前挙式には、遠くは沖縄から、近くは「サロン・ド・シマジ」の常連客まで、大勢の来賓がやってきた。

仕事の営業力もタダモノではないらしい。大手建築会社の下請け工事をやっているタニガワは、社長であるが部下はいない。そのときそのときの現場に合わせて腕の立つ職人を集めてきては、日々忙しく働いているそうだ。まさに〝愛すべきあつかましさ〟を持った社長なのである。

そんなタニガワを傍で見ながら槙希子さんはただニコニコしているだけである。彼女の職業は保育園の保育士さんだから、タニガワのことを暴れん坊の園児のようにみているのだろう。まさに野人と聖女の結婚である。

当日、わたしはロンドンで買ったブリオーニのタキシードを久しぶりに着るため、タニガワの朋友、関電工の森本朋大を自宅に呼び付けた。タクシーで一緒に行くことを条件にだ。カマーバンドやボウタイはとても厄介で、一人でタキシードを着るのは骨が折れる作業なのだ。

やっぱりわたしにはバトラーが必要なのかもしれない。公認執事は岩手の一関にいるからこういうときには役に立たない。公認書生もいるにはいるが、最近はメソメソ泣いてばかりいる。ここはやはり一緒に出席するモリモトが最適だと、〝アカの他人の七光り〟で生きているわたしは直感で判断した。

「出かける前に一杯だけ引っ掛けて行こう」

準備万端整ったところで、わたしはコンバルモア36年をテーブルに用意した。

「美味いっスね。そういえばタニガワさんが、シマジ先生のところに行ったら美味しい葉巻をもらってきてくれ、と言っていました」

「それならポールラナーガのスペシャル・エディションがいいだろう。1本はタニガワに、もう1本はモリモト、お前の分だ」

「ありがとうございます。先生、今日はシングルモルトまみれの長丁場になると思いますので、ウコンドリンクを2本買ってきました。これを飲んで行きましょう」

「お前はなかなか気が利くね。じゃあ、パルタガスのショーツを1本吸ったら出発しよう。モリモトも吸うか？」

「いただきます。ところで先生、そのカラフルな蝶ネクタイはじつにお似合いですね」

「フォーマルのときは一ヵ所だけワザとハズすのがお洒落なんだよ。おれが尊敬するフィアットのオーナー、ジャンニ・アニエリなんかは、タキシードを着ても素足にカーシューを履いているんだぞ」

「なるほど。でも一つまちがえるとダサくなる、素人には危険なお洒落術ですね」

会場の「千葉セントグレースヴィラ」まではタクシーで40分もかからなかった。われわれが到着したときには見慣れた顔がすでに大勢揃っていた。スタスタ坊主ことヤマグチ長老をはじめ、お見合いを３５０回も体験した物知りのアキヤマ教授もきていた。

人前式というのははじめての経験だった。神官もいなければ、牧師もいない。そればかりか仲人もいないのだ。ただ新郎のタニガワと新婦の槙希子さんが出席者全員の前で誓いの言葉を述べるだけである。それが済むと階段を降りて行く新郎新婦に向かってみんなしてフラワーシャワーを投げかけた。

式に続いて披露宴が始まった。すると突然、ガラスが割れる音とともに「ああ〜！」という絶望の叫び声が聞こえてきた。どうやらマッカラン25年のアニバーサリーモルト１９７５オフィシャルボトルを誤って床に落としてしまったらしい。

「あーあ、もったいない。時価30万円はするんじゃないか」と囁く声が会場に拡がった。そう、タニガワの招待客はみな、タニガワに負けないほどのシングルモルトラバーなのである。秘蔵のシングルモルトを1本持参することが親しい出席者に課せられた条件だった。

ざっとみたところ、グレンエルギン37年１９７５、アードベッグ13年１９７５、ポート・エレン28年1978、ベンリアック・オフィシャル1968、ラフロイグ21年1987、マクファイルズ2000ミレニアム、ロングモーン1968、グレンファークラスXmasモルト1959などなど、錚々《そうそう》たるボトルが40本ほども並んでいた。

まずは乾杯の音頭が新郎の恩人、岸本泰さまから発声された。岸本さんはスコットランドのキルトを着て、じつに気の利いたスピーチをされた。

果たしてこの美酒を1杯ずつ飲めるかどうか。この人数では至難だろう。みんなシングルモルト通なのだ。

いよいよ主賓であるわたしの番がやってきた。

「新郎新婦、本日はおめでとうございます。わけがありまして、新郎タニガワの親代わりで出席した者でございます。先程からみていましたて、新婦の槇希子さんは本当に素敵なご両親に育てられたのだと思いました。一方、うちのタニガワは野人です。これはまさに略奪結婚といっていいでしょう。でもご両親に自信を持って言えることがあります。うちの息子のタニガワは、いまどきのひ弱な男ではありません。生命力の塊です。髪の毛ほどの細い人間関係があれば、それを一瞬にしてステンレスのワイヤーのように強靭な関係に育て上げる魔法の持ち主です。乱暴者の息子は槇希子さんと出会ってから、ガラリと人間が変わりました。人生は恐ろしい冗談だと、わたしは常々思っているのですが、これは美しい冗談かもなと思った次第であります。タニガワは、もしも槇希子さんに出会っていなかったら、下手をすると今ごろ刑務所に入っていたかもしれません。槇希子さん、本当にありがとう。あなたが傍にいてくれたら、タニガワは馬車馬よりも懸命に働き、立派に幸せな家庭を築くことでしょう。わたしが保証します。なにせわたしは、あなたがたの婚姻届の保証人となり実印まで押したのですから。タニガワ、万が一、槙希子さんと離婚するようなことがあったら、わたしはお前と義絶する。ご静聴ありがとうございました」

要約すると、まあ、こんなような祝辞であった。

食事と酒がテーブルに並びはじめた。タキシードを着ると、ボウタイで首を絞められカマーバンドでお腹を締められているから食欲が減退するのだが、わたしはそれよりも、もしここで便意を催したらどうしようと心配していた。モリモトをトイレに連れて行かなければカマーバンドをはずせないからだ。

咄嗟《とっさ》にモリモトの姿を探した。すると、すぐそばで大きな体を揺さぶりながら愉しそうに談笑しているではないか。わたしは安心して料理と酒に手をつけた。

腹が落ち着いたところで葉巻を吸いに庭へ出ると、タニガワが事前に買ってくれていた『バーカウンターは人生の勉強机である』の即席サイン会になってしまった。ヤマグチ長老が気を利かせて、新婦のご両親の名前を書くよう言ってくれた。

新婦のお父上はじつに立派な、いいお顔をしたジェントルマンだった。最後に挨拶されたときは感極まり、必死に涙をこらえていらっしゃったのが印象的だった。新婦の挨拶もじつによかった。タニガワの挨拶もなかなか泣かせた。

最後に突然会場が暗くなり、今日の婚礼の場面がすべて映像として無音で流された。そこにはたったいま挨拶されたばかりのお父上の姿もあった。当然、73歳の老醜も映っていた。BGMは小田和正の「たしかなこと」。これは槙希子さんのセレクトだという。

タニガワ、ぐぁんばれよ！　老い先短いおれの分まで幸せになるんだぞ！

会長と副会長のラブラブ熟年結婚パーティ(前編)

熟年離婚が増加するなか、ラブラブの熟年結婚の華燭の典が催された。新郎はわたしが親しくさせてもらっている藤重貞慶《ふじしげさだよし》さん。歯磨きで有名なあの「ライオン」の代表取締役会長だ。そして新婦は日本女子プロゴルフ協会の副会長をされている伊藤佳子さんである。

人間、何歳になっても運命的な出会いがあるようだ。偶然にも、二人の月下氷人の役を果たした御仁はライオンの社外取締役を務める弁護士、山田秀雄さんであった。山田さんはこのメルマガの会員でもある。つまり、シマジ教の熱烈な信者の一人である。

しかもこの華燭の典は新婦に内緒で行われた。新婦を敬愛してやまない女子プロゴルフの関係者たちが、2ヵ月もかけて仕組んだサプライズ・ウエディング・パーティだったのだ。

何も知らない新婦は、その日言われるままに協会の打ち合わせだと思い込んでやってきた。控え室に通されると、なんとそこには新郎がニコニコしながら待っていた。二人が会場に入ってくると、集まった50名近い友人たちがスタンディング・オベーションで出迎えた。ほとんどは佳子さんの慶應義塾大学時代の同級生や女子プロゴルファーの友人たちであった。わたしは数少ない新郎側の友人の一人として呼ばれていた。

千代田区一ツ橋にあるパレスサイドビル9階のレストラン「アラスカ」を借り切ってのサプライズ・パーティは大成功裡にはじまり、新婦はのっけから大笑いしたり大泣きしたりしていた。ちなみに、集英社から歩いてすぐの場所にある「アラスカ」は、かつてわたしがランチにもディナーにもよく使ったレストランである。わたしの姿を見つけた社長がわざわざ挨拶にこられた。

乾杯の音頭がなごやかに取られると、続いて月下氷人の山田弁護士が流暢なスピーチで新郎新婦の馴れ初めを紹介した。人生は煎じ詰めれば「運と縁」である。熟年の新郎新婦にもそれぞれに「運と縁」があって出会い、「運と縁」によって結ばれたのだろう。

二人の関係は決して〝永すぎた春〟ではなかった。山田弁護士も驚くほどの〝出会い頭結婚〟であったらしい。二人は出会うべくして出会ったというべきだろう。そしておたがいに〝運命の人〟だと確信した。新郎は68歳、新婦は52歳、まさにラブラブの熟年カップルの誕生である。

わたしのテーブルには山田弁護士夫妻、新郎が慶應でマーケティングを教わった嶋口充輝慶應義塾大学名誉教授夫妻、それから日本中の株主総会から総会屋を一掃した功績で有名な久保利英明弁護士が着席しておられた。

わたしはというと、これだけのメンツが揃っていればよもやお祝いのスピーチは回ってこないだろうと高を括り、シャンパン、白、赤とワインを飲み続けながら、久しぶりに食べる「アラスカ」の料理に舌鼓を打っていた。しかも酔った勢いで同席の立派な紳士たちに対して講釈まで垂れてしまった。

「日本人はシャンパンやワインを飲むとき、このようにステム（柄《え》）を持ちますが、欧米ではこうしてカップの部分を持って飲むんです」

「そこを持つと冷たいシャンパンが温《ぬる》くなるからステムを持つんじゃないですか？」と山田弁護士が訊いてきた。

「温くなる前に飲み切るんです。そのほうがみてくれがいいじゃありませんか。今度、欧米の映画のパーティ・シーンをじっくりご覧になってください。みんなこうしてわたしのように持って飲んでいますから」

そのときだった。司会者がわたしの名前を連呼しているではないか。不意を突かれたわたしは一瞬狼狽《うろた》えたが、それでもなんとか態勢を立て直し、前に出てマイクを握った。

「こんばんは。ただいまご紹介にあずかりましたシマジです。どうしてわたしがいまマイクを握っているかといいますと、新郎の藤重さんがわたしのエッセイを読んで感動して、ある日、〝じかあたり〟してきたからです。二人はその日のうちに親しくなりました。では一言、お祝いのスピーチをさせていただきます。本日の結婚式は、いままでわたしが出席した華燭の典のなかでは最高の部類です。星4つですね。若者同士の結婚式というのは、言ってみれば霧のなかで行われているみたいなものです。おたがいの顔さえもはっきりわからない状態なのではないかと不安を感じます。しかしながら今夜の新郎新婦は、しっかりと理解し合い、みつめ合って結ばれた関係なので、安心してみていられます。まあ、当然でしょう。新郎は会長で新婦は副会長というではありませんか（大爆笑が起こった）。

あちらに見下ろす皇居には以前、昭和天皇が住まわれていました。ゴルフがお好きだった昭和天皇は戦前、皇居のなかにつくった9ホールを細川侍従と一緒に回られて、それから新宿御苑にあった9ホールをたて続けに回られたようです。そしてこう言ったそうです。

『細川、ゴルフというスポーツはいいね』

『陛下、どうしてですか』

『ゴルフには目障りな審判がいない。審判は銘々の胸のなかにいるではないか』

新婦の佳子さんはかつて『グリーン上の山口百恵』といわれた元祖美女ゴルファーだと

いうではないですか。きっと佳子プロの胸のなかの〝審判〟が、藤重さんと結婚しようと神聖なる判定を下したのでしょう。ラブラブな新郎新婦は、あとは元気で長生きすることです。人生における正義は元気だけだとわたしは思っております。いつまでもお幸せにラブラブでいてください」

感極まった新郎の藤重さんがわたしの席までやってきて握手を求めた。

「シマジさん、有り難うございました」

「藤重さん、お願いがあります。お亡くなりになった奥さまのご命日には、かならずお二人でお墓参りしてくださいね」

「当然です。先日も佳子と行ってきたばかりです」

そういってピカピカの新郎はわたしの手を力強く握り返した。

〈つづく〉

会長と副会長のラブラブ熟年結婚パーティ(後編)

藤重貞慶さんと伊藤佳子さんのサプライズ結婚パーティは、新婦への愛情籠もった手紙を、新郎が切々と読み上げて幕を下ろした。

それからわたしたちは山田弁護士の弟さんがやっている赤坂のバー「YOUR SONG」に河岸を変えることにした。山田弁護士、嶋口名誉教授、そして少し遅れて久保利弁護士が参加した。

なんと久保利さんは翌日の早くから予定が入っていたにもかかわらず、自宅に一度帰宅してからわざわざ合流してくれたのだった。

再び夜の街へ繰り出そうとする夫をみて心配した夫人は、当然の反応をした。

「あなた、明日は早いのですから、もうおやすみになられたほうがよろしいのでは？」

「いやいや、今夜は背中をみせたらなにを書かれるかわからない男と一緒なんだ。男の人生には、こういう夜もあるんだよ」

「怖いものなしのあなたをそんなに興奮させる方がいらっしゃるんですか？」

「それが、いたんだよ。今日、出会ってしまったんだ。すまん、行ってくるよ」

天下御免の久保利弁護士といえども、弁解しに一度帰宅するあたり「女房の目に英雄なし」なのだ。

「しかしシマジ先生のスピーチは面白かった。ユーモアとエスプリが利いていましたね」

バーに到着した久保利さんが開口一番嬉しいお世辞を言ってくださった。

ここではわたしがシェイカーを振って、タリスカー18年と竹鶴21年を交互に愉しんでもらった。

「わたしも今夜は久保利先生に圧倒されました。先生にはなんともいえない怖いオーラが漂っています。それに弁護士にしては珍しくド派手でお洒落です。でも、怖いなかにも茶目っ気が見え隠れしているところがチャームポイントですね」

そう単刀直入に切り込んだわたしは、頭のなかで、同じく東大法学部出身の堤堯元「文藝春秋」大編集長と、「週刊プレイボーイ」時代の部下、田中トモジを思い浮かべていた。久保利先生のお顔はちょうど堤兄貴とトモジを足して2で割ったような雰囲気なのだ。

わたしは真っ赤なラルディーニのジャケットにぶどうチーフをつけていたが、久保利さんは紺にワインカラーの太いストライプが入ったエルメスのスーツを着ていらした。わたしはいろんな色の混ざったボウタイを締めていたが、久保利さんはこれまたエルメスの真っ赤なネクタイを締めていた。

「いやいや、シマジ先生こそ、ひと目みた瞬間、『このひとはタダモノじゃない』と思いましたよ。スピーチを聞いてますますその感を深めまして、今夜のこのチャンスは逃したら大変な損失になると直感した次第です。おたがい70歳も越すと、ビビッとくる相手はなかなかいないものでしょう。お目にかかれて光栄です」

「こちらこそ光栄です。以前、新郎の藤重会長にも『現代ビジネス』の対談企画に出ていただいたことがあるんですが、いかがでしょう、久保利さんも出ていただけませんか?」

「シマジ先生に言わせると、『人生は運と縁』なんでしょう。喜んで出ましょう。いつでもご連絡ください」

「そのときは久保利先生が闘っていらっしゃる『一人一票実現国民会議』について、それから『総会屋一掃』のお手柄話などをお聞かせくださいね」

「もちろんです。わたしの趣味は海外旅行でして、いままでに146ヵ国を旅してきました。その話もさせてください」

するとバーの山田マスターからノートが手渡された。なにか気の利いたことを書いてサインをしろというのだ。

わたしは酔った勢いで一気呵成にこう書いた。

「浮気がバレると実刑はないが、時効もない」

するとそのすぐ下に久保利さんが即興で書いた。

「実刑が何だ! 死刑が何だ! 今日を生きることが大切だ!」

まるで連歌のようではないか!

もう一つ驚いたことがあった。山田弁護士の弟さんの山田賢二さんと、共同経営者の山崎八州夫さんとは、小学校から大学まで同じ青山学院で机を並べた同級生なのだという。

二人とも57歳で会社を早期退社して、昨年（2013年）、長年の夢であったバーをオープンしたそうである。「ぐぁんばれ！　同級生」と声援を送りたい。

長い友情と新しい友情の灯火がスパークした一夜であった。人生はやっぱり、運と縁である。

島地勝彦公認ブロマンスの館

先日、伊勢丹メンズ館8階でマッカランのイベントがあったため、わが愛する「サロン・ド・シマジ」は17時で閉店となり、久し振りに銀座の「鳥政」を訪ねることにした。その日もまた地方のお客さまからいただいたプレゼントが山のようにあったので、島地勝彦公認書生のカナイに紙袋を持たせ、伊勢丹のエントランスを出た。

なんと、外はまだ明るいではないか。書生を連れて早退したようで何となく気が引けたが、おかげで「鳥政」に18時前に到着し、並ばずに座ることができたのは僥倖というべきだろう。

いつものように〝シマジコース〟を注文してスパイシーハイボールを作ろうとすると、ペッパーミルの中身がほとんど残っていなかった。

「オヤジさん、ここにはブラックペッパーの粒はなかったよね」と、知っているのに敢えて訊いてみた。

「はい、ペッパーもタリスカーもうちにはありません。そのタリスカー10年はモリマサさんが持ってきた一本です」

その会話を聞いていたカナイは突然立ち上

がり、脱兎のごとく駆け出して夕闇迫る銀座の街へと消えていった。

「あの若いの、気が利くねえ。どこの編集者なんですか？」

「いやいや、あいつはまだ早稲田大学文学部の4年生で就活中なんだ。いまおれの押しかけ書生をしているんだがね」

「えっ、学生さんですか。てっきりどこかの出版社のシマジさん担当かと思ってましたよ。とても学生にはみえないねえ」

「毎週末、おれと同じ時間に伊勢丹のバーに出てきて、クロークやらなにやら、最後までいろいろと雑用を手伝ってくれているんですよ」

と、オヤジさんと話し込んでいると、猟犬のようにハアハアいいながらブラックペッパーの小瓶を咥《くわ》えて、いや、持って、カナイが戻ってきた。

「三越の地下売り場までひとっ走り行ってきました」とカナイ。さすがはわたしの公認書生だ。でかしたぞ。

「鳥政」の焼き鳥が絶品であることは『アカの他人の七光り』や「SHISEIDO MEN」の連載で紹介してきた通りである。胸を張って「日本一！」と叫びたい。久しぶりのレバーの塩焼きに舌鼓を打っていると、隣の書生は涙を滲ませ嗚咽《おえつ》しながら必死に頬張っていた。

人間は怒りや恐怖で泣くよりも感動して泣くほうが断然美しいものだが、これではまるでわたしに説教されて泣いているようにみえるではないか。カナイにはそろそろ眼科の受診を勧めるべきだろうか。

「シマジ先生、こんなに美味しい焼き鳥を食べてしまったら、いつもスーパーで買う見切り品をどんな顔して食べればいいんでしょう」

「カナイ、この味をよーく覚えておけ。これが〝知る悲しみ〟だ。開高さんの『新しい天体』はブリア・サヴァランの言葉が元になっているんだが、ご馳走の発見は新しい天体の発見以上の幸福なんだ。そういえばここのオヤジさんも開高さんの大ファンだ。学生には少し高いかもしれないが、懐が暖かいときは食べにくるといい」

はい、と言いながら、書生は涙の塩味がプラスされた日本一の焼き鳥を跡形もなく平らげた。

「シマジ先生、お目にかかれて光栄です。カウンターの端から失礼いたします。スランジバー（あなたの健康を祝して）！」

声のするほうをみると、グラスを高々と持ち上げる若者がいた。驚いたことに、〝シマジコース〟を食べるためにわざわざ静岡からやってきたシマジ教徒だという。嬉しいじゃないか。

さて、美味いものを食べた後にはどうしても葉巻が吸いたくなるものだ。これから広尾の「サロン・ド・シマジ」本店に帰って書生と飲み直すとするか。いや待てよ。いつもより時間が早い。なんだかこころが落ち着かない。

そのときフワッと一条の風が吹いた。毎晩のように銀座で飲み歩いていた酒とバラと女の日々が脳裏に蘇ってきた。

「カナイ、もう一軒行こうか」

ふと、新宿末廣亭の隣の店でシェイカーを振っているであろう本多啓彰の、人好きのする笑顔が瞼に浮かんだ。本多は伊勢丹の「サロン・ド・シマジ」に毎週末きてくれている大事な常連客の一人である。

「広尾に荷物を置いてから『ル・パラン』に行こう。お前とおれで行くと電話をしてくれないか」

「畏《かしこ》まりました！」

イタズラっ子のような目をしてニヤリと笑

うとカナイは携帯を耳に当てた。すぐに本多の弟子のカミムラが電話を取ったようだ。

「書生でございます。どうしても本多さんにお会いしたいというお客さまをお連れしたいのですが、これから2名、入れますか？ はい、ありがとうございます。それでは後ほど伺います」

「お前もイタズラの腕を上げたねぇ。まあ本多は大人だから気がついても驚いたふりをしてくれるんじゃないか」

タクシーを降りてエレベーターで3階に上がり、カナイを先に入店させた。

「いらっしゃいませ。あれ、書生さんお一人？」

本多のさわやかな声を聞きながら、わたしは悠々と店に入っていった。

突如現れたわたしの顔をみた本多は、呆気に取られて一瞬言葉を失った。しかしすぐ笑顔に戻り「当店は同業者の入店はお断りしているんですが」と軽妙なジョークで切り返してきた。さすがは本多だ。

「書生がどうしても会わせたい人がいると電話してきたとカミムラから聞いたので、てっきり大学の友人か『サロン・ド・シマジ』のお客さんだろうと思っていたんですよ。まさか御本尊の登場とは、驚きました」

「本多、人生はサプライズの連続だよ。人を驚かせるのはいくつになってもワクワクするね」

ローソクが灯る薄暗い店内で葉巻を咥えてまったりしていると、次から次へと見知った顔が入店してきた。カウンターにわたしが座っているのをみて仰天してくれるのは「サロン・ド・シマジ」の常連客たちである。

本物の男たちは熱い〝ブラザー・ロマンス（ブロマンス）〟で繋がっている。ブロマンスとは、ホモセクシュアルではなく、プラトニックなホモソーシャルの世界である。

「ここは男の聖地のようなバーだね。本多、これからも迷える男たちの隠れ家のマスターとして店に立ち続けてくれよ」

そう言ってわたしはグラスを高々と掲げて叫んだ。「スランジバー！」

アキヤマ教授はまだか！

毎土日、バーのカウンターに立っているといろいろな人間模様が垣間見えてとても愉しい。伊勢丹の「サロン・ド・シマジ」も今年(2014年)の9月で3年目を迎える。目下新しい「格言コースター」を製作中である。

「サロン・ド・シマジ」のバーを訪れるお客さまはなぜかインテリが多い。不思議なことに、毎週、必ずと言っていいほど、医者や弁護士、大学教授がやってきてくれる。

ドクターのお客さまは学会の帰りにフラリと寄って、シングルモルトを傾けながらシガーを燻《くゆ》らしている。「おや、先ほど会場でお会いしましたね」なんて会話がしょっちゅう聞こえる。地方からくるドクターたちは時計と睨めっこしながら新幹線の時間ギリギリまで葉巻とモルトを愉しんでいくのだ。

そんななか、わがサロンの常連客に〝名物教授〟がいる。流暢に英語を話し、いまだ向学心に燃えるアキヤマ・ヨシト教授である。毎週末、葉巻が吸える午後2時になると何処からともなく現れる。

カウンターでは男たちが葉巻片手に会話を弾ませながら酒を愉しんでいる。ここは島地勝彦公認姉妹店、いや、「島地勝彦公認ブロマンスの館」である。その夜も女の客は一人もこなかった。

元エリート銀行マンのアキヤマ教授は、すでに仕事はリタイアしているのだが、上品なスーツを纏《まと》い、ネクタイをきっちりと締めて、いつも紳士然としている。ホヨー・ド・モントレーのエピキュアNo.2かショートチャーチルを咥えて、スパイシーハイボールをチビリチビリと飲みながら、カウンター奥の左翼に構えている。

その周りには、教授を慕う若者や、読書仲間で寝言でもフランス語を話すというアンバサダー・ツジムラが集い、近況を語り合いながら、本の話に花を咲かせて盛り上がっている。アキヤマ教授はどうみても山の手のお坊ちゃま風である。

実際に会ったことがなくてもアキヤマ教授のことを知っている人は多い。なにを隠そう彼こそが、拙著『バーカウンターは人生の勉強机である』のなかでひときわ目立つ、35 0回もお見合いした伝説の御仁なのだ。こちらがいいなと思うと相手がノーと言い、向こうが是非と言うとこちらからノーを出し、そうこうするうちにお見合い回数の金字塔を打ち建てた、ツワモノ独身貴族である。

しかし、その知識と読書量には目を見張るものがある。文学のことを一訊くと十の答えが返ってくるので、わたしをはじめ常連客たちはみな本の話を持ちかける。人に本をプレゼントしている姿をよくみかけるし、だいたいいつも紀伊國屋の袋を片手にバーに現れる。若いころにはフルートを嗜《たしな》んでいたそうで、クラシックにも造詣が深い。そしてなによりも、好奇心がいまだ旺盛なのである。

初対面の人にもすぐに声をかけて打ち解けてしまう。ある有名な漫画家がバーにやってきたとき、「失礼ですが、あなたは有名な方ですか?」と訊いたとぼけた表情をわたしは生涯忘れないだろう。当然のことだが、その有名漫画家は二度とバーにはきていない。

しかしその話柄《わへい》の及ぶ範囲の広さには〝さすが〟と言いたくなる。専門的な話にも悠々とついていき、言葉の節々に教養の片鱗が見え隠れする。難しい話をするお客さまがいるときなどは、教授が左に立っていてくれると、わたしも安心して葉巻を燻らせていられる。

ただ、天は二物を与えないようで、そんな教授も女にだけは縁がない。お客さまの恋愛談義を聞いているときにも、「『わたしと付き合ってくれなければ、わたしは死んでしまいます』と言う人もいますけど、わたしなら『君と付き合ったら、わたしは死んでしまいます』と言いますね」と自虐的なジョークを発する男なのだ。

恋愛に関して奥手なあまり、いざというときにいつもタイミングを逸してしまったアキヤマ教授は、哲学的な解答を探し続けているうちに老成してしまったようだ。サロンの若い常連客に自分と同じ轍《てつ》を踏ませぬよう、彼らと同じ年頃の娘のいる常連客に見合いを持ちかけようと腐心する姿も見受けられる。

ある日のこと、わたしの小さなバーに奇跡が起こった。かつて偶然にも女性だけが横一列に並んだことがあったが、今度は全員男ばかりが並んだのだ。なんだ、いつものことじゃん、と侮るなかれ。全員が20代、それも独身男ばかりだったのである。

さすがのわたしも若いファンに囲まれ、押し寄せるエネルギーに驚いてしまった。まるで「週刊プレイボーイ」の編集長時代に戻ったような錯覚に襲われた。しばらくして、30代の男が加わったが、それでもなお独身男のそろい踏みである。こんな珍しいことはない。惑星直列ならぬ独身男の直列である。

わたしは入り口に向かって叫んだ。

「アキヤマ教授はまだか!」

人生は〝美しきすれ違い〟の連続だ

２０１５年9月22日から28日までの1週間、一関に滞在していた。

昼間は毎日、真面目に原稿と対峙して、夕刻からはジャズ喫茶「ベイシー」に通い、マスターの〝吉原さん〟こと菅原正二にジャズの個人指導を受けた。そして「ベイシー」が閉店すると島地勝彦一関公認執事であるマツモトがシェイカーを振るバー「アビエント」に向かい、24時ごろまで飲んでいた。

23日、その日は早い時間に原稿が片づいたので、16時ちょっと前に「ベイシー」へ行った。店のなかに入ると、カウント・ベイシーがフル・ボリュームの大音響で鳴り響いていた。ほぼ満席状態で、お手伝いのベイシーガールズも正ちゃんも、みんなてんてこ舞いだった。

新しい客が入ってくるたびに水を持って行っては注文を訊く。それからコーヒーなりビールなりをテーブルに運ぶ。ためしに正ちゃんが歩数計を腰につけて一日働いてみたところ、なんと1万歩をゆうに超えていたという。

レコードの交換は誰にも譲らず正ちゃんが自ら行っている。感心することに、どの曲も終わりそうになるギリギリのタイミングを見計らって、スクッと立って行くのである。それはまさに45年間の月日によって培われた職人技だ。

その日も、わたしがいま夢中になって聴いている菅原正二監修『カウント・ベイシー・ルーレット・コレクション』の秘話を聞かせてもらっていた。

「今回リマスターした全24タイトルのなかでいちばんの傑作はどれなの？」

「それはやっぱり『ベイシー・アット・バードランド』ですね。このクラブはニューヨーク52番街にあって、オーナーがルーレット・レコードのモーリス・レヴィー社長。言ってみれば、カウント・ベイシーのホームグラウンドみたいなところだったの。

ここの常連客は『バードランダー』と呼ばれていたくらい。だからバードランドで演奏するとカウント・ベイシーオーケストラの面々はこころおきなく、本性むき出しで、V8エンジンのリミッターをはずしたように、猛烈な演奏を展開しているんだね」

そのときだった。マナーモードにしていたわたしのスマホが、ポケットのなかでブルブルと震えた。画面をみると伊勢丹からだった。何事かと思い、外へ出て応答した。するとサロン・ド・シマジ・ガールズの一人、モリ・カオリがいつになく興奮した様子で語り出した。

「お休みのところ申し訳ありません。これはどうしてもシマジ先生にお伝えしなければと思いまして……」

「何があったの？」

「じつはさきほど鈴木京香さまがお一人でいらっしゃいまして、じっくりブティックのほうをみられてから、バーに入られたんです。慌ててわたしもバーに入りましたら、鈴木さまから『素敵なバーですね。今日はシマジさんはいらっしゃらないんですか？』と尋ねられました。

『はい、今週は休暇を取っております。いつもは土日にまいります』

『そうですか、残念ですわ。でも何か一杯だけいただこうかしら。お勧めは何ですか？』

『スパイシーハイボールが人気です』

『ではそれをいただこうかしら』

といった感じで……」

「それでモリ、コースターはどれを出したんだ?」

「はい、イングリッシュ・グリーンのコースターのなかから『究極の決断を迫られた人間が最後に相談するのはバーマンである』を選んでお渡ししました」

「うん、上出来だ。ところでほかにお客はいなかったの?」

「珍しくどなたもいませんでしたので、お一人でゆっくり飲んでいかれました。あっ、そうそう、鈴木さまがシマジ先生に何か書いて行かれました」

「読んでみてくれ」

「でも封をしてあります」

「構わん、封を丁寧に開けて読んでみてくれ」

「では読みますね。

『Mr. Shimaji
今日、はじめておじゃましました。すてきな場所ですね。

また顔をだしにまいりますので……。 京香
追伸 バンクマン、私もとうとう5万YENたまりましたよ!!』

シマジ先生、うちで売っているバンクマンを鈴木さまにプレゼントなさったんですか?」

「それはおれではない。正ちゃんじゃないかな。わかった。さすがは、森の石松、じゃなかった、モリ・カオリ。早速電話してくれてありがとう」

「折角の休暇中にお邪魔しました。一関でゆっくり愉しんでください」

そのときわたしのこころに浮かんだ3つの言葉である。

驚愕、落胆、不覚――。

多分わたしは少し顔色を変えて正ちゃんの隣に戻ったのだろう。彼はすかさず「何かあったの?」と訊いてきた。

そのあとのことは翌々日の朝日新聞地方版に掲載された菅原正二の連載コラム「Swifty の物には限度、風呂には温度」に譲ることに

しよう。

〈ぼくはシマジさんのために封を開けずにしまっておいたスコットランドのシングルモルト「バンフ」1976年もの、ボトリング・ナンバー「287分の91」という逸品の栓を抜き、トルネード加水器でグラスに落下させた。口に含んだ彼は、「格別だね、こいつは」とニッコリ笑った。

しばらくすると、シマジさんの携帯に着信があった。新宿「伊勢丹」からであった。普段は伊勢丹メンズ館8Fで「サロン・ド・シマジ」のバーテンをやっている彼に何事か？ ベイシーのドアから出て、しばらくして真っ青な顔をして戻ってきた。

「何かあったの？」と聞くと——。ついさっき鈴木京香さんが一人でそこに現れたということであった。よりによって！ とシマジさんは心の中で地団太を踏んだ。

頭の中が真っ白になった彼はしばらくして「じゃあ先に行っている」と言って近所のカウンター・バーに歩いて移動したので、その間にぼくは京香さんに電話をしてみた。

「さっき伊勢丹に行ったでしょう」と言うと、「え？ どうして知っているんですかあ」「実はその時、シマジはここに居たんです」。

店を閉めてからぼくもそのカウンター・バーに行ってみると、いつもの彼とちとムードが違う。肩をたたいて慰めてやった。

「物は考えようです。この間、東京で午前2時まで一緒に語り合っただけで、京香さんの美しい脳細胞にあなたのことがインプットされていた、ということで十分でしょう。たまたまそこに居なかったことが、かえってジャズに聴こえる」と。

「そう思うことにしよう」と彼は力なく答えた。このようなちっちゃな〝事件〟はどこにでもあるもんですね。〉

わたしは常日頃、「人生は恐ろしい冗談の連続である」と思って暮らしているのだが、この〝事件〟のことは、「美しきすれ違い」ところの日記帳に書き留めておこう。

第二章——毒蛇は決して急がない。

人生における最大にして最高の砥石

きっといまの若者は命がけで怒られたことはないだろう。わたしの父親は明治生まれの人で存在そのものが恐怖だった。何かというとすぐに息子を殴ったものだ。それでもシマジ少年は悪さとイタズラを繰り返したのだが。

いちばん怒られたのは、忘れもしない、オヤジのヘソクリだったのか、それとも近所の無尽の金だったのか定かではないが、箱に入っていた金をちょいちょいくすねては、近所の友達を連れて駄菓子屋で豪遊していたのがバレたときだった。じっさい当時のわたしには、親の金は子供の金くらいの意識しかなかったのだ。

そのときのオヤジは珍しくまったく手を出さず、ドスのきいた声で一言だけ言った。

「カツヒコ、今度お前が一円でも人の金を盗んだら、おれはお前を殺して自分も死ぬ」

さすがのシマジ少年もこの言葉にはこたえた。その後わたしは72歳になる今日まで、一円たりとも他人の金をくすねたことはない。

成人してからわたしのことを真剣に怒ってくれたのは二人だけである。いま思い返してもありがたいことだと思う。

一人は東京スポーツの太刀川恒夫会長である。あるとき太刀川さんから宴の誘いがあった。同席したのはとても偉い人だった。いずれもいまは亡き松竹の奥山融社長と大和証券の千野宜時名誉会長である。

はじめて会うＶＩＰを前に興奮したわたしは、得意のジョークを飛ばして座の雰囲気を和ませたつもりだった。奥山さんも千野さんも大いに笑ってくれたのだが、太刀川さんだけは苦虫をかみつぶしたような顔をしていた。

豪華な宴のあと気持ちよく席を立とうとすると、太刀川会長が小声で「シマジ、ちょっと付き合ってくれ」と言うではないか。普段は「シマちゃん」なのにこのときに限っては「シマジ」だった。二人のＶＩＰは一次会でお帰りになり、わたしは太刀川さんの驥尾《きび》に付して銀座のカウンターバーに入った。

「シマジ、いい加減にしろ！」

カウンターに座るやいなや太刀川さんに怒鳴られた。

「いいか、今夜は君に、偉い人たちの話をじっくり聞いてほしくて同席してもらったんだぞ。それを何だ。君はまったく聞く耳を持たず、幇間よろしくくだらんジョークばかり言っていたではないか」

「申し訳ないことをしました。以後重々気をつけます。太刀川さん、若輩者のわたしにもう一度お二人に会う機会をいただけないでしょうか。捲土重来《けんどちょうらい》、挽回させてください」

太刀川会長は「わかった」と言って、その３ヵ月後、奥山社長と千野名誉会長に会える席をセットしてくださった。今度は一言も発することなくただただ聞き役に徹した。すると奥山社長がこう言われた。

「シマジさん、今夜は体の具合が悪いのですか。この間のジョークはどうされましたか」

それでもわたしは寡黙を保った。たしかに二人のＶＩＰは素敵なことをおっしゃった。太刀川さんのアドバイスはこういうことだったのかとつくづく感心したものだ。

もう一度烈火のごとく怒られたのはわたしが57歳のときだ。当時の集英社社長の若菜正さんからである。忘れもしない、それは１９９８年９月１日、集英社の平取から集英社インターナショナルの代表取締役に任命されて初出社の日であった。

午前中に家を出たわたしは無意識のうちに明治神宮を参拝していた。その足で伝通院の柴田錬三郎《しばたれんざぶろう》先生のお墓に向かい、次に上野寛永寺の今東光大僧正のお墓を詣で、さらに北鎌倉の円覚寺まで足を延ばして開高健先生のお墓を参った。そしてこれからのわたしの人生を見守ってくださいと応援を頼んだのだった。

夕方近くになってようやく出社すると机の上にはメモがたくさん置かれていた。若菜社長から10回以上も電話が入っていたようだ。すぐに折り返してみたが社長はすでに会社を後にしていた。「何かあったんだろうか？」と思いながらその日は終わった。

翌朝、出社するなりいの一番に若菜社長に電話をすると、もの凄い剣幕で怒鳴られた。

「シマジ！　すぐ社長室にこい！」

おずおずと社長室に行ってみると、若菜社長は顔を真っ赤にして頭から湯気を立てていた。

「シマジ、いい加減にしろ！　初出勤の日なのに、どうして会社にこなかったんだ。お前を応援しに集英社インターナショナルまで行ってやろうと思って何度も電話したんだぞ。それなのに結局お前は会社にこなかったじゃないか！」

わたしはただただ「申し訳ありませんでした」と答えるのが精一杯だった。死んだオヤジによく言われたものである。男たるものいかなる理由があろうとも弁解したり言い訳したりするのは見苦しい、と。そう言って何度も殴られた経験があったのだ。

「どうして会社にこなかったんだ！　帰っていい！」シマジ、お前とは当分絶交する。

しおれて社長室を出ながら、1週間後の有名な作家とのゴルフはどうするんだろうかと、ふと思った。また、「当分」というのはどのくらいのことなんだろうとこころの端でちょっとだけ考えた。

前日になって若菜社長から電話がありゴル

フは実現したのだが、その日の社長は調子が悪くチョロばかり打っていた。

「おい、シマジ、どうして今日はチョロばかり出るんだろう」

「若菜さん、脇が甘いからですよ。もっと締めてください」

それを聞いて若菜さんは「ワッハハハハ」と豪快に笑った。わたしの言動をみては、いつも若菜さんがわたしに言っていたセリフだからだ。

「シマジ、お前は脇が甘すぎる。もっと脇を締めろ！」

初出勤の日の真相は後日告白した。すると若菜さんはこう言った。


「そういうことは前もって教えろ。でもな、墓参りよりも社長の初出勤のほうが100倍重要なんだぞ。部下たちははじめてみる新社長の立ち居振る舞いが気になって仕方がないものだ」

まったくその通りだと思う。どうしてあの日は魔が差したように墓参りに出かけてしまったのだろう。自分でもよくわからない。

諸君、いまの君には命がけで怒ってくれる人が何人いるだろうか。「当分絶交する」と怒鳴ってくれる上司はいるだろうか。人生における最大にして最高の砥石は真剣に怒られることである。この歳になってしみじみ、そう思うのだ。

タクシードライバーはやめられない

昼間でも深夜でも都内を走り続ける運転手さんたちはいろんな客を乗せているから、じつに面白い体験談をもっているものだ。だからわたしはタクシーに乗るといつも運転手と親しく会話することにしている。彼らも退屈しているのだろう、いつも進んで話をしてくれる。

先週乗ったタクシーでは怖い体験談を聞いた。

「そのお客さまはお年を召した痩せた女性でした。まだ明るい夕方の4時ごろでしたか、赤坂で乗られて『渋谷に行ってちょうだい』と言われましたので、246号線を走っていると『運転手さん、悪いけど、青山霊園のほうから行ってくださらない』とおっしゃる。そこで青山一丁目を左に曲がり青山葬儀所の脇を右へ上がって行きますと、気が変わったのか『この辺でいいわ』と言って降りていきました。

骨董通りを曲がって246に戻ろうとすると、また新しい男性客が乗ってきました。その方も『渋谷に行ってくれ』と言う。すると、5分も乗らないうちにそのお客さんは『頭が痛い。戻しそうだ。ここで降ろしてくれないか』と246を曲がったあたりで降りてしまいました。

またすぐに新しいお客さんが乗ってきたのですが、その方も5分ほど走ると『頭がガンガンする。吐きたい』と言って降りてしまいました。どうもヘンだなと思ってクルマを止めてバックシートを丹念に調べてみたのですが、なにも変わったところはありません。

それから1時間ほどお客を拾えず空車で走っていましたら、新橋でやっと中年の男性が乗ってきました。ところがそのお客はなんにもなく、無事に横浜まで送らせてもらいました。あの老婆はいったいなんだったんでしょうね。いまでも不可解です」

また別の運転手の話。

「去年の夏、最高気温が36度という猛暑日の昼間でした。池袋から八王子まで行く上客を拾いました。中年の痩せた女性でしたが、車に乗ってくるなり『わたしは冷房が苦手なの。運転手さん、申し訳ないけどエアコンを切ってもらえませんか』と言うのです。わたしは仕方なく冷房を切りました。

車内はみるみるうちに50度くらいになりました。たまらず『少し窓を開けていいですか?』と訊きますと、その女性は『わたし、風も嫌いなんです』と言う。運の悪いことに高速も渋滞ときている。まるで灼熱の鉄の釜のなかにいるみたいで完全に熱中症状態になりそうでした。

『お客さんはお家でも冷房を使わないんですか?』と尋ねたら『はい、主人も大嫌いでうちには冷房がありません。だからこの時期子供たちが映画に行くと、よく風邪を引いて帰ってきますわ』とおっしゃる。

1時間半かかってやっとのことで八王子に着いたのですが、あれはまさに生き地獄でした。お客さんが降りた後は冷房をガンガンに効かせて都内まで戻ってきました」

また別の運転手。

「その日は朝から冷え込んでいました。たしか5度とか6度ぐらいでしたね。暖房を入れて青梅街道の中野あたりを心地よく走っていると、巨漢の男性が乗ってきました。車に乗るなりそのお客さんが『東京駅まで。それと運転手さん、悪いけど冷房をいちばん強く入れてくれない。おれは病的な汗っかきなんだ』と言うんです。

仕方なくいちばん強く冷房を入れました。もう寒いのなんのって、ハンドルを握っている指が寒さで痺れてきて感覚を失うぐらいでした。

『失礼ですけど、お客さまは何キロあるんですか?』

『ホントは企業秘密なんだけど運転手さんは親切だから特別に教えちゃおうかな。168キロ』

『ちょうど普通の方を3人ぐらい乗せたことになりますかね』

『運転手さん、まさか3倍払えなんて言わないよね』

凍えながら東京駅に着いて一人分の料金をもらったあと、走って熱い缶コーヒーを買いに行きました」

別の運転手。

「昔の話ですが、プロレスラーのアブドーラ・ザ・ブッチャーと、もう一人お付きのレスラーを銀座から新橋のホテルまで乗せたことがあります。ブッチャーは体が大きすぎて横にならないと乗車出来ず、後部座席を独り占めでした。もう一人はわたしの隣にむりやり座りました。

車が大きく左側に傾いていましたからゆっくりゆっくり運転していきました。距離はワンメーターでしたが、降りるときにブッチャーが前の男に合図してチップを1000円くれました」

別の運転手。

「昼間に赤坂からカップルが乗ってきて、『新宿』とだけ言うと、その中年の男は若い女性にずっと迫っているんです。やらせろ、やらせろ、って。女のほうは黙ったままでしたが、男はしつこく『やらせろ』を連発していました。

ぼちぼち新宿に差し掛かってきましたから『どちらに止めますか?』と尋ねると『どこでもいいからラブホテルの前で』と言うんです。『ここでどうですか?』『ああ、ここでいい』。二人はそこで降りてラブホテルにしけ込みました。ああいう口説き方もあるんですね」

別の運転手。

「年のころは40代の半ばといったところでした。乗ってくるなり『運転手さん、郊外の小洒落たラブホテルまで行ってわたしと寝てくれませんか。料金はすべてわたしがお支払いします。ホテルに着いたら待ちメーターにしてくださいね。そしてまたこの辺まで送ってください』と言う。

それほどブサイクでもなかったので高速を飛ばして相模湖の近くのホテルまで行きました。その女性とはそれっきりでしたけど、あいうことは後にも先にも一度きりです。一見楚々としていましたが、ベッドの上では盛りのついたメス豚でした」

ちなみにその運転手はなかなかのイケメンであった。

意地悪な上司の監視もなく、自由気ままに車を走らせながら生々しい人間模様を間近で観察できる運転手稼業は、バブル時代にくらべれば稼ぎが激減しているとはいえ、一度やったらやめられない職業なのだそうだ。

なるほどな、と思う。これから小説家を目指す人間は、タクシーの運転手を経験するといいかもしれない。そのままやめられなくなってしまうかもしれないが……。

酒、飲みますか？　それとも無駄に生きますか？

わたしは15～16歳のころから酒とタバコの味と酔うことの愉しさを知ってしまったのだが、いまの若者はというと、どちらもさっぱりという不思議な人種が急増しているらしい。宴会ではもっぱらカルピスソーダやウーロン茶なんかを呷っているという。「酒もタバコも女もやめて百まで生きたバカがいる」という都々逸が懐かしい。

ある日、50を過ぎた部長職の男が伊勢丹新宿店のシガーバー「サロン・ド・シマジ」にやってきてこうこぼしていた。

「最近の若い者は『飲みに行こうか』と誘っても『今日は女房と外でメシを喰う約束しているんです』と言って平然と断るんですよ」

悲しいことに〝男の伝承文化〟は断絶してしまったようだ。わたしが若いころは平日に女房と外でメシを喰うなど考えられないことだった。仕事が終わると大好きな先輩たちに連れられて毎晩のように飲みに行ったものだ。それがサラリーマンの最高の愉しみだと思っていた。自慢じゃないが、わたしはいまでも〝外食&外マン〟を貫いている。

しかしそんな世の趨勢もごく最近のものである。ついこの間までは忘年会の時期になると、街中いたるところで逆噴射している光景をみかけたものだ。そういうわたしも若いころはときどき吐いた。昔の安酒には劣悪な醸造アルコールが混ざっていたのだと思う。よく悪酔いしたし、酷《ひど》い二日酔いもしょっちゅうだった。

ある夜、親友といっしょにしこたま飲んで自力で帰れなくなり、そいつのアパートに泊めてもらったことがある。しばらく横になっていると急に気持ちが悪くなり、小さな洗面所兼台所みたいな流し台に思い切りぶちまけてしまった。その反吐《へど》をみたわたしは驚いてこう叫んだ。

「おい、大変だ、救急車を呼んでくれ！　内臓がそのまま出てきてしまった！　吐血もしている！」

いったい何事かとそばまでやってきた親友は流しの中をみて言った。

「シマジ、さっき喰ったヤキトリがそのまま出てきたんだよ。赤いのはトマトジュースの色だろう。心配することはない」

早喰いのわたしはあまり嚙まずに飲み込んでしまうので、最後の方で食べた鶏の臓物が消化されないまま出てきてしまったのだ。そしてたしかにトマトジュースを飲んだ記憶もあった。

大学生のころは金がなかったので、とにかく早く酔いたいばっかりにバーからバーへと全速力で走ったものである。

その晩は一人で飲み歩き、泥酔状態でアパートに帰ってきた。猛烈にのどが渇き、水を飲もうと思って蛇口をひねると、間の悪いことに水道が断水していた。仕方なく、1週間前に母親が上京したときに花を生けてくれた花瓶の水を飲んだ。もしかするとボウフラやなんかが湧いていたのかもしれない。妙な味がしたが、背に腹は代えられない。

そのまま万年布団に潜り込むと泥のように眠った。翌朝、というよりもう昼近くだが、激しくドアを叩く音で起こされた。寝ぼけながら出てみると、真下の部屋に住んでいたベトナム人留学生が血相を変えて怒っているではないか。

「イマ、ヤキンノ、アルバイトカラ、カエッテキタラ、ヘヤジュウ、ミズ、イッパイダヨ。キミ、スイドウ、ナガシッパナシ、ジャナイノカ」

そう言われて慌てて水道をみてみると、ものの凄い勢いで水が出ているではないか。深夜、断水していたので、蛇口を全開にしたまま寝てしまったのだろう。途方にくれたわたしはどうしていいやらわからなくなり、なけなしの1万円札を渡して勘弁してもらった。

こんなバカみたいなことを何度も繰り返しながら、子供から大人になっていく準備期間を「青春時代」と呼ぶのだろう。そう考えるといまの若者たちの青春はあまりにクリーン過ぎてつまらないのではないか。余計なお世話だろうが、彼らはいったいどのようにして大人になっていくのだろう。

社会人になってからも、忘れられない体験が一つある。やはり酩酊して帰り深夜に床に就いたのだが、翌朝目を覚ますと、なぜか部屋の様子がよくみえないのだ。日ごろの悪行のバチがあたって目がつぶれたのかと心配になり、急いで洗面所に行って鏡をみると顔全面がまるでパックをしたような状態になっていた。おそらく爆睡しながら天井に向けて激しく吐いたのだろう。吐瀉物がのどに詰まって窒息しなかったのが不思議なぐらいであった。

ちょうどそのころアメリカの「PLAYBOY」誌の人生相談コーナーで二日酔いに効く特効薬の作り方が解説されていた。詳しくは覚えていないが、たしかレモンと蜂蜜と牛乳を混ぜたものだったような気がする。その名も「タイガーズ・ミルク」。こいつには何度もお世話になったものだ。

いまは飲むものもずいぶん上等になった。そして少しは大人にもなったのだろう。酒を飲んで気持ち悪くなることはなくなった。いや、勿体なくて一滴たりとも吐けない。天下のポート・エレンを飲んで吐いてしまったら、それこそバチがあたるというものだ。目がつぶれるだけでは足らず、今度こそ窒息死するにちがいない。

むかしから言われている名言がある。「酒を飲むは時間の無駄　飲まぬは人生の無駄」。さあ、あなたはどちらを取るか。

人生を無駄にするような時間の節約は、わたし向きでないことだけはたしかだろう。

集英社の中興の祖、若菜さんの思い出

NHKの『全身編集長』と朝日新聞の「人生の贈りもの」の影響力はやはり絶大であっ

た。伊勢丹の「サロン・ド・シマジ」にやってくる新規のお客さまが急に増えだしたのだ。また、20年以上も音信不通になっていた知人・友人が突然やってきたりもしている。みんな元気にしたたかに生きているのが頼もしい。

2014年5月17日の午後1時過ぎ、突然、バーのなかが華やかに輝いたと思ったら、品のいいご婦人が一人カウンターの前に現れた。手には美しい紫陽花を生けた花瓶を持っていた。

「わたくし、若菜正の次女の美奈子と申します」

その女性は厳かに切り出した。

「あの若菜さんのお嬢さんですか」

「はい。父が生前お世話になりました。父はよく『シマジって面白いヤツがいてねえ』と言ってシマジさんとのエピソードを面白可笑しく話してくれました。突然お邪魔したのは、朝日新聞の連載を主人がみつけて『シマジさんっていつもパパが話していた方じゃない?』と教えてくれたからです。それで図々しくもこうして〝じかあたり〟させていただきました」

「いえいえ、こちらこそ若菜さんには大変お世話になりました。ちょうど先日、お墓参りに行ってきたところなんですよ」

「お線香立てに葉巻が置いてあったのはやっぱりシマジさんだったんですね」

「火をつけて少し吸ってからお線香の代わりに若菜さんに手向けたんです。すでに十三回忌の法要がなされたところでしたね」

「十三回忌は親族だけでやらせていただきました」

「月日の流れは早いものですね。あれからもう13年も経つなんて……」

カウンター越しに若菜さんのお嬢さんと対峙して、ほかのお客さまがくる前の静寂なひとときを過ごしながら、想いはあの懐かしい敬愛してやまない若菜さんのもとへと飛んで行った。

若菜さんは集英社の中興の祖といっても過言ではない。平成8年（1996年）まで代表取締役を務められたのち、亡くなる前には相談役に退いていた。大正14年（1925年）12月12日生まれの若菜さんと昭和16年（1941年）4月7日生まれのわたしとではちょうど16も歳が離れていたのだが、本当に可愛がっていただいた。

わたしがまだ副編集長にもなっていない32歳のころ、若菜さんの鞄持ちでロンドン、パリ、モナコ、ヴェネツィアを回り、コンコルドに乗ってパリからニューヨークまでお供したことがある。ヴェネツィアでは夕なずむ運河を行き来するゴンドラを眺めながら二人してこう叫んだものだ。

「次は窈窕《ようちょう》たる美女と一緒にきてゴンドラに乗るぞ！」

愛妻家の若菜さんには絶対に無理だろうと思ったが、腕白なわたしは6年後にそれを実行してみせた。

よく一緒にゴルフをした。ある日、プレイのあと「シマジ、ちょっとうちに寄っていかないか。最近造った丸太小屋の書斎をみせたいんだ」と言われた。慶應で西洋史を学ばれた若菜さんの書斎にはどんな本があるのだろうと興味をもったわたしは二つ返事で「喜んで参ります」と応じた。

書斎をみせるということは脳みそのなかをみせるようなものである。そこにはE・ギボンの『ローマ帝国衰亡史』をはじめ、W・マンチェスターの『栄光と夢』といった歴史的名著がずらりと並べられていた。

浩瀚《こうかん》な蔵書を口を開けて眺めていると、豪華な安楽椅子に座った若菜さんがニッコリ笑いながらこう言った。

「おれも疲れた。そろそろ引退して自由の身になり、この書斎に籠もってゆっくり読書三昧に耽りたい」

それから1年も経たないうちに若菜さんの訃報を聞くことになった。亡くなる直前、気分のいいときには美奈子さんとよく病院のなかを散歩したそうだ。

「パパ、もし元気になってもう一度外国に行けるとしたら、どこに行きたい?」という美奈子さんの質問に若菜さんは遠くをみるような風情でこう答えたそうだ。

「ヴェネツィアかな。あそこはいいところだよ。今度こそ絶対にあのゴンドラに乗ってみたい」

わたしを「週刊プレイボーイ」の編集長にしてくれたとき、若菜さんは銀座のバーでこう言った。

「シマジ、今日からお前は若者たちの教祖になれ。お前なら出来る」

この輝ける一言がなかったらNHKの『全身編集長』は存在しなかっただろう。

美奈子さんは「サロン・ド・シマジ」の名物スパイシーハイボールを飲んだ。わたしも同じものを作って彼女と乾杯した。

「ここでは乾杯のときに『スランジバー!』と言います。ゲール語で『あなたの健康を祝して』という意味です。スコットランドではバーでも家庭でもそう言って乾杯しています」

「スランジバー!」と言って美奈子さんは乾杯した。彼女の顔立ちは母上によく似ていた。かつてわたしは若菜さんの口調を真似て美奈子さんの母上を「ママ、ママ」と親しく呼んでいた。

「あなたの素敵なママはお元気ですか?」

「このところ少し弱ってきています。そうだ、ママにシマジさんとの写真をみせてあげたいので一緒に撮らせていただいてよろしいですか？」

「もちろんですとも。喜んで」

「それからこのシマジブレンドの紅茶をお土産に買って帰ります。母は紅茶が大好きなんです」

バーのカウンターは人生の勉強机であり、感動的な出会いを演出する舞台でもある。

正ちゃんとシマジの合い言葉

岩手県一関市にある世界一のジャズ喫茶「ベイシー」のマスター、菅原正二さんによる最新刊『聴く鏡Ⅱ』（ステレオサウンド刊）の出版記念パーティが新橋の「Cafe Cotton Club」で催された。興奮の渦に巻かれた大盛況の2時間だった。

出席者がまた凄い。ナベサダこと渡辺貞夫さんが会場に着くなり挨拶もせずに演奏をはじめた。そこへ坂田明さんも加わって威勢よくサックスを吹きまくった。

菅原牧場の美女たちも錚々たる顔ぶれだ。女優の鈴木京香さんをはじめファッションモデルのANRIさん等々、フルボディが綺羅星のごとく勢揃いしていた。美女軍団に混ざって正ちゃんの賢夫人もいるではないか。

だいぶ前のことだが、物書きとしてのわたしの門出を「遅れてきた新人を励ます会」と銘打って祝ってくれたパーティは、「今夜は女性のお客さまが見当たりませんわね」と瀬戸内寂聴さんに壇上からからかわれたように、むさ苦しいほどの男子会だったことを思い出してしまった。正ちゃんは一関一高の1学年後輩なのだが、わたしよりも数段格が上だと認めるしかない。

男の客層もこれまた一流だった。わたしと親しい顔ぶれも沢山集まっていた。写真家の立木義浩さん、同じく写真家の操上和美さん、漫画家の黒鉄《くろがね》ヒロシさん、作家の村松友視《とも》《み》さん、編集者にして放送作家の高平哲朗さん、そしてその夜はじめて正ちゃんから紹介してもらったタモリこと森田一義さん等々、豪華さでは女性陣に負けていなかった。

偶然、タモリさんと席が隣同士になった。彼が熱狂的なシングルモルトラバーであることは正ちゃんから聞いていたので、話題は自然とそちらのほうへと流れて行った。

「ウイスキーもジャズも50〜60年代に作られたものが最高ですね」とタモリさん。

「そうですね。第二次世界大戦が終わり、飢えた人類が情熱を持って立ち上がった証しなのでしょう。カメラのレンズも万年筆のペン先も、やはりその年代のモノが光っています」

愉しく談笑しながらタモリさんとわたしはハイボールを何杯も飲んだ。嬉しかったのは、わたしが吸っていた1本の葉巻をタモリさんも一緒に吸ってくれたことである。幸せなホヨー・ド・モントレー・グランエピキュアだった。

「シマジさん、シガーとシガレットは明らかにちがいますね」

「そうです。シガーは農作物ですが、シガレットは人工的に作られた工業製品ですから」

その後、祝辞を依頼されたタモリさんは壇上にあがった。

「どうも、暇になったタモリです」の第一声に会場が沸いた。

「学生時代、はじめて菅原さんと出会ったときの印象は、卒業した先輩がわれわれ新人に教えにきてくれたのかと思いました。いままではこんなに丸くなりましたが、若いときの菅原さんは非常に怖い人でした」

19歳のときに肺結核で1年間療養したこともあり、正ちゃんは3浪の末に早稲田大学に入学した。しかし、そこが彼の強運なところだ。3年間地中に潜っていたお蔭で、「ハイ・ソサエティ・オーケストラ」というビッグバンドのサークルを通じて、同じく早大の「モダンジャズ研究会」に在籍していたタモリさんと出会うことになったのだ。これぞ「値打ちある3浪」と言うべきだろう。

先ごろ、タモリさんはグレンファークラス ザ・ファミリー・カスク1991年をひっさげて一関の「ベイシー」を訪れた。このシングルモルトはスペシャルリリースで、マニアも羨む極上の一本である。

アルコール度数は56・9%、カスクナンバーは5693、瓶詰め本数は470本。色調は濃いマホガニー、香りははっとするほど新鮮でわずかにグレイビーソースを思わせる。はじめはスパイシーだが加水するとさらに香りが立ち複雑味を増す。フィニッシュは心地よい苦味が余韻となって舌の裏に長く残る。開高健文豪ならその味わいをこう表現したことだろう。

「若い女の太股のようにつやつやと張りきって豊満なのに滑らかでまろやかだが、ところどころに優雅なくどさがまだ残っている」

正ちゃんは「まったりとした情の濃い女を思い出した」とコメントしている。そして「おれたちはストレートで昼から夜まで飲み続けて1本カラにした」とつけ加えた。

グレンファークラスの5代目当主ジョン・グラントとともにプライベートジェットでスペインのセビリアに飛んだことがある。そのときジョンはザ・ファミリー・カスク1990年を持参していたのだが、シェリーの醸造所で働くスペイン人の若者たちが興奮してストレートで飲もうとしたその瞬間、大声を出して制した。

「ノー、ノー！　ウイスキーは必ず加水して飲んでくれ！」

どんなに美味くてもウイスキーのストレートは禁物である。生涯ストレートで飲み続けた開高さんは食道癌を患い58歳の若さで亡くなった。だから正ちゃん、タモリさん、1対1の水割りをおススメします。割り水はスペイサイド・グレンリベット・ウォーターがいいでしょう。

宴もたけなわとなり、渡辺貞夫さんと坂田明さんの演奏をバックにタモリさんが得意のスキャットを披露した。正ちゃんも飛び入りでドラムを叩いた。それからタモリさんは伝家の宝刀を抜き韓国語スピーチを披露、それを即興で坂田明さんが日本語に通訳した。お客さんはスタンディング・オベーションで、いつまでも拍手が鳴り止まなかった。

その夜の正ちゃんはまさに人生の瞬間的真夏日を謳歌しているようにみえた。一晩中、100万ドルの笑みが絶えることはなかった。

最近、正ちゃんとわたしにはお気に入りの合い言葉がある。

「とりあえず6年後の東京オリンピックを目指して生きてみようじゃない」

2020年、「ベイシー」はちょうど50周年を迎える。正ちゃんは78歳、わたしは79歳、そしてタモリさんは74歳になっているはずだ。

ツイッギーヲサガセ

2014年8月の「Nespresso Break Time@Cafe de Shimaji」の対談相手はかって「女性自身」を100万部雑誌にした伝説的編集長、櫻井秀勲さんである。櫻井さんは現在83歳だが、その矍鑠《かくしゃく》たる様子は驚愕に値する。そしてなんと、いままでに延べ200冊近い自著を世に送り出している。物書きとしても怪物なのである。

女性週刊誌を100万部売った櫻井さんと、男性週刊誌を100万部売ったわたしとの対談が白熱戦になったのは当然のなりゆきである。

「女性自身」が100万部の大台に乗ったきっかけはなんだったのか——それはあのツイッギーだった。

櫻井さんは31歳で「女性自身」の編集長になったのだが、はじめのうちは鳴かず飛ばずだったそうだ。

「4年間やっても部数は微動だにせず低空飛行のままでしたから、多分、会社の上層部は編集長交代を考えていたのでしょう。それで約1ヵ月間の〝お疲れさまヨーロッパ旅行〟を命じられたわけです。わたしは東京外語大の出身で、ヨーロッパには先輩後輩がたくさん赴任していましたので旅自体は愉しかったです。で、その最後の予定がローマでした。有名なイタリアの週刊ファッション誌『グラッツィア』の編集長とアポが取れていたんですが、当日になって急な役員会議が入ってしまったということで、代理で副編集長がホテルのロビーにやってきました。そのとき彼女が『これからブレイクするのはイギリスのツイッギーです。要注目ですよ』と教えてくれました。彼女こそ『女性自身』を100万部雑誌にしてくれた陰の立て役者なんですよ」

お互い片言の英語でのやりとりだった。そしてもちろん櫻井さんはツイッギーのツの字も知らなかった。しかも帰国直前で手元不如意であった。東京へコレクトコールをかけようと考えたが、あいにく電話会社がストライキ中。苦肉の策でローマから編集部宛に電報を打つことにした。それも金がないから極端に短い暗号文もどきだった。

「ツイッギーヲサガセ」

編集部ではみんな首をかしげていた。いったいこれはどういう意味なのか。途方に暮れているところに、一人の有能な編集者が「週刊朝日」の小さなコラムを見つけてきてこう言った。

「ツイッギーというのはいまロンドンで大人気のファッションモデルらしいですよ」

編集長が帰国するやいなや緊急会議が開かれ、編集者がAP通信に飛んで行った。そこで手に入るツイッギーの写真をすべて集めてきて、翌週号の表紙は差し替え、さらにグラビアページでも特集を組んだ。その号の「女性自身」はなんと完売。小枝のようなか細い少女は瞬く間に日本中のアイドルになった。

「これはイケル！」と確信した櫻井編集長はツイッギーを日本に招聘《しょうへい》して東レと合同でファッションショーを開催した。その後は毎号連続で彼女が表紙を飾り、空前のツイッギーブームが巻き起こったのだった。

赤坂にあるレストラン「カナユニ」のバーカウンターに君臨する武居永治バーマンは、高校を卒業してヒルトンホテルで皿洗いをしていた。そして来日したツイッギーもまたヒルトンホテルに滞在していた。

実は武居はツイッギーの熱狂的なファンだった。そんなことは絶対に許されるわけがないのだが、武居は熱病に冒されたように、仕事が終わった夜10時ごろツイッギーの部屋のドアをノックした。

暫くしてマネージャーの女性が現れた。

「サ、サイン、プリーズ」

武居青年は震えながら、熱病患者のうわごとのように言った。武居の心臓は急を告げる半鐘のごとく鳴り響いていた。

するとツイッギーがドアのところまでやってきて、武居が震える手に握りしめていたマジックを受け取ると、ヒルトンホテルの布ナプキンの上にサインをしてくれた。武居の心臓は爆発寸前だった。

「どうしてあんな暴挙に出てしまったのか、いま考えてもわかりません」

狂気と紙一重の〝じかあたり〟が功を奏したのは、武居の向こう見ずな蛮勇のなかに、光輝く純粋さがあったからだろう。いまでも武居は当時のツイッギーのブロマイドを額に入れて、恥じることもなく「カナユニ」のカウンターの下に飾っている。深夜、仕事に疲れたときにちょっとのぞいたりしては、青春の熱い思い出に浸っているという。ツイッギーは武居の女神様なのだ。

一方、そのころわたしはすでに「週刊プレイボーイ」の編集者になっていた。ツイッギー来日の情報を得るや、その直前に国際電話でのインタビューを試みた。インタビュアは、当時編集部にいたアメリカ人のファッションエディター、ビル・ハーシーに頼んだ。ロンドンとの時差の関係で、中野にあるビルのアパートに早朝6時ごろ訪ねて行って電話をかけてもらった。いまみたいに便利な時代ではない。赤井電機製の、大の大人がやっと一人で持てるようなデカくて重たい録音機を用意していた。電話越しにツイッギーの明るい声が、小鳥のさえずりのように聞こえたときは、こころのなかで「やった！」と喝采をあげたことをはっきりと覚えている。

彼女のことを知っているかどうかで世代がわかるほど、ツイッギーブームは昭和の大事件だった。40年間「カナユニ」のカウンターに立ち続けている武居は今年（２０１４年）で64歳になる。2歳年上ということだから、あの可憐なツイッギーも66歳になったのだろう。櫻井さんによれば、ツイッギーはいまでも小枝のままで大木にはなっていないそうだ。われわれ世代には嬉しい奇跡である。

一関千夜一夜物語

久しぶりに一関で休養を取って愉しんできた。「ベイシー」のマスター・菅原正二と二人だけの宴を持ち、大町通りの「富澤」で天然のホヤに舌鼓を打った。

ワサビをつけて刺身をひと口。うん、間違いない。この味こそが一関である。近ごろでは流通が進歩して三陸産のホヤが東京にも出回っているが、この悪魔の味を知り尽くしているわたしにはとても食べられたものではない。〝海のパイナップル〟とも呼ばれるホヤの鮮度は、産地を離れると一瞬にして落ちてしまうのである。

続いてイサキの刺身、脂の乗ったキンキの一夜干しに唸り声を上げた。舌が痙攣して70を過ぎた二人の男の粘膜はたちまちのうちに勃起した。

「先輩、まだ7時ですよ。『アビエント』は8時開店ですし、これからどうしましょうか」

「正ちゃん、『アビエント』のマツモトは島地勝彦公認執事だよ。今日は特別に7時に開けるよう伝えておいたから、大丈夫。インペリアルのシガーモルトをやりながら、エル・レイ・デル・ムンドの葉巻を吸おうよ」

「一関に住んでいるおれよりも松本を手なずけてしまうんだから、先輩の人たらしには敵《かな》いません」

レイモンド・チャンドラーを気取るわけではないが、開店したばかりの、まだ客がいないバーの雰囲気は、凜としていて気持ちがいいものだ。装丁のいい書籍をはじめて開く心境に似ている。

バーマンのマツモトはニコニコしながらわれわれを迎えてくれた。嬉しいことに「アビエント」には初期のイチローズモルトからスコットランドで詰めた「サロン・ド・シマジ」プライベートボトルまでがすべて揃っている。

「マツモト、インペリアルを2杯シェイクしてくれ」

「かしこまりました」

マツモトは両腕を右横に水平に伸ばし、手首を小鳥の羽根のように細かく震わせてシェイクした。

「スランジバー！」と言ってひと口飲み、薄暗いバーのなかで正ちゃんの顔に目をやると、まるで白面の紳士であった。それに対してマツモトの顔はセクシーにこんがりと焼けていた。

「マツモト、一関の役所広司、ますます女が放っておかないだろう」

「それが最近、男性にも……。面白いお話をいたしましょう」

マツモトの口調はいつのまにか『千夜一夜物語』のシェヘラザードのようになっていた。

この時期マツモトは毎日、午後いちで市営プールに通っている。だいたいいつも貸切状態でほかに客はいない。彼はそこで、ご主人さまの留守中に豪邸のプールでひと泳ぎしているバトラーのような心境に浸っているのだという。

ところがその日は様子がちがった。一人の巨漢がプールサイドに腰を下ろし、マツモトの引き締まった肉体に熱い視線を送っているではないか。マツモトはそのエロい視線に気がつかないふりをして、息が続く限り潜水してから再び顔を上げた。そこには眩《まぶ》しい視線がまだあった。

突如、昔の悪夢が蘇ってきた。若いころ、マツモトは仙台でバーマンの修業をしていた。温泉好きの彼は、休みになるとバイクに乗って露天風呂を巡っては日ごろの疲れを癒していた。

ある日、人っ子一人いない天然の岩風呂のなかで、連日の過労が祟って素っ裸のまま寝入ってしまった。何時間眠っていたのだろうか。ガヤガヤと騒々しい雑音に目を覚ました。さっきまでは静寂のなかにせせらぎの音だけが聞こえていたのに、いまは至近距離で人の声が聞こえる。いったいどういうことだろう。

目を開けてみると、70代と思しき裸の婆さん5～6人に囲まれていた。しかも婆さんたちは孫を可愛がるようにやさしくマツモトの体を触っていた。

「わたすたつだって、むかすはこんなに肌がスベスベすていだときがあったべ」

マツモトは這々《ほうほう》の体《てい》でババア地獄から抜け出した。

さて、一難去ってまた一難、市営プールのマツモトは巨漢の熱い視線におびえていた。

ソッチの人なのか？　そう考えたとたん、えもいわれぬ恐怖が襲ってきた。プールには監視人もいない。やつは180センチ90キロはあるだろう。羽交い締めにされたら逃げられない。まだほとんど泳いでいないけど、今日はもう帰ろう。マツモトはそう決心してロッカールームに向かった。

そこにもやはりほかの客の姿はなかった。急いでシャワーを浴びて出ると、素っ裸のマツモトの前にあの巨漢が立ちはだかった。男は相変わらずの熱視線を投げかけながらこう告白した。

「ずっと探していたんです！」

その目は真剣そのものだった。マツモトはみるみる真っ青になり、ただただタオルで股間を隠すことしか出来なかった。

「わ、わたしをですか!?」

なんて人生だ。こんなところで〝童貞〟を

奪われたら可愛い女房になんて言えばいいんだ。やっぱりガキのころに少しだけかじった空手を続けておくべきだったか。とにかく、絶体絶命のピンチだ。

すると巨漢が核心に迫った。

「そのゴーグルを売ってください！　ずっと探していたんです！」

ゴーグル？　オデコにつけているこのゴーグル？　20年近く前に仙台で買ったゴーグル？

「こ、こんなものが欲しいんですか？」

「ぼくはゴーグルのコレクターで、ずっとずっとそのアリーナを探していたんです。どうかそれを譲ってください！」

「わ、わかりましたから、とにかくパンツを穿かせてください」

結局、巨漢の熱意に負けてその場で2000円の商談がまとまった。

「あの大男の熱い視線は一生忘れられないでしょうね」

「ありがとう、マツモト。こんなに笑ったのは久しぶりだよ。腹から笑うと免疫力が増すというじゃないか」

「じつは、後日談がありまして……」

「まだ続きがあるのか！」

「この顚末をフェイスブックにアップしましたら、沢山のコメントをいただきました。そのなかになんと、巨漢本人からのメッセージがあったのです」

〈先ほどはありがとうございました。まさかの本人です。出勤時間がせまっていまして、考える間もなく急がせてしまい申し訳ございませんでした。早速職場の机に飾らせていただいております。〉

市営プールの巨漢は、礼儀正しい〝ロマンティックな愚か者〟だったのだ。

わたしを困らせる〝不治の病〟

わたしには山ほど欠陥がある。なかでも忘れモノの癖は子供のころからの筋金入りである。母親に忘れモノを学校まで届けてもらうなどということは日常茶飯事であった。そして73歳になったいまでも、その病は完治していない。

毎週末、午後1時から8時まで伊勢丹の「サロン・ド・シマジ」のバーで立ちっぱなしで働いていると、この病はますます悪化するらしい。今日も一日終わったなあ、という安堵感が症状に拍車をかけるのかもしれない。よくバーに忘れモノをして帰ってしまうのだ。

つい先日も、グッタリしてタクシーのバックシートに身を沈めていると、伊勢丹のヒロエから電話が入った。

「シマジ先生、ダイアリーをお忘れです」

「うっ、なになに……」と確かめてみると、ジャケットの裏ポケットに収まっているはずの、わたしの可愛い〝秘書〟が見当たらないではないか。〝秘書〟とは、鮮やかなナイルブルーの革表紙に銀色のシャープペンシルがついた、命の次に大切なスマイソンの手帳のことである。

「ヒロエ、すまないが、タクシー代を出すから、広尾の『サロン・ド・シマジ』本店まで持ってきてくれないか」

「じつは、今夜は彼女と食事の約束をしていまして……」

「そうか。伊勢丹にバイク便はあるか？」

「いえ、ありません。よろしければ月曜着でお送りしましょうか」

「そんな悠長なことは言っていられない。その手帳がないと明日の予定もわからないし、原稿の〆切もわからないんだよ。ヒロエ、じゃあこうしよう。お前も一杯だけ飲んだことのあるポート・エレンを手酌で飲み放題ってことではどうだ」

ヒロエは一瞬、沈黙した。そしてこう答えた。

「わかりました。行きます！」

やっぱりポート・エレンは女よりも強かった。わたしはこころのなかで拍手喝采した。

「いま8時10分だから、おれはこれからメシを喰いに行って、そうだな、10時までには帰っていると思う。お前と一緒に食べたいのはやまやまなんだが、その店は予約がいっぱいで一人しか入れないんだ。悪い、蕎麦かラーメンでも食べてきてくれ」

「了解しました。それでは10時ごろに伺います」

10時ちょっと前、ヒロエはニコニコしながらやってきた。テーブルにはポート・エレン12番リリースのボトルと冷えたスペイサイド・グレンリベット・ウォーター、それにエアレーターと江戸切り子のショットグラスを用意しておいた。

「おれも久しぶりのポート・エレンだ。ヒロエ、今夜は好きなだけ飲んでいけ」

愛しき〝秘書〟が戻ってきたので、わたしは嬉しくなって頬ずりをした。こいつはわたしから片時も離れたことがない大事な大事な〝相棒〟なのだ。しかし〝秘書失踪事件〟はこれで二度目である。二度あることは三度あるというから、これからはこころを引き締めていかねばなるまい。

1時間くらい飲んでいただろうか。ヒロエのスマホがけたたましく鳴り響いたかと思うと彼はすぐさま立ち上がって頭を下げた。

「どうもご馳走さまでした。今日はこれで失礼いたします」

翌日の日曜日。たまたま早起きしたので、

伊勢丹に出勤する前に恵比寿ガーデンプレイスのスポーツクラブに行った。とはいえあまりゆっくりもできないので、500メートルだけ水中歩行をしていそいそと帰ってきた。するとなんとしたことか、今度はスポーツクラブのロッカーにカギ束を忘れるという失態を演じてしまったのだ。

狂ったような猛暑のなかを歩いて帰ってきて、マンションのオートロックを開けようとしてはじめて、そのことに気がついたのだった。ただでさえ汗だくの上に、さらに冷や汗までかいてしまった。

慌ててタクシーをつかまえて、ジムに急行した。幸いなことに、件のロッカーはまだほかの人が使っていなかったので、わたしのカギ束は扉のポケットに静かに鎮座していた。

「これまでえこひいきしてくださった神さま、ありがとうございます」

神さまに感謝して頭を下げた。わたしはまだ見捨てられてはいないようだ。

仕事場に戻ると、安心したのか急に便意をもよおした。快食、快眠、快便がわたしの人生の極意である。すぐさまホワイトセージの香りが立ち込めるトイレにしゃがみ込んだ。ショートパンツの尻ポケットに入っている大きな財布が邪魔だったので、トイレットペーパーが付いている台の上に置いて、ぶっ放した。

さあ、そろそろ伊勢丹に向けて出発しなければ。さらに密度を増して押し寄せる熱波のなか、表に出てタクシーを拾った。夏休みだからだろうか、道がやたらと混んでいて、普段なら2200円ぐらいで着くところが、この日は2980円もかかった。そしてお金を払おうとした瞬間、クロコの財布がないことに気がついた。トイレに置き忘れてきたのだ！

慌てて担当バイヤーのナリカワに電話をか

けてタクシーまできてもらい、3000円を借りてその場は事なきを得た。わたしとしたことが、情けない！　またしても「神さま有り難う御座います」とこころのなかで手を合わせた。

帰りはマンションの下でタクシーに待ってもらって払えばいいだろうと思いながら、シエイカーを振っていた。すると閉店直前になって奇跡が起こった。集英社のサカモトが颯爽と現れたのだ。

「サカモト、このあと空いているか？」

「空いています。じつは今夜シマジさんにご報告しなければならないことが発生しました。むしろわたしからお誘いしようと思っていたところです」

「そうか。お前は救世主だ。財布を仕事場のトイレに忘れてきて、おれはいま一文なしなんだよ。サカモト、ついでにメシもおごってくれないか」

「楽勝です。その代わりにわたしの話を聞いてください」

「金か？　女か？」

「女です」

わたしはサカモトをハグしたくなった。タクシーに同乗して広尾の鮨屋「桂」でたらふく食ったあと、「サロン・ド・シマジ」本店に移り、シングルモルトを飲みながらサカモトの話に耳を傾けていた。

そのときだった。またしても全身に冷や汗が噴き出した。いけねえ！　今度はスマホを伊勢丹に忘れてきたようだ。一難去ってまた一難、わたしの忘れモノ癖はやっぱり重篤な病のようである。神さま、どうかスマホが見つかりますように。

ヒオキ・コウイチの大冒険

「一関千夜一夜物語」を読んだヒオキ・コウイチ（50）が粋な着物姿でニコニコしながら伊勢丹「サロン・ド・シマジ」にやってきた。

「バスタオルで前を押さえているマツモトさんの姿が目に浮かぶようでした。会社であれを読んでニタニタしていたら、部下たちに彼女からのメールをみてデレデレしているんだろうと勘違いされて大変でしたよ。シマジさん、じつはわたしも若いころに露天風呂でえらい目にあっているんです」

その体験談があまりに面白かったので、わたしは思わずメモをとりながら取材してしまった。

それはヒオキが29歳のときであった。オフロードバイクに颯爽と跨がって、夏の北海道を一人旅していた彼は、前日に泊まった宿屋でバイク仲間から聞いた話を思い出した。

「あの天然の露天風呂は最高だよ。近くを通るなら一度行ってみるといい」

話に聞いた露天風呂は確かこの辺りではなかったか。汗もかいたことだしひとっ風呂浴びていくのも悪くはない。広い北海道の国道から農道に入り、道なき道の藪のなかを抜けて行くと、湯気が立ち昇る天然の露天風呂にたどり着いた。

愛車のバイクを止めてスッポンポンになり、汗で湿ったシャツをバイクにかけて干した。そしてヒオキはザンブと風呂に飛び込んだ。プーンと鼻を衝く硫黄の匂いが気持ちを高揚させた。そこはまさに秘湯中の秘湯であった。

極楽、極楽、とばかりにお湯を愉しんでいると、突然、10メートルほど先の藪がガサガサと音を立てた。すると次の瞬間、中からヒグマの子供が1頭現れた。北海道では、子熊の後ろには必ず親熊がついていると言われている。ヒオキは極楽モードから一瞬にして地獄モードへと叩き落とされた。

慌てて風呂から飛び出した彼は、素っ裸のままバイクのエンジンをかけようとした。しかし焦っていてなかなかかからない。やっとのことでエンジンが動くと一目散に逃げ出した。チンチンというものはパンツのなかに収まっていないとこんなにも邪魔なのかと、そのときはじめてヒオキは思い知った。

農道を無我夢中で走りながら、この先の国道でパトカーに捕まったら、おれはなんと弁解すればいいんだろう、と心配になった。

「露天風呂でヒグマの子供に遭遇した」と言っても、信じてもらえるだろうか。

「ただいま錯乱した裸の男がバイクで逃走中」と警察無線で仲間を呼ぶかもしれない。捕えられてパトカーに裸のまま押し込められたら全国ニュースになるかもしれない。心配になったヒオキはそこでようやく正気を取り戻し、慌ててバイクを止めて服を着た。

それから4~5年が経ったころ、ヒオキはカヌーにハマっていた。野田知佑《のだともすけ》の『北極海へ』(文藝春秋刊)という本を読んで興奮したヒオキは、野田がカヌーで下ったマッケンジーリバーを、同じルートで冒険してみようと思い立った。

バンクーバーから飛行機を乗り継いで憧れのマッケンジーリバーの岸辺に立った。上流は静かな流れで、遠くを眺めても岸らしい岸はみえない。一見すると湖かと思われた。そして夜になると満天の星に歓声を上げた。

出発の朝、係の男が護身用に22口径のリボルバーを貸してくれた。

「これでグリズリーを撃つんじゃないぞ。やつらにとっちゃ、蚊に刺されたくらいなもんだからな。これは威嚇のために空に向けて撃つんだ」

借りたカヌーは折り畳み式のファルトボートだった。最小限の食料を積み込んで、ヒオキはいよいよ憧れの大河を下りはじめた。

意気揚々と漕ぎ出したヒオキは、のどかな流れの中央を気持ちよく下っていった。しかし人間という動物は水の上に長時間いると陸が恋しくなるらしい。よし、今日はここまでにしよう。彼は岸に向かって舵を切り、広めの岸辺を探してキャンプをすることにした。テントを張り終えると、辺りには夕暮れが迫っていた。驚いたのは蚊の大群の襲撃だ。しかも小さめのトンボくらいはあろうかという化け物の蚊が襲ってくる。ジーンズの上からも容赦なく刺された。みるみる脚が腫れ上がりジーンズが脱げなくなるほどだった。

想像以上の蚊の大群に恐れをなしたヒオキは、はじめの数日は現地で購入した虫除けクリームを使っていた。しかし成分が強すぎて皮膚が赤くただれてしまったのですぐに使うことを止めてしまった。

日本から持って行った蚊取り線香も焚いてみたがまったく効果がなかった。日本とカナダの蚊をサッカー選手に例えると、香川真司とドログバくらいの体格差があった。体が大きいだけではなく、獰猛《どうもう》で、強靭な生命力があった。

夕飯にはいつもパイクという魚を焼いて食べた。日本のカマスを大きくしたような淡水魚で、お世辞にも美味いとはいえないのだが、竿を出すとどこでも入れ食いでたくさん釣れたのだ。

ヒオキはその日も不味いパイクを焼いていた。すると突然、魚の焼ける匂いに釣られたのか、少し離れた藪のなかからグリズリーの子供が2頭現れた。すぐ後ろには大きな母熊の姿があった。

ヤバい！ ヒオキは取るものも取りあえず

一目散にカヌーに乗りこみ、岸を離れた。拳銃で威嚇する余裕など、とてもなかった。10メートルぐらい離れたところで振り返ると、グリズリーの親子はテントを滅茶苦茶に荒らしていた。

間一髪のところだった。テントのなかには大切なカメラと釣り道具もあったのだが、背に腹は代えられない。やはり熊の脅威は蚊なんかとはくらべものにならないということを思い知らされた。不幸中の幸いは、露天風呂事件のときとはちがい、服を着ていたことだろう。

マッケンジーリバーはその辺りからうねり出して、波が4～5メートルの高さになっていた。

「おれの実力では到底北極海までは行けない」

迫力を増した流れに恐怖を感じ、ヒオキはそこで川下りを諦めることにした。こんなうねりのなかを野田さんはよく北極海まで下り切ったものだと改めて感心しながら、近くの避難所に駆け込んだ。

会社に2ヵ月間の休職届まで出してはじまったヒオキの冒険はここで終わった。このとき、げっそり痩せこけた彼の体重は15キロも減っていたという。

「凄い冒険だったんだね」と言うと、ヒオキは笑みを浮かべてこう言った。

「若さが背中を押してくれたんでしょう。いまはとてもあんなマネは出来ません」

伊勢丹の「サロン・ド・シマジ」には面白いお客さまがやってくる。

翌日、伊勢丹に電話を入れるとスマホなどないという。冷たい汗をかきながら前夜サカモトと乗ったkmタクシーに電話をすると、スマホはそこにあった。さっそく着払いで自宅に送ってもらうことにした。

嗚呼、人生はまさに恐ろしい冗談の連続である。

新宿のニュー・パワースポット

以前、朝日新聞に書かれたことだが、伊勢丹の「サロン・ド・シマジ」は間違いなく〝ニュー・パワースポット〟である。先日、月に一度必ず「サロン・ド・シマジ」に来店するフリーライターの男がしみじみと告白してくれた。

「マスター、ここに通って1年以上になりますが、驚いたことに仕事の注文が10倍に増えました。もちろん買わせていただいたペリカンの万年筆も使っています。マスターには本当に感謝しております」

「わたしよりも後ろの壁に飾ってある今東光大僧正と柴田錬三郎先生の書に感謝したほうがいいよ。書の力というのはもの凄いんだ。だからむかしの日本間の床の間にはなにがしかの書が飾られていたんだよ」

書かれた文字にも言霊《ことだま》というのは確かにあるらしい。墨を磨《す》って揮毫《きごう》するとき、書き手は自分の持てる限りの〝気〟を、余すことなく筆先に送る。そしてその気は永遠に書に留まり続けるのだという。中国ではいまでも癌患者の患部に古い書を長時間当てる治療法があるそうだ。

ほかにも何人ものお客さまがここで気を浴びて幸せになっている。わたしの古い担当編集者のセオなどは今年（２０１４年）、10人抜きで部長に昇格した。だからセオは忙しいなかでもよく顔を出す。抜け目のないヤツだから、さらなる昇進を狙っているのかもしれない。

集英社のサカモトは「グランドジャンプ」の副編集長で、45歳の現在まで独身生活を謳歌してきたイケメン編集者である。彼は伊勢丹から目と鼻の先の四谷に住んでいるので、

「サロン・ド・シマジ」へはちょくちょく顔を出す。

サカモトとわたしが親しくなったきっかけは、彼の上司スズキ・ハルヒコからの紹介である。まだわたしが神保町の住人のころ、よく3人で明け方まで痛飲したものだ。サカモトは漫画の編集者をしているが、活字の本が大好きな男である。だからわたしに大接近してきたのだろう。

スズキはかつて『キャプテン翼』や『JIN-仁-』といった大人気漫画を手掛けた敏腕編集者だ。いまでは集英社の漫画部門全誌を束ねる担当役員をしているのだが、部下の面倒見もいいし作家連中にも信用がある。この男、生まれ持った愛嬌が抜群なのだ。そして気前がいい。

いつだったか漫画界の重鎮藤子不二雄Ⓐ先生と一緒に「サロン・ド・シマジ」を訪れたことがあった。藤子先生は気さくな方で、居合わせたお客さまの求めに応じて何枚もサインをしていた。密かにバーを抜け出した常連のシラカワはすかさず色紙を買ってきた。ここは伊勢丹のなかである。棺桶以外はなんでも売っているのだ。

いつのまにか横道に逸れてしまった。サカモトの話に戻ろう。

サカモトの上司のスズキには「クンタ」という愛称がある。後輩からは「クンタさん」、飲み屋のお姐ちゃんからは「クンちゃん」と呼ばれている。ゴルフ焼けした顔と天然パーマの縮れ毛が、むかし流行ったテレビドラマ『ルーツ』の主人公クンタ・キンテに似ているからだという。誰がつけたかは知らないが、そう呼ばれるようになって久しい。

はじめてクンタとサカモトと朝まで飲んだとき、クンタが酔った勢いで暴言を吐いた。

「おい、サカモト！　シマジさんとおれと、どっちが好きなんだ!?」

サカモトは迷わず「シマジさんです」と答えた。頭に「申し訳ないですが」ともつけずに。

「貴様、そろそろ人事異動の時期だということは承知の上だろうな」

「たとえどこへ飛ばされようとも、シマジさんのことが大好きになってしまったんだから仕方ありません」

「サカモト、これだけは覚えておけ。お前が大好きになったシマジさんは、おれが、このおれが紹介してやったんだぞ」

「もちろんです。今夜のことはクンタさんに感謝しています。これからもクンタさんのために馬車馬のごとく働くことをお約束します」

「悔しい！ どうしてこいつはおれよりもシマジさんを好きになってしまったんだろう。こんないい加減なオヤジに、どうしてコロッと騙されてしまうんだ」

「クンタ、お前はタッチャンに似ているね。タッチャンは女のことではヤキモチを焼かないが、男のことになると嫉妬深いんだ。そこがまたチャーミングなところなんだけどね」

「ホントですか？ タッチャンって、あの写真家の立木義浩先生ですよね？」

また横道に逸れ出した。誰かなんとかしてくれ。とにかく急いでサカモトに話を戻そう。

この間、大事なクロコダイルの財布を仕事場のトイレに忘れて出勤した日の閉店間際、サカモトが久しぶりに「サロン・ド・シマジ」に顔を出してくれた。

「シマジさん、今夜は報告しなければならないことがあるんです。このあとお時間がありますか？」

「話というのは、女か？ それとも金か？」

「女です」

「サカモト、いいところにきてくれた。じっくり聞いてやるから、まずはメシを奢ってくれないか。家に財布を忘れてきてしまって今日は一文無しなんだ」

「お安い御用です。ぼくにお任せください」

と、ここまでは先日も書いた通り。ここからようやく本題に入る。

いつものように伊勢丹本館前でkmタクシーを拾った。サカモトは我慢出来ずクルマのなかで告白しはじめた。

「シマジさん、じつはぼく、結婚したんです」

「45歳まで独身生活を謳歌したんだから、もういいんじゃないか。おめでとう！」

「それで、ぼくが結婚した相手というのはシマジさんも知っている女性なんです」

おれの知ってる女？　頭のなかをかき回してみてもいったい誰なのか想像もつかない。わたしは無意識のうちに上着のポケットからスマホを取り出していじっていた。

「だいぶ前のことですが、『サロン・ド・シマジ』が閉店する時間に、ぼくとシマジさんと女性客が2人残っていたことがありましたよね」

「そんなことがあったっけ」

「『サカモト、このあと空いてるか？』と訊かれたので、『この近くに美味しい中華があります』と言いますと、シマジさんは2人の女性に向かって『よかったら一緒にどうですか？』と訊きました。彼女たちは二つ返事で『喜んで』と答えました」

「そんなことが、あったな。だんだん思い出してきた。あの店はじつに美味かった。後日一人で近くまで行ってみたんだが、おれの脳細胞ではどうしてもみつからないんだ。わかった。あのときのどっちかと結婚したんだな」

「そうなんです。彼女たちはシマジストーカーみたいな女です。もちろんメルマガにも二人で入っています」

「思い出してきたぞ。たしかあのときいたのは、熟女と若い美女の二人だったよな。で、どっちを選んだんだ？」

「熟女はシマジさんにお任せして、若いほうを選ばせていただきました」

おそらくこのときわたしはスマホを座席に放り出したのだろう。次の火曜までスマホ無し生活を余儀なくされたのは前に書いた通りだ。

「で、結婚式はいつなんだ？」

「先週、二人だけでニューヨークの教会で挙げてきました」

「それはなかなか賢くてセンスがいい選択だね。結婚というのは、永すぎた春よりも出会い頭のほうが幸せになれるとおれは思うよ。クンタはこのことを知っているのか？」

「知りません。結婚のことをお知らせしたのはシマジさんが最初なんです」

「来週早々にでも、クンタと二人で飲みにいって報告しておけよ」


3日後の深夜、わたしが黙々と原稿を執筆していると、案の定クンタから電話がかかってきた。

「悔しい！　サカモトのやつ、おれより先にシマジさんに報告したらしいじゃないですか。おれはあいつの直属の担当役員ですよ。それに嫁は29歳のキャピキャピのフルボディだというじゃないですか。ああ、悔しい！」

「クンタ、お前はおれに悔しがっているのか？　それともサカモトに悔しがっているのか？」

「両方ですよ！」

興奮が収まると、クンタは静かにこう告げた。

「シマジさん、われわれ仲間内でバカなサカモトを祝福するささやかなパーティを開きますから、そのときは是非、名スピーチをお願いします」

ニュー・パワースポットの気を浴びて幸運

をつかみ取りたいすべての方に対して、「サロン・ド・シマジ」の扉はいつでも開かれている。もちろん動機は不純でも構わない。

大人の自由研究、京洛の旅

２０１４年8月16日土曜日、伊勢丹「サロン・ド・シマジ」の仕事を休み、わたしの〝愛人〟お福さんの招待で京都の大文字焼きの送り火を見物しに行った。

新幹線の中で、わたしの著作をすべて記憶してくれている〝ミスター・インデックス〟ことモリマサが心配そうにつぶやいた。

「シマジ先生、京都は大雨らしいですよ」

「心配することはない。雨ぐらい、おれの念力でなんとかしてやる」

まだお元気なころのシバレン先生は、雨の予報をテレビで目にすると、必ずわたしに電話をかけてきたものだ。

「シマジ、明日一緒にゴルフに行ってくれんか。大雨の予報が出ているんだよ」

「わかりました。お迎えにあがります」

わたしは編集長の言うことよりもシバレン先生のご希望を絶えず優先していたのだ。その翌日は曇ってはいたが雨は一滴も降らなかった。わたしはそれほどまでに〝晴れ男〟なのだ。別名〝歩くてるてる坊主〟と呼ばれたくらいである。

道中、モリマサが用意してくれたタリスカー10年とザ・プレミアムソーダ山崎、ブラックペッパーで、濃いめのスパイシーハイボールを作って飲んだためか、酔った勢いでこれまでの〝晴れ男体験談義〟に華が咲いた。

「先発隊のタルサワさんから『ただいま京都

では大雨が降っています。なんとかしてもらうよう、シマジさんによろしく頼んでください』とメールがきました。タルサワさんはシマジ先生の念力をご存じなんですね」

「任せておきなさい。おれはこの通り、傘もカッパも持ってきていない。モリマサ、おれが尋常ならざる〝晴れ男〟だということをインデックスにインプットしておけ」

うなずきながらもモリマサの目にはかすかな疑いの影が漂っていた。

京都駅に着くと、雨は小降りになっていた。

「モリマサ、そんな目でおれをみるんじゃない。大文字焼きがはじまるころにはすっかりあげておくから安心しなさい」

「………」

宿泊先の京都東急ホテルのフロントに到着すると、一人の巨漢が「夏の、大人の自由研究、京洛の旅」と書かれたのぼりを立てて待っていた。このイタズラごころが素晴らしいではないか。今回の1泊2日の旅のアテンドをしてくれたタルサワは、身長184センチ、体重168キロの見事な体軀を誇る。そこそこ大きなのぼりなのだが彼が持つと小さくみえるのが可笑しかった。

「シマジさん、ごめんなさい。お福が急にこられなくなってしまいました。神宮外苑の花火大会に招待されていたことをすっかり忘れていたそうです。シマジさんに会えなくて悔しがっていましたが、どうも大切な得意先が相手のようです」

艶やかなお福さんがこられないのにはちょっぴり落胆したが、これればかりは仕方がない。

大文字焼きの送り火の会は京都市上京区にある西山浄土宗の十念寺で行われる。山号は華宮山といいご本尊は阿弥陀如来である。永《えい》享《きょう》3年（1431年）足利義教《よしのり》が後亀山天皇の皇子真阿に帰依し、誓願寺内に建てた宝樹院にはじまるとされる由緒あるお寺だ。

十念寺に入ると、すでに80名近いお客さんが集まっていた。まず本堂でお経があげられ、お焼香がはじまった。焼香は1回でも3回でも同じことで、お祈りする人を浄めるのだと僧侶は言う。説教をされたのは前住職の君野諦賢さん。

夜8時からはじまる大文字焼きを前に宴が催された。まだ雨は静かに降っていた。

「シマジさん、どうしてここにいるんですか!?」

「お前こそ、どうしてここにいるんだ!?」

なんと前回大活躍してくれたクンタが目の前にいるではないか。わたしたちはよほど深い縁で結ばれているらしい。訊くとクンタは宴の料理を担当している「御料理　はやし」の常連客で招待されたそうである。

こんな大人数だというのに「はやし」の料理は凝っていた。とくに鱧《はも》寿司が抜群に美味かった。料理人の林亘さんは「奇をてらわず、なにを食べたか記憶に残らずとも、こころに残る料理」を作る匠である。

8時になると同時に山の斜面に灯りがみえだした。そしてみるみるうちに大文字が山の中央に出現した。このときわたしは、メルマガを熱心に読んでくださる紳士淑女の健康と益々の繁栄とを、こころの底から十念寺のご本尊・阿弥陀如来にお祈りした。

「シマジ先生、雨があがりました!」

突然、モリマサがわたしの隣で素っ頓狂な声を上げた。

ここでわたしは、タルサワとお福さんが昵《じっ》懇《こん》の仲だという、粋な着物姿のご夫婦と同席した。この御仁は淺野裕尚さんといって、西陣織の老舗「織樂淺野」のご主人であった。

「シマジ先生、お会いしたかったです。先生のご本はほとんど読んでおりますが、先生のものの考え方、生き方が死んだ親父とよく似とるんですわ」

お父上の浅野宏さんは「織樂浅野」の2代目で、織物の世界で知らない人はいない有名人だ。その巨人ぶりはニックネームにもうかがえる。「祇園で遊んだ男」ではなく「祇園を遊んだ男」である。豪快なエピソードの数々はいまや伝説となっている。

しかし浅野さんはわたしを少々買いかぶっているようだ。浅野さんのほうこそ、裕福で懐深い商人の香りをプンプン漂わせていた。

そんな浅野さんと愉しく歓談していると、クンタがそーっと忍び寄ってきた。

「シマジさん、あそこの床の間の掛け軸に難しい漢字が崩し字で書いてあるんですが、あれ、なんて読むんですか？」

「遠すぎておれにも読めないが、あとでみてきてやろう。いま浅野さんと歓談中だから、あとでな」

「シマジさん、もったいぶらずにこちらのお方を紹介してください。いいお顔をしてるじゃないですか」

「そうだな。浅野さん、ここで偶然会ったのですが、この男は集英社の漫画部門の担当役員でスズキ・ハルヒコといいます。わたしの若い親友です」

「スズキと申します。さすがに親友はオーバーですが、シマジさんにはメッチャ可愛がってもらっています」

「浅野です。スズキさん、いいですね。シマジさんみたいな方に可愛がってもらって、もうなにも言うことはないでしょう」

「浅野さん、この人に可愛がられるのは大変なんですよ。お望みとあらばいつでもお譲りいたします」

クンタが浅野さんと話しているすきに、掛け軸の文字を読みにいった。そこに揮毫された二文字は、右から左に読んで「誠敬」。まごころをもってすべてのことにあたり、起居動作を慎むことをいう、広辞苑にも載っている有り難い言葉である。

「どうしてお前はあれを解読したかったんだ？　なかなかの向学心じゃないか」

「じつはおれの隣にフルボディの女がいるんです。おれのカンではそのうち絶対に『あれはなんと読むんですか？』と訊いてくる気がするんですよ。巧くいったらまた報告にきます」

「いや、もうこなくていい」

「シマジさん、偶然にもおれと淺野さんは同い年だったんです。しかも大文字を燃やす五つの山のうち一つは淺野さんの持ち物らしいです。素敵な人ですからシマジさんも仲良しになったほうがいいですよ。じゃ、また」

「凄いですね。大文字焼きの山をお持ちなんですか」

「いやいや、それはスズキさんの早合点です。わたしは、遠縁の者の山だと言ったんですよ」

大文字焼きはちょうど30分で消火され終了した。

それからは祇園のお座敷「松八重」に移った。このお茶屋は白洲次郎・正子夫妻がこよなく愛したところである。表札を揮毫したのは次郎である。玄関に置かれた竹の靴べらも次郎の作である。ほかにも岡本太郎、丸谷才一《まるやさいいち》など錚々たる文化人が常連客だった。

祇園の生き字引といわれている辻村康子さんは御年96歳になるそうだが、信じられないほどシャキンとしていた。お母さんのなかのお母さんは、わたしがはめているマサイ族の魔除けをかたどった指輪に興味を持たれるほど、好奇心の人であった。美しき謎の京女である。

そこからさらに京都のバー界のボスである西田稔さんがいる「Bar Keller」に河岸を

変え、25年もののハイランドパークをしたたか飲んだ。時計はすでに深夜の2時を回っていたが、浅野夫妻は最後まで付き合ってくださった。

タルサワが細やかに仕切ってくれた京洛の夜はじつに奥深かった。そして翌日の午後2時、わたしは東京の〝ニュー・パワースポット〟である伊勢丹「サロン・ド・シマジ」のカウンターに涼しい顔をして立っていた。

島地勝彦公認桃源郷 一関のはなし

「Pen連載の最終回まで読めなかった島地勝彦公認ストーカー、三浦清豪に本書を捧ぐ」

一関一高の同級生、三浦清豪が考案した「島地勝彦公認ストーカー」というジョーク名刺をみせられてから、早十数年の歳月が経った。偉丈夫だった清豪の突然の訃報にわたしは落胆し、近著『バーカウンターは人生の勉強机である』の献辞を慎んで清豪に捧げた。「サロン・ド・シマジ」のバー物語をこよなく愛していた清豪は、本書を待たず天国に逝ってしまったのである。

伊勢丹で現実のバーマンとしてカウンターに立っていると、ある日、早稲田大学の学生から「島地勝彦公認書生 金井洋介」という立派な名刺を渡された。このジョーク名刺は、わたしのエッセイの愛読者でないと、真の味わいはわからない。わが書生は卒論に開高健を取り上げる春秋に富む青年である。

わたしは息抜きを兼ねて3ヵ月に一度ぐらいの頻度で、故郷の一関へ遊びに行く。最近は締め切りに追われる身となってしまい、あちらにいても原稿を書いている始末であるが。

一関にあるお気に入りのオーセンティックバー「アビエント」の松本一晃バーマンは「島地勝彦一関公認執事」の名刺を自慢気に見せびらかしている。

だいたいいつも1週間程度の滞在であるが、「アビエント」にはわたしの信奉者の一人がわざわざ盛岡からやってくる。姿形が立派なその男は「岩手県警本部　警備部　公安課　課長補佐　小原博生」という格調高い名刺を持っているのだが、最近、密かに作ったジョーク名刺をわたしに差し出した。

そこには「島地勝彦公認護衛長」と書いてあった。小原は剣道7段の腕前である。わたしなどを護衛してもらうには勿体ないほどの本物の剣士である。

日本一のジャズ喫茶「ベイシー」のマスター、菅原正二はわたしにとって別格な存在である。彼は一関一高の1年後輩なのだが、こんな怪物が先輩にいなくてよかったといつも思う。そんな男と二人だけで、人生の奥義についてコソコソ語り合う愉しさはこれまた格別である。フジテレビで放送されている『ヨルタモリ』で、タモリさんが正ちゃんを真似ているのがじつに可笑しい。

「北上書房」の店主、佐藤周平もわたしが帰郷すると毎晩のように会う間柄である。彼は地元でわたしの本を一生懸命売りまくり、シマジ教の布教活動に一役買ってくれている。そして当たり前のことだが、商売柄、彼は本に関して造詣が深い。だから周平と本の話をしているとわくわくするほど愉しいのだ。

毎晩「アビエント」にやってくる千葉恵一は公認名刺は持っていないのだが、自宅に2畳の「サロン・ド・チバ」という小さなバーを所有しているという。シガー好きの千葉はそこに葉巻とシングルモルトを保管して、独り悦に入っているのだろう。わたしのいつけを守り、SHISEIDO MENを使っているから顔もつやつやしている。

食事はきまって「富澤」という魚屋兼料理屋で三陸の新鮮な魚介類を食べる。ここのウニはエッジが立っていて美味である。先月はサンマの刺身に舌鼓を打った。蕎麦なら平泉の「地水庵」が群を抜いている。肉が食べたくなると「丑舎格之進《うしやかくのしん》」に行くことにしている。

泊まるのは妻が先祖の土地を売って買った駅前の2LDKのマンションである。ここへは掃除洗濯の天才である妻も同伴してきてくれる。東京にいるときとはちがい一緒に食事もするのだが、「ベイシー」にも「アビエント」にも同行したがらない。男たちのバカ騒ぎに混ざりたくないのだろう。第一、わたしが「先生」と呼ばれているのを聞くと虫唾《むしず》が走るらしい。やっぱり「女房の目に英雄なし」なのである。

わたしは大荷物を持って行く癖があるので小さなBMWを自ら運転して行くことが多い。東北縦貫道を450キロ、約7時間もかけてドライブする元気がまだわたしには残っているということだ。もちろん、途中2回ほどサービスエリアで休憩するのだが。

雪が降る時期は新幹線で向かう。わたしはグリーン車で読書を愉しみながら行くのだが、妻はわたしと一緒だと目立って嫌だという、わざわざ普通の指定席に乗って行く。そしてこのおかしな夫婦は一ノ関のホームで再び出会うのである。

歳を取ると子供のころに親しんだ風景が無性に恋しくなるものだ。厳美渓《げんびけい》や猊鼻渓《げいび》の紅葉は小学校の遠足の思い出と重なって感慨無量である。室生犀星は「ふるさとは遠きにありて思ふもの　そして悲しくうたふもの」と謳っているが、あれは詩人ならではの感傷なのだろう。

わたしにとって故郷は、何度再訪しても飽きることのない桃源郷である。少年のころ、大人向けの「アルセーヌ・ルパン全集」や「シャーロック・ホームズ全集」を読み耽ったのも、ここ一関の地であった。

20歳の自分を振り返って思うこと

去る2015年1月11日、映画『甘い生活』のアニタ・エクバーグが亡くなった。83歳だったという。わたしよりちょうど10歳上だったのか。

深夜のローマ、トレビの泉のなかでマルチェロ・マストロヤンニと戯れるアニタ・エクバーグの妖艶な立ち居振る舞いは、54年が経ったいまでも鮮明に脳裏に焼き付いている。当時の彼女はまさに超フルボディの世界的なセックスシンボルであった。

『甘い生活』に感動していなかったらわたしは編集者稼業にはついていなかったであろう。だからマストロヤンニはわたしの神であり、アニタはわたしの女神なのである。

翌12日は成人の日で、街には20歳の若い男女が溢れ返っていた。53年前のわたしはどうしていただろうか……。じつは、なにもしていなかったのだ。

どうしてそういうことになったのか原因はよくわからないのだが、いまで言うところの引き籠もり状態に陥っていたのである。一日中ただただ4畳半の部屋に籠もっていた。メシを食べに行く以外、外に出る気がまったく起こらなかった。他人と会う元気がなくなってしまったのだ。その状態が10ヵ月は続いた。

青山学院大学に籍を置いていたものの、まったくの登校拒否状態で、ほとんどの時間をベッドのなかで本を読みながら過ごしていた。布団から這い出ると安物のウイスキーを呷る毎日だ。わたしの20歳の人生はまさに〝どん底〟で暗雲が厚く棚引いていた。生涯の師匠となる柴田錬三郎先生も今東光大僧正も開高健先生も、書物のなかでは出会っていたが、まだ現実の師としては存在していなかった。

高校時代に耽読したサマーセット・モームの『月と六ペンス』を再読したりもした。それでも元気は出てこなかった。あの光り輝く満月はアニタの豊満な巨乳、つまらない6ペンスはわたし自身の人生であった。そう思い込んでいた。当然、昼と夜が逆転した生活を送っていた。

わたしは18歳の浪人生活中に童貞を失い、それから暫くの間、女の部屋に転がり込み、同棲ごっこみたいな自堕落な生活をしていた。

「シマジ、いまみたいな生活をしていたら、お前はダメになってしまう。おれの下宿にこい。一緒に暮らそう」

親友の阿部勝に声をかけられなければ、あの部屋から脱出できていなかっただろう。いまごろどうなっていたかわからない。だからこそ人生には親友が必要なのだ。とくに青春時代の親友は大きな役割を演じてくれる。しかし20歳の引き籠もり生活中は、親友が訪ねてきても上の空だった。

テレビで新成人の輝きに満ちた顔をみるにつけ、あのときのわたしはいったいなにをしていたのだろうと思う。大げさなことを言うと、「人生とはなにか」と自問していたのかもしれない。

毎日が暗い海の底にいる深海魚みたいな生活であったが、時間の経過とともに、薄皮を剝がすように、ほんの少しずつ希望の光がさしてきたときは嬉しかった。まだ本調子にはほど遠かったが、ようやく復学を果たしたのである。

大学の掲示板に貼りだされたアルバイトにも応募した。10代の女の子の日本舞踊の発表会で記念写真を撮るカメラマンの助手をやったことがある。彼女たちは着物姿になる前、平気で上半身を露わにした。あっちでもこっちでもそんな状態なので、21歳のわたしは目移りしてしまった。まだ成熟途上の乳房はつぶらで可愛いものである。

きっといやらしい目つきでキョロキョロしていたのだろう。撮影はもう1日残っていたのだが、写真屋のおじさんから即刻クビを言い渡されてしまった。まあ、乾板のフィルムケースを手渡すだけの単純な仕事だったので、おじさんは一人でも問題はないのだ。きっと助手を従えているとハクがついたのだろう。後年わたしが「週刊プレイボーイ」の編集長になったなんて、あのおじさんには想像も出来ないはずだ。

新聞広告で新宿のキャバレーのアルバイトをみつけて、親友の阿部と一緒に面接に行ったこともある。いままさにオープンしようという時間に店へ入ると、綺麗に着飾ったホステスさんが固まっていて、「いらっしゃいませ！」と微笑みながら挨拶してくれた。いちばん奥に支配人がいた。

「アルバイトの件でお電話したシマジとアベです」と名乗るなり、支配人は「お帰りください。面接は終わりました」と言うではないか。

「えっ!? まだお話もしていないのに不合格なんですか？」

「そういうことです」

「ぼくたちは明日のある学生です。参考までにどうして不合格になったのかを教えてください。今後の人生の知恵にしたいのです」

わたしはしつこく食い下がった。

「あなたがたは今夜から一緒に働くことになるかもしれないホステスやボーイがいるなかを、頭も下げずに、まるでお客さんのような態度で入ってきました。その姿をみて、わたしは判断したんです」

「なるほど」と感嘆したものだ。きっと高い酒が飲めるだろうし、綺麗な女もうじゃうじゃいる楽天地だと考えていたわたしたちが甘かったのだ。そんなわたしがいま伊勢丹メンズ館でバーマンをやっていることを知ったら、あの支配人はどんな顔をするだろうか。

親しい精神科医から訊いた話によれば、引き籠もりは一種のハシカみたいなもので、症状の重い軽いはあるけれど、自我が形成されるなかで遅かれ早かれ誰もがかかる病だという。早ければ早いほど軽症で終わるらしい。本当だろうか。わたしの症状はかなり重篤だったような気がするのだが……。

新成人諸君、いや、すべての若者たちに告ぐ。どんなことがあっても希望を捨てないことだ。いろいろあってもやはり、人生は捨てたものではない。

一関市立中里中学校のおもひで

半世紀以上前にわたしが通った一関市立中里中学校がこのほど廃校になるという。なんともいえぬ寂しさを覚えるのはわたしだけではあるまい。

先日、伊勢丹「サロン・ド・シマジ」のバーを1年先輩の清野翼さんがひょっこり訪ねてくれた。清野さんとわたしは、小、中、高と同じ学校に通った間柄である。

お察しの通りわたしは札付きの遅刻魔で、高台に建つ校舎へと続く長い坂道を毎朝、息急《せ》き切って登っていた。そんななか、ふと前をみると清野さんが悠然と歩いているではないか。きっと夜遅くまで勉強しすぎたせいで寝坊したのだろう。

一方、わたしはというと、中学生のくせに毎晩遅くまでエロ本を読んではオナニーに耽り、精根尽き果て、朝、オヤジに逆さにされても眠り続けたほどであった。幸か不幸か、わたしは当時から遅漏気味だったのである。

清野さんは生徒会長を務め右総代で卒業した。たった1年違いとはいえ、そのころの先輩というのは下級生からすると怖い存在で、交流らしい交流はなかった。少年時代のそうした印象はいまだに忘れられないもので、バーのカウンターのなかでわたしはただただ恐縮して小さくなっていた。

近著にサインをして一冊贈呈しようとすると、清野先輩はそれを察知してこう言った。

「シマジ君の本はほとんど読んでいるよ」

見事に出鼻をくじかれたわたしは、ますます身を小さくするよりなかった。中学校時代の先輩には、いまだに敵わないものを感じてしまう。やはり人生の不幸は記憶の重荷なのである。

遠い昔を思い起こしてみよう。わたしが中学校に上がると同時に、それまで中里中学校で英語と数学を教えていた鬼教師が萩荘小学校に転勤になって、内心ホッとしたのを覚えている。明治生まれの恐ろしいオヤジに教わるなんて真っ平ご免だと神さまに祈っていたのが効いたのかもしれない。

毎朝のように遅刻して登校すると、坂の途中でよく佐藤大研校長と出会った。校長先生は植物学に明るいらしく、わたしを捕まえて土手に咲く草花を懇切丁寧に解説してくれた。おかげで遅刻はさらにひどくなった。

中学1年のときの担任は若くて美しい若生照江先生だった。早熟なわたしは淡い恋心を抱いていたにちがいない。この年頃にありがちな天邪鬼な愛情表現でよく若生先生を困らせたものだ。

「シマジ君、今日はどうして遅刻したんですか？」

若生先生がヒステリックに詰問すると、わたしは平然と嘘をついた。

「じつは寝グソをしてしまいまして、親にバレないように始末するのに時間がかかってしまいました」

「シマジ君が毎日遅れてくるのはそのせいなんですか？」

「はい」

クラスの全員が大爆笑したので若生先生はますます怒り心頭に発し、わたしを校長室に連行した。

「校長先生、わたしの代わりにシマジ君を怒ってください！」

若生先生はいまにも泣き出しそうな顔をして校長先生に訴えた。

ところが佐藤校長はニコニコしながら「やあ、君か」といっただけで、お小言はなにもなかった。日頃から校長と仲良くしておいてよかった、と胸を撫で下ろしたのを覚えている。わたしのジジイキラー術は当時からすでに身についていたようだ。

シマジという問題児がいたためか、2年生になると担任が千葉薫先生に代わった。千葉先生は小柄で、ちょうど前年読んだ傑作ミステリー『その女アレックス』に出てくるカミーユ警部くらいの背格好だった。とてもチャーミングな人で、頭もよく、理科が専門だったので、それから2年間だけ、わたしは理科に夢中になって好成績を収めた。先生を好きになるとその教科の成績がよくなるものである。

当時のわたしはエロ本と大人向けの「アルセーヌ・ルパン全集」と嵐寛寿郎《あらしかんじゅうろう》の映画「鞍馬天狗」シリーズと広沢虎造の浪曲に淫していた。虎造に淫するあまり、卒業時の送別会で同級生全員を前に「清水次郎長伝」を一席唸ったことがあったのだが、これはまったくもってウケなかった。時代はすでに浪曲ではなくなっていたのだ。

校舎からの眺めは素晴らしかった。遠くに北上山脈を望み、眼下には北上川が流れていた。すぐ隣には蘭梅《らんばい》山があり、悪童たちとよくこの山へ行って遊んだものだ。一関の街並みもみえた。その情景は校歌に歌われている。詞は中里中学校で国語を教えていた鈴木みな先生によるものである。

〈みはるかす遠山脈《とおやまなみ》の東《ひんがし》に紺青《こんじょう》澄めば
そのかみのゆかりも深く北上の流かがよう
今ここにのぞみて建てる学《まな》び舎《や》の常に美《うるわ》し
あゝわが学び舎永久《とわ》に美し〉

そんな中里中学校がこの（2015年）3月で68年の歴史に幕を下ろし、隣の山目中学と統合されて廃校になる。4月からは新築の校舎で一関市立磐井中学校として再スタートを切るそうである。すべては地方の衰退と少子化問題が根底にあるのだろう。

人生の小春日和に欠かせないシマジ公認人脈

もうすぐ74歳になろうというのに、わたしはいまだ「アカの他人の七光り」で人生の小春日和を愉しんでいる。なんといっても〝島地勝彦公認人脈〟がいい仕事をしてくれるのだ。

最近仲間に加わったのは「島地勝彦公認お

袋の味料理人」だ。恵比寿の日本料理店「雄」の店主である佐藤雄一は、わたしが子供のころに食べたオフクロの味を見事なまでに再現してくれている。たとえばコロッケだ。オフクロはコロッケをつくるとき、誰に教わったのか合い挽き肉とともに必ず本物のバターを練り込んでいた。するとジャガイモが肉の脂とバターを吸い込んで上等な香りを纏《まと》ってくれるのだ。

お新香もユニークである。1週間近く漬けっ放しにしたキュウリの糠漬けを細かく刻み、千切りのミョウガと削ったばかりのオカカを混ぜ合わせたものだ。これは助手の夏織の腕にかかっている。彼女はまだ公認ではないが、いつも最高の出来映えだ。このように刻んだ漬け物は「覚弥の香々」と呼ばれ、そのむかし徳川家康の料理人岩下覚弥が考案した説と高野山で考案された説が書物に記されている。

付け加えておくと、「雄」はなんといっても米が美味い。と言うと公認料理人は「米も美味い」と言ってくださいと文句を言う。よく「東の魚沼、西の仁多《にた》」と謳われる奥出雲の仁多米を贅沢に使っているのだ。

73歳を過ぎたころからなぜか少年時代に食べた好物が無性に食べたくなった。そんなある日、自宅のマンションからいちばん近いところにある「雄」と運命的に出会ったのである。天の配剤とはこのことだろう。

しかし、残念ながらこの滋味はメニューには載っていない。3回くらい通ってから雄ちゃんに頭を下げれば、もしかしたら作ってくれるかもしれない。人生はまずは〝じかあたり〟からである。賢明なる読者諸君の成功をこころから祈っている。

先日、伊勢丹のバーで白川一義から「島地勝彦二代目公認ストーカー」と印刷された名刺をもらった。初代公認ストーカーだったのは一関一高の同級生、三浦清豪である。彼は「サロン・ド・シマジ」がオープンしたばかりのころ、末期の癌だというのに病室を抜け出して会いにきてくれた。清豪の嬉しそうなニヤニヤした顔をいまもよく思い出す。

歌舞伎役者でもないのに白川が二代目を襲名してくれたことは恩に感じるが、名刺の裏面をよくみると小さな文字で「隠し子」と書いてあるではないか！　この際だから、天地神明に誓って真実を告白しておこう。わたしには「隠し子」は一人もいない。

まったくもって解せないことがある。わたしには担当編集者が何人もいるというのに、誰一人としてわたしの妻の顔をみた者はいない。なのに、わたしとしたことが、こともあろうに、白川だけには妻の顔をみられてしまったのだ。そのいきさつは省略するが、ベートーヴェンとスカルの指輪がいけなかったのだ。

わたしには愛人がいる。「島地勝彦公認愛人」のお福さんである。昨年（2014年）9月の「サロン・ド・シマジ」2周年記念の折には、金襴緞《きんらんどん》子《す》の帯を締めて、バーの祝宴に駆けつけてくれた。自慢のウィッグをつけてレオナール・フジタに変装していたわたしをみると、お福さんは「あなた、お似合いよ」と言って褒めてくれた。

お福さんはヨダレが垂れるような見事なフルボディである。おまけにこころまでフルボディで、わたしが欲しい欲しいと思っていると、目が飛び出るほど高価なものを贈ってくれるのだ。男と女の崇高な愛は気前がいいものなのである。最近お福さんがロンドンでみつけてきてくれた贈り物の一つを、「MEN'S Precious」で紹介する予定だ。

そのお福さんの高校時代の同級生に足澤公《たるさわきみ》彦《ひこ》という超一流の万年筆好事家兼研究家がいる。わたしはこの男に万年筆のことをすべて任せている。「島地勝彦公認万年筆顧問」とは彼のことである。先日、一関のジャズ喫茶「ベイシー」で、菅原正二が大事にしている万年筆を手に取るや、足澤はたちどころにその素性を言い当てたそうだ。

「これは舞踏会の付けペンですね。1960年代の149、辻村ジュサブローの蒔絵です」

驚いた正ちゃんは椅子から転げ落ちたと聞いている。

「島地勝彦一関公認執事」松本一晃は、一関のオーセンティックバー「アビエント」のバーマンである。彼については以前にも書いたからここでは省略しよう。

岩手にはもう一人忘れてはならない男がいる。「島地勝彦公認護衛長」を自ら名乗り出てくれた小原博生だ。彼は歴とした岩手県警の警察官で、剣道7段の猛者であるから、その肩書に嘘はない。詳しくは『バーカウンターは人生の勉強机である』の138ページを読んでみてほしい。

「島地勝彦公認インデックス」森正《もりまさ》貴資のことはあちこちで書いてきたから省略したいところであるが、彼は最近、「サロン・ド・シマジ」でメンズ・ネイルアートに挑戦した。普段は某外資系企業の経理部で働くエリート・サラリーマンである。それなのにネイルアートを描いてもらったのだ。しかも絵柄はなんと資生堂の花椿のロゴと「ロオジエ」のシンボルである。資生堂はこの男を社外取締役にすべきではないか。

近頃頻繁にわたしのエッセイに登場する「島地勝彦公認書生」金井洋介のことはここではいいだろう。彼は毎週末「サロン・ド・シマジ」のバーでクローク係のギャルソンとして精を出してくれている。

最後になったが、重要な御仁がもう一人いる。それは新宿でダンディズムを売りにしているオーセンティックバー「ル・パラン」のバーマン、本多啓彰である。彼もまた毎土日欠かさず「サロン・ド・シマジ」に顔を出してくれる。しかも伊勢丹から目と鼻の先に店があるから、うちで飲み足りないお客さまは自然と本多のバーへと流れて行く。そこでわたしは「ル・パラン」を「島地勝彦公認サロン・ド・シマジ姉妹店」と呼ぶことにした。

ほかにも〝隠れ公認〇〇〟を数えると枚挙にいとまがない。わたしの公認人脈は誰に対しても自慢出来る人生の宝物である。

同窓会で披露しそびれた傑作ジョーク3連発

東京在住者による一関一高同窓会結成60周年記念総会で、全国的な人気者〝吉原さん〟こと菅原正二とわたしとの対談が行われた。

正ちゃんはわたしの1級下の後輩である。じつは在学中は一言も話したことがなかったのだが、70歳を過ぎてから急速に親しくなった。いまでは、会うと、まるで恋人のごとく寄り添って人生の奥義を語り合う〝わりない仲〟だ。

二人を取り巻くいまの環境はよく似ている。正ちゃんは一関で有名なジャズ喫茶「ベイシー」のマスターであり、わたしは毎週末、伊勢丹の「サロン・ド・シマジ」のカウンターに立つバーマンである。

正ちゃんは「ステレオサウンド」誌や朝日新聞の岩手版で洒落たエッセイを連載している。わたしはご存じの通り、火・水・木・金と別々のネットメディアに原稿を書き、そのほかに4つの雑誌でも連載を持つエッセイストである。二人とも文筆業と水商売で生計を立てている、いまなお現役の身なのである。

対談を企画したのは2年後輩の平野恵子さんであった。日曜日だったので、正ちゃんもわたしも店を休んで駆けつけた。

わたしたちは会うたびに「今度の東京オリンピックまでは頑張りましょうや」という合い言葉を交わす。５年後の２０２０年、「べイシー」は50周年を迎え、「サロン・ド・シマジ」は8周年を迎える。お互い無事であれば、その先はきっと新しい合い言葉を言い合っていることだろう。

「リニア新幹線で品川から名古屋まで40分で行って、一杯飲んで日帰りしようや」

リニア新幹線の開通は、東京オリンピックの7年先の予定である。そのころ、正ちゃんは85歳、わたしは86歳になっている。

同窓会では持ち時間が少なすぎて、得意のジョークを披露出来なかったのが心残りであった。そこで、この場を借りて、傑作ジョークを3連発でぶちまけることにする。

【世界一頭のいい男】

墜落しようとしている飛行機にたまたま5人の乗客が乗っていた。しかしパラシュートは四つしかない。そこで最初の男が立ち上がった。「わたしは安倍晋三です。日本はいまわたしを必要としている」と言って、パラシュートを一つ持って飛び降りた。

次に女が立ち上がった。「わたしはヒラリー・クリントン。次期アメリカ大統領として期待されているのよ」と言って、パラシュートを一つ持って飛び降りた。

3番目の男が立ち上がった。「わたしはジョージ・ブッシュだ。元大統領で、世界一頭のいい男だ」と、パラシュートを一つ持って飛び降りた。

4番目はなんとローマ法王だった。彼は5人目の幼い少女に向かってこう言った。

「わたしはローマ法王。年老いてもうすぐ死ぬ身じゃ。あなたがこのパラシュートを使いなさい。あなたにはこの先長い人生が残されているのだから」

少女はこう答えた。

「法王さま、心配なさらないでください。パラシュートは二人分あります。世界一頭のいい男の人が、わたしのリュックサックを持って行っちゃいましたから」

【貴方のイチモツがデカくなる】

「週刊プレイボーイ」に次のような広告記事が載った。

「手術不要。入院不要。瞬時にして貴方のシンボルが大きくなるマシン売ります」

短小に悩む読者のカナイ・ヨウスケが、書かれた事務所に送金して魔法のマシンを待った。1週間後、立派な木箱に入った品物が届いた。カナイはドキドキしながら開けてみた。

箱のなかには虫眼鏡が1個入っていた。

【吸血鬼ゴン太】

旅から戻ったモスキートのゴン太は腹をすかせながら、広場で美味しそうな人間を物色していた。

どうせなら美味い血をたっぷり吸ってやろう。お、きた、きた。

向こうからフルボディの巨乳ちゃんが尻をフリフリやってくるではないか。

モスキートのゴン太は飛んで行って、はだけられた乳房の、乳首に近いところを狙って一刺しくれた。そして、たっぷり吸った。

なんだ、この味は!? ま、まずい! シリコンじゃないか!

人間関係に、歳の差などは関係ない

近ごろの若者は軟弱だの草食系だのと揶揄されているが、そうとも言いきれないようだ。

先日、伊勢丹の「サロン・ド・シマジ」に一人の若者がフラリと入ってきた。帽子はボルサリーノっぽく、ラコステのポロシャツの胸元にぶら下げているサングラスもなかなかのモノ。お洒落な若者の目は好奇心からか、美しくキラキラ輝いていた。

「ここでは最初の一杯にみんなスパイシーハイボールを飲みますが……」とバーマン。

「いいえ、ぼくはシマジブレンドのアイスティーをいただきます」

若いお客はそう言うと、さらに続けた。

「本当はスパイシーハイボールを飲みたいのですが、あと5年待ちます。葉巻も」

「失礼ですが、お客さまは何歳ですか？」

怪訝な顔をしてバーマンが尋ねた。

「ぼくはいま中学3年生で、まだ15歳なんです」

「えっ!?」

カウンターに立っていた常連客全員が大声を上げた。

「どうしてここに？　どうしてわたしの存在を知ったの？」

驚いたバーマンは矢継ぎ早に質問した。

「ぼくは『MEN'S Precious』の定期購読者で、シマジ先生の大ファンなんです」

「えっ!?」

再び常連客たちが奇声を上げた。

カミヤマ（「MEN'S Precious」の担当編集者）聞いたか？　お前の雑誌は中学生にも読まれているんだぞ。誇りに思え！

いままでにも中学生や高校生がやってきた

ことはあるが、それはみんな父親同伴だった。たった一人でわたしに〝じかあたり〟してきた中学生など、開店以来はじめての快挙である。

その若者はじつに落ち着いていた。聞けば某名門中学校に通っていて、大学は受験して入らなくてはならないが、高校まではエスカレーターで行けるそうである。印象としては、まさに「躾のいいお坊ちゃん」という感じだった。

慣れない雰囲気に圧倒されたのか、さすがに口数は少なかったが、15歳の少年は目でいろいろなことを語りかけてくれた。わたしも目で応答した。まるで群衆のなかで出会った情を通じあう女と男のように。

「サロン・ド・シマジ」のバーはわざと入りづらく作られている。大の大人でもはじめてドアを開けるときにはかなりの勇気がいるはずだ。目の前までできておきながら2回断念して、3度目でやっと入店できた謙虚なお客さまだっているくらいだ。

そんな高い高い敷居を、この中学3年生は躊躇もせず一気に飛び越えてきた。末恐ろしくも頼もしい15歳ではないか。少なくとも、現時点では最年少のシマジファンであろう。

最年長のファンは、いまでも現役でお座敷に出ている京都祇園のお茶屋「松八重」の女将、辻村康子さん、97歳である。康子姐さんはわたしの本を本屋に買いに行き、常連のお客さまたちに配ってくれているそうだ。涙が出るほど嬉しい話だ。

15歳から97歳まで、74歳のわたしがこんなに幅広い層のファンを持てるなんて、物書き冥利に尽きるというものだ。

これまでわたしに〝じかあたり〟してきた人間の最年少者は、当時高校2年生だった矢野隆司である。今年、京都の大文字焼きを一緒にみながら、矢野とわたしは44年前の邂逅を二人で思い出していた。

それは、わたしがまだ「週刊プレイボーイ」のペーペーの編集者で、今東光大僧正がお亡くなりになって、ちょうど1年が経ったころだった。「極道辻説法」の愛読者であった矢野隆司が突然、学生服姿で集英社の玄関に現れたのである。

月日が流れ、矢野は神戸新聞の記者になった後、家業の大成機工に入社していまは副会長をしている。小泉政権時代には衆議院議員もやったことがある。そして今東光研究においては並ぶもののない第一人者である。

矢野はどうしてわたしに〝じかあたり〟してきたのか。それは大僧正が人生相談『極道辻説法』のなかで「例えばシマジの場合は……」とよくわたしの名前を出していたからであろう。矢野は大僧正のことをもっと詳しく知りたくて仕方がなくなり、大阪から遥々わたしに会いにきたのである。それから44年、わたしたちは熱く確かな友情を育んできた。

人生は運と縁とセンスである。かけがえのない友情も恋情も、〝じかあたり〟をきっかけに突然誕生するものである。今東光大僧正は77歳のときにわたしを〝親友〟と言ってくれた。中学3年生とわたしも〝親友〟になれるかもしれない。

ちなみに97歳の康子姐さんは、父親が74歳で母親が34歳のときの子供だそうである。お母さまは40歳も年上の男と恋に落ちたのだろう。友情においても恋情においても、歳の差など気にすることはないのだ。

〝社長付き丁稚奉公〟に進化した書生

島地勝彦公認書生のカナイ・ヨウスケが、書生を卒業した。といっても政治家を志すわけではない。カナイはそんな無粋な男ではない。

まだ早稲田大学文学部国文科4年生に籍をおくものの、カナイに残された最後の単位は開高健をテーマとした卒業論文だけだ。

そしてこのたび、運と縁があって一関に本社を持つ肉屋「格之進」のチバ・マスオ社長に見初められ、晴れて就職が決まったのである。

「格之進」にとって新卒の人間を採用するのははじめてのことだそうだ。伊勢丹のシガーバー「サロン・ド・シマジ」のカウンターに立つわたしとカナイの会話を聞いたチバ社長が、「是非、うちの会社に入ってくれないか」と申し出たのだ。

「格之進」はいま破竹の勢いで成長している会社で、直営のレストランが一関に2店舗、陸前高田に1店、東京に3店、そして今月(2015年11月)、代々木八幡にもう1軒が開店するという。

先日、久しぶりにチバ社長とカナイがバーに顔を出してくれた。社長は下戸なのでコーヒーを飲み、カナイは懐かしそうにスパイシーハイボールのロングを飲んだ。2ヵ月ぶりにみるカナイの顔は少し引き締まってみえた。一杯お代わりするたびに「社長、もう一杯飲んでもいいでしょうか」と断りを入れていた。

書生時代、天使の分け前ならぬ店主の分け前を飲んでいたころが懐かしい。カナイは約2年間、ほぼ毎土日、わたしの勤務時間中フルタイムで、クローク係として働いてくれた。

わたしの元書生は平成5年（1993年）生まれだが、頭のなかもこころも〝昭和の男〟である。そのせいか一見老けてみえる。お客さまに歳を当てさせると、34歳と言われたり、28歳と言われたりした。そのたびに喝采と爆笑がバーのなかにこだました。

どうしてわたしの書生になったのか？　それは開高さんのエッセイを読んでいたら、突然、「シマジ」なる男が登場し、気になって仕方がなかったからだそうだ。ある昼下がり、伊勢丹のバーにフラリとやってきた。それから毎週通うようになり、お客さまのコートや荷物を預かっているうちに、いつのまにか書生になっていた。

もともとの就職希望先は出版社だったが、わたしが思うに、出版の時代は終わったような気がするので、カナイにはあえて勧めなかった。たまに電車に乗ると、向かいも隣も、スマホばかりみているではないか。車内で雑誌や本を読む人は絶滅危惧種となってしまった。わたしが活躍したころは3兆円産業といわれていたが、いまではせいぜい1兆円ちょっとだという。

スポーツでも企業でも、明日を担う若者たちは金が大きく動くところに集まるものだ。もしわたしがいまの時代に就活をしていたら、やはり出版社は受けないだろう。というよりも、どこへ行ったらいいのかわからない。IT産業が幅を利かせているが、わたしには不得手な世界である。

カナイは社長に乞われて「格之進」に行った。名刺をもらったら「社長付き丁稚奉公」という肩書がついていた。チバ社長もカナイもなかなかやるではないか。

チバ社長は野心の人である。将来の夢を訊くと、パリとニューヨークに支店を作りたいというではないか。

聞けばカナイとチバ社長は、その日、上野寛永寺に眠る今東光大僧正の墓参りをしてきたという。

帰り際、わたしはカナイの目をみてこう言った。

「カナイ、おれを忘れて幸せになれよ」

カナイは無言のまま目にいっぱい涙を溜めてバーを出て行った。

カナイ、10年後、立派になったお前の姿をみてみたい。しばらくは一関に半分、東京に半分住むそうだ。是非、「ベイシー」のマスター菅原正二と「アビエント」のマスター松本一晃に可愛がってもらってくれ。タイミングが合えば、わたしが一関に行ったときに会えたらいいね。

カナイがいなくなり、「サロン・ド・シマジ」のバーは少し寂しくなったが、そのうちにまた書生2号の志願者が現れることだろう。

人生はやはり、運と縁である

開高文豪が愛用の品々について綴った『生物としての静物』という名エッセイ集をご存じだろうか。昭和56年（1981年）7月から昭和59年（1984年）1月にかけて雑誌「PLAYBOY」に連載していたものをまとめた書籍だ。

この本は、巻頭に記された4行の言葉ではじまる。

長い旅を続けて来た。
時間と空間と、生と死の諸相の中を。
そしてそこにはいつも、
物言わぬ小さな同行者があった。

ここで書かれている「同行者」から、わたしはお遍路さんでよく言われる「同行二《どうぎょうに》人《にん》」という言葉を思い出した。孤独に一人旅を続けていてもじつは一人ではない。いつも傍らに弘法大師空海が寄り添っているという意味の言葉だ。

開高文豪も世界中を旅していたが、身の回りには、弘法大師空海がいますがごとく、ふとした時にほっと心を安堵させてくれたり、奮起させてくれたり、気忙しい日々の生活に句読点を打ってくれたりするような物々を、厳選また厳選して愛用していたのだった。わたしのモノへの執着は開高文豪から学んだことの一つなのである。

万年筆、ライター等々、こだわりの品々を愛用しているわたしには、それぞれ同行者と呼べるような逸品があって、心の書斎には特等席を用意してあるのだが、パイプだけは空席のままだった。

ミッケ。パイプ愛好家ならば知らぬ人はいないだろう。ホルベック、イヴァルソンと並び称される北欧製ファンシーパイプの名匠である。

わたしにとって、ミッケのパイプは、開高文豪風に言えば、「買った。失くした。探した。」そんなエッセイが1本書けるくらいのものなのだ。

わたしも以前、そのミッケの名品を愛用していたことがあった。あまりの使いやすさ、咥えやすさ、喫味の素晴らしさに、どこへいくにもミッケだけをお供に連れて行く日々であった。

「超」の字がつくほど多忙であった日々の暮らしに、ミッケのパイプはゆったりとした句読点を打ってくれた。開高文豪の書いた通り「物言わぬ同行者」として、わたしの人生に寄り添ってくれていたのだ。

某日某夜某所、不覚にも銀座で深酒をしたことがあった。タクシーで帰宅し、お金を支払うときにパイプを座席に置いたわたしがどうかしていたのだ。タクシーを降りて、ほんの数歩を歩いて気が付いた。「忘れた！」

あとの祭りだった。物言わぬ同行者はタクシーの中で「わたしも降ろして！」と叫んでいたかもしれない。しかしその声は運転手には聞こえなかった。

あの夜以来、わたしの心の中に虚しい穴があいてしまった。ミッケがいない日々。同行者を失ったわたしはいつも空虚な心持ちで紫煙を燻らしていた。

そんな昔話をわが万年筆顧問である足澤公彦に告げたのは3〜4年前のことだった。足澤には不思議な霊力がある。人と人とをつなぐ力に加えて、人とモノとの出会いや再会を作り出す不思議なパワーを持っているのである。こころの底から、どうしても必要なんだと願えば、時間はかかっても、そのモノが現れるのだ。

わたしは足澤に短い言葉で思いを伝えた。

「もう、30年以上も探し続けているんだよ」

すると、足澤は、優しい笑顔で答えてくれた。

「同じミッケではないかもしれませんが、きっとミッケのパイプが島地さんのもとへやってきますよ。私も心掛けて探してみましょう」

ミッケのパイプはそんな簡単に「見っけ！」とはいかない。まず、製造された本数が著しく少ない。しかもどれもが名品ゆえ、一度所有した人は滅多なことでは手放さない。とにかく市場に出てこないパイプなのだ。

仮に出てきたとしても、散々使い込まれてヨレヨレのクタクタ。どこかのどなたかの同行者の務めを果たし、もうそれは上質の紫煙を生み出すことが出来そうにないものが多い。それでもコレクターが無数にいるものだから、中古市場でも100万円を軽く超えてしまう。しかも、最近では、お隣の国の手先の器用なアーティストがそっくりの偽物を作り、市場にそれらしく流通させているのだ。

先月（2015年10月）、全日本パイプスモーキング選手権大会が名古屋で開かれた。「サロン・ド・シマジ」によくくるパイプ愛好家に誘われたが、わたしは行かなかった。同日、岩手県の二戸市浄法寺町にある天台寺で瀬戸内寂聴先生が青空法話会を行うことを知り、癌と腰部圧迫骨折を乗り越えて久しぶりに法話を行う寂聴先生の応援に出かけることを選んだからだ。

名古屋のパイプ大会に行っていた足澤から深夜に電話があった。

「島地さん、夜分にすみません。ミッケを見つけました！」

「ほんとうか！」

「以前から知り合いだったんですが、名古屋のパイプ大会で仲良くなった松浦さんという方がミッケをお持ちで、手放してもいいと言ってます」

「状態はどうだ？　できれば写真を送ってくれないか？」

「名古屋には持ってきていないそうなので、東京に帰ったら送ってもらいましょう。松浦さんを含めてこれまで3人のオーナーがいたそうですが、いずれの方々もほとんど火を入れていなかったようで、状態は良いようです」

「足澤、すまないが交渉をまかせていいか？　よしなに頼む」

後日、足澤から写真が送られてきた。いかにもミッケらしいデザインだった。所有者である松浦さんはわたしの本の愛読者であることも伝えられた。そこで早速広尾の「サロン・ド・シマジ」本店にご招待することにした。

久しぶりの、正真正銘のミッケパイプとの夜には、パイプ愛好家のフジモト・タクも同席してくれた。松浦さん、フジモト、足澤、そしてわたし。4人のパイプ談義がはじまった。その夜、松浦さんは、ミッケのほかに、ミッケの友人であったイヴァルソンのパイプも持参してくれた。

柔らかな布に包まれて大切に運ばれてきたミッケは、小ぶりで端正なシェイプだった。わたしが持っていたものよりも一回り小さい。手に取った感覚はまさにミッケだった。30年前、100万人の読者を有する雑誌の編集長として東奔西走していたころの思い出が浮かんでは消えた。このパイプには不思議なパワーが秘められているのがわかった。

「いやあ、さすがはミッケです。すばらしい。ところでいくらでお譲り頂けるのでしょうか?」

わたしはおそるおそる訊ねてみた。

「このパイプはシマジさんのもとへ嫁ぎたがっています。シマジさんのもとでお役にたちたいと言っています。私はどうやら、シマジさんに橋渡しするまでの間、このミッケを大切にお守りする役回りだったようです。ですから、私が手に入れたときの金額でお譲りします」

なんと松浦さんは、わたしが即断即決できる金額を提示してくれたのだった。

さっそくヘレニズムを詰めて火を入れてみることにした。葉に灯った小さな光はゆっくりとボウル全体に広がり妖艶なアロマを部屋中に漂わせた。と同時に、記憶の彼方に忘れてしまっていた無数の出会いと思い出を甦らせてくれた。

「シマジ先生、お似合いです。ミッケを咥えていらっしゃるお顔、サイコーです!」

フジモトがいの一番にそう言った。

「松浦さん、ありがとう。私の30年来の心の穴が今夜埋まりました。一度失い、失ってはじめてわかった愛おしさの感覚を甦らすことができました」

「私もお礼を言わなければなりません。実は、近々結婚するんです」

「それはおめでとう！」

「じつは、私、この世に生を受けたときには女だったんです」

「え！」

あまりのことに思わず咥えていたミッケを落っことしそうになった。松浦さんはスキンヘッドに立派なひげをはやしており、声もしゃべり方も仕草も風情も、まったくもって、男の中の男、という風体なのだ。カミングアウトされなければ、絶対にわからないだろう。

「物心ついたときにはもう、自分が女としては生きていくのが苦しいと感じはじめていました。いわゆる性同一性障害というものです。高校を出て社会に出るようになって、私は男として生きていくことを選択しました。


そして、いろいろな逆境がありましたが、やっとここにきて人生の伴走者に出会えました。でも日本では同性婚が認められていません。それで妻の籍に養子として入り、生涯を共に生きていくことにしたのです。今は松浦ですが、間もなく田村になります。次回お目にかかるときはタムラと呼んでください」

「いやあ、言われなければ女性だってわかりませんよ」

「そうだと思います。昔の友人は誰も気が付きませんでした。道ですれ違っても、こちらから声をかけない限り、誰もわからないんです。一時期、私は透明人間になったかのように感じていた時期もありました。でもたった一人。男になった私に気が付いた人がいました。実父です。

あるホテルの男子トイレで鏡の前で身だしなみを整えていたのです。すると後ろから肩をたたかれて、カヨコ、お前おっきくなったなぁって声をかけられたのです。みると年老いた父が立っていました。10年ぶりの再会だったんです。絆の大切さを思い知った瞬間でした」

松浦さん、否、田村さんは心身の叫びにしたがって男らしく生きようとしてきた。ハーレーダビッドソンのバイクにまたがりツーリングに出かけたり、シガーやパイプを愛喫してきたのだという。その努力の最中にミッケと出会ったのだという。

「このミッケは実にすばらしいパイプですが、私にはもう不要なんです。妻が一緒にパイプを愉しもうって言ってくれていて、妻とお揃いのパイプを喫煙していくからです。アメリカ人のパイプ作家リー・フォン・エルクさんが、私のパイプと同じシェイプで小ぶりなものを妻のために誂《あつら》えてくれることになりました」

愛する者が出会い、人生の諸相を見つづける旅に一歩を踏み出した。絆の大切さを知る田村さんの顔は、女でも男でもない、一人の人間として豊かな顔つきだった。

田村さんは、人生の同行者と出会い、これから一緒に歩いて行く。その節目に、大切にしてきたミッケをわたしに譲ってくれた。人と人との絆、人とモノとの関係、その奇縁と奥深さを再認識した至福の夜だった。

人生はやはり運と縁とえこひいきである。

この1年の別れと出会い

歳を取ると、どうしてこんなに1年が速く過ぎて行くのだろうか。小学生のころはあんなに長く退屈に感じたものなのに……。

いつだったか、365日を自分の歳で割っ

た数字が、その人の歳に合った1年間の体感速度だと誰かに教わったことがある。例えば8歳の小学生の年間体感速度は、365÷8で「45・6」だ。それに対して74歳のわたしは「4・9」と、約9倍の速度で1年を生きていることになる。速く感じるわけだ。

今年(2015年)もいろいろな別れと出会いがあった。小中学校時代、毎朝わたしを迎えにきてくれた近所の菓子屋の息子、阿部賢一(ケンボウ)が亡くなった。いつも玄関先で母親が「ごめんなさい、ケンチャン。カツヒコはまだ寝ているのよ。先に行ってください」とケンボウに詫びていたのを思い出す。

わたしは小学生のころから毎晩、夜中の2時ごろまで本を読んでいて、ケンボウがくるころはまだ死んだように眠っていたのだ。痺れを切らしたオヤジがわたしを逆さに吊るし「カツヒコ、起きろ!」と叫ぶのだが、わたしはそれでも目を覚まさなかった。だから小中高を通じて、朝のホームルームには出たことがなく、みんなより必ず1時間ぐらい遅れて登校する悪童だったのだ。

そんなわけもあり、朝早く出勤しなくてもいい職種は何かと考えた結果、編集者になったのである。普通のサラリーマンになっていたら、何度クビになったかしれない。

伊勢丹の「サロン・ド・シマジ」のバーカウンターに毎週末立つようになって3年と4ヵ月が過ぎた。ここでも別れと出会いがあった。

2年間わたしの隣に立ってアシスタントをしてくれた「島地勝彦公認書生」のカナイ・ヨウスケが、わたしのもとから巣立って行った。いまは飛ぶ鳥を落とす勢いの会社「格之進」の千葉社長のもとで「社長付き丁稚奉公」として働いている。大人の礼儀作法から人たらしの会話術までを体得したカナイは、魅力ある有能な社会人になることだろう。今度は客として堂々と来店してくれる日を待つばかりである。ぐぁんばれ！　カナイ。

書生がいなくなりちょっぴり寂しく感じていたある日、ミズマ・ヨシオという常連客の男が東京の「島地勝彦公認バトラー」になりたいと志願してきた。

彼はまだ40歳で、外資系石炭商社の日本法人の歴とした社長である。会社は丸ビルのなかに居を構えている。以前、日商岩井に勤めていたところをヘッドハンティングされたそうだ。性格もいいし、センスもいい。しかも「サロン・ド・シマジ」で高価なものを買いまくってくれる上客でもある。そんな男が毎週日曜日、バトラーを務めてくれている。

とある土曜日、中学3年生の若きK.S.がまたしても一人でひょっこりやってきた。

彼の本名を明かすのは控えるが、偶然にもイニシャルがわたしと同じ「K.S.」なのだ。以前このスーパー中学生のことを伊勢丹の大西洋社長に話したら「是非会って挨拶したい」ということだったので、わたしはさっそく社長の携帯電話に連絡をいれてみた。

年末の大忙しのなか、大西社長は颯爽とバーに現れ、わたしがK.S.を紹介すると、「大西です」と言って丁寧に名刺を差し出した。

「すみません。生憎名刺を持ち合わせておりません。K.S.といいます。4年後、ここでシマジ先生の書生として働くことを夢みております。よろしくお願いします」

中学生が名刺を持っていたらかえって怪しまれるところだったろう。

「あなたはまだ中学生なのに一人でここへいらっしゃるところが凄いですね」

大西社長は素直な感想を述べた。中学生はいつものようにシマジブレンドのアイスティーを美味しそうに飲んで帰って行った。

もう一つ驚愕したことがあった。わたしは74年間の生涯で一度も島地という名字の人に出会ったことがなかったのだが、なんとその日、島地郁子さんという妙齢の美しい女性がバーにやってきたのである。嬉しくなったわたしは、新しく出版された文庫版『甘い生活』にサインを添えてプレゼントした。

「島地から島地へ」と書きながら妙な感覚に襲われた。彼女の先祖は岩手の盛岡だという。わたしの先祖は伊賀上野である。だから姻戚関係はまったくない。彼女もいままで島地姓の人に出会ったことはなかったそうだ。

そういえば、わたしがはじめて今東光大僧正にお会いしたとき、わたしの名刺をみていった大僧正の言葉を思い出した。

「島地というのは盛岡の島地黙雷の子孫なのか？」

「よく言われますが、わたしの先祖は伊賀上野のほうです」

島地黙雷は明治期の高僧として知られる偉人である。そしてなんと彼女はまさにその高僧の血を引く子孫だったのである。

「サロン・ド・シマジ」のバーはたしかに「ニュー・パワースポット」なのだろう。人生のいちばんの愉しみは、人と人との出会いであり、美しいものとの出会いである。来年はどんな出会いが待っているのだろうか。いまから愉しみでならない。

そうそう、世界一優美なパイプ「ミッケ」が30年ぶりにわたしの手の平に戻ってきたことも2015年の快挙であった。

毒蛇は今年も急がない

親愛なる読者のみなさま、新年あけましておめでとうございます。2016年も変わらぬ〝えこひいき〟のほど、よろしくお願い申し上げます。

今年（2016年）は3日の日曜日からバーのカウンターに立った。もちろんドクロ家紋の着物姿である。正月早々、沢山のお客さまが来店してくれたことに感謝したい。

ダビドフが「サロン・ド・シマジ」のリングを巻いてくれたシガーが飛ぶように売れ、去年の晩夏にスコットランドでボトリングしてきたトマーティン26年、グレンファークラス19年、バルブレア15年、キルホーマン5年が売れに売れた。有り難いスタートである。

年末から正月にかけては、ちょっと古いが『20世紀のファウスト（上・下）』（鬼塚英昭著　成甲書房刊）と、『チョムスキーが語る戦争のからくり』（平凡社刊）を読んだ。どちらも秀逸な本で非常に感銘を受けた。新しいところでは、塩野七生《しおのななみ》さんの『ギリシア人の物語』（新潮社刊）と黒鉄ヒロシさんの『刀譚剣記』（PHP研究所刊）、それに船橋洋一さんの『湛山読本』（東洋経済新報社刊）を同時に読みはじめた。

面白い本というのは、わたしにとっての活力源である。ページを捲《めく》るたびに、まるでフルボディの女が服を一枚一枚脱いでいくときのような刺激的な香りを漂わせてくれる。

さて、わたしの初詣はいつも明治神宮と決まっている。いまからちょうど50年前、集英社の入社試験を受けたとき、ふと思い立って夕方にお参りしたのが初体験だった。

ここの神さまとわたしはじつに相性がいい。なにせ、1500名が応募する難関の入社試験を突破した9名のなかに24歳のシマジ青年が入っていたのである。しかもわたしが入社した翌年の秋に「週刊プレイボーイ」が創刊され、たった一人の新人編集者として配属されたのだ。これはすべて明治神宮の御利益としか考えられない。

今年も明治神宮にお参りしたが、相変わらずの人だかりだった。みんないったいどんなことをお祈りしているのだろうか。

とっくに組織を引退し身軽になったわたしの祈りはシンプルである。

一つ、伊勢丹「サロン・ド・シマジ」のブティックとバーがますます繁盛しますように。

一つ、抱えている連載の着想が冴えに冴え渡り、コクのある文章が書けますように。

一つ、スコットランドのどこかの蒸留所からまた「サロン・ド・シマジ」のラベルでボトリングしてくれと注文が来ますように。

そして最後に、わたし自身の完璧な健康と、わたしに〝じかあたり〟しにきてくれる全国のコアなファンのみなさまのご多幸をこころからお祈りした。

果たして今年はどういう1年になるのだろうか。

わたしは今年の4月で75歳になる。四捨五入すると80ではないか。日ごろ「年齢不詳」を売り物にしているわたしであるが、寄る年波には勝てないものだ。歳を取っていく実感を年々ひしひしと感じている。

去年の12月、有明のがん研で全身を隈なくチェックしてもらったが、いまのところ癌細胞はどこにも見当たらないということである。わたし自身の存在が癌みたいなものなので、本物の癌が発生しにくいのかもしれない。

毎週、三浦寛先生のところで操体法《そうたいほう》の治療を受けるようになって、早3年目に突入した。もう三浦先生なしには生きていけない体になってしまった。とにかく気持ちがいい。人生では気持ちのいいことが正義である。精神はときに嘘をつくが、肉体は嘘をつかない。これは開高文豪の請け売りであるが、真理だと思う。

老体をしっかりとメンテナンスしつつ、今年もますます〝エレガントな野性味〟を目指そうと思っている。こういう自家撞着な言葉がわたしは大好きなのである。

男という動物にとっては、尊敬出来る「師匠」をみつけることが成長への近道である。25歳で柴田錬三郎先生にお会いして、28歳で今東光大僧正に巡り会い、34歳で開高健先生に出会ったわたしは果報者である。男として魅力ある大人になりたければ、仰ぎみるよき師匠をみつけることが要諦ではないだろうか。

新年早々説教っぽくなってしまったことをご寛恕願いたい。ここで敢えて言いたいのは、人生は決して捨てたものではない、ということである。だから「グッド・バイ」なんていって入水自殺した太宰治のことがわたしは大嫌いだ。そんなに慌てなくても死は向こうから必ずやってくる。

そう、今年も毒蛇は急がない。

ぐぁんばれ！　ミツハシ！

もうかれこれ7年間も続いている「日経ビジネス」の人気連載「乗り移り人生相談」が、わが高弟ミツハシの転職のため、２０１６年4月7日（わたしの75歳の誕生日）から、メルマガ「週刊 SUPER Shimaji-Holic」に乗り移ることになった。

だから読者のみなさまは、いままでわたしのエッセイを読んでくれているご褒美として、そのまま続けて、料金もそのまま、毎週火曜日に加えて木曜日にも新しいコンテンツを読めることになる。得するばかりで、悪い話ではない。

いまや日本もアメリカに負けず転職があたりまえの時代になったのだろう。講談社「現代ビジネス」のセオ部長も、最初はミツハシと同じ日経BPの社員で、しかもミツハシと入社年度も同期であった。51歳になったミツハシの転職はむしろ遅いように思われる。

ミツハシが意を決して行く先は、同じ経済誌を出版しているプレジデント社だ。もちろんウェブサイトもある。しかし、まさかそこへ「乗り移り人生相談」を持って行くのは業界の仁義にもとると考えたミツハシがセオに相談した結果、わたしのメルマガに移ってくることになったのである。

聞けばわが高弟はプレジデント社の社長に引き抜かれたそうだ。ミツハシはミツハシで今後は「食」関連の仕事に特化したいようで、プレジデント社が持っている「dancyu」のブランドに興味があるらしい。一時期編集長を務めた「日経レストラン」の休刊が転職の決心をさらに不動のものにしたようだ。

編集者は才能で生きている。わたしはミツハシから転職の決断を告白されたとき、諸手を挙げて大賛成した。ミツハシだったらどこへ行っても才能を発揮できることだろう。プレゼン能力、交渉力、対談を纏める文章力、発想力、すべてがここまでのレベルで磨きがかかったベテラン編集者をわたしはほかに知らない。高弟ミツハシのためならいつでも墨をすり、巻紙に手書きの推薦文をしたためてやりたいくらいだ。

想い起こせば、わたしが編集稼業から足を洗い、今度は自分の筆一本でメシを喰ってみようと思案していたころ、まだほとんど無名のわたしにひょっこりと電話をかけてきて会ったのが、ミツハシとの関係のはじまりであった。

「柴田錬三郎先生、今東光大僧正、開高健文豪を背中に背負って、人生相談をしてみませんか。題して『乗り移り人生相談』というのはいかがでしょう」

「面白い発想だね。やってみようじゃないか」

わたしはミツハシの奇抜な着想に二つ返事で乗った。

正直に告白すれば、編集者になったばかりのわたしは、運良く「週刊プレイボーイ」に配属され、これまた運良く柴田先生の人生相談の担当者になった。そして柴田先生の一挙手一投足を真似た。会ったその日のうちに、当時吸っていたホープをラークに代えた。それから暫くしてパイプと葉巻に宗旨替えしたのは言うまでもない。

柴田先生の作品はもとより、柴田先生が愛読した名著はほとんど読んだ。人生の成長の階段はまず敬愛する人物を真似ることからはじまるのである。

今東光大僧正からは「遊戯三昧」という仏教の深い教えを一子相伝していただいた。開高健文豪とは『水の上を歩く？　酒場でジョーク十番勝負』という対談集を共著として世に残している。

この3賢人が背後霊としてついているのがわたしの肉体である。3賢人に教わった人生の知恵を、老若男女を問わず広く伝授するのが、これからのわたしの使命かもしれないと思ったのである。

それにしてもミツハシのレスポンスははじめから素晴らしかった。打てば響くとはこのことだろう。

種明かしをすると、ミツハシが毎月1回、わたしの仕事場にやってきて、読者から届いた相談を5つ読み上げる。そしてわたしが一つのお題につき1時間ほどしゃべりまくる。それをまとめた原稿をミツハシが毎週日曜日に1回分ずつ送稿してくれる。わたしはチェックはするが、99パーセント直したことはない。ミツハシはわたしの回答によく笑ってくれる。そうするとわたしの回答はますます連想飛躍するのである。

閲覧数は多いときで約10万ヒットもあったという。この連載のお蔭でわたしの著作のファンが増えたのは言うまでもない。そして全国の熱狂的なファンが新宿伊勢丹の「サロン・ド・シマジ」に〝じかあたり〟しにきてくれるのだ。ミツハシにはいくら感謝しても し尽くせない。

「ところでミツハシ、この7年間でおれからなにを学んだ?」

わたしが敢えて尋ねてみると、ミツハシは神妙な顔をしてこう言った。

「そうですね、浪費癖でしょうか」

まあ、たしかに、コツコツ貯金をする人間よりは、派手に浪費する人間のほうがはるかに人生を愉しんでいると言える。それはまぎれもない真実である。

ぐぁんばれ! ミツハシ!

マロオケにイッた大人の日

2016年5月5日こどもの日、サントリーホールで指揮者なしのモーツァルト6大交響曲演奏会が開催された。〝マロさま〟こと篠崎史紀さんが33名の演奏家に声をかけて、東京初公演となる「マロオケ2016」が行われたのである。

しかもプロデューサーが振るっている。銀座で呉服屋「結美堂」を営む〝女将〟の結月美妃さんがたった一人で発案し、実行に移したのだ。そして、どこの企業の冠もつけず、たった一人だけの力で見事にやってのけたのである。

いまの時代、クラシックを聴きにくるお客は少なく、スポンサーから招待券をもらってやっと、ほどほどに席が埋まるのが普通なのだが、今回はすべて有料で、なんと95パーセントの席が埋まったのだ。サントリーホールは2006名の観客を収容出来る大ホールである。しかもこれは大型連休の真っ只中で行われた奇跡的快挙であった。

わたしの紹介で三枝成彰《さえぐさしげあき》さんに会った結月さんがこの構想を相談すると「やめるならいまのうちですよ」というアドバイスを受けた。あのクラシックの泰斗を持ってしても、ベートーヴェンならいざ知らず、モーツァルトの演奏会はあまり客が入らないと心配していたのだった。

何度断念しようかと思案にくれたことか。それでも結月さんの情熱の炎はますます燃え上がり、ついに決行に至った。結果は、三枝さんの心配は杞憂となって大成功を収めた。結月さんはクラシックのコンサートには客が集まらないという通念を破ったのである。

マロさまもさぞ喜んだことだろう。篠崎さんの人となりについては、以前わたしがネスプレッソで対談をやったので、参考にしてくれれば幸いである。

まず今回のマロオケは演奏家のリストが絢爛豪華である。日本の名だたる交響楽団のコンサートマスターや首席奏者が名を連ねている。

【バイオリン】
篠崎史紀（NHK交響楽団コンサートマスター）、長原幸太（読売日本交響楽団コンサートマスター）、水谷晃（東京交響楽団コンサートマスター）ほか7名

【ビオラ】
鈴木康浩（読売日本交響楽団ソロ・ビオラ奏者）、佐々木亮（NHK交響楽団首席奏者）、鈴木学（東京都交響楽団ソロ・ビオラ首席奏者）ほか1名

【チェロ】

桑田歩（NHK交響楽団チェロ次席奏者）ほか3名
【コントラバス】
西山真二（NHK交響楽団コントラバス首席代行）
【フルート】
甲斐雅之（NHK交響楽団首席奏者）ほか1名
【クラリネット】
松本健司（NHK交響楽団首席奏者）ほか1名
【オーボエ】
西沢澄博（仙台フィルハーモニー管弦楽団首席奏者）ほか1名
【ファゴット】
岡本正之（東京都交響楽団首席奏者）ほか1名
【ホルン】
日高剛（東京藝術大学准教授）ほか3名
【トランペット】
菊本和昭（NHK交響楽団首席奏者）ほか1名
【ティンパニ】
岡田全弘（読売日本交響楽団首席奏者）

熱心なクラシックファンでなくても驚くメンバー構成である。34名の名人たちは指揮者なしで、興に乗って、愉しそうに演奏していた。実際、モーツァルトの時代のオーケストラはこんな数だったそうだ。

そのころも一応、指揮者は存在していて、ときにはモーツァルトやベートーヴェン自身が指揮することもあったという。ただ、いまのように自らの音楽解釈を指示、演出するという強い立場にはなかった。せいぜい頭出しやテンポ指示といったくらいのものだった。だからモーツァルトの時代には指揮者なしで演奏されることも多かったそうだ。

指揮者の存在が大きくなったのは19世紀半

ばくらいからである。有名なのはマーラーで、彼は当時、作曲家というよりもむしろウイーンフィルの指揮者として名を馳せていたのである。

マロさまは独特のオーラを放ち、じつに存在感があった。ほかの演奏家たちは、彼の大きな背中をみながら安心して演奏している感じを受けた。

「今日のマロさまたちは2000人の男女を同時にイカせた感じでしたね」と顔をほころばせながら結月さんが囁いた。

「このコンサートは野球でいえば、4番打者だけを揃えてプレイしたような凄みがありましたよね」とサンデーバトラーのミズマが口を挟んできた。

「マロオケの特徴は女の演奏家が一人もいないことなんです。男ばかりの演奏は音がちがうんですよ。ですから今日は力強かったでしょう」と再び結月さん。

マロオケにはどうも男子校のノリみたいなところがあるらしい。この発言はミソジニストのわたしにはわかるような気がする。

男と女は別の動物である。男だけの世界に一人でも女が入ってくると、途端に雰囲気が変わり男たちは落ち着かなくなってしまう。それがフルボディの女ならなおさらだ。

余談になるが、これはよく伊勢丹「サロン・ド・シマジ」のバーでも起こる現象なのだ。男だけでヒソヒソと淫らな話に華を咲かせているところに、突然、妙齢の女性客が一人で入ってきたりすると、誰が合図をするわけでもないのに、途端に真面目な話に切り替わるのである。

さて、曲目がこれまた凄かった。

第一部　交響曲第25番K.183、交響曲第36番「リンツ」K.425

15分の休憩を挟んで第二部　交響曲第38番「プラハ」K.504、交響曲第39番K.543

また15分休憩を入れて第三部 交響曲第40番K.550、最後に交響曲第41番「ジュピター」K.551と続いた。

演奏が終了すると毎回毎回、万雷の拍手がホール内に鳴り響いた。「ジュピター」が演奏されると啜《すす》り泣きする聴衆までいた。たった34名が奏でるモーツァルトが、いつも聴いているフルオーケストラよりも音が大きく聴こえたのはわたしだけではないはずだ。きっと逸材だけの小さな集団だったからこそ、そう感じたのであろう。

そんななか、わたしの後ろのシートがポツンと一席空いていた。ここはいちばん早くチケットを手に入れた秋山義人教授の席であった。

「シマジさん、秋山さんは自分が死んだって気づいていらっしゃらないから、ここへフラフラやってきていますよ」と結月さんが意味深いことを言った。その隣のシートには秋山と親しかった霞ヶ浦高等学校の教諭、倉田郁雄さんが寂しそうに座っていた。

わたしにとって5月5日はこどもの日ではなく、ドラマティックな輝ける大人の日であった。たった一人の冒険者、結月美妃さんには盛大なる感謝の拍手を贈りたい。

佐野直彦の〝皮物語〟

佐野直彦は1965年アメリカのダラスで生まれた。父親が大手貿易商社に勤めていた関係から、そういう運命だったわけである。

直彦が生まれる前の1963年11月22日、両親はケネディ大統領のパレードを見に行った。白昼、群衆の目の前で大統領が暗殺されたとき、直彦はまだ精子にも卵子にもなっていなかった。

そんな大事件の2年後、直彦は生まれた。そして、生後すぐ、母親は、アメリカ人の習慣に則って直彦に割礼の手術を受けさせた。

それからわずか1年もたたないうちに、一家は父の転勤にともない韓国に移り住んだ。だから直彦の覚えた英語はただ一つ「ママ」だけだった。そしてソウルで4〜5年過ごした後、一家そろって日本に戻ってきた。

小学5年生のときには修学旅行があった。直彦自身「どうもおれは日本の少年たちとペニスの形状がちがう」とうすうす気がついていたため、みんなで風呂に入るときは無理矢理、皮を引っぱって包茎の状態に戻していたそうだ。郷に入っては郷に従え。多勢に無勢の環境だったのである。

普通の日本人は油断すると亀頭がすぐに皮を被ってしまうものだが、直彦の場合はその逆で、伸ばした皮から亀頭がすぐに顔を出してしまうのだった。仮性包茎ではなかった直彦は、可哀相に屈辱的な仕打ちを受けたのである。

わたしが「週刊プレイボーイ」の編集者だったころ、包茎をテーマにいろいろな取材を経験した。「包茎は陰茎癌になる!?」という特集を組んだこともある。衝撃的なタイトルだが、真実はというと、たしかに恥垢が溜まって陰茎癌になるケースもあるにはあるのだが、確率は10万人に1人ぐらいである。

その特集を読んだ多くの若者たちが形成外科に走ったことだろう。罪なことをしてしまったと、いまさらながらに反省している。

反対に、「オナニーは遊び皮がないと快感が半減してつまらない」と作家の田中小実昌《こみまさ》さんが告白する特集もやった。車のハンドルも多少の遊びがあってこそ実用的なのだと徳《とく》大寺《だいじ》有恒《ありつね》さんが言っていたが、それと同じことだろうか……。

わたしは実際に包茎手術に立ち会ったことがある。有名な形成外科の先生を訪ね、待つこと2時間、包茎に悩む大学生がやってきたのだ。その学生は仮性包茎で、別に手術をするほどでもなかったのだが、わたしはどうしても包茎手術の実態をこの目で見たかった。

すると、「シマジ先生、この患者は手術したほうがいいでしょうか」と本物の医者がふざけてわたしに訊いてきた。白衣を着たシマジ先生は迷わず、「当然でしょう。すぐに手術するべきです」と答えたのであった。

本物の名医は手術を決行することにした。陰毛を美人看護師に剃られた段階で、学生のオチンチンは隆々と天井を向いていた。勃起していると出血が多く手術が出来ない。しかし、さすがは名医、平然と学生にこう訊いた。

「大学はどこですか？」

「早稲田です」

「じゃあ、もうそろそろ期末試験があるんじゃない？」

「はい」

そう答えた途端、学生のオチンチンはみるみる萎《な》えはじめた。どの世界にも名人がいるものだと感心した。

しかし、わたしが先を急いだばっかりに、学生君にムダな手術をさせてしまったことについては、いまになって後悔している。実際、油断すると被ってしまう程度の仮性包茎は手術する必要はないと、わたしは思う。

話を戻そう。直彦は早稲田大学理工学部に学び、卒業後は、お父上の後を追うように大手の貿易商社に入社した。だが、たった3年でサラリーマン生活を辞めて、時計の革ベルトを作る会社を興した。そして縁あって伊勢丹「サロン・ド・シマジ」でシマジと遭遇したのであった。

皮に拘る直彦は、ガルーシャ（アカエイの革）を素材にした商品を有能な職人とともに考案した。直彦の美的センスに惚れたわたしは、伊勢丹「サロン・ド・シマジ」でガルーシャのブートニエールをはじめ、ガルーシャのカフスまで売っている。そしてこのたび、「ダブル・ガルーシャ・ストラップ」と命名された時計の豪華替えベルトを受注製作で売り出すことになった。

これは世界初の革新的な発明である。多くの日本人は、高級時計を買うと、最初からついてきたベルトをそのまま使い続けるが、それはちょうど絵画を買って、額装を施さずに壁に飾っているようなものだ。いちど高級時計をガルーシャの額縁に嵌《は》め込んで、驚くほどグレードアップした姿を直に確かめてほしい。

ガルーシャの替えベルトを発明したことで、直彦の〝皮物語〟は輝かしいものに逆転したのであった。

新作〝格言コースター〟の誕生秘話

伊勢丹の「サロン・ド・シマジ」がオープンして丸4年が過ぎ、2016年9月には目出度く4周年を迎えようとしている。このほど恒例の〝格言コースター〟12枚を書き下ろしたところである。

今回は、一関の〝別格〟ジャズ喫茶「ベイシー」の店主で同じ物書きでもある菅原正二にも助っ人を頼んだ。

助っ人というのは少々大げさで、わたしが一関に帰るたび、毎晩のように、二人で葉巻を燻らせてシングルモルトを飲みながら人生の奥義を語り合っているうちに、次から次へと自然に誕生した言霊といったところだろうか。

オープン当初、お客さまに衝撃を与えた格言コースターは「男と女は誤解して愛し合い、理解して別れる」であったのだが、この格言をリニューアルしてくれたのが正ちゃんである。

古い蔵を改造した店内に一日中籠もっている正ちゃんは、イスラム教ならぬ〝イスワル教〟の教祖である。テーブルの上においてある格言コースターを毎日眺めて思考し続けた結果、見事にこう改稿してくれた。

一「結婚とは、男と女が誤解して愛し合い、理解しながら我慢することである」

二「男と女は別の動物である。だから永遠に理解出来ないのかもしれない」

それに応えてわたしが「乗り移り人生相談」でいつも説いていることを格言風に付け加えた。

三「ときに文明は文化を破壊する」

現在の深刻な出版不況の原因はスマホの普及であろう。これは電車のなかで大人も子供もスマホゲームに耽っている姿をみて閃いたものだ。

四「二流と一流では背中がみえるほどの距離にあるが、一流と超一流とでは、姿がみえないほど遥かに離れている。そして超一流のまた遥か向こうに『別格』という存在がある」

正ちゃんはこう言う。「ドラマーの別格はバディ・リッチです。トランペッターの別格はハリー・ジェームスです。画家ではどうですかね」

「それはカラヴァッジョが断トツの別格でしょうね」とわたし。

五「遊ぶなら『道楽』より『極道』たれ」

六「一度酒のグラスに唇をつけたなら、残さず飲み干したほうが縁起がいい」

七「絶望に沈む人を照らす一条の光を人は『ユーモア』と呼ぶ」

この3作はいま「格之進」で丁稚奉公している元島地勝彦公認書生カナイ・ヨウスケの置き土産である。

八「男の顔は40歳までは両親の作品であるが、40歳からは自分自身の作品である」

この格言は、男性アイドルグループ「V6」の岡田准一が毎日曜日深夜12時からやっているJ－WAVEの対談番組「GROWING REED」にわたしがゲストとして呼ばれ、彼の吸い込まれるような美しい眼をみたときに、思わず口から出た一言である。

岡田はわたしより40歳も若いのだが、なかなかの感性の持ち主だった。映画『蜩《ひぐらし》ノ記』での好演技にわたしも感心した岡田准一その人が、わたしのエッセイを読んでくれていたのには驚いたし、嬉しかった。

九「おたがいに敬語で上品に話していれば、夫婦喧嘩は絶対にありえない」

これは以前、福原義春資生堂名誉会長ご夫妻と日帰りの小旅行をしたとき、お二人の会話を聞いて思ったことである。

十「葉巻と女はマメに面倒をみていないと、すぐ消えてしまう」

葉巻は農作物であってシガレットのような工業製品ではないので、とにかく葉巻は燃えにくい。だから不始末で火事になったりするのは紙タバコであって葉巻ではない。女がどうして消えたかは、それは自分の胸に問いかけてみてくれ給え。

十一「見た目は引力、中身は実力」

これは超高級オーディオシステムを売っている日本一のセールスマンが「ベイシー」で口にした言葉を、サンデーバトラーのミズマが書き留めておいてくれたものだ。商人として大切にすべき名言であろう。

十二「他人がすると『不倫』、自分がすると

『ロマンス』」

この格言は「週刊文春」編集部に贈りたい。

12枚の新作コースターは9月早々に「サロン・ド・シマジ」のバーカウンターにお目見えする予定である。色は、ウイスキー色というか、葉巻色というか、明るい茶系に白抜きで印刷するつもりだ。

〝二毛作人生〟の醍醐味

わたしの編集者人生は25歳で幕を開け、67歳で目出度く幕を閉じた。2〜3の出版社から社長をやらないかという誘いもあったが、わたしは敢えて68歳から物書き業に身を投じたのだった。

まずはじめに、集英社インターナショナルの社長をしながら執筆していた「東京スポーツ」の連載エッセイが講談社から『甘い生活』として上梓された。これがわたしの処女作である。担当した編集者はハラダ部長であった。

この本を読んでくれた、いままで面識がなかった沢山の編集者たちが、自分の雑誌に新しい連載を考えて依頼してきてくれたのが嬉しかった。まさしく「人生は運と縁とセンス」である。

小学館が年に4回発行する高級男性ファッション誌「MEN'S Precious」のハシモト編集長は、お洒落に関するエッセイの連載を創刊号から書いて欲しいと依頼してきた。有り難くも名誉な話であった。これが「お洒落極道」のはじまりである。

この連載は一冊の美しい単行本になり、しかも担当編集者が代替わりしてカミヤマに引き継がれ、いまもなお続いている。撮影はもちろん、お馴染みの巨匠、立木義浩さんである。

「Ｐｅｎ」の編集者サトウは、架空のバー「サロン・ド・シマジ」を思いつき「そこに集う有名無名の人間とマスターの対話を綴ってみてくれませんか」と頼んできた。とんでもない企画を考えたものだ。

ちょうど3年ぐらい連載したころ、今度は伊勢丹の大西洋社長と出会い、新宿伊勢丹新宿店メンズ館8階に本物のシガーバーを作ってくれた。架空のバー物語は、こうして現実のものとなったのである。この連載も『バーカウンターは人生の勉強机である』として上梓された。

その後「Ｐｅｎ」は1年ぐらい休んでいたのだが、ある日、サトウがまた連載をはじめたいと言ってきた。

「タイトルは『そして怪物たちは旅立った。』としたいんです。シマジさんが好きな歴史上の人物の葬式で弔辞を述べるつもりで書いてください。シマジさんの追悼文は白眉ですから」

物書きは褒められると弱いものである。これはいま月に2回のペースで書いている。

「乗り移り人生相談」を発明したのはご存じミツハシである。メルマガ「週刊SUPER Shimaji-Holic」に引っ越してからというもの、ミツハシの筆はいま冴えに冴えている。

講談社のセオはわたしが現役の編集者時代から知っていた男だ。紙媒体は先細りだと悟ったのか、彼はいち早くインターネットの海原に船出した先見の明のある編集者である。

セオが部長に昇進してからは実際の担当はヒノに引き継がれたが、じつはこの男もまた、わたしが集英社インターナショナルの社長だったころからの付き合いである。いまは「Nespresso Break Time」「遊戯三昧」と、メルマガの担当をしてくれている。

「SHISEIDO MEN」のウェブサイトではイケメンシェフとイケメンバーマンと対談している。担当者はタナカという。

ほかにも「リベラルタイム」では毎月いろんなコレクターを取材している。担当編集者はハギワラという。高級時計を紹介する「オルロジュリー」という雑誌でも巻頭エッセイを書いている。こちらの担当編集者はタカハシというなかなかの切れ者の編集長だ。

そんなわけで、ほとんど毎日、締め切りという〝ストーカー〟に追いかけられているようなものだが、わたしはそんな生活を愉しんでいる。なにせわたしは編集者上がりの物書きなので、編集者の気持ちがよく分かる。だからいままで一度たりとも締め切りに遅れたことはない。

土日の午後は、1時か2時から8時まで〝にわかバーマン〟となって伊勢丹メンズ館「サロン・ド・シマジ」のカウンターに立っている。毎週、全国津々浦々からわたしのコアなファンが集ってくれる。

「エッセイスト&バーマン」――これが現在の肩書である。バーマンから作家になった人は半村良《はんむらりょう》さんや馳星周《はせせいしゅう》さんをはじめ何人か存在するが、バーマンとなってファンに〝じかあたり〟している物書きは、世界中どこを探してもわたし一人だけではないだろうか。

お陰さまで新しい若い友人が沢山できた。

編集者としての人生は67歳で一旦終了し、いまわたしは新しい〝二毛作人生〟を生きているのだと自負している。

75歳となっても健康そのもの、どこも悪いところがないのが最高の幸せだと言っていいだろう。強靭な肉体に魔性のこころを宿し、これからの人生を貪欲に愉しむべく野心を燃やしているところだ。

若いころの「真夏日」のような青春時代は

もうやってこないだろう。それでも「小春日和」のような穏やかな青春なら、この先もまだあるかもしれないじゃないか。

〝二毛作人生〟に立ちはだかる課題

「乗り移り人生相談」の愛読者なら百も承知であろうが、わたしは75年の人生で一度も貯金らしい貯金をしたことがない。小学生のときに「子供銀行」なるものが学校で流行ったことがあるが、わたしは母親から毎日10円の小遣いをもらっていたのに、結局、20円くらいしか貯めることができず、担任の先生からひどく叱られた記憶がある。

人生を振り返ってみると、貯金に対してまったくの才能も気力もなく、愉しいという快感を感じたことは一度もない。美しい浪費においては身をよじるほどの悦楽を幾度も味わってきたわたしなのに、である。

そんなわたしが最近、真面目に考えはじめたことがある。これからの人生で重要なのは、貯金よりもむしろ〝貯筋〟ではないか、ということだ。ただただ楽をして喜んでいては大変なことになるなという危険を、後《おく》れ馳せながら察知したのだ。

前回も書いたが「強靭な肉体に魔性のこころを宿す」ためには、金よりもまず筋肉が必要ではないか。正直に告白すると、75歳になったわたしはいま和式トイレが苦手である。しゃがむのはいいとして、そこから立ち上がるのが一苦労なのだ。

操体法の三浦寛先生のところに毎週通っているおかげで頸椎症は完治した。いまのところ内臓もすこぶる元気なのだが、筋肉の衰えだけは日に日に実感しはじめている。それが冷酷な現実である。

せっかく恵比寿ガーデンプレイスの高いスポーツクラブに入っているのに、原稿書きにかまけてこのところ全然通っていない。会社員のころは、毎朝プールに寄っては悠々と1000メートルばかり泳いでから出社していたというのに、なんという怠け者になってしまったのだろう。

9月末からは2年9ヵ月ぶりにゴルフを再開する予定である。伊集院静文豪をはじめ悪友の高橋治之らが相模カンツリー倶楽部で手ぐすね引いて待っている姿が目に浮かぶ。

そこでご無沙汰していたジムへ行き、清水京子先生にお願いして〝貯筋〟の助っ人になってもらおうと閃いたのだった。

「清水先生、必ず毎週通いますので、75歳のわたしの筋肉を65歳くらいにまで戻していただけませんでしょうか」

「そうですよ。いくらお洒落をしても、背中が曲がってきては格好悪いですからね。いまのうちにはじめればまだ大丈夫です」

「先生、わたしは歳が歳ですから、大事に〝いじめ〟てくださいね」

そうお願いして、こちらも2年9ヵ月ぶりに、筋トレのカリキュラムを実行に移したのであった。

久しぶりにいろんなマシンを使ってトレーニングをした。はじめはきつかったが、だんだん気持ちがよくなってきた。30分のマシン・トレーニングのあとには、ご褒美がついている。マットに横になって30分間、清水先生がストレッチ・マッサージをしてくれるのである。脚を思いっきり伸ばしたり捻ったりしてくれるのだが、マシンのときが〝拷問〟だとしたら、こちらは〝極楽〟である。なにせ痛気持ちいいのだ。これは〝甘痛〟か。

これを毎週欠かさず1年間続けたら和式ト

イレだってへっちゃらだろう。駅の階段だってスキップしながら上がれる、かもしれない。土日午後1時か2時から8時までのバーマンの立ち仕事だってお茶の子さいさいのはずだ。

いまでもお客さまが心配して「こんなに長く立ちっぱなしで大丈夫ですか」と言ってくれることがある。そのときわたしは虚勢を張っていつもこう答えている。

「大丈夫です。わたしは小学生のとき担任の先生によく『廊下に立ってなさい！』と言われていました。小さいころからみっちりトレーニングを積んできたんです」

いまさらシングルモルトの杯数も葉巻の本数も減らす気は毛頭ない。愛するシングルモルトと葉巻のためにわたしは一所懸命に働いているのである。

深夜、まずまずの原稿を書き上げてから、くつろいだ気持ちでシングルモルトをチビチビ啜り、一日を締めくくる葉巻に火をつける——この瞬間にこそ、至上の喜びを感じるのである。

わたしの〝二毛作人生〟はまだ8年が経ったばかりである。これからが勝負なのだ。

英国帰りのリトルK.S.

最年少のシマジ教信者、リトルK.S.がケンブリッジ大学の英語夏期講習から戻り、伊勢丹の「サロン・ド・シマジ」に元気な姿をみせてくれた。

ケンブリッジ大学といえば、古くはニュートンをはじめ、かの白洲次郎も学んだ英国の名門大学である。

彼はまだ高校1年生だから、いつものよう

に「サロン・ド・シマジ」特製のアイスティーを飲んでいた。わたしなどは高校時代からすでに小さなカウンターバーに通っていたものだが、そんなイケない先輩とは出来がちがう。

わたしの人生の最大の失敗は、高校時代にろくに勉強せず、ただただ本ばかり読み耽っていたことだろう。当然、どこの大学にも入れず浪人を余儀なくされた。また、18歳で女体の美味を知ってしまい、浪人中も自堕落に暮らし、1年後、運よく青山学院大学に入学したものの、あえなく留年、24歳で集英社に辛くも拾われるまでは、暗くて貧乏な辛い学生時代を送っていた。

そんな無駄な〝回り道〟をリトルK.S.にはさせたくない。学生のうちはちゃんと勉強をして、まともな人生を歩んでもらいたいと願っている。

今年(2016年)突然亡くなった秋山教授もリトルK.S.をこと可愛がり、英語の実力をつけるには『Collins Cobuild English Language Dictionary』という英英辞典を使うように薦めていた。彼は早速この辞書を丸善で購入して愛用しているという。

わたしには「国語辞典はなにがいいですか?」と訊いてきたので、迷わず『新潮日本語漢字辞典』を薦めた。これは一冊で国語辞典と漢和辞典が一緒になっているスグレモノである。わたしはいまでもときどき使っている。

この辞典には単語の用例が詳しく載っている。「漱石はこのように使っている」という例文が示されているのだ。わたしはこの辞書を知ってからほかの辞典で調べることはやめた。編者の小駒勝美さんは新潮社の社員であるが、たった一人でこの浩瀚な辞典を作りあげた。その快挙に感動してわたしは以前、小駒さんに会いに行ったことがある。

そしてこれは伊勢丹「サロン・ド・シマジ」

で売っている唯一の辞典である。当然のごとくリトルK.S.は、中学3年生のとき購入した。

勉強というのは、学生にとって唯一の仕事みたいなものである。この学生の大仕事をサボると、人生はなかなか生きにくくなってしまう。この真理をもう少し早く知っていたら、わたしももっとまともな人生を送っていたかもしれないと思うときがある。

さてリトルK.S.のケンブリッジ大学英語夏期講習の話に戻そう。

彼の体験談を要約すれば、今回は行って帰って8日間の短い講習を受けてきたそうだ。

それも高校から十数人の団体で行ったのである。短いながらホームステイも経験してきたという。

「ヒアリングはどうだった?」というわたしの質問に、リトルK.S.は胸を張って答えた。

「7割くらいわかりました。中3のとき家族旅行でハワイに1週間滞在したときよりは聞き取れました。ぼくたちにわからない単語を先生が話され、具体的に別の言葉に置き換えて説明されるとき、秋山教授に教わった英英辞典のことを思い出して嬉しかったです。短かったけれど非常に役立ちました」

「秋山が言っていたのを覚えているだろう。『英単語は最低1万語を覚えなさい。そしたら英語は楽に愉しむことが出来ますよ』」

「もちろん覚えています」

「来年の夏休みはお父さんにお願いして、一人でケンブリッジ大学の英語夏期講習の1ヵ月コースを取ってみてはどうだ。ローマ在住の塩野七生さんに聞いた話だけど、『いまや英語は〝自動車免許〟みたいなものだから、わたしは息子のアントニオをケンブリッジ大学の夏期講習に1ヵ月間送ったのよ』と言っていたよ。

まあ、イタリア人が英語を習得するのと日本人が英語を習得するのとでは難しさはちが

う と思うけど、外国語は若いうちに学ぶほうが賢明だよ。それから、日本語も読書しながら、きちんと勉強することだ。英語を得意とする人にはよく日本語が貧困なのがいるからね」

とわたしが言うと、リトルK.S.は目を輝かせて耳を傾けていた。

ぐぁんばれ、リトルK.S.！　そして大学生になったら、週末は、伊勢丹「サロン・ド・シマジ」で島地勝彦公認書生の2代目になってくれ。君に教えたいことはまだまだ沢山あるんだ。

〝運と縁とえこひいき〟の50年

2016年10月末を持って「週刊プレイボーイ」が目出度く50周年を迎えるというではないか。そんなわけで、このところ「週刊プレイボーイ」の現役編集者たちが、創刊に携わったシーラカンスのような〝生き証人〟として、わたしのところに取材に訪れる。

50年前といえば、まさしく半世紀前である。そのころのわたしは25歳で、ちょっとひねくれた青年であった。1966年、昭和41年の10月28日に「週刊プレイボーイ」は創刊された。わたしはその創刊編集部でたった一人の新人編集者だった。なんという僥倖だろう。有能なベテラン編集者と一緒に雑誌を創刊する現場に居合わせたのである。

人生はまさしく〝運と縁とえこひいき〟である。一浪一留して青山学院大学を1個の「優」もなく卒業し、約1500名の応募者のなかから9人の新入社員に選ばれたのである。高校3年を卒業した3月に、映画『甘い生活』を観て編集者になろうと決意してから、ちょうど7年目の快挙であった。

やっぱり人生は出会いである。集英社の本郷保雄専務に出会っていなければ、今日のシマジは存在していないと確信を持って言える。わたしの編集事始めは本郷さんのえこひいきからはじまったのである。

いままで何度も書いたことだが、集英社の入社試験の最終面接のとき「君は集英社に入って何をしたいんだね」と言う本郷さんの質問に、わたしは胸を張ってこう応えた。

「わたしは暇に任せてアメリカの『PLAYBOY』をスミからスミまでここ5年間読み続けてきました。ですから『PLAYBOY』のようなエロティシズムとエスプリが濃厚に混ざった、大人向けの男性誌を集英社から創刊したいのです」

いま思い出してもよくこんな大それたことが言えたものだと感心する。そして本郷さんに問われるままに、「PLAYBOY」の面白さを口角泡を飛ばしながら解説したのである。

「とくに『PLAYBOY ADVISER』が出色です。たとえば『二日酔いを直すカクテルを教えてください』という相談に、タイガーズ・ミルクの作り方を説明してくれているんです。わたしも早速作って飲みましたが、効果覿面《てきめん》でした」

こんな具合に、もちろん多分どもりながら説明したのだろう。すると驚いたことに、3人の面接官の真ん中に陣取っていた本郷さんがすっと立ち上がってわたしを手招きするではないか。わたしは言われるままに立ち上がり、恐る恐る本郷さんの前に歩を進めると、本郷さんは満面の微笑みを浮かべてこう言った。

「君のような若者を待っていた!」

そして固く握手までしてくれたのである。

そのときすでに本郷さんの胸のうちでは「週

刊プレイボーイ」の創刊が決まっていたのかもしれない。わたしは天にも昇る心地でこう応えた。

「優は一つもありませんが、社長のような方の下で働けるように、いままで沢山の本を読んで参りました」

そのときじつは本郷さんは社長ではなく専務だった。後日、親しく謦咳《けいがい》に接するようになり聞いた話によれば、わたしを採用するにあたり当時の陶山社長は「ああいう男が組合のアジテーターになる」と言って反対したそうである。

「君を入社させるのは大変だったんだぞ。だから頑張ってみんなの鼻を明かしてやれ」

ダンディな本郷さんが仰ったことをいまでもしっかり覚えている。

本郷さんは新人のわたしを、8月に正社員になったと同時に、新雑誌創刊準備室に送り込んでくれた。こんなえこひいきがあっていいのだろうか。そのころ集英社には「週刊明星」という芸能週刊誌があった。そこからやってきた有能な先輩たちが主流になって、何度も何度も編集会議が持たれ、その年の10月28日に目出度く創刊に漕ぎ着けたのである。

まさに無から有を作るということはこのことであろう。そして本郷専務は2年後顧問に退かれた。

振り返ってみるに、雑誌は編集者の情熱と妄想から作られるのではないだろうか。あとはその妄想を現実化するために足を使って多くの才能ある人をみつけて会うことだろう。

「週刊明星」もそうだったが、「週刊プレイボーイ」の特集記事を纏めるに当たっては、アンカーマンと呼ばれる名文家が揃っていた。雑誌は文章が重要であるというのは、本郷さんの口癖だった。

わたしが自分で特集を書けるようになったのは、3〜4年後のことだった。生意気にもそのころから万年筆を使っていた。タテ14字ヨコ10行の編集部専用の原稿用紙はペン先の滑りが悪く、わたしは三省堂で買い求めた満寿屋製の２００字詰め原稿用紙の14字目のところに線を引いて使っていた。

　これはそのころわたしが担当した人気連載「シバレン人生相談」の柴田錬三郎先生が同じ原稿用紙を名入りで使っていたからである。この企画はいまでも脈々と「週プレ」で続いているが、元は本郷さんがシバレン先生を口説き落として創刊号からはじめた企画である。しかもこれはまさに「ＰＬＡＹＢＯＹ」のパクリであった。

　人生はまず尊敬し親炙《しんしゃ》する人の真似から入ると近道が出来るのだ。

　その後、本郷さんと柴田先生とわたしの３人で何度も食事したこともいま懐かしく思い出す。そしてペーペーのわたしはその高額の請求書を次の権力者になった若菜常務に持って行くよう本郷さんに言われた。若菜さんはこころよく切ってくださった。

　いま思えば、それは本郷さんと若菜さんの〝密約〟だったような気がする。そんなお蔭で今度は若菜さんにえこひいきされる日々がやってくるのである。

　それから17年後、「月刊ＰＬＡＹＢＯＹ」編集部の副編集長を経て、「週刊プレイボーイ」の編集長に42歳でなった。いよいよ〝人生の最高の真夏日〟が訪れる瞬間だった。

　わたしが34歳で「月刊ＰＬＡＹＢＯＹ」の副編集長になったとき、田中トモジが新人として編集部に入ってきた。そのトモジも10月末、「週刊プレイボーイ」の部長を最後に61歳で定年するという。わたしはいま感慨無量の心境である。「週刊プレイボーイ」の50周年を待って、トモジを連れて本郷さんの墓参りに行くことにしている。

　しかし、まあ、集英社時代に受けたえこひ

いきは集英社に十分倍返ししたのではないかとわたしは自負している。要所要所のドラマティックな場面が走馬燈のように浮かんでは消えて行く。でも〝運と縁とえこひいき〟のわたしの人生はまだまだ続きそうである。

感謝!

岡田准一よ、〝本物〟になってくれ

「V6」の岡田准一とわたしが対談したJ-WAVEの1時間番組「GROWING REED」(2016年9月18日深夜24時から放送された回)は、自分一人で聴くのがこそばゆいので、また3Pで聴くことになった。

相手は毎度お馴染み「サロン・ド・シマジ」のサンデーバトラー・ミズマと、もう一人は大日本印刷のツダであった。ツダは秋山義人〝教授〟と中学、高校、大学、しかも学部まで同じ同窓生だった。そのことを秋山がまだ健在のとき、たがいに確認し合い、肝胆相照らす仲となった。

どうしてツダが夕刻、「サロン・ド・シマジ」にやってきたかというと、ビルの建て替えのため9月20日に閉店を余儀なくされた池袋の老舗オーセンティックバー「ザ・グレイン」に一緒に行こうという約束をしていたのである。ツダは筋金入りのシングルモルトラバーなのだ。

夜8時に「サロン・ド・シマジ」が閉まると同時にアフターがはじまった。3人はまず歌舞伎町の「あうん」で軽く腹ごしらえをして、いざ池袋へと出陣した。

「なにを飲んだらいいんだろうか」と言うわたしの質問にツダは即座にこう答えた。

「1957年のリンクウッドがまだ少し残っ

ていると思いますので、シマジ流にトワイスアップで鶴見マスターにシェイクしてもらいましょうか」

「そんな古いリンクウッドがあるのか。よし、それで行こう」

ほぼ60年前のシングルモルトだ。わたしがまだ16歳のころである。そんなに古くてもリンクウッド独特のリンゴの香りがしたのにはは驚愕した。

10時半過ぎ、広尾の「サロン・ド・シマジ」本店に河岸を変えた。わたしがラジオを用意しようとしていたら、バトラーのミズマがこう言った。

「シマジさん、わたしのスマホで聴きましょう」

「へえ、いまやそんなことが出来る時代なのか」

「11時55分にアラームをかけておきますから、それまでたっぷり飲ませてください」

「よし、じゃあ、はじめにノッカンドー1977年を飲もう」

「えっ、そんなオールド&レアなシングルモルトがあるんですね。喜んでいただきます」

いったい何杯飲んだだろうか。ポート・エレンを飲んでいるところでミズマのスマホのアラームが鳴った。

岡田准一は顔もいいが頭もよかった。わたしに的確な質問を送ってきた。おかげでとても喋りやすかった。

「シマジさん、いつになく流暢に話されていますね」とミズマ。たしかに全然どもっていない。

「きっと聞き手がいいんだろうね」とわたし。

「まさにシマジ節炸裂ですね」とツダ。

岡田の女性ファンは凄まじい。伊勢丹のシガーバー「サロン・ド・シマジ」にくる常連の女性客の親友などは「もし岡田准一さんに会えたらその場で自決します」と言っているそうである。

たしかに岡田の目は深山の湖水のように美しく神秘的であった。そこでわたしは岡田にこう言った。

「いまあなたは何歳ですか」

「37歳です」

「あなたのその美しいお顔は、まだご両親の作品です。でも40歳から先は自分の作品です。これからどんな人と出会い、どんな恋をして、どんな本を読むかで、あなたの顔が作られて行くのです」

あっという間の1時間であった。間に挟まれる音楽も洒落ていた。

岡田はわたしのエッセイを何冊か読んで、〝じかあたり〟してみようと思ったらしい。

ラジオ収録後、わたしは岡田にこう言った。

「岡田さん、いままでは公共の場でしたから人生の本当の話を出来ませんでしたが、本当の話を聞きたかったら、是非一人で広尾の『サロン・ド・シマジ』本店にいらしてください。シングルモルトとシガーの魅力を存分にお教え致しましょう」

わたしに電話をかけてきて、深夜に一人でやってきたら、彼は正真正銘の〝本物〟である。

人生は運と縁とえこひいきである。豊かな将来を約束された若者と一緒に、秘蔵のポート・エレンを飲みながら、75歳まで生きて会得した人生の奥義を教えてあげたいものだ。

わたしは以前、映画『蜩ノ記』を観て岡田の好演技に舌を巻いたことがあった。あんなに顔がよくて演技も巧い俳優は、いまどきなかなかいない。

「サロン・ド・シマジ」4周年の感謝にかえて

年月の流れる速度にはただただ驚くばかりである。毎週末、伊勢丹メンズ館8階のシガーバー「サロン・ド・シマジ」のカウンターに立って、早4年の歳月が過ぎた。

ちょうどメンズ館の13周年記念とぶつかり、2016年9月20日はレオナール・フジタに変装して例のドクロの家紋が入った着物を纏ってカウンターに立った。もちろんこの着物も商品だ。

その夜は招待客ばかりだった。島地勝彦公認愛人のお福さんも艶やかな花魁姿で顔を出してくれた。彼女（彼？）の豊満なお尻を触ると開運まちがいなしという触れ込みを信じて、男女を問わず、お福さんが気前よく突き出したお尻に群がっていた。

9月に4回にわたり「SHISEIDO MEN」の連載でとり上げた天才ショコラティエ、須藤銀雅も駆けつけてくれた。「サロン・ド・シマジ」の名物スパイシーハイボールとわたしがブレンドした紅茶に合わせてわざわざ製作してくれた「スモーク」と「レッドティーSHIMAJI」を振る舞ってくれた。みんな銀雅のチョコレートに舌鼓を打っていた。

これはイケると踏んだカネコバイヤーは、その2種類のチョコレートを「サロン・ド・シマジ」のバーの定番商品にしたいといっていた。カネコは辣腕バイヤーである。近々実現することであろう。

すべての生みの親である大西洋社長がパーティ中、3回も顔を出してくれたのは嬉しかった。

中国人の爆買いバブルが下火になり、デパートはどこも苦戦を強いられているという。そんななかでも、お客さまのお蔭で、「サロン・ド・シマジ」のブティックもバーも好調で、前年対比で105パーセントの売り上げを誇っている。不思議なことに、この4年間、中国人は一人も顔を出さなかった。

9月22日は祝日であったが、久しぶりにバーのカウンターに立った。「サロン・ド・シマジ」の祝4周年として20日と同じようにレオナール・フジタのウィッグを被り、ドクロの家紋付きの着物を着てのお出ましであった。

人生は運と縁とえこひいきであるとつくづく思う。エッセイスト&バーマンのわたしをみなさまがえこひいきしてくれているからこその成績だと思う。みなさま、こころから感謝しています。

このバーで生まれてはじめてシングルモルトの醍醐味を知ったお客さまは数知れない。また葉巻の美味さを生涯はじめて知ったお客さまもあまたいる。ここで〝知る悲しみ〟を知ってしまったお客さまが常連になったり、地方から出張してくるたびに寄ってくれたりしている。

わたしは美しいもの、珍しいもの、面白いものを自分で使ってみて、ブティックに並べている。このセンスは大むかしに「週刊プレイボーイ」を100万部売ったのと同じだと思っている。編集者と商人はよく似ているというか、感覚的にはソックリなのだ。

4周年を祝して、新しい商品も並べている。いまはなきパリのアルニスの定番「森の番人」へのオマージュとして、「サロン・ド・シマジ」のブランドでコートジャケットを売り出した。詳しいことは「MEN'S Precious」の連載「お洒落極道」で巨匠立木義浩の写真付きで展開しているので、そちらに譲ろう。

ほかにも、銀座「壹番館」の渡邊新社長がついにひと肌脱いでくれて、スモーキングジャケットを作ってもらえることになった。お揃いのシガーキャップも用意してくれた。

葉巻好きのお客さまが「サロン・ド・シマジ」にやってきたら、壹番館の社長自ら採寸して作ったスモーキングジャケットを伊勢丹で預かるシステムになっている。着替えた途端にロンドン仕込みの紳士に早替わりすることになる。これはロンドンのメンズクラブからの模倣である。いいことはどんどん真似をすることが人生を愉しくする要諦である。

お気に入りの腕時計をダブル・ガルーシャ・ストラップに嵌め代えて、スモーキングジャケットを着れば、一瞬にしてロンドンの高級メンズクラブにいる紳士になったような錯覚に陥ることだろう。

しかも素材は最高級の別珍製である。パープルカラーのスモーキングジャケットを着て悦に入っているわたしに、〝じかあたり〟しにきてくだされ。

いま「サロン・ド・シマジ」でいちばん人気の商品は、以前ネスプレッソの対談にご登場いただいた、千日回峰行という困難極まりない荒行を成就した塩沼亮潤大阿闍梨が、仙台に開山した慈眼寺で一本一本護摩を焚いて祈願してくれた「うでわ念珠」である。

これを腕に嵌めてから横浜ベイスターズが勝ちはじめ、ついにはクライマックス・シリーズに進出したと手放しで喜んでくれている熱狂的なベイスターズファンもいる。もちろんわたしもつけている。

ほとんど毎日のように原稿を書いて、その上、土日はバーに長時間立っているというのに、こんなに元気でいられる理由は、フレグラ8とマカとスウェーデンのノンシュガーチョコレートによるところも大であるとはいえ、この「うでわ念珠」の法力が第一であるとわたしは確信している。

人生は信ずるものだけが救われるのである。

第三章——飯は一人で喰うより二人で食べる方が美味い。

カサノヴァも幽霊とまでは寝ていない

わたしの頸椎症にはもうカラー（固定用の首輪）は必要ないのだが、ナイルブルーの頸椎カラーをわたしがしていると、みんなは新型のスヌードとまちがえてくれる。それに寒い夜の外出には最適な防寒具になるので、なかなか手放せないのである。

その日の夜も防寒用にカラーを着けて、白金の「キャーヴ ドゥ ギャマン エ ハナレ」に一人でふらっと出かけた。いつものカウンターに座ろうと思ったのだが先客がいっぱいで入れなかったので、一角にあるイタリアン・コーナーでハナレから創作和食を運ばせて愉しんでいた。

オーナーシェフのキノシタは忙しいなかでも必ず挨拶にきてくれる。キノシタは若いころ暴走族のリーダーだった男だからとても律儀なのだ。そしてもちろん、料理の腕は超一流である。

イタリアン・コーナーのシェフはフルサワ・マサヒロという男だ。こいつは若いながら腕が立つ。それに話が面白いから退屈しない。

「シマジ先生、首はまだ完治しないんですか？」

「いや、もうほとんど治っているんだが、寒いから防寒具としてつけているだけだ」

「わたしも8年ほど前に頸椎をやられまして病院でMRIやCTを撮ったんですが、どこも悪いところがみつからず、医者にサジを投げられてひどい目にあいました。鍼や灸もやってもらいましたが、まったく効果がなく、2ヵ月間ほとんど仕事もできない状態だったんです。

そんなある日、知り合いに『騙されたと思

って霊媒師にみてもらえ』と言われて行ってみたんです。右手に水晶玉を握らされて目をつぶっていると、霊媒師が背中をドンと叩いた。驚いたことにその瞬間、首の痛みがどこかへ飛んでいってしまったんです。その後般若心経を原稿用紙に3枚書かされました。シマジ先生、この話、信じてもらえますか？」

「おれは信じるよ。きっと何かに取り憑かれていたんだろう」

「そうなんです。子供の霊が憑いていたらしいんですよ。浅間高原に友達と遊びに行ったとき、昼間に突然、首が痛くなったんです。ひょっとしてシマジ先生は女性の霊に取り憑かれたんじゃないですか？」

「フルサワ、残念ながらそれはない。MRI検査の結果、頸椎狭窄症だと診断されたよ。でも痛かったね。夜も寝られないほどだった。あの痛みは尋常じゃないね」

「わかります。わたしも痛くて痛くて横になれず座ったまま寝ていました。痛み止めの薬を沢山飲みましたが、ぜんぜん効きませんでした」

世の中には科学では証明出来ない摩訶不思議なことが沢山あるものだ。

「ところで、シマジ先生は幽霊にあったことはありますか？」

「あるよ。学生時代、夜寝ていたら枕元に出たんだよ。それも白い着物を着たフルボディのいい女だったなあ」

「怖い話ですね」

「おれもまだ20歳そこそこでちょうど女に振られたばかりだったんで、幽霊でもいいやと思ってね、『寝ようよ』と言って彼女の手を引っ張って布団に入れようとしたんだが、その美人幽霊はイヤイヤしながら消えちゃったんだ。幽霊にまで振られて泣き面に蜂だよ。でもその後は二度と出なかった。床に誘ったのが除霊になったかもしれないね」

これは実話である。『甘い生活』にも書いた話だからここでは詳細は省略するが、しかし、わたしが尊敬してやまないカサノヴァだったら相手が幽霊であっても言葉巧みに口説き落として同衾したことだろう。

カサノヴァの凄いところは、相手が上流階級の貴婦人でも娼婦でも、女であれば誰でも平等に、かつ丁寧に愛したところだ。さらに凄いことに〝親子ドンブリ〟だって愉しんでいるのだ。

ある舞踏会でアラフォーの貴婦人と踊っている最中に彼女を口説いて、その晩寝た。翌日、若いきれいな女性と踊っていると、昨夜の貴婦人が近寄ってきてその娘に小さな声で囁いた。

「あなた、この紳士はとってもいいお仕事をしてくれるわよ」

娘はニッコリ微笑んで意味深にうなずいた、という話が『カサノヴァ回想録』に書いてある。だが、よがり声も感じるポイントも親子で一緒だったとまでは書いていない。またさすがに幽霊と寝た話はどこにも出てこない。

もしもわが読者（男でも女でも）のなかに幽霊と寝た人がいたら教えてほしい。「サロン・ド・シマジ」本店にご招待して、とっておきのシングルモルトをご馳走しようではないか。代わりに、そのとっておきの〝武勇伝〟をとくと聞かせてもらいたい。

最新の〝シマジスペシャル〟を2品

わたしは食欲も性欲も大事にしてきた人間である。どちらも家で愉しむことはまったくない。むかしから一貫して外食&外マンの人生である。ただし最近は歳のせいか食欲のほうに重きをおいている。

そのお蔭で〝シマジスペシャル〟なる特別メニューが、あちこちの料理店にマーキングのごとく氾濫している。これまでに他所で書き記したメニューは省略するとして、ここでは親愛なる読者諸賢に向けて直近の傑作を2品ご紹介しようではないか。これはわたしの読者だけが浴することができる特典でもある。

一つめは、白金の「キャーヴ　ドゥ　ギャマン　エ　ハナレ」での〆としてリクエストした〝シマジスペシャル・エッグプラント〟だ。これはわたしが子供のときに、よく母親に作ってもらった素朴な料理なのだが、いつ食べてもしみじみ美味い。

作り方を簡単に説明しよう。まずフライパンにバター（あとで醤油をかけるので無塩がいい）をたっぷり溶かし、3ミリ厚さの輪切りにしたナスを泳がせるように投入する。ときどきひっくり返しながらキツネ色になるまで中火でこんがり焼く。

ナスにいい具合に焼き色がついたら皿に並べて上から削りたてのカツブシをたっぷり振りかける（市販のパック入りカツブシでは感動が半減する。削り器で丁寧に削ることが重要）。最後に醤油を垂らせば出来上がりだ。

ちなみに、ナスの輪切りの数は6個がベストである。

と、まあ、なんてことはない簡単な一品なのだが、熱々のご飯と一緒に食べると確実にほっぺたが落ちる。わたしはいつもスパイシーハイボールを食前食中に飲みながら食事を愉しみ、最後は必ずこれでしめくくる。酒のつまみには醤油が邪魔をして合わないのだが、銀シャリと一緒に食べるとこの上ない味わいになるのだ。

何度か通って馴染みになったころ、藤井シェフに無理を言って作ってもらったのがそもそものはじまりであった。ある日わたしがそれはそれは旨そうに食べているところを、目ざとい藤巻幸夫センセイにみつかってしまった。以来、藤巻センセイは「ハナレ」にやってくると必ずこれを〆に注文しては満面の笑みで帰って行くそうである。

同じビルの2階にある「オー ギャマンド トキオ」の木下オーナーは、ある日の賄い料理にこのシマジスペシャルを出してみたそうだ。もちろん従業員たちにも大好評であったと聞く。そんなこともあって、このほど正式にお店のメニューに載ることになった。気になるお値段は、ご飯付きで1000円也だ。

さて、もう一つの料理は〝シマジスペシャル・カレンスキンク〟である。カレンスキンクというのは、燻製タラとジャガイモとタマネギで作るスープである。

昨年（2013年）の9月初頭、スコットランドに2週間滞在して毎日のようにカレンスキンクを食べたのだが、タリスカー蒸留所でご馳走になったカレンスキンクの味を忘れることが出来ず、マーク所長にお願いして貴重なレシピを直々に送ってもらった。こちらの再現は、特別ついでにすべて公開しよう。特別つ ヒグマステーキでお馴染み「コントワール ミサゴ」の土切《つちきり》シェフにお願いした。

【材料】
着色していない皮付きの燻製タラ：500g
（※残念ながら日本では本場の燻製タラが手に入らないので、土切シェフは国産のタラの切り身500gに塩を振ってから燻製にする）
ローリエ：1枚
バター：適量（約20g）
タマネギ：1個（みじん切り）
ポロネギ：1本（ぶつ切り）

ジャガイモ：2個（皮付きのまま乱切り ※えぐみを抑えるために土切シェフは皮をむく）
牛乳：500mL
チャイブ：適量（みじん切り）

【作り方】

1：タラの燻製を大きめの鍋に入れ、冷たい水300mLに浸す。ローリエを加えて、弱火でゆっくり火にかける。タラに火が通ったら、鍋から出して冷ます。鍋は火から下ろす。

2：別の鍋にバターを入れて中火にかける。タマネギとポロネギを加え弱火でゆっくりと火にかける。ネギが透明になってきたらブラックペッパーを適量ふりかける。

3：2の鍋にジャガイモを加えバターがなじむようによく混ぜる。タラのゆで汁とローリエを加えたらジャガイモが軟らかくなるまでコトコト煮る。

4：その間にタラの皮を剝いて骨抜きにしたものを細かくほぐしておく。

5：鍋から少量のジャガイモとポロネギを取り出して別にとっておく。ローリエを取り出した後、牛乳を加え、タラの半分を鍋に戻し粗くマッシュする（あるいはミキサーで滑らかにする）。

6：塩コショウで味を調え、取り出しておいたジャガイモ、ポロネギ、残りのタラを具としてセットしたボウルに注ぎ、仕上げにチャイブを散らす。

わたしはこれを土切シェフに何度も作らせて試食した。そもそもスコットランドの家庭料理であるから、あまり上品になってはダメだし、かといってあまりにも野趣が強すぎると日本人にはウケない。5回目にしてようやく「うん、これだ！」という味になり、スコットランドに同行した「Pen」の編集者・サトウとミスターインデックス・モリマサにも試食してもらうことにした。

「これは現地で食べたカレンスキンクより上品ですね。ぼくはもう少し野性味のあるほうが好きです」（サトウ）

「100点満点の味です。たとえるならちょうど、スコットランドの素朴な田舎娘がシマジ先生に預けられ、丁寧に揉まれて洒落た都会のお嬢になったような感じです。このほうがいまの日本人には受けますよ」（モリマサ）

ということで、わたしと土切シェフが再現したカレンスキンクはいま、「ミサゴ」のメニューに載っている。ランチならパンとサラダとコーヒーか紅茶がついて1000円也である。

ナスとタラ、どちらのシマジスペシャルも味は保証する。実食された方はぜひ、その感想をメルマガの「一問一答」に送ってくだされまじくや。

MAGIC A GO! GO!

人生の醍醐味はやっぱり素敵な出会いである。先月催されたシガーダイレクトのパーティでマジックを披露してくれたGO!というマジシャンとの出会いは感動的であった。その場に居合わせた馳星周さんもGO!が繰り出す驚愕のマジックに腰を抜かし何度ものけぞっていた。そもそも「GO!」という名前にセンスを感じる。

GO!は少年時代からマジックが大好きだった。近所のマジック好きのおじさんに強く影響を受けたのだという。まさに「好きこそ物の上手なれ」である。

20歳のときには高額なマジック道具を衝動買いしてしまい、さらにマジックにのめり込んでいった。そして、アメリカのロサンジェルスに世界中の凄腕マジシャンが集まる「マジックキャッスル」という会員制クラブがあることを知る。21歳のときであった。

GO！はすぐさまアメリカに渡り「マジックキャッスル」に"じかあたり"した。言葉も通じず、はじめのうちはまったく相手にされなかったが、しつこく通い続けるうちに徐々にプロのマジシャンたちに認められ、直接手ほどきを受けることが出来た。そして最後には聖地「マジックキャッスル」のショーに出演するまでになった。情熱こそ人生の「開けゴマ」である。

帰国後はしばらく普通のサラリーマンをやっていたという。しかしマジックへの情熱は日に日に強まるばかりであった。ある日、父親に「おれは将来一流のプロマジシャンになりたいんだ」と告白した。すると父親は「おまえは偉い。若いのになにかになりたいという夢があるのは大したものだ。応援する。頑張れ！」と励まされたそうだ。

天才マジシャンGO！の妙技を間近でみたくなったわたしはシガーダイレクトのタケダに頼み込み、毎月やっているシガー・テイスティング会のゲストとして呼んでもらった。さわやかな好青年は時刻通りに「サロン・ド・シマジ」本店に現れた。

GO！はシングルモルトとシガーを愉しみながら、次々と驚愕のマジックを見せてくれた。たまたまそこにミツハシがやってきた。来月（2014年6月）上梓される「乗り移り人生相談」の傑作選『毒蛇は急がない』のゲラを持ってきたのである。グッドタイミングだったので一緒に見学してもらうことにした。

マジックを文字にするのは極めて困難であるが、敢えて書いてみることにする。はじめにやってくれたトランプのマジックはこんな感じだ。

まずGO!が「好きなカードを教えてください」と言う。わたしはあまり考えずに「ハートの7」と返答した。するとGO!は「ここにハートの7があります。好きなところに入れてください」と言う。わたしはそれを当てずっぽうにカードの束のなかに紛れ込ませた。

GO!が指をパチンと鳴らす。そして「一番上のカードをみてください」と言う。わたしは疑心暗鬼で上のカードを表に向けてみた。なんとハートの7が現れたではないか！ミツハシは奇声を上げてのけぞり、ほかのみんなも「オオ〜!」と感嘆の声を上げた。よく切ったカードのなかに何度入れてもすぐ一番上にハートの7が出てくるのである。摩訶不思議とはこのことだろう。

続いてやってくれたのはこんなマジックだ。まず、わたしに1枚のカードを抜かせて油性マジックで模様のある面に「シマジ」とサインさせる。わたしがそれをカードの束のなかに戻す。何度も何度もシャッフルしながら、GO!はジャケットの内ポケットから白い封筒を取り出した。

「シマジさん、この封筒を破って中身をみてください」

言われた通りに封筒を破るとなかから先程わたしが書いた「シマジ」カードが現れたではないか。そこで全員「ヒァ〜」と奇声を上げて爆笑と同時に盛大な拍手を送った。

続けざまにこんなマジックも披露してくれた。英字新聞を切りそろえて札束を模したものをみせる。すると次の瞬間、われわれが凝視している目の前で、英字新聞が野口英世の肖像画の千円札へと変わってしまったのだ。そこからおもむろに4枚を取り出すと、GO!は一枚一枚野口の肖像画を消していく。「ゲゲェ〜」とタケダが奇声を上げたその瞬間、こんどは1枚の千円札の上に4人の野口英世を出現させたのだ。

コインのマジックもやってくれた。まずミツハシの財布から五百円玉を出させた。両腕を大きく開かせて両手を握らせておく。すると次の瞬間、GO!は五百円玉をあっという間にミツハシの握っている右の手の平のなかに送りこんでしまった。

ミツハシが怪訝な顔をしていると、こんどはその五百円玉を一瞬にして左手の甲の上に移動させてしまったのだ。「ス、スゴイ!」。ミツハシはまた唸ってのけぞった。

わたしは伊勢丹の「サロン・ド・シマジ」にきてみんなにマジックをみせてくれないかとGO!にお願いした。早速その週の日曜日、天才マジシャンが店にやってきた。いつもそうだが、その場で新品のバイスクルのトランプを開けて使う。

その日の大技はこうだ。男にはカードの模様の上に油性マジックで名前を書かせる。女にはハートの4の上に名前を書かせた。それをシャッフルするうちに、なんとハートの4の裏の模様の上に男の名前がコピーされていたのだ。店内にいた全員が盛大な拍手を送った。

GO!は銀座7丁目のルイ・ヴィトンの隣のビルの6階で「Bar V (five)」を経営している。百聞は一見にしかずである。善は急げ! ファイブへGO!だ。一流の神技を目の前でとくと愉しめば、浮き世の憂さは瞬く間にすっ飛んで行くことだろう。資生堂の福原義春さんと毎月やっているスーパーランチのゲストにGO!を呼ぼうかと考えているところである。

2年分の感謝を込めて、スランジバー！

2013年の「サロン・ド・シマジ」1周年記念パーティのとき、わたしは「Pen」の担当編集者サトウとともにグレンドロナック蒸留所のVIPルームにいた。しかし今年（2014年）9月9日に開かれた2周年記念パーティには、万難を排し、満を持して駆けつけた。きっかり定刻に「サロン・ド・シマジ」のカウンターに立ち、多くのお客さまをお迎えした。伝家の宝刀、レオナール・フジタに変身できる秘蔵のウィッグを被って。

その日は火曜で美容院は休みだったのだが、島地勝彦公認美容師のミヤフジに出てきてもらいウィッグを装着してもらった。時刻は午前10時50分。それから夜の7時にはじまる伊勢丹メンズ館のパーティまで、フジタウイッグを被りっぱなしであった。幸いにも秋の気配を感じる涼やかな午後だったので助かった。

このウィッグは資生堂のトップヘア&メーキャップアーティスト計良宏文さんがわたしのために作ってくれた一点物である。使われた毛は、〝ヘアハンター〟が中国の奥地に分け入り、生まれてから一度もハサミを入れたことがない、1メートルも伸びた生娘の〝バージンヘア〟をバッサリ切り落としてきたものらしい。少女はさめざめと涙を流したことだろう。だがこの髪の毛の代金で一家の胃袋が1年間は満たされるのだ。

そんな聖なる毛が、巡り巡ってわたしの頭の上にたどり着いたのである。天才ヘア&メーキャップアーティスト計良さんは、わたしの地毛の色に合わせてその毛をグレーに染めた。それからわたしの頭のサイズに合わせてレオナール・フジタの代名詞である〝オカッパ〟に仕上げてくれた。

これまで衆人環視のもとにこのフジタスタイルを公開したのは、毎週金曜日に更新される「SHISEIDO MEN」のウェブサイト「Treatment & Grooming At Shimaji Salon」で「ロオジエ」を取材したときだけだった。それも巨匠・立木義浩の写真だけである。それがこの夜は〝生フジタスタイル〟を伊勢丹の「サロン・ド・シマジ」で大公開するのである。しかもミヤフジ美容師の都合で午前中からウィッグを被ることになってしまった。

まずはそのまま、「Pen」の新連載のためにナポレオンへの弔辞を書いた。そこへ仕事部屋を掃除するために女房が入ってきた。

「なんですか、それ？　波平さんの次は沙悟浄ですか。まあ、あなたと並んで歩くことはないから、わたしには関わりのないことですが……」

わたしはあえて抗弁しなかった。

「河童じゃない。鍾愛するレオナール・フジタのヘアスタイルを再現したんだ！」

と説明したところで女房にはわからないだろう。変装というのは、道を究めた者が行きつく究極のお洒落なのだが……。

ウィッグを装着してから約8時間後、ようやく伊勢丹メンズ館へとタクシーを飛ばした。正面玄関が閉まっていたので、バイヤーのナリカワに電話をかけて迎えにきてもらった。さすがはナリカワだ。群衆のなかからわたしをみつけると、「なにそれ？」とは言わず、破顔大笑しながらも「お似合いですね」とお世辞を言ってくれた。

1階で大西洋社長にお会いした。読んで字のごとく「大西洋」のように広いこころを持つ大西社長は、一瞬「どなたですか？」という怪訝な顔をした後、満面の笑みを浮かべ、親しみを込めて「シマジさん！」と叫んだ。

この日のわたしの出で立ちは、サルバトーレ・ピッコロのウィングカラーシャツ、ジャケットはアルニスの黄色い「森の番人」、パンツはライトブルーのTP01、シューズは藤巻幸夫の形見のクロコダイルであった。首から下は映画『グレート・ビューティー／追憶のローマ』の主人公ジェップを意識したスタイリングだ。

パーティには豪華な招待客が沢山やってきた。NHKの〝真美さま〟もいらしてくれた。中野香織教授からはお花が贈られてきた。と同時にひときわ華やかに中野教授ご本人が現れた。それに負けじと艶やかな花魁姿でお福さんがやってきた。お福さんは自分のことが載っているわたしの最新刊『バーカウンターは人生の勉強机である』を気前よくその場で100冊も買ってくれた。正式な発売は15日からだが、唯一ここだけで先行販売していたのだ。そのほかにも50冊は売れたであろう。

わたしはこの日のために購入したペリカンM1000 18C-3Bに天色《あまいろ》のインクを入れて、「スランジバー！ ○○様 感謝を込めて Katsuhiko Shimaji」と一冊一冊丁寧にサインして差し上げた。バーではMHDの太っ腹で寄贈されたタリスカー10年とアードベック10年が無料で振る舞われた。

打ち上げは赤坂の「一龍」で行われ、伊勢丹の近藤部長、タルサワ、お福さん、フジモト、モリマサが出席してくれた。この店は絶品のソルロンタンで有名な、24時間年中無休で営業している韓国料理の名店である。

すべてが終わったのは日付が変わるころであった。帰宅するとき、わたしは無理をいってモリマサに同行を願った。理由はフジタウィッグをはずしてもらうためである。自慢の変装アイテムなのだが、自分一人ではずせないのがちょっぴり歯がゆいところである。

半日ぶりに〝ただのシマジ〟に戻ったわたしは、モリマサと深夜のポート・エレンで乾杯した。窓を開ければ夜の空気に秋の訪れを感じる今日このごろであるが、わたしの人生の小春日和はまだまだ続くようだ。

2年分の感謝を込めて、スランジバー！

迷ったら、二つとも買え！

親愛なる読者のみなさまに、今回はとっておきの情報をお知らせしたい。

みなさまは鹿児島の焼酎メーカー・本坊酒造が手がける「マルスウイスキー」をご存じだろうか。すでに愛飲している人がいるとすれば、その人はきっと信州生まれにちがいない。

まだまだマイナーなこの国産ウイスキーは、中央アルプスは駒ヶ岳山麓、標高798メートルの高地にある小さな蒸留所で細々と生産され、樽の中で静かに眠っている。標高と、規模の小ささにおいて、この「信州マルス蒸留所」は日本一だという。そのため驚くほど希少な酒である。

わたしがマルス蒸留所を訪れたのは、お馴染みのドクロマークのラベルを貼って「サロン・ド・シマジ」ブランドでシングルカスクをリリースするためである。遠征メンバーは例によって、「Pen」のサトウ、カメラマンのウダガワ、信濃屋のバイヤー・キタカジとわたしの4人である。われわれの目的は、27年もののモルト4樽のなかから出色の一樽を選び出すことであった。

駒ヶ岳の麓はすでに秋真っ盛りであった。蒸留所に到着すると竹平考輝所長がニコニコしながら4人を出迎えてくれた。

モルトを試飲する前に、わたしはまず水を所望した。

「うん、美味い！」

口に含んだ瞬間、スコットランドで飲んだあのスペイサイドの水を思い出した。竹平所長の説明によれば、この水は地下120メートルから汲み上げた中央アルプスの伏流水だという。もちろんこの水こそがマルスウイスキーの仕込み水である。

仕込み水は、言うまでもなくウイスキーの命である。いま使われているのは、江戸時代にアルプスの峰々に降り積もった雪が溶け、花崗岩質の土壌に浸透し、ゆっくりと濾過され、ウイスキーに最適な軟水となって湧き出した〝聖なる自然水〟だ。この味をなんと表現すればいいのだろう。

こぢんまりとした貯蔵庫のなかに入ると、独特の甘ったるい香りが漂ってきた。四つのカスクに詰められたシングルモルトがグラスに注がれ、恭しく供された。勿体ない話だが、テイスティングでは、少し口に含んですぐバケツに吐く。度数が高く、いちいち飲み込んでいるとすぐに酔っぱらってしまうからだ。

ストレートに続いて、加水したものも飲んでみた。

「コレだね！」

わたしは味覚と嗅覚に全神経を集中させ、いちばん美味いと感じたカスクを指名した。隣にいたキタカジも「はい、わたしもコレです」と感動の一言。「決まりですね」とサトウ。

「やっぱり、ソレですか……」

そういって竹平所長は肩を落とした。27年間手塩にかけて育て上げた可愛い〝娘〟の嫁ぎ先が一瞬のうちに決まったのである。竹平所長がガッカリするのもわかる気がする。

「昨日、多分このカスクが選ばれるだろうとうちの連中と話していたんですよ。予感が的中しました」

「このカスクはバーボン樽ですか？ それとも シェリー樽ですか？」

「これはスコットランドで一度だけ使われた古樽なんですが、詳しい履歴はわかっていません。ほかの3樽はアメリカンホワイトオークを日本に輸入して、国内の樽屋さんが組み立てたものです」

「謎めいていていいですね。かえって物語になります。飲んだ人は『もしかしてボウモアの古樽に入っていたのでは？』などと想像を膨らますことでしょうね。これを選んでよかった」とわたし。

「わたしとしては、この謎めいたカスクはもう少し寝かせておきたかった、というのが正直な気持ちです」

「いやいや、所長の今回の大盤振る舞いは、マルスウイスキーの大宣伝になりますよ。きっと見学者が沢山やってくると思います」とサトウが言った。

「見学者にはまずここの地下水を飲ませてあげてください。はじめに仕込み水の美味しさを知ってもらってから、マルスウイスキーを味わってもらうべきです」とわたしは念を押した。

信州マルス蒸留所のシングルモルトには「駒ヶ岳」という名前がついている。だからドクロマークと「サロン・ド・シマジ」のネームは透かしで入れることにした。

美味しいシングルモルトほど「エンジェルシェア」が多いのだろう。「駒ヶ岳 サロン・ド・シマジ 27年」の樽はホグスヘッドだったのだが、たったの249本しか採れなかった。値段は税抜きで2万4000円也。おそらくものの2週間で完売するだろう。

驚くべきことに、マルスウイスキーは、ワールド・ウイスキー・アワード2013（W

WA2013）のブレンデッド・モルト部門で世界最高賞を受賞している。「マルス モルテージ 3プラス25 28年」という銘柄で売られたものだ。これは鹿児島と山梨から引き継いだ3年熟成のモルト原酒を、信州でさらに25年間樽熟成させた、知る人ぞ知る無敵のウイスキーである。

同時に発売される「サロン・ド・シマジ」シリーズのもう1本は、いまやすっかりメジャーとなったイチローズモルトから「ミズナラ 14年」である。こちらはわたしが選んだカスクから293本が採れた。味はあえて言うまでもないだろう。価格は税抜きで1万8500円也。

これぞまさに、「迷ったら、二つとも買え！」である。

シマジホリック・ザ・女子夜会

先夜、メルマガ会員を招き、〝聖なる女子夜会〟が催された。定刻の夜7時、8名の美しく着飾った女性全員が一堂に会した。遠くは兵庫、大阪、愛知、長野から、東京からも2名が駆けつけてくれた。男の参加者はメルマガの担当編集者ヒノとわたしだけである。

8名の女性軍はほとんどが顔見知りであった。伊勢丹の「サロン・ド・シマジ」に1～2回飲みにきてくれた方たちばかりだったからだ。女性の年齢をとやかくいうのは失礼であるが、みたところアラサー、アラフォーの感じであった。そして驚いたことに、全員が呑兵衛であった。

わたしを挟んで左右に2名ずつ、向かい合わせに4名が座り、ヒノは入り口近くの端っこに座った。正直に告白すると、複数の女性に囲まれて気後れしてしまい、いつもの調子が出なかった。やっぱり女性とは一対一で会うべきだと、こころのなかで反省しきりであった。男ばかりの職場で育った男の悲しい性である。

まあ自分の性格であるから、ある程度は想定の範囲内であったのだが、だからといってわたしもただでは済ませない。せめてビックリさせようと、その夜は特別なメガネをかけて行った。フラッシュをたいて撮影すると、縁がその光を反射する仕組みになっているのだ。このいたずらには全員が歓声をあげてくれた。

「メガネをはじめてかけたのは小学5年生で、そのとき買ったものは親父より立派な大人用のメガネでした」

なんとか話を切り出すと、一人のアラサー女性が間髪入れずこう言った。

「いまだったら6万円もするような上等なメガネですよね。お父さまに内緒でお母さまのヘソクリで払ってもらったんですよね」

8名の女性がみなニコニコしながら頷いていた。そうなのである。今夜の女性軍は全員、わたしの〝教典〟を入念に読み込んでいる敬虔なる〝シマジ教信者〟ばかりなのである。

二の句が継げず沈黙していると、今度はアラフォー女性が尋ねてきた。

「先生は現役時代、年間どれくらいの交際費をお使いになっていたのですか?」

「そうですね、編集長時代は月300万くらいでしょうか。広告部の担当役員になってからは月に700万くらい使っていましたから、年間で1億円近く出費していたでしょうね。わたしの戦略は〝1億使って10億儲けよう〟でしたから」

「松茸づくしの接待で一夜にして78万円も使ったっていう話は豪快ですね」とアラフォー

女性。

「78万円ではなく77万8500円でしたよね」と別のアラフォー女性がすぐに数字を訂正した。

わたしが書いたものをすべて読んで記憶している読者の前で話をするのは大変なことだと再び反省した。8人の女性はなおも好奇の視線を送ってきた。「先生のことはなんでも知ってます。なにか新しくて面白いお話をしてくださいませんか？」と、その目が語っていた。まるで針のむしろの上に座っているような心持ちであった。

「ところでみなさんは何を読んでわたしの存在を知ったのですか？」

今度はわたしから彼女たちに質問した。

「『乗り移り人生相談』がきっかけです。毎週毎週、ミツハシさんとシマジ先生の掛け合いが最高ですね。冗談めかした会話のなかでこんなにズバズバ核心を突く人生相談も珍しいと感心して、それから先生の著作を漁り、ついにはメルマガの会員になりました」

異口同音に8人がそう答えた。これはミツハシも呼ぶべきだったかな。でもそれは越権行為になるだろう。今回はあくまでメルマガ会員のための〝夜会〟なのだから。

さて、和食とフレンチの要素をミックスした割烹「麻布淺井」の創作料理はこの夜もふるっていた。センスあふれる皿の数々に、みな嬉々として舌鼓を打ってくれた。スパイシーハイボールのお代わりも飛ぶように出た。

「みなさん自分でプッシュミルを押してブラックペッパーを入れてくださいね」とわたしが言うと、瞬時にしてこう返ってきた。

「先生はバーで1000回もプッシュして腱鞘炎になられたんですよね」

このように終始女性軍に圧倒された一夜であった。すっかり形無しとなったわたしは最後の切り札で一発逆転を狙うことにした。

「東京の方はまだ電車がありますし、遠方のみなさんは今夜はどこかにお泊まりなんですよね」

「はい」と全員。

「それではお土産代わりに『サロン・ド・シマジ』本店に全員をご招待しましょう」

「本当ですか!?　やったーッ!!」と全員。

「やられた!!」とわたしはこころのなかで叫んだ。

「シマジさん、あそこに10人も入りますかね」とヒノが心配そうにつぶやく。

「男8人を入れたことがあるから女性なら大丈夫じゃないか」とわたし。

デザートのアップルパイとシマジブレンドの紅茶を平らげたあと、一団は3台のタクシーに分乗して〝平成の千利休の茶室〟へと向かった。

ぎゅうぎゅうになりながらも、どうにかこうにか全員が収容され、ティーセレモニーならぬシングルモルトセレモニーの二次会がはじまった。なにせみんな酒豪なので、わたしは葉巻を吸いながらせっせとシングルモルト水割りを作り続けた。

あまり酔っぱらわないうちに、例によってスマイソンのビジターズ・ノートブックにサインしてもらい、それぞれ一言ずつ添えてもらった。

「中学生の頃から読んでいる眠狂四郎が引き寄せてくれたと思います。嬉しい!」

「今月はシマジ先生の10月でした。お会いできた事に感謝!!」

「人生とは錯覚である。今日は錯覚ではなく生島地先生と今を過ごせて幸せです。ありがとうございます」

「今日に感謝。ここに居られる幸せ」

「島地さんの香りとオーラに酔って幸せです」

「生きているうちに訪ねたかった場所に来られて本当に幸せです」

「ゴルフとスコットランド、シマジさんのようにスコットランドに行きたい！」

「運と縁とセンス、すべてを身につけて楽しい人生を歩んでいきたいと思います」

そしてヒノがこう書いた。

「おつかれさまでした」

私の記憶が確かなら、かのマーク・トウェインがこんな名言を残している。

「読者が作家に会うということは、ちょうどフォアグラが美味いからといってガチョウに会うようなものだ」

なんだ実物はこんなものか、と幻滅されなかったことを祈るばかりである。

さあ、次回は男子夜会だ。今度は元気にはしゃげるような気がするのだが、はてさてどうなることやら……。

ジャズな♀は何処へ——

ついにあのタモリさんが「サロン・ド・シマジ」本店にやってきた。しかも一関でジャズ喫茶を経営している〝吉原正造〟こと菅原正二と一緒にである。毎週日曜日に放送されている『ヨルタモリ』をみている読者ならピンとくるだろう。タモリさんがすっかり正ちゃんに乗り移って演じている役柄の名前が「吉原正造」なのだ。

その夜、わたしが黙々と原稿を書いていると、突然、携帯電話が鳴り響いた。

「先輩、いまタモリと『ヘルムズデール』で飲んでるんだけど、この店はどうもシマジさんの匂いがするんだよ。よかったらこない？」

「そこならおれもよく知ってる店だよ。行く。すぐに行く。いまジャージを着ているんだけど勘弁してくれる」

電話を切ると、わたしは光より速く「ヘルムズデール」に飛んで行った。

店に入ると10人くらいの男たちがとぐろを巻いていた。みんな一様に黒いスーツを着て深刻な顔をしているではないか。聞けば友人の伊藤八十八さんのお通夜帰りだという。

正ちゃんの新刊『聴く鏡II』（ステレオサウンド刊）の出版記念パーティで司会を務めたのが伊藤さんだった。じつに洒脱な話術に感動したものだ。わたしもこころからご冥福を祈った。

「伊藤はジャズ・プロデューサーとして精力的に活躍した格別な男だったんです。わたしたちの『HIGH WAY/HIGH SOCIETY ORCHESTRA』というアルバムまで出してくれたんですよ。あいつはまるで星からきた男でした」

正ちゃんがしみじみと説明してくれた。

10時過ぎ、みんなと別れて念願の〝タモリ来訪〟が叶ったのである。タモリさんは以前から葉巻を教えてほしいと言っていたので、早速、トリニダッド・ロブスト・エクストラを燻らせてもらった。伴走のシングルモルトにはポート・エレンのセカンドリリースを飲んでいただいた。わたしとしては最高のおもてなしである。

大の『ヨルタモリ』ファンであるわたしはいろいろと質問した。

「わたしはほとんどテレビをみない男なんですが、『ヨルタモリ』だけは最初からずっとみています。まさにタモリさんの本領発揮ですね。洒落た一人芸が素晴らしい」

「シマジさんのように普段テレビをみない人がわざわざみてくれているなんて嬉しいですね。うちの田邊社長にも言っておきます。きっと喜んでくれるでしょう」

「わたしはバラエティ番組のタレントたちが、まるで猿のおもちゃがシンバルを鳴らすように自分たちで手を叩いて笑うあの仕草がどうしても我慢出来ないんです。笑うのは本来、画面のこちら側にいる視聴者じゃないですか。その点『ヨルタモリ』は大人の番組だと思います」

「先週の放送だったかな、タモリが『すべてのものに入門編なんかない。まずは一流から入るべきだ』と言っていたけど、あれは真実だよね」と正ちゃんが割り込んできた。

「そうなんだよね。シングルモルトの世界に淫したかったら、最初からこのポート・エレンくらいの一流を飲むといい。トップの味を知っておけば、もうなにも怖くないですからね」とタモリさん。

「葉巻も同じですね」とわたし。

「番組の最後に出てくる格言がまた面白いよね。タモリ、格言とジョークのことならシマジさんに聞くといいよ」

「あの格言は全部おれが作った出鱈目なんです」

「そこが面白いんですよ。もちろん百人一首もタモリさんの創作なんでしょう？　あなたはユーモアとエスプリの人ですね」

「ありがとうございます。あの番組は田邊社長とわたしが二人で考えてやっているんです」

「田邊社長にはわたしも若いころ大変お世話になりました。お酒は飲めませんが、チャーミングな方ですよね。よく美味いものをご馳走になりました。どうかよろしくお伝えください」

12時近くになってまた、わたしの携帯が鳴った。「ヘルムズデール」に一緒にいた堀内さんからだ。近くのバーで鈴木京香さんと滝川クリステルさんがタモリさんと正ちゃんを待っているから、急いできてくださいとの伝言だった。

それから素敵な男の会話が30分ほど続いた

だろうか。

「シマジ先輩も一緒に行こうよ。絶世の美女二人が待ってますよ」

「ごめん、明日までに原稿を10枚も書かないといけないんだよ。今夜は許してくれ」

そして二人の男たちは「サロン・ド・シマジ」本店恒例のビジターズ・ノートブックに一筆残して去って行った。

「森田一義　ジャズだね」

「吉原正造　ジャズな♀は何処へ――」（これはタモリさんのサービス）

「菅原正二　物には限度、風呂には温度」

シマジホリック・ザ・男子夜会

前回の女子夜会で一敗地に塗《まみ》れてしまったわたしは、今回の男子夜会で捲土重来を期した。女子会でもそうだったが、参加してくれる会員の名前はもちろんのこと、どこからくるのかさえ担当編集者のヒノからはいっさい教えてもらっていない。出会い頭というか、出たとこ勝負の〝じかあたり〟が面白いと思ったからである。

定刻の19時ちょっと前にヒノと一緒に会場の割烹「麻布淺井」に乗りつけた。店に入ると一瞬、驚いたというより落胆した。お洒落をして畏まって座っている参加者のなかに、伊勢丹「サロン・ド・シマジ」の常連客であるシラカワとウチダの顔があるではないか。わたしは思わずこう叫んだ。

「マエダはどうした？」

シラカワ、マエダ、ウチダの3人は、伊勢丹の「サロン・ド・シマジ」ではじめて出会い、一緒に東南アジア旅行に出かけるほどの仲になった三羽烏である。この仲良し3人組は、ウチダの突然の結婚で瓦解するかにみえたが、堅牢な関係はいまでも続いているらしい。シラカワとマエダはいまもって独身貴族を謳歌している。

「マエダは運がない奴で、近くだからどうせ応募しても落ちるだろうと思って申し込まなかったんです。われわれ二人はダメ元で申し込んでおいたんですが、やっぱり伊勢丹の『サロン・ド・シマジ』はパワースポットですね」とシラカワが大きな口を叩いた。

「遠方の方が仕事の都合がつかなかったようでキャンセルされたので、急遽近場から決めさせてもらいました」とヒノが説明してくれた。

みんなの顔を見渡すと、全員、一度は会っている顔ばかりだった。おお、島地勝彦公認護衛長のオバラが遥々盛岡からきてくれているではないか。今回いちばん遠くからきてくれたのは、大分県のアダチだった。宮城県から駆けつけてくれたタムラなどは、翌日普通に出勤するため、朝8時までに仙台駅に着いていなければいけないそうだ（木曜の夜に無理をして参加してくれてありがとう！）。

横浜からやってきたミズカミは、徐々に〝お洒落極道〟の域に入りつつある好男子である。川崎のフルヤもよくバーにきてくれている。アンドウもよくバーに美しい女性と一緒にきてくれる。そんなわけで男ばかりの宴は「スランジバー！」とスパイシーハイボールで乾杯すると同時に笑いが渦を巻き始めた。

「シマジ先生、今夜は『シマンジバー！』じゃないんですか」とシラカワが馴れ馴れしく言った。「それはもっと酔ってからにしよう」とわたし。

じつはシラカワには強烈な弱みを握られている。運悪く、女房の顔をみられてしまったのだ。きっと今年もみられてしまうことだろう。

なぜか？　三枝成彰さんが企画している「ベートーヴェンは凄い！　全交響曲連続演奏会」（毎年12月31日13時開演で終演が23時45分。途中休憩が入るが、まるまる半日掛かりのマラソン演奏会なのだ。今回で12回目）に、わたしは毎年妻と出かけているのだが、なんとそこにシラカワが現れたのである。

シラカワの趣味はド演歌だろうとみくびっていたら、じつはクラシックだったのだ。妻も妻で、モーツァルトは聴かないのだがベートーヴェンはよく聴いている。人生とは恐ろしい冗談の連続である。

はじめてシラカワが現れた日、わたしは彼にみつからないよう帽子を目深にかぶり、首にストールを巻きつけ、パンフレットを広げて顔を隠していたのだが、そのパンフレットを持つ手に光るスカルの指輪で身元が割れてしまった。迂闊の極みである。

「ミツハシもセオもサトウもヒノもハシモトもカミヤマもハラダも、おれの担当編集者たちでさえ誰一人として女房の姿をみたことがないというのに、よりによってシラカワにみられてしまったんだ。おれとしてはなんとかしてコイツを消したいんだが、誰か島地勝彦公認殺し屋になってくれないか」

「わたくしは護衛は致しますが、殺しまでは請け負えません」と、剣道7段の公認護衛長のオバラがまじめに答えたので、みんなで大笑いした。

〆に出た伊勢エビ出汁のカレーライスを食べ終わるころ、美人マダムがお代わりの確認に来た。最高に美味いカレーなのに、男たちはみな遠慮しているではないか。「女子会では全員競ってお代わりしていたぞ」とわたしが言うと、やっと器を差し出した。

気がつけば、はじめからおわりまでほとんどわたしがしゃべっていた気がする。男が相手だとどうしてこんなにはしゃげるのだろう。不思議なものだ。

二次会は、例によって「サロン・ド・シマジ」本店で開催した。ぎゅうぎゅうにつめて、なんとか男10人を収容出来た。そこにセオから電話が入った。

「ぼくもみなさんにお礼を言いたいのでいまからお邪魔してもいいですか?」

「もう無理だ! 誰か先に帰る人がいないと入れない。セオ、悪いがどこかうちの近くで席の空くのを待っていてくれないか」

「ぼくは可愛いヒノを膝の上に乗せて飲んでいてもいいですよ」

「お前、相当酔っているな。ヒノが嫌な顔をしているぞ。席が空き次第電話を入れる。じゃあな」と一方的に電話を切った。

「ひょっとして『セオはまだか』のセオさんですか? 是非お会いしたいです」と言う酔狂な奴まで出てきた。

「それではみなさん、酔っぱらう前にこのビジターズ・ノートブックに記名して、気の利いた一言を書いてください」

「その前に全員で記念写真は撮らないんですか?」

「おれたちは男だ。女のようになんでも写真に撮るのはやめておこう。こころのなかにこの光景をしっかり刻んでおいてくれ。写真は写心だからな」とわたしが制した。

サインがはじまった。

「知る悲しみが止まらない!」

「来た! 見た! 勝つヒコ!!」

「現実のサロン・ド・シマジ本店へ」

「だね!」

「今日を引き寄せた幸運に感動!!」

「出会いに感謝!」

「シマジさんの言葉は私の人生の羅針盤です!」

「公認護衛長参上!」

「よくできました」

終電の都合で数人が帰った後、酔ったセオが乱入してきてこう書いた。

「Shimaji サイコー!」

気がつくと時計の針はすでに午前1時を回っていた。

次回のメルマガ会員選抜夜会は女性4名男性4名の集まりにしてみたい。はてさて、どうなることやら。

キューバン・ダビドフ・ドンペリニヨンを燻らせた夜

「夕刊フジ」の対談連載のお相手として再び前田日明さんとお会いした。対談自体は1時間ちょっとで終了したが、それから二人きりで長時間の語らいを持った。シングルモルトとシガーをこよなく愛する前田さんとわたしはとても相性がいい。

昨年(2014年)12月にも「現代ビジネス」の「Nespresso Break Time」で対談したのだが、前田さんは高校生のころから「週刊プレイボーイ」の熱狂的なファンであった。そして驚いたことに、今東光大僧正の傑作連載「極道辻説法」の〝和尚前曰〟をそらんじていたのだ。

じつはその〝和尚前曰〟という前ふりの部分は、30歳前のわたしが和尚に断りもなく好き勝手に書いていたものだった。そう告白すると、前田さんは椅子から転げ落ちんばかりに驚愕していた。

「サロン・ド・シマジ」本店でシングルモルトを少し嗜んでから六本木の「格之進」に行き、極上のステーキを堪能した。わたしはせいぜい100グラムくらいしか食べられなかったが、前田さんは700グラムをぺろりと豪快に平らげた。

「格之進」の肉は熟成させた黒毛和牛だ。200グラムの塊でいろんな部位を焼いてもらった。前田さんはことのほかランプ（ケツ肉）を気に入ったようだ。もちろん女もランプが好きだと言う。たまたま千葉社長が店にいたため話はさらに盛り上がった。

わたしはこの店にもすでにスパイシーハイボールのセットを持ち込んでいるので、食前食中はそれを飲んだ。ジューシーな肉にはスパイシーハイボールがよく合う。塩もほかの調味料もまったくつけないで焼いた肉を口に入れた瞬間、粘膜にひっついて残っているブラックペッパーの残骸が絶妙のタイミングで肉を迎えてくれるのだ。

すっかり満ち足りたところで再び「サロン・ド・シマジ」本店に戻り、先日のお別れ会で徳大寺有恒さんの奥さまからいただいたキューバン・ダビドフ・ドンペリニヨンを二人で仲良く代わる代わる燻らせた。

「シマジさん、キューバン・ダビドフのドンペリニヨンはわたしが英国武者修行時代に生まれてはじめて買った葉巻です。そのときはまだ吸い方を知らず、先に吸ったダンヒルで気分が悪くなって吐いてしまったので、ダビドフは箱ごと同僚の英国人レスラーにやってしまったんですよ。

うん、これは美味い。上質なシガーですね。保存状態も素晴らしい。アタックは軽いけどコクが深い。これだったのか、畜生！」

前田さんもかつて徳大寺さんと会ったことがあるそうだ。そのときは700グラムのステーキをご馳走になったという。徳大寺さんは、若い前田さんが巨大な肉塊に食らいつく姿を目を細めてニコニコしながらみていたという。

その夜、わたしたちは徳大寺有恒さんを偲

びポート・エレンで献杯した。徳大寺さんはきっと、前田さんとわたしとでシガーのドンペリニヨンを美味そうに吸っているところを天国から見下ろして、あのセクシーな笑顔で微笑んでくれたことだろう。

と、ここまで書いたところでメールをチェックすると、「和樂」編集長のハシモトからメッセージが届いていた。

「今週のメルマガも心に染み入る美しい文章でした。じつはわたしにも徳大寺有恒さんとの思い出のエピソードがあります。

昔、青山通りを愛車のフィアット・パンダで走っていると、後ろにピタリと付けて追いかけてくるジャグァー・コンバーティブルがあって、運転しているおっさんが只者ではない恐ろしいオーラを放っている。しかも太くて長い葉巻をブカブカ吹かしながらピタリと付いてくる。

てっきりヤーさんに因縁を付けられるんだと思って何度も車線変更して逃れようとするのに、それでも付いてくる。ますます怖くってバックミラーをよーく見てみると、なんと運転手は徳大寺さんでした。赤坂の虎屋の前から骨董通りの入り口までの短い思い出でした。

後日そのことを自動車写真家の小川義文さんに話したら、『ああ、徳大寺さんはパンダが大好きだから、ずっと見ていたかっただけですよ』と言って笑っていました」

「ハシモト、ジャグァーのオープンカーが本当に似合う男は日本には徳大寺さんをおいてほかにいなかった。しかも運転しながらシガーを吹かす姿形が彼ほど様になる男もいなかった。

そのとき燻らせていたのは多分、キューバン・ダビドフのドンペリニヨンだと思う。彼ほどこの葉巻を愛した男はいない。いまはもう生産が中止されていてほとんど残っていないが、たまに市場に出ると一本7万円は下らない。

ハシモトを徳大寺さんに会わせてやりたかったね。お前の口から直接このエピソードを話してあげたらどんなに喜んだことだろう。もう少し暖かくなったらまた一緒にメシを喰おう」

こんなメールを返信した次第である。

ユーモアを解する前科者(?)のはなし

今週のメルマガに何を書こうかと思案に暮れていると、師匠の浮かぬ顔色を察知したのか、島地勝彦公認書生のカナイ・ヨウスケが助け船を出したくれた。

「シマジ先生、今日のクローク係に遅れたのは、前にも言った早稲田大学歌舞伎研究会のOB総会が京王プラザホテルであったからです。私も現役会員として参加してきました」

カナイは毎土日、伊勢丹「サロン・ド・シマジ」のバーでクローク係をやってくれているのだ。ささやかな御礼として、わたしはたまに〝天使の分け前〟ならぬ〝店主の分け前〟をそっと渡してあげている。「有り難う御座います！」とカナイはニッコリ笑っていつも美味そうに飲んでいる。

「歌舞伎研究会のOB総会は年1回開催されるのですが、今年（2015年）で65回目になります。大勢の先輩方に出席していただき、今日は60名近くが集まりました。そこでいつも先輩たちがこぼすのは、最近の歌舞伎役者が小粒になったということです」

「まあ、しょうがないよ。最近は編集者も小粒になったからね。時代だろう」

「そんななか、昭和27年（1952年）卒業の大先輩が講演をしてくれました。掻《か》い摘《つま》んでお話ししますと、こんな感じです。

六代目尾上菊五郎が吉原で飲み歩いていると、向こうのほうから顔見知りの男が歩いてきた。

『なんだ、貴熨斗《きのし》じゃねえか』

貴熨斗政泰とは、二代目市川猿之助である。二人は連れ立って遊郭を渡り歩き、鯨飲し、遊び呆け、気がつくと素寒貧になってしまった。これではこの店の支払いが出来ないと思った六代目は、何かを思いついたように店のつんつるてんの浴衣を着て『ちょいと厠《かわや》へ行ってくらぁ』と言い残し、猿之助と連れ立って階下に降りて行った。

下の階では別のお客が大所帯で派手にドンチャン騒いでいた。そこへ両人が入って行って『もし、あたくしども、いまから芝居をひとくさりいたしますので、お気に召しますればおひねりを頂戴いたしたく存じます。あたくしどもは旅の芸人でございます』と名乗りをあげた。

『おう、いいねぇ。なにをやってくれるんだ？』

『はい、あたくしは音羽屋六代目菊五郎の物真似が得意でして、《雪の下浜松屋の場》の弁天小僧をご覧に入れます』

そう言って、つつつっと煙管《キセル》を引き寄せると、『知らざぁ言ってきかせやしょう』とはじまった。続いて猿之助が『あたしは澤瀉屋《おもだか》二代目猿之助の声色を真似ましょう』と見得を切った。

『上手い！　おめぇさんらはなかなかのもんだ！』

ヤンヤヤンヤの大喝采が巻き起こり、沢山のおひねりが飛び交った。

本人なのだから上手いのは当たり前である。当時は暗いし白粉《おしろい》もしていないし相手は酔っ払っているので、誰にも気づかれることなくまんまと大金をせしめた二人は、なに喰わぬ顔をして二階に戻り、勘定を済ませると大笑いしながら外へ出て行った」

「面白い。粋な話だね」

「そういう粋なイタズラが出来るいい時代だったんでしょうね。補足しますと、六代目菊五郎は明治~昭和の名優で、現在でも『六代目』といえば六代目菊五郎のことを指します。また二代目猿之助は古典も得意ながら、ロシア舞踏に影響を受けて新作舞踊『黒塚』を作るなど精力的に活躍し、孫の三代目猿之助の甥である現四代目猿之助にまでその精神が受け継がれています」

「今年の1月2日、お前と歌舞伎座で観た『黒塚』の猿之助の踊りは絶妙だったね」

ここでわたしの頭をよぎったのは、今東光大僧正から聞いた青春時代の逸話である。

若く無名だったころの今東光は、佐藤春夫と東郷青児と3人で一緒に住んでいたことがある。金がないので、佐藤春夫が即興で詩を作り、東郷青児が扇子に絵を描き、今東光が佐藤春夫の作った詩を筆で書いた。その扇子を持ってカフェに飲みに行ったそうである。いまその扇子が残っていたら、ウン百万円の値がつくだろう。

それにしても最近の若い男どもはすっかり酒を飲まなくなった。それればかりか外食も控え、コンビニ弁当をせっせと喰っては貯金ばかりしているそうではないか。理由は老後のためらしい。なんと世知辛い世の中になってしまったのだろう。学生時代のわたしなどは、母親に買ってもらったベッドを親友と一緒に質屋に運んでまで飲み代を捻り出したものだ。

「ああ、シマジ先生、面白い話をもう一つ忘れていました。政経学部出身で昭和40年（1965年）卒の先輩が、酔った仲間に『なんたって、こいつは全優だからな』とからかわれて、『むかしの成績なんか引っ張り出すのはみっともないからよしてくれ』と言って苦笑していると、また別の先輩が『ここに集まった連中は前科（全可）がいっぱいだ』と切り返していました」

「やっぱり歌舞伎を愛するお前の先輩たちはユーモアを解するんだね。そういうおれもゼンカ者だがな」

カナイ、面白い話を有り難う。今度手酌でポート・エレンを飲んでいいぞ。喜ぶ書生の笑顔が目に浮かぶようだ。

バーのカウンターは人生の駆け込み寺である

嬉しいニュースが二つある。一つは京都の瀬戸内寂聴さんが以前のようにお元気になられたことである。わたしは瀬戸内さんご本人と直接電話で長時間お話をした。

「シマジさん、わたし、やっと元気になったわよ。一時は寝たきりになるかと思ったくらいひどかったんだけど、背骨にセメントを入れる手術をしたあと、一生懸命リハビリに精を出したら、ちゃんと歩けるようになりました。〝リハビリは裏切らない〟という名言まで作っちゃったわ」

「それは嬉しい！　いままでに瀬戸内先生に救われた方は数知れません。また悩める人たちを導いてあげてください。胆嚢癌はどうされたんですか？」

「あんなもの、腹腔鏡手術で取ってしまったわ。運良く初期だったの」

「それはよかった。安心しました」

「シマジさん、お願いがあるんです。タリスカー10年を6本、いや、1ダースでいいわ。

伊勢丹のあなたのバーから請求書と一緒に送ってくれませんか」

「嬉しい！　もうお酒が飲めるくらいお元気になられたんですね」

「そうなの。秘書の瀬尾と毎晩飲んでいます。彼女は若いから、わたし以上に飲むんですよ。スパイシーハイボールはわれわれの大好物なんです。来月の4月8日、お釈迦さまの日から、また活動を開始する予定ですの。ところであなたはお元気？」

「はい。〆切に追われながら週末は伊勢丹のバーに立つ日々です」

「あなたのエッセイはとても素晴らしいですね。エッセイは小説とちがって人柄が出ます。あなたの寛容でやさしい人柄が文章に滲み出ています」

「瀬戸内先生からお褒めの言葉をいただき、わたしも元気百倍です。暖かくなったら、かならず寂庵に伺いますね」

「ありがとう。愉しみに待っていますわ」

93歳の瀬戸内寂聴さんがタリスカー10年を1ダースも注文されたのには驚いた。きっとまたお肉をモリモリ食べているのだろう。それにしても瀬戸内さんのあの甲高い美声は元気なころと寸分変わりはなかった。これは快挙である。やはりリハビリは裏切らないのだろう。

もう一つのグッドニュースは、伊勢丹のわが「サロン・ド・シマジ」におけるタリスカー10年の売り上げが、全国のバーで前年のベスト5からさらにランクを上げて、第4位に輝いたことである。日本にいったい何軒のバーがあるのかは知らないが、わたしは土日の午後1時から8時までしかカウンターに立っていないというのに、堂々ベスト4に君臨しているというのはまことに名誉なことである。

さて、先週の土曜日のこと、午後2時ご

ろ、60歳ぐらいの婦人が一人でバーに現れた。そして彼女はわたしの顔をみるなりさめざめと泣き出したのである。わたしは一瞬、むかしのわりない仲の女性が現れたのかと思い身構えたが、そうではなかった。

「じつはここのところ悪いことばかりが重なり落ち込んでいたんです。そんな折、読売新聞の夕刊でシマジ先生のコラム『バーマンの流儀』を読んで、ここに参りましたらきっと元気になれるのではないかと思い、勇気を出してやってきました」

バーマンのわたしは満面の笑みを浮かべ、瀬戸内寂聴さんに乗り移り、こころのなかでその婦人を抱擁して差し上げた。

「まずはスパイシーハイボールを一杯飲んでみてください。ここで使われているブラックペッパーは、わざわざスコットランドから運ばれたピートで燻製されたものです。この黒いツブツブが粘膜にくっつくと元気が出ますよ」

「そのお話は読売のコラムで書かれていましたね。新聞でシマジ先生の存在を知って、書店で本を4冊買って読ませていただきました」

「それは有り難う御座います」

わたしは彼女の前に「この世には酒を飲む人、飲まない人がいるように、本を読む人、読まない人がいる」という〝名言コースター〟を置いた。幸いなるかな、婦人は本を読み、酒も飲む方であった。

常連のお客さまたちも必死に婦人を励ましてくれた。時間が経つにつれ、婦人の顔に明るさが戻ってきた。4〜5時間もいただろうか。杯を重ねて5〜6杯は飲まれていた。そして、帰るころには笑い声さえ飛び出した。

「シマジ先生、このスパイシーハイボールを家でも飲みたいのですが、どうすればいいでしょうか?」

「簡単ですよ。ちょうどいま『スパイシーハイボールセット』というタリスカーのロゴ入りトートバッグが期間限定で発売されていま す。これです。タリスカー10年が1本、ザ・プレミアムソーダ山崎が1本、ペッパーミル1個とブラックペッパーが1瓶、これと同じ斜めに傾いたグラスが2個、それから新作のコースター12枚セットが1箱入っています。ソーダは近くの酒屋で買い足せばいいでしょう」

「それを自宅まで送っていただけませんか?」

「もちろんですとも」

「今日はみなさんに仲良くしていただいて元気を取り戻せました。じつは来週末から石垣島へ一人旅に行こうと思い予約していたのですが、落ち込みがひどく、キャンセルしようかと先ほどまで真剣に考えていました。でも、みなさんのお蔭で元気に旅に出られそうです。帰ったらまたお邪魔いたします。有り難う御座いました」

婦人は入ってきたときとは別人のような明るい表情になり、持ってきた杖も忘れそうになりながら、スキップするかのように軽い足取りで帰って行かれた。

バーのカウンターは人生の勉強机であり、人生の〝駆け込み寺〟であるのかもしれない。

ブラックボウモアに姿を変えた性悪女

3年乗ったBMW1シリーズをついに手放した。70歳過ぎの老人が高速を逆走したり、線路の上を無理矢理走ったりする事件をみるにつけ、そろそろ運転をやめる時期がやってきたのだと思ったからである。

直接の引き金となったのは、北方謙三さんだった。あの北方さんが長年乗ったマセラッティを手放し、クルマの運転をやめたというのは大きな衝撃だった。

わたしはもともと運転が好きではなく、むしろ苦手なほうだった。それでも19歳で取得した運転免許を74歳になるまで更新してきた。しかし実際、今年(2015年)に入って一度も運転していない。わたしのBMWはマンションの駐車場にただの置物として存在していたのである。

30年以上、わたしはBMWばかりに乗り続けた。はじめは5シリーズを何台か乗った。5年に一度は新車に代えていたから、3台は乗っただろうか。その後3シリーズを2台、そして1シリーズを2台乗り継いだ。

ほとんどゴルフに行くためだけのクルマだった。たまに一関まで長距離を走ることもあるが、最近はそれに疲れを感じるようになっていた。

誰に譲ってあげようかと考えた末、白羽の矢を立てたのは、〝島地勝彦公認隠し子〟ことシラカワであった。クルマ好きの彼なら毎日乗って有効活用してくれるだろう。

さっそく、BMWのセールスマンのタガワに立ち会いをお願いして、シラカワに実物を見てもらうことにした。

「この1シリーズには最上級の装備が施されています。車検を取ったばかりですし、最新のコーティングも施されています」

タガワはセールスマンらしくアピールポイントを強調した。しかし、シラカワは何か引っかかるものを感じていたようだ。

「シマジさん、やっぱり、タダというのは勘弁してください」

「どうしてだ? タダだぞ、タダ」

「シマジさんが乗りたくなったときにいつで

も電話をかけてきて、お抱え運転手にされるんじゃないかという恐怖をビシビシ感じます」

「たしかにそうだよね。少しでもお金を出して買い取ったほうが、わたしもいいと思います」とタガワ。

そんなわけで、わたしの魂胆はあっさりと見破られてしまったが、最終的にシラカワは購入の意思を表明した。

「ところでタガワ、このクルマはいくらくらいで売れるものなんだ？」

わたしが訊くと、タガワは即答した。

「シマジさんはほとんど乗っていませんので、走行距離はたったの1万8000キロです。この1シリーズは新車当時470万円はしたはずですから、安くみても250万ぐらいはするでしょうね」

「シラカワ、現金で買うとして、いくらなら用意出来る？」とわたし。

「180万なら、即金で、耳を揃えて出せますが……」とシラカワ。

「よし、わかった。180万で手を打とう」と言うと、シラカワは「1週間以内に現ナマを持参します」と言った。

そんなわけでわたしの愛車はシラカワに引き取られることになったのだが、実際のところ、わたしにはなんの未練も残らなかった。

ひと月4万円もする駐車場代、自動車税、自動車保険等々、さまざまな出費から解放された気持ちは、性悪な女とやっと別れられたような爽快感にも似ていた。

人生には時がある。クルマを持つ時、手放す時があるようだ。

次の土曜日、シラカワが現ナマを持ってやってきた。そのついでにわたしは伊勢丹まで送ってもらった。伊勢丹の前で降りるとき、シラカワはこう言った。

「シマジさん、ETCのカードがついたままですよ。ぼくが悪党なら無断で使い続けるところですが、ぼくは正直者なのでお返しします」

やっぱりシラカワに買ってもらってよかったと、わたしは胸を撫で下ろした。

それから1ヵ月後、宅配便でゴルフバッグを送り、電車に乗って相模カンツリー倶楽部に出かけた。約1年7ヵ月ぶりのゴルフだった。

プレイ後、堂々と、こころおきなくウイスキーが飲めるというのは、いままでの人生でついぞ味わったことのない幸福であった。やはりわたしにとってのクルマは性悪女でしかなかったのかもしれない。

シラカワにもらった180万円は1週間もしないうちに、ブラックボウモア42年（1964年蒸留）とダビドフのヒュミドールに姿を変えた。このブラックボウモアは、親しい担当編集者たちとともに、一夜にして飲み干すことになるだろう。

絶倫食とレストラン・ジョークの夕べ

「乗り移り人生相談」の連載がめでたく300回を迎え、その記念にと相棒のミツハシがイベントを企画してくれた。

2015年7月16日、発酵学の泰斗にして食の冒険家・小泉武夫教授をお招きして、銀座のとあるレストランで「絶倫料理の夕べ」と題したトーク&ディナーショーが開催され、四国に台風が上陸したばかりの悪天候のなか、総勢90名の男女が集結してくれた。

「シマジさん、食事をしながらのトークショーは必ず失敗しますよ。あの立川談志師匠だって途中で頭にきて帰ってしまったくらいです。人間という動物は、食べているときとセックスしているときは人の話を聞かない習性があるのです」

「なるほど。教授は150冊以上の本を書き、わたしの100倍以上講演なさっているのですから、それは真実でしょう。早速、ミツハシに伝えます」

控え室で小泉教授とそんな話をしていると、何となく顔色の悪いミツハシが現れた。

「ミツハシ、トークは食事の前か後に出来ないのか？」

「料理を出しながらわたしが司会進行して、お二人にトークをしていただく段取りになっているんですが……」

「そうすると聴衆はわれわれの話などそっちのけでガツガツ食べ、好き勝手におしゃべりを始めるだろうと教授が心配していらっしゃるんだよ」

「なるほど。それじゃあ、いちばん最初に『みなさんが話を聞かずに雑談を始めたら、小泉教授は突然退席します』と釘を刺しておきましょう」

「まあ、ミツハシさん、そんなことぐらいでは収まらないと思いますがね」

小泉教授は心配気にいわれた。

この日のメニューは小泉教授の名著『絶倫食』（新潮社刊）を参考に、シェフとミツハシがやり取りを重ねて完成したものだ。滋養強壮に効くといわれる約30種類の食材を10の料理にちりばめた一夜限りの特別コースである。

なかでも注意を引いたのは、特選牛のローストビーフにかけられたフレッシュ・マカ・ジャポネソースである。マカは南米ペルーに植生するアブラナ科の多年生植物で、その根はインカ帝国時代から珍重される強力な精力剤である。

店内を見渡すと単身で講演を聴きにきた方

も多かったようだ。彼らはその夜、嵐のような野生の夜をどうして過ごすのだろう。ミツハシはなんとも残酷な男だ。独身者にはお土産にテンガの一つでも持たせるのが武士の情けというものではないか。などと思っているうちに、トークショーの火蓋が切られた。

小泉教授が予言した通り、料理が運ばれると各テーブルがざわめき出した。わたしは教授が突然退席しやしないかと内心ヒヤヒヤしていた。

「むかしむかし、中国の皇帝に、生涯で127人の子供を作ったツワモノがおりました。その皇帝はなにを飲んでいたかと申しますと、秋石《しゅうせき》という特別な精力剤なんですね」

ざわめく聴衆を前に、心優しい教授は十八番の〝絶倫噺〟を語りはじめた。

「秋の満月の夜、まだ女を知らない12歳以下の少年たちを100人ほど庭に集めまして、舞台の上では美しい女性たちを素っ裸で踊らせます。少年たちは興奮して男性ホルモンを大量に分泌します。それから少年たちを10人ずつに分けてタライに小便をさせ、褒美を取らせて家へ帰します。もちろん護衛付きでね。

さて、残ったのはタライのオシッコです。それを大きな芭蕉の葉で、うちわのようにして扇《あお》ぐんですね。すると次第に水分が蒸発していきまして、最後にザラっとした沈殿物が残ります。

そのなかには尿素、尿酸、塩化ナトリウム、リン、カリウム、クローム、カルシウム、クロール、亜鉛、マンガン、鉄、マグネシウム、銅、アルミニウム、ニッケルなどのほか、じつに大切な有機体も含まれているんですね。たとえばウロビリンという黄色い色素などは、強精に重要な役目を果たす成分なんです」

しかし料理を前にした聴衆はなお一層ざわ

つきはじめた。ミツハシも「これは困った」という顔をしたが後の祭りであった。結局、途中からは食事に専念してもらうことにした。

食事がひと通り終わったところでミツハシがわたしに「レストラン」というお題目でジョークを言えと脅迫するではないか。なるほど、叩けばジョークの二つや三つ立ち所に出てくるシマジではあるが、小泉教授の手前、ここはなんとかビシッと決めなければならない。

思案の末、わたしは「レストラン・ジョーク」を3連発で披露した。

【嗅覚グルメ】

盲目の紳士がレストランに入ってきた。オーナーでもあるウェイターがお客の前に行き、メニューを手渡した。

「申しわけないが、わたしはこの通り目がみえないのでメニューを読むことが出来ない。すみませんが、前のお客の使った汚れたナイフとフォークを持ってきて欲しいんだが。その匂いで注文するよ」

オーナーはちょっと当惑したが、まだ洗っていない皿から脂のついたナイフとフォークを持ってきてそのお客に手渡した。客はナイフとフォークを鼻に近づけて大きく息を吸ってからこういった。

「うん、わたしはこれにしよう。サーロインステーキとマッシュド・ポテト」

「信じられない！」と独り言を言いながら、オーナーはキッチンへ行き、調理をしている妻のメリーにことの次第を説明した。盲目の紳士は「じつに美味かった！」と感嘆して帰って行った。

数日後、同じ客が再びやってきたが、オーナーはうっかり再びメニューを持って行ってしまった。

「覚えていますか、マスター、わたしは盲目なんですよ」

「申しわけありませんでした。わたしとしたことが、うっかりしておりました。ただいま前のお客さまの使った汚れたナイフとフォークをお持ちします」

盲目の紳士はオーナーの持ってきた汚れたナイフとフォークをひと嗅ぎし大きな息をついてこう言った。

「うーん、いい匂いだ。マカロニとブロッコリーのチーズ和えをもらおうか」

オーナーは再び驚嘆しながらキッチンへ向かいつつ、どうも担がれているんじゃないかと思いはじめた。そして「よし、次はあいつを試してやろう」と、キッチンにいる妻のメリーに相談した。盲目の紳士は今度も感嘆の声を上げて帰って行った。

次の週も盲目の紳士はレストランにやってきた。彼をみたオーナーは急いでキッチンへ走った。

「おいメリー、あの客に持って行く前に、このナイフとフォークをお前のパンティーにこすりつけてくれないか」

妻は言われた通りにしてナイフとフォークを夫に手渡した。盲目の客が席に着くころにはオーナーはナイフとフォークの準備が出来ていた。

「いらっしゃいませ。お客さま、今日はちゃんとナイフとフォークをご用意させていただきましたよ」

盲目の紳士はいつものようにナイフとフォークを鼻に持っていき、そして大きく息をついた。

「おいおい、メリーがここで働いているとは知らなかったなあ」


【余計なお世話】

ある夜遅く、アメリカ人の観光客が、パリ

のうらぶれたレストランで食事をした。食後のブランデーを愉しんでいるうちに、店内は彼とテーブルに突っ伏している酔客だけになってしまった。

アメリカ人はウェイターを呼んで勘定書きを頼んだ。するとフランス人のウェイターが訊いた。

「ムッシュー、もう一杯、ブランデーをいかがですか」

「いやいや、遠慮しておくよ。もう夜も更けているし、君たちもそろそろ仕事を終わらせたいだろう。あそこで居眠りしているお客も起こして帰らせたらどうかね」

「そうですね、そうしなきゃいけないんですけど、あの人は、起きるたびに勘定を払ってくれるんで、もう少しいてもらいます」

【防止策】

洒落たレストランで客がウェイターに話しかけた。

「おたくのお皿はきれいですね。灰皿も素敵です。しかしどうして灰皿に水を入れておくんですか。タバコの火を消すためですか?」

するとウェイターが慇懃《いんぎん》に答えた。

「いえいえ、お客さま、水を入れておきますとポケットに入れにくいもので」

後日聞いた話によると、ミツハシはあの夜38度の高熱を出していたそうだ。翌日も、さらにその翌日も会社を休んだという。子供でもないのに扁桃腺が炎症を起こし、40度近い熱にうなされたというではないか。

ミツハシは司会に忙しくマカの一片も口にしていなかったらしい。ミツハシ、いまからでも遅くない。マカの錠剤を食後に4錠飲むといい。わたしはあれから、マカの魔力で50代の体力が蘇ってしまったのだよ。

〝シマジ大学〟へのいざない

伊勢丹「サロン・ド・シマジ」では、不定期で文化的な講座を催すことがある。わたしが普段教えを請うている文化的な世界の「極道」を講師にお呼びして、わたしのファンたちとともにその深みを学ぶ〝シマジ大学〟である。

これまでにも葉巻、コーヒー、ウイスキー、万年筆といった様々な講座を開いてきたが、今年（2015年）5月にお招きしたのは、横浜燻製工房の栗生聡先生だ。わたしがスパイシーハイボールを作る際、とどめの一撃を決めるために振りかけるブラックペッパーは、スコットランドからピートを取り寄せ、インド製のブラックペッパーを燻製している。そんな面倒なことをしてくれているのが、この御仁なのである。

「燻製を好まれる方はなぜか頭脳明晰な方が多いようです」

開始早々の栗生先生の言葉に聴講生たちは顔を輝かせた。勢い込んでわたしが尋ねた。

「たしかにここに集まった生徒たちは賢そうにみえますが、それはどうしてですか？」

すると栗生先生は困ったように頭をかいて「いや、詳しいことはわかりませんが、ただわたしの経験則として……」と苦笑した。喰えないチャーミングな男である。

サクラ、リンゴ、クルミ、ナラ、ウイスキーの古樽やピートなどに火をつけ、実際に香りを立てて受講者に回して行く。それぞれに個性的な香りがあり、食材ごとにブレンドしながら燻製を作るのだという。妖しい煙に巻かれながら講座は進んで行った。

燻製の歴史は古く、いまから1万3000年前の石器時代にすでにその原型が生まれていたらしい。それはおそらく自然発生的に出来上がった偶然の産物に、文字通り〝味をしめた〟というところだろう。いまのような燻製が出来たのは約2000年前のことで、古代ローマ帝国時代のゲルマン民族が塩漬けによる保存法と、燻煙法を融合させたことにはじまる。さらにスパイスで肉や魚の臭みを消す調理法がプラスされることで、燻製はまさに食品の保存調理技術の結晶といえるものに進化した。煙に燻されて品格を帯びるというのは、あながちまちがいではなかろう。

講義の後は、お待ちかねの試食タイムに移った。なんといっても出色はサバであった。西京漬けのサバを燻製にしたものが出されると「ああ、白メシが欲しい！」と言う受講者が続出した。ツマミとして出されたピスタチオもスパイシーハイボールによく合う味であった。

驚いたのはニジマスである。むかしからわたしはニジマスを美味いと思ったことがなかったし、その前の週に一関で上等なホンマスをたらふく食べてきた後だった。そんな魚が、燻製にした途端、かなりいける酒のツマミに変貌したのだ。

気づけば「サロン・ド・シマジ」のカウンターは立ち食い寿司屋の様相を呈していた。

「明太子ください！」

「サバを一つ！」

驚いたことに横浜燻製工房は寿司屋とコラボレートして、厚焼き玉子の燻製まで作っているそうだ。スパイシーハイボールに飽き足らず、もっとスモーキーなウイスキーを合わせようとする通な受講者もいた。

食べながらも質問やジョークが飛び交う。栗生先生によると、不思議なことに、高級な食材を使ったとしても必ず美味しくなるとは限らないらしい。チーズは安いものを燻製したほうが美味しくなるという。また、いちばんの失敗作はゴーヤで、苦味に酸味が加わり、とても飲み込めた代物ではなかったそうだ。

最後は、いままで試食してきたものを購入出来る時間となり、寿司屋はたちまち市場と化した。究極の保存食である燻製は、もちろん冷蔵が望ましいが、真空パックに入った状態なら常温でも3ヵ月ぐらいは保つらしい。

そして、つい先日催されたのは、これで3度目の開催となる紅茶講座である。講師はシマジブレンドを作ってくれている株式会社リーフルの神秘的な女社長、山田栄先生である。英国人に1年間習ってようやく完成したわたしのオリジナルブレンドを、「とても男性的に完成された風味」と評してくださった方である。

第1回、第2回では、抽出した茶葉ごとにそれぞれテイスティングし、受講者自身のオリジナルブレンドを作るという講座を開いてもらった。日本人が喫茶店に入ってダージリンやアッサムを単品でありがたがっている光景は不思議だと英国人の紅茶の先生は言っていた。個性の光るそれぞれの茶葉の性質を極め、巧みに加減して一つのブレンドにしていく作業は、芸術にも等しい英国貴族の優雅な遊びである。

第3回となる今回の講座では、冷たいダージリンの2015年ファーストフラッシュ（一番摘み）がシャンパングラスに注がれ、ウエルカムドリンクとして出された。「ダージリン」とはインド北東部ヒマラヤ山脈の麓に位置する紅茶の聖地で、現地の言葉で「雷の土地」を意味する。一日のなかで寒暖差が激しく、名物の濃い霧が〝紅茶のシャンパーニュ〟と称されるほどの馥郁《ふくいく》たるフレーバーを育むのだ。山田先生は毎シーズン畑のなかの小屋に泊まり、農園から直接茶葉を買い付けているというから驚きである。

まずはじめにダージリンのセカンドフラッシュ(雨期に摘まれる二番摘み)の農園ごとのテイスティングを行った。茶の木のそもそもの原産地である中国から移植したりクローン栽培したものを、葉の先端までエネルギーが行き届く満月の下で摘まれたセカンドフラッシュは、農園ごとに味わいが異なり、思わず〝紅茶のシングルモルト〟と呼びたくなった。

その後、今回はブレンド紅茶を作るのではなく、紅茶をキーにしたカクテルを作ろうという趣向になった。用意されたダージリン、アッサム、ラプサンスーチョン、ウバからカモミール、ラベンダーなどのハーブ類、それにバーボンウイスキー、ホワイトラム、各種シロップを冷やして混ぜ合わせ、華やかな一杯を作るのである。

奇妙なことに、呑兵衛たちは総じて全体に占めるアルコールの割合が多すぎて味を崩してしまう。参加者のなかの一人、一流のバーマンである古屋敷さんはすぐにホワイトラムをベースにするのがポイントだと見抜いたようで、見事にバランスのとれたカクテルを作り上げた。

最後に山田先生の特技である手相見を受講者全員にしてもらった。これが恐ろしいほどよく当たるのだ。

「この間もみてもらいましたから、わたしはいいですよ」と言うと、山田先生は真面目な顔をしてこう言われた。

「人間の運勢は3ヵ月もすると変わるものです」

世界史を紐解けば、文化を大事にしない民族はことごとく滅びてきた。わが伊勢丹「サロン・ド・シマジ」は、のっぺりとした現代における最後の〝文化の牙城〟であり続けたい。

次回の講座はどんなものにしようか。読者諸君の参加を心待ちにしつつ構想を練っているところだ。

バーマンは優秀な化学者である

古屋敷バーマンは、わたしがブレンドした紅茶「サロン・ド・シマジ」の大の愛好者で、毎週土曜日、自分の店を開ける前にやってきては購入して行く。それを使って紅茶とシングルモルトのマリアージュを試み、お客さまに提供しているのだ。

作り方は簡単である。タリスカー10年をティーカップの底に約1ミリくらい注ぎ、その上から熱い紅茶を注ぐだけだ。すると上から垂らすのとちがい、底からウイスキーが紅茶を突き破って現れ、なんともいえない香りが立ち昇ってくる。とくにラプサンスーチョンとピートの燻したような香りが顕著に出る。

寒い冬は、これを飲めばすぐに身体が温まるだろう。わたしは早速このアイデアを拝借して、伊勢丹のバーでも売り出している。

だが、古屋敷はその程度で満足する男ではない。なんと、こんどはウォッカとのマリアージュを閃いたというではないか。バーマンというのはもしかすると優秀な化学者なのかもしれない。

ある夜、わたしは興味津々で渋谷のファイヤー通りにある「ドンナ・セルヴァーティカ」を訪れた。扉を開けると古屋敷がいつもの柔和な笑顔で迎えてくれた。

「紅茶をウォッカで抽出するとどうなるか試してみたくなったんです。実際にやってみたら、アルコールの力に引き出されて、紅茶の魅力がグンと広がりました」

この日はカウフマン・ソフト（40度）とい

うロシア産のプレミアム・ウォッカを使った。抽出に少し時間がかかるので、いつものお気に入り、カルヴァドスをスパークリングアップルジュースで割ったカクテルを作ってもらい、チョコレートをツマミにして待つ。

ここのチョコレートには目を見張るものがある。葉巻のコレクションでは負けないが、古屋敷のチョコレートコレクションには脱帽するしかない。

その夜、わたしは自分のコレクションのなかからケドルセ・ロブストを2本持参した。1本は自分で吸い、もう1本は古屋敷にプレゼントするためである。彼ならこの状態のよさ、香り、味をわかってくれるはずだ。

「まずはじめにシマジさんのブレンドした紅茶で作ってみましょう」

古屋敷は分量を秤で正確に計り、きれいなお点前《てまえ》で作って出してくれた。

「うん、これはイケる。チェイサーの水を飲みながらだったら、ストレートでも許せるね」とわたし。

「今度は同じウォッカを使ってマリアージュ・フレールの『マルコポーロ』を淹《い》れてみましょう」

待つこと10分、フルーティーな香りとともに新しいマリアージュが提供された。

「うん、これは女性に人気が出るんじゃないか。男性には『サロン・ド・シマジ』のブレンドのほうがいいと思うがね」

わたしはチェイサーの水を口に含みながら試飲の感想を述べた。

「はい、『マルコポーロ』は女性に人気のあるブレンドですから、わたしもイケると思いました。これは加水せずにこのまま飲んでいただきたいんです。水を加えると、どうしても紅茶の香りとバランスが崩れてしまうんですよ。ですから水はチェイサーとして飲んでもらおうと思っています」

続いて、マリアージュ・フレールの「エロス」を使って同じように作ってくれた。これは普通に淹れるよりもウォッカで抽出したほうがサラにエロくなるような気がした。

さらに煎茶でもやってくれた。思わず高級な和菓子が食べたい衝動に駆られた。

「古屋敷、これには必ずチェイサーを出したほうがいいと思うよ。そうしないと、飲みやすいから、どんどんお代わりしたお客さんが、天国の入り口に行列を作ってしまう恐れがあるぞ」

古屋敷が考案した魔性のマリアージュは、天使と悪魔に魅せられた味がした。ケドルセの煙と合わさった紅茶の香りに包まれて、ウォッカのアルコールが体中に回ってきた。

突然、そこは厳かな教会で、バーマン・フルヤシキがあたかも神父であるかのように思われて、二人で沈黙を守るような気分になった。わたしは口に入れたホワイトチョコレートの余韻を愉しみながら、「懺悔には早すぎる」と声には出さずつぶやいた。

広沢虎造、スコットランドに蘇る!?

〜旅行けば、蘇格蘭《スコットランド》の国に、火酒の香り〜

どうしてこんな書き出しになってしまったのか。話せば長くなるのだが、こんな事情があったのである。

今年（2015年）もシマジラベルのシングルモルトをボトリングするべく、スコットランドの5つの蒸留所を巡る旅に出た。「Pen」の担当編集者のサトウ・トシキ、カメラマンのミネ・タツヤ、スコットランドに魅せられて30年も住んでいる通訳のイケジマ・

中であった。

カズミさん、それにわたしの4名による珍道
カズミさんが借りてくれていたワゴン車に乗り込むやいなや、わたしは「これをかけてください」と言ってとあるCDを取り出した。それは名にし負う稀代の浪曲師、広沢虎造の『清水次郎長伝』全24巻であった。

わたしが「Pen」の連載に書くまで、サトウは虎造の存在すら知らなかった。それでもわたしはサトウに「石松三十石船道中」のCDを送りつけ、「いちど聴いてみてくれ。もしお前がつまらないと感じたら、虎造を取り上げるのは諦めよう」と言った。

翌日、サトウから明るい声で「シマジさん、いやいや感動しました。あれはまさに〝一人オペラ〟ですね。『清水次郎長伝』を全編通して聴いてみたくなりました」と電話があった。わたしはそのときすでに、スコットランドの道中は虎造をみんなで一緒に聴こうと、密かに決めていたのである。それもドライブ中ずっとである。

ミネカメラマンにもカズミ通訳にもあえて説明せずにCDを再生すると、二人とも「これは一体なんですか？」と言う。いまや昭和の大衆芸能の雄、広沢虎造を知る人はどんどん少なくなっている。あんなに有名だった虎造は、まず一度自分自身が死んだ。そして次に大衆の忘却の彼方に消えて2度目の死を迎えたのである。

羽田からヒースローまではJALで飛んだ。ビジネスクラスの乗客に出る機内食は、わたしが個人的に親しい山田チカラの監修したもので、とても素晴らしかった。さらに特別仕様の「エアウィーヴS－LINE」はわたしをいつもの安眠の世界に誘ってくれた。

ヒースローから北海沿岸の石油の町、アバディーンまで国内線を乗り継いで、ホテルに到着すると、そこで通訳のカズミさんと合流

して、その晩は何もせずに休んだ。そして翌朝、最初の訪問地であるグレンファークラス蒸留所までの約2時間、われわれは虎造の世界に没頭した。わたし以外の3人ははじめて聴く「次郎長伝」に聴き惚れていた。

〽旅行けば　駿河国に、茶の香り〜

独特の美声がクルマのなかに流れ出すと、みんなシ〜ンとして聴いてくれた。虎造の『清水次郎長伝』はじつに面白い物語になっている。見事な啖呵と節回しで、あるときは笑わせ、またあるときは泣かせ、感動で聴衆のこころを揺さぶるのである。

わたしもこんなに真剣に虎造を聴いたのは久しぶりのことだった。ひょっとすると50年ぶりかもしれない。緑なす広大な大地のなかを、虎造は天才的な美声で唸り続けてくれた。

「これを聴いているとスコットランドというよりは、東北地方を走っているような錯覚に襲われますね」とサトウ。

「この独特なイントネーションが移ってしまい、上手く通訳が出来ないんじゃないかと心配になってきました」とカズミさん。

「ブルージーな三味線の音と女性のかけ声がたまりませんね」とミネ。

途中、早めのランチを食べて、グレンファークラスの懐かしい建物がみえてきたところでちょうど、次郎長の女房であり石松の姐さんであるおちょうが病死した。明日からは森の石松の代参の旅「三十石船」がはじまる。ちょうど時間となりました。この続きはまた次回——。

12月1日は仕事を休んでも構わない！

〽その夜は休む明けの朝、早から起きる石松は、うがい手水で身を清め、支度をなして表へ出る。跨ぐ敷居が死出の山、雨だれ落ちが三途の川、そよと吹く風無常の風〜

どうも天才浪曲師広沢虎造の名調子が頭にこびりついて離れない。

スコットランド2日目、われわれ一行はアバディーンのホテルを午前10時に発ち、グレンファークラス蒸留所へと向かった。それから約2時間、有無を言わさず、虎造の車中鑑賞会と相なった。まさに「馬鹿は死ななきゃなおらない」だ。

グレンファークラス蒸留所へは2年ぶり2度目の訪問である。前回は、ポートパイプ32年のシングルカスクを581本入れていただき、「サロン・ド・シマジ」のシンボルであるドクロマークをあしらって信濃屋と伊勢丹「サロン・ド・シマジ」から3万4000円で売り出したのだが、あっという間に完売した。

聞くところによると、いまネットオークションでは20万円前後で取引されているようだ。わたしとしてはシングルモルトを投機の材料にするのはいかがなものかと思うのだが……。

忙しいなか、オーナーで会長のジョン・グラントが待っていて、「よくきてくれた」と笑顔でハグしてくれた。わたしが吟味して選んだのは、1995年にシェリー樽に詰めてから19年が経ったスグレモノ。値段は2万4000円（税別）で売り出す予定だ。ジョンの話によれば225本はボトリング出来るという。大きな仕事を終えてわれわれは、いったん近くのホテルに引き上げた。

その夜はジョン主催のディナー・パーティに招待されていた。迎えのクルマに乗って蒸留所にあるVIPルームへ向かうと、ジョンはスコットランドの正装、タータンチェックのキルト装で迎えてくれた。2年前は、わたしがキルトを着て訪問して皆を驚かせたのだが、きっとそのお返しなのだろう。わたしはこころのなかで「再来年は着物でくるぞ」と誓った。

ずらりと棚に並んだ年代もののボトルをヨダレをたらして眺めていたら「シマジ、好きな年代のものを飲んでくれ」と言うジョンの寛大な言葉に甘えて、わたしは迷わずいちばん古い1953年を指差した。ジョンが一瞬「うっ?」という顔をしたのを見逃さなかった。

「美味い! ジョン、これぞわたし好みのフルボディだ!」

妖しい輝きを放つ魔性の一滴を口に含んだ瞬間、わたしは思わず感嘆の声を上げていた。

62年の眠りから覚めたシングルモルトの味は、アートそのものであった。62年前といえば、わたしはまだ12歳のはなたれ小僧で、一関の小学校に通っていた。コナン・ドイルの「シャーロック・ホームズ全集」を読みふけり、広沢虎造の美声に聴き惚れて、〝良心なき正直者〟はいまだ〝引っ込み思案の正直者〟であった。そんな想いに耽りながら、夢のような夜は更けて行った。

その夜は休む明けの朝、早から起きるシマ爺は、支度をなして表へ出ると、次なる目的地トマーティン蒸留所へと向かった。もちろん、虎造を道連れにして。

ポットスティルが12基も並んだ大きな蒸留所はまさに壮観であった。今回はトマーティンも大盤振る舞いをやってくれた。1988年ものを234本詰めてくれたのだ。定価は約3万5000円（税別）。26年ものだから、格安である。これは信濃屋で予約完売してしまう予感がする。

お次は、映画『天使の分け前』の舞台となったスコットランド最古の蒸留所、バルブレアである。2000年に樽詰めされた15年ものを選んできた。値段は1万9900円（税別）であるが、180本のボトリングを保証してくれた。

そして、嬉しいことに、バルブレアのマスターブレンダー&モルトマスターのスチュアート・ハーヴェイが9月17日、わが愛しの伊勢丹「サロン・ド・シマジ」にやってきた。しかも手土産にわたしの選んだボトルを数本持参してきたので、選ばれし常連客が試飲する僥倖に恵まれた。全員がほっぺを床に落として帰って行った。こちらも予約で完売かな。

アラン島のアラン蒸留所は1995年の創業だが、なんと創業記念ボトルとして20年熟成のシングルモルトを気前よくファーストリリースしてくれた。日本にはじめてアランを輸入したウイスクイー社のデビット・クロール社長には頭が下がった。残念ながらこちらはまだボトリング数と値段は未定である。

最後に訪れた蒸留所はキルホーマンである。こちらで入手したのは5年熟成の若いシングルモルトだが、アタックがじつに素晴らしい。大きなオロロソシェリー樽に詰めてあったので、678本もボトリング出来た。値段は1万2000円（税別）。

以上が今回の旅の成果である。詳細は2015年12月1日発売の「Pen」誌上で、ミネ・タツヤカメラマンの写真とともに全12ページで大特集されることになっている。サトウ編集者からは「シマジさん、メルマガであまり面白いことは書かないでくださいよ」と太い釘を打たれている。

また、それと同時に信濃屋でこの貴重な5銘柄が販売開始される。12月1日は仕事などしている場合ではない。本屋と信濃屋に急げ！

今回は蒸留所から蒸留所までは6〜7時間のドライブとフェリーと飛行機での移動だったのだが、道中はずっと、虎造が一緒だったので退屈することはなかった。ところが『清水次郎長伝』の4分の3ぐらいのところで旅が終了してしまったので、通訳のカズミさんは、「このあと次郎長はどうなるの？」と気になって仕方がない様子だった。

「カズミさん、わたしからのお礼として、この24巻のCDを全部差し上げましょう。おうちでゆっくり聴いてください」

「ホント！ ありがとうございます。今日はわたしの誕生日なんです」

じつはこの『清水次郎長伝』のCDは、山梨県庁で働くエリート地方公務員マエダ・マサシからのプレゼントであった。

ある日、マエダが一人でバーにやってきてわたしにこう尋ねた。

「どうすればシマジさんのような面白い人間になれるんでしょうか」

「簡単だよ。広沢虎造の『清水次郎長伝』を10回聴けば、話術も巧みな面白い人間になれるさ」

マエダはわたしの言い付けを守り、前よりも面白い人間になった。そのお礼にもう1セット購入して、スコットランドで聴いてくださいと言ってわたしにプレゼントしてくれたのだ。持つべきものは熱狂的なファンである。

ヒグマにはスパイシーハイボールが欠かせない

伊勢丹「サロン・ド・シマジ」のバーにやってきた常連客、歯科医のフジモトが、開口一番こう言った。

「もちろん先生もお食べになったと思いますが、『コントワール ミサゴ』の今年のヒグマは絶品ですね。じつに美味かったです！」

「えっ、ツチキリシェフからはまだ連絡がない。それはきっと二流のヒグマだろう」

「ヒグマにも一流、二流があるんですか？」

「すべてのものには一流と二流がある。一流のヒグマは標高1000メートルぐらいの深山に暮らしていて滅多に遭遇出来ないんだ。飢えて里山まで降りてくるのは二流のヒグマだね」

「……」

「わたしの舌では一流だと感じましたが」

わたしは怪訝な顔をしてフジモトの話を聞き流した。でも彼がかなりの美食家であることはわたしもよく知っていた。そこで、まさかと思いつつ、翌日、ツチキリシェフに電話を入れてみた。

「ツチキリ、風の便りに聞いたんだが、ヒグマが入ったという噂は本当か？」

「不思議なものですね。ちょうどシマジさんにお電話しようと思っていたところでした。はい、入りました。入ったその日にたまたまフジモト先生がいらっしゃって試食していただきました。噂の主はフジモト先生ですね」

「その通りだ。ツチキリ、正直に言ってくれ。今回のヒグマはどうなんだ？」

「以前シマジさんが10キロも買い占めてしまったあのヒグマには及びませんが、今回のはあのヒグマの次ぐらいに美味しいです」

「どこ産だ？」

「旭川です」

「脂のりは？」

「脂もたっぷりで、クルミやクリの香りがします。ゴメンナサイ。いの一番にシマジさんにご連絡するべきでした」

「ようし、わかった。今夜7時におれ一人で行くからよろしく頼む」

「わかりました。お待ちしております」

まず最初に出たのは野菜を満載したボウルの上に北海道産シシャモと丸々太ったカナダ産ブラックタイガーのフライがのったスペシャルサラダだ。それから日本ではここでしか食べられないカレンスキンクが続く。

カレンスキンクとはスコットランドの名物料理である。2年前にタリスカー蒸留所を取材したとき、所長のマークがご馳走してくれたものがあまりに美味かったので、後日マークに頼んでレシピを送ってもらい、ツチキリシェフに再現してもらったのである。

これはもう、現地の味さえ凌駕していると確信している。現に、グレンファークラスのオーナー、ジョン・グラントも、来日時にこのカレンスキンクを食べて絶賛してくれた。

さあ、いよいよヒグマのステーキのお出ましである。

「今日は何グラムいきますか？」

「そうだな、200グラムに挑戦してみるか」

今年初のヒグマを前に、わたしは少々欲張りすぎたようだ。

じつはこの日の昼間、主治医の久武先生にインフルエンザの予防注射を打ってもらったので飲酒を禁じられていた。しかたなく、大好きなスパイシーハイボールもお預けで、水をすすりながらヒグマのステーキを食べることになった。

わたしは完全に肉の量を読み間違えていた。やはり水だけでヒグマに挑むのは無茶だった。

それでも、たしかに今回のヒグマは出色であった。白い脂身からは山栗やクルミの芳香が漂ってきた。

「ツチキリ、これは相当なヒグマだね。スパイシーハイボールと一緒だったら200グラムはへっちゃらだと思うけど、今夜は残念ながら100グラムがやっとだよ」

エアウィーヴの上で独り悶えた夜

去年（2015年）の暮れの話だ。一関在住の島地勝彦一関公認執事、マツモト・カズアキから主人想いのメールが届いた。マツモトとはオーセンティックバー「アビエント」のオーナーバーマンである。

「ご主人さま、ご無沙汰しております。近頃なにか不自由していることはありませんか？」

「ありがとう、マツモト。じつは最近、山鳥の刺身が無性に食べたくて仕方がないんだ。一関のもうかれこれ30年近く食べていない。一関のハンターたちに相談してみてくれないか」

「畏まりました」

むかし渋谷に山鳥を食わせてくれる貴重な店があった。そこのオヤジは猟師もしていて、よく山鳥を撃ってきては、わたしに電話を寄越した。一緒に食べる相棒がいないとき

「水を飲みながらヒグマを食べた方はシマジさんがはじめてですよ」

「そうだろうな。やっぱり水じゃダメだ。残った半分は持って帰るから包んでくれないか。明日の昼にもう一度吟味してみたい」

翌朝、74歳のわたしがしばらくぶりに股間に異変を感じたことは言うまでもない。

は一人でも駆けつけて刺身にしてもらい、ペロリと1羽たいらげたものである。その肉はメジマグロに似ていて、しかもねっとりと上品な脂が乗っている。

山鳥はキジ科の野鳥で日本の鳥類のなかでいちばん美しい。とくに雄の尻尾の美しさは芸術品だ。キジもそうだが、人間さまとは反対で、雄が雌よりきれいなのである。繁殖のことを考慮して、雄は獲ってもいいが、雌の狩猟は法的に禁じられている。

山鳥は一夫一妻で、昼間は雌雄一緒にいるが、夜は峰を隔てて別々に眠る習性があるそうだ。だから柿本人麻呂はこのような名歌を残したのだろう。

あしびきの　やまどりの尾の　しだり尾の長々し夜を　ひとりかも寝む

「あしびきの」は山や峰にかかる枕言葉である。この場合「やまどり」の山にかかっている。「やまどりの尾の　しだり尾の」は山鳥の長く垂れ下がった尾羽のように長い秋の夜の比喩として使われている。

「長々し夜を　ひとりかも寝む」は、今日もまた〝想い人〟に逢えなくて、独り寂しく寝るのであろうかと謳っているのだが、山鳥が夜は峰を隔てて雄雌別々に眠る習性にかけているわけだ。

柿本人麻呂が山鳥を食べていたという記録はない。山鳥はジェット戦闘機のごとく速く飛ぶ。だから相当腕の立つ猟師でないと撃ち落とすことは出来ないのだ。

じつはわたしは一関に帰るたびに、マツモトに山鳥を撃てる猟師はいないかと訊いていた。「一人名人がいるようです。訊いておきましょう」と言っていたのだが、狩猟の解禁日は11月15日から翌年の1月15日までである。今年も無理かと諦めていたところに、マツモトバトラーから朗報が届いた。

「じつは畠山明久さんという方から連絡が入

りまして、昨日シマジさん念願の山鳥を1羽仕留めたそうです。どこに送ればいいですか」

「うちに送られても女房が驚くだけだ。西麻布の『コントワール ミサゴ』に送ってくれないか。話はツチキリシェフとつけておく。マツモト、お前が山鳥を受け取って『ミサゴ』にクール便で送ってくれ。あと、その方にいくらお支払いすればいいか訊いてくれよな。嬉しい！ 感動だ！」

「それが趣味で撃っているだけだそうで、お金もなにもいらないと仰っていました」

「わかった。でも、それなりのお礼をしたいから住所と電話番号は訊いておいてくれ」

柿本人麻呂は愛する恋人を想い、フトンのなかで、夜、輾転反側《てんてんはんそく》したが、わたしはまだみぬ山鳥を想い、エアウィーヴの上でその夜は独り悶えたのであった。

野生の動物は最低1週間以上熟成させないと本来のうま味が出てこない。早速「ミサゴ」のシェフに電話を入れた。

「ツチキリ、明日か明後日には念願の山鳥が1羽一関から羽がついたまま送られてくる。あとはよしなに頼むぞ」

「ぼくは山鳥は生まれてはじめてみます。さばくのもはじめてです。シマジさんは刺身で食べたいんですよね？」

「そうだよ。日本一のわさびを用意してくれ」

「では徳川家康が絶賛し門外不出にしたという有東木《うとうぎ》産のわさびを用意いたしましょう」

「そうしてくれ。金には糸目をつけないから、よろしく頼む」

「シマジさん、お願いがあります。ぼくもちょっとだけ食べていいですか？」

「もちろんだ。ちょっとと言わず、たっぷり食べてくれ」

ちょうど1週間後に久保利英明弁護士と「ミサゴ」で会食するスケジュールが入っていた。まったく久保利さんは強運の人であ読者諸君、ごめんなさい。次の山鳥は今年（2016年）の11月15日以降まで待たなければ入荷しません。キジも入る予定です。

今回の1羽を仕留めてくれた畠山さんとは、後日電話で話をした。訊くところによれば、畠山さんはお父さまに鉄砲を習ったそうである。男の兄弟が3人いて、猟期にはみんなで山に入るというではないか。冬が待ち遠しい。

人生の「知る悲しみ」は増すばかりである。ヒグマの左モモの脂身も美味だが、山鳥の肉はこの上なく品がありやさしい味がする。わたしの最期の晩餐は、やっぱり山鳥の刺身がいい。

そして、ついにその日がやってきた。喜び勇んで「ミサゴ」に駆けつけると、久保利さんはすでにカウンターに座ってわたしの到着を待っていた。

店内を見渡すと、なんと伊勢丹「サロン・ド・シマジ」の常連客モリタが一人できているではないか。モリタもまた強運の人である。山鳥のお裾分けに舌鼓を打ったのは言うまでもない。

30年ぶりに味わう山鳥の刺身に感激して、わたしの目は涙で潤んだ。久保利さんも生まれてはじめて食べた山鳥に唸り声を上げていた。

ブラックボウモア1964年の夜宴

シングルモルトのロマネ・コンティともいわれる幻の逸品「ブラックボウモア1964年」を開ける日がついにやってきた。1年半前に100万円で購入したものだ。

客人として、わたしの現在の担当編集者が集まった。ミツハシ（「乗り移り人生相談」）、セオ（「現代ビジネス」部長）、カミヤマ（「MEN'S Precious」）、サトウ（「Pen」）、ヒノ（「現代ビジネス」のネスプレッソ対談、メルマガ、「遊戯三昧」の担当者）、そしてなぜかトモジ（「週刊プレイボーイ」発行人）もいた。わたしを入れて計7名である。

客人たちはめいめい勝手に食事を済ませ、夜9時に「サロン・ド・シマジ」本店に集合することになっていた。

いの一番に顔を出したのはミツハシだった。みなぎる飲み意地を顔面にありありと浮かべての登場だった。

テーブルの上には木箱から出したばかりの「ブラックボウモア1964年」が神々しく鎮座ましましていた。それをみるなりミツハシが開口一番こう言った。

「それにしてもシマジさん、買ってから1年半もの間、よく開けずに我慢出来ましたね」

新しく買ったボトルはすべて抜栓してその日のうちに3杯飲むというわたしの習性を知っての質問である。

「お前が言っていたじゃないか。『ブラックボウモアだけは、封を切らずに処女の状態から飲ませてください。シマジさんが中身を入れ替えるような下品な人間じゃないのは百も承知ですが、ぜったいにみんなの前で開けてください』ってな」

「それをちゃんと守ってくれたんですね。嬉しいです！　感激です！　もう、なんでも言うことを聞きます」

「おれは誘惑に人一倍弱い人間だ。だからこの1本だけは母屋のワインセラーの奥のほうに保管しておいたんだよ。この部屋に置いておくと、ついつい手が出てしまうかもしれないからな」

「やっぱり危なかったんだ。それにしても凄い色をしていますね。まるで醤油です」

「ミツハシ、醤油はないだろう。せめてブルーマウンテンのコーヒーくらいにしておいてくれ」

堰を切ったようにゾクゾクとメンバーたちが集まってきた。テーブルの上のブラックボウモアをみるや、みんな一斉にスマホで写真を撮りはじめた。

「セオはどうしたんだろう？」とわたしが言うと、「セオはまだか！」の合唱が起こった。

「ブラックボウモアを凌駕するフルボディの女とデート中、なんてことはありえますかね」とミツハシが首を傾げながら囁いた。

「セオさんはよくシマジさんの原稿で愛妻家ぶりを自慢していますよね。ミツハシさんの想像は単なる邪推ではないでしょうか」とサトウ。

「最近やたら忙しそうですから、この宴のことをすっかり忘れているのかもしれません」


と部下のヒノが心配そうな顔をして言った。

「ヒノ、とにかくセオに電話を入れてみろ」とわたし。

「了解しました。あれ？　電話がかかりません。念のためショートメールを打っておきます」

「人生はやっぱり恐ろしい冗談の連続だね。いちばん飲みたいと言っていたセオが姿を現さないなんて、まさにジョークだよ。仕方ない、セオ抜きではじめよう。人間界にはこういう可哀相なヤツがつきものだからな」

「おれはまるでセオの代理で参加したみたいですね」とトモジ。

「トモジはセオの希望で呼ばれたんだよ」

「なのにセオさんがこないっていうのは謎ですね」とカミヤマ。

「やっぱりフルボディかなあ。結婚以来のはじめての浮気かもしれない」とミツハシ。

「悲劇の主人公の話はこれぐらいにして、いよいよ幻のボトルを開けるぞ！」

わたしはダイナマイトの信管を抜くような真剣な面持ちで抜栓した。

「今夜はほかにブローラ30年、ポート・エレン13th、それからマッカランのレッドリボンも用意しているが、まずはブラックボウモア1964年から飲もうじゃないか」

「シマジさん、ありがとうございます！」と再びみんなの大合唱。

「礼なんていらない。これはお前たちからもらった原稿料で買ったものだ。おれのささやかな恩返しと思って遠慮なく飲んでくれ」

「飲ませておいてから、『えこひいきの倍返しをしろ』なんて言わないでしょうね」とトモジが心配そうにつぶやいた。

「トモジ、お前と仕事していたころのシマジといまのシマジとではまったく人格がちがうんだよ。心配せずに飲んでくれ。みんなに行き渡ったな。それでは、スランジバー！」

「スランジバー！」

「うん、これは素晴らしい！　圧巻ですね。セオさんが可哀相で、泣けてきます」とヒノ。

「なんともいえない余韻がありますね。これってバーで飲んだらいくらぐらいするんですか？」とサトウ。

「ブラックボウモアを持っているバーはそうそうないだろうね。あったとしたら、シングルで最低15万円は取られるかもな。今日、信濃屋のシバノ店長に訊いてみたら『いまは150万円強でしょうか。でも品物自体が手に入らない状態です』と言っていたよ」

「この喉越しの滑らかさは最高です。アルコールのとげとげしさがまったくなくて、ビロードのような品が漂っています。私事ですが、1964年というのは、わたしの生まれ年なんです。そういえば、たしかセオもわたしと同い年のはずですよ」とミツハシ。

そのときだった。われわれの会話を制するようにインターホンが鳴り響いた。画面を確かめると、ひげ面の男が立っていた。わたしは思わず叫んでしまった。

「セオがきたぞ！」

「やっぱりセオさんはついていますね」とヒノが言った。

「いや〜、正直に告白しますと、この会合のことをすっかり忘れていました。たまには早く帰って本でも読もうと思って、駅に着いたときに突然思い出して、タクシーを飛ばして引き返しました。みなさん、ごめんなさい」

「何度も電話したんだぞ。どうして出なかったんだ?」とミツハシが詰問した。

「それが、電池が切れていて繋がらなかったんだよ」

「お前はまだえこひいきの神さまに見放されていないことが証明された。まず、本日の目玉、ブラックボウモア1964年を飲め。では、もう一回やるぞ。スランジバー！」

「スランジバー！」

手酌でブラックボウモアを飲む宴がたけなわを迎えたころ、わたしは男たちを制して叫んだ。

「一つお願いがある。今日は呼んでいないが、講談社のハラダに1杯と、小学館のハシモトとスズキのために1杯ずつ残しておいてくれ。あいつらにも飲ませてやりたいんだ」

「わかり　ウイ　ました。じゃあ　ウイ　ポート・エレンを　ウイ　続けて　飲んでもウイ　いいですか」

ロレツが回らなくなったセオが妖しい口調でそう言ったとき、時計の針は深夜の1時を回っていた。

最高の酒と最高の男たちとの夜宴ほど愉しいものはない。宴という字の下にどうして女がいるのか、わたしにはよくわからなくなってしまった。

某月某日の贅沢三昧

ブラックボウモア1964年の崇高な味が舌の上に残り、深夜まで続いた驚喜の宴の余韻冷めやらぬ某月某日、再び同じメンバーで最高に贅沢な宴会が催された。今回は「格之進」の千葉祐士《ますお》社長からの招待であった。

「シマジさん、元書生のカナイをここまで熟成させてくれたお礼に、シマジさんを入れて計7名様をご招待したいのです。カナイは使い勝手があります。生意気に、いまヨーロッパに卒業旅行に出かけています」

「カナイはちゃんと卒業出来たのか？」

「うちは中退でも使いますよ。でも大丈夫みたいです。そうしないと親父に顔向けが出来ないと本人も言っていましたし」

そんなわけで、また同じ7人が六本木の「格之進F」に集合した。テーブルに置かれたお品書きをみてわたしは驚いた。

・門崎《かんざき》熟成肉と牡蠣のタルタル キャビア添え
・3種の生牡蠣盛り合わせとキャビア
・熟成肉ローストビーフ 炙りオイスターソース
・熟成肉の塊焼き Sushi Style
・オイスターチャウダー
・カーペットバックステーキ
・熟成肉の牛脂と牡蠣で作ったガーリックライス
・ゴボウ茶
・バニラアイスクリーム

どうやら変態は変態を呼ぶらしい。

立木義浩巨匠をして「お前はド変態だ！」と言わしめた「格之進」の千葉祐士社長は、五島列島の〝海男〟梅津聡さんの牡蠣の養殖に対するド変態ぶりに圧倒されたという。

梅津さんは海流の動きを熟知していて、身のサイズから貝柱の大きさまでいかようにもデザイン出来る職人らしい。日本はもとより世界的に見ても屈指の牡蠣クリエイターなのである。

その夜は梅津さんが作った牡蠣のオンパレードであった。千葉社長が胸を張ってスピーチした。

「本日はお忙しいところお集まりいただき光栄です。今夜は海の変態と陸の変態のコラボ料理を愉しんでください。

陸の変態からは、門崎牛のさまざまな部位をご提供します。36ヵ月飼育した処女牛の肉を75日間熟成したものです。海の変態こと梅津さんがクリエイトした牡蠣と一緒に食べていただきますと、『もう女なんかいらない！』と思うくらいの感激を覚えることでしょう。

また本日はウランバートル在住の古澤靖久さまから頂戴しましたロシア産キャビア、大瓶のオシェトラを二人で1瓶ずつ召し上がっていただきます。それでは、熟成肉と牡蠣とキャビアの夕べをたっぷりご堪能ください」

「こんなに栄養つけたら、いまはいらなくても、食後には女が欲しくなりますよね」とミツハシが隣のトモジに囁いた。

「なんならこの後ソープにご案内しますよ」と、ソープ大王は自信たっぷりに答えていた。

再び千葉社長の説明があった。

『本日お出しする梅津さんの牡蠣は3種類あります。右から、『おとふせ』『有明』『ふわふわ』です。敢えて梅津さんは小さくデザインして養殖したそうです。

梅津さんの名言に『山は海の恋人』というのがあります。どういうことかと言いますと、広葉樹の葉が地に落ちて堆積すると腐葉土となり、雨が降るとそれが川へ流れて、やがて海にたどり着く。それが牡蠣の栄養となり、それをたっぷり吸収した牡蠣はミネラルとアミノ酸が豊富なプリプリの身になるのです。

わたしの熟成肉も、大地のミネラルを含んだ草を食べて育った牛です。熟成の工程でタンパク質が分解され、アミノ酸が豊富になっています。いくら食べても胃にもたれたりはしません」

わたしはもうすぐ75歳になる。この日の客の中では最長老であった。たしかに、タリスカー10年のスパイシーハイボールで流し込みながらではあるが、こんなにたくさん食べたのは近年稀なことであった。

どれもこれも絶品であったが、わたしがいちばん美味いと感じたのは、カーペットバックステーキだった。これはヒレ肉を割いて、その間に牡蠣を挟んで焼き上げた贅沢な料理である。さらにその上に山盛りのキャビアをのせて食べるのだ。なんとエロいことか！

人生はまさに出会いである。そしてえこひいきされることである。そう再確認させられた一夜であった。

食後に飲んだゴボウ茶もなかなかのものであった。これは一関の、北上川の支流の砂地で採れるゴボウから作られたものだそうだ。

その後、わたしは真っ直ぐ家路を急いだ。じつは翌日締め切りの原稿が完成していなかったのだ。残りの男たちがどこへ消えたのか、わたしは知らない。

毎日食べても飽きない牛肉がある

やっぱり人生の醍醐味は「出会い」に尽きる。

わたしの仕事場からいちばん近い食事処と

いえば「雄」である。いつものようにカウンターに陣取り、まるでオーナーであるかのようなデカイ顔をして食事をしていると、突然、小柄だがオーラのある男が隣の席に座った。

すかさず店主の雄ちゃんが紹介してくれた。なんとその人こそ、名にし負う「尾崎牛」の生産者、尾崎宗春さんだったのである。尾崎牛は、いまやヨーロッパでも日本でも一流店から引っ張りだこの〝幻の肉〟である。

わたしはここ3〜4年、一人で食事をするときはだいたい「雄」に来て、メインのおかずに尾崎牛を食べている。その夜もまた、ヒレ肉をカツにしてもらっていた。だから常々感じていたのだが、たとえ3日連チャンで食べても、いっさい胃にもたれることがない不思議な牛肉なのだ。

街のウワサによると、パリの三つ星レストランをはじめ東京の有名レストランが血眼になって欲しがっているというではないか。そんな〝幻の肉〟がどうして恵比寿の小さな日本料理店にあるのだろうといつも思っていたのだが、それにはやはりワケがあった。

尾崎牛がまだまだ無名だったころから、雄ちゃんは尾崎牧場にちゃんと足を運んでいたのである。それからというもの、雄ちゃんは尾崎牛の味にひれ伏し、尾崎牛以外の牛肉は使っていないと言うではないか。やっぱり〝じかあたり〟がものを言うのだ。

なによりも尊いものは男同士の友情である。雄ちゃんを意気に感じた尾崎さんは、東京にくるたびに必ず「雄」に寄って行くのだという。

その夜、原稿に追われたわたしは、手早く食事を済ませようと「雄」に行ったのだが、宮崎の素敵な〝カウボーイ〟に出会い、たちまち魅了されてしまった。

尾崎さんはもうすぐ56歳になるという。もうすぐ75歳になるわたしよりも20歳も若いわけだが、どうみても40代後半にしかみえない。それは毎日毎日、自分が愛情を込めて育てたとびきりの牛肉を食べているからだろう。

尾崎さんが毎日食べても飽きない牛肉を生産しようと考えたのは、いまから34年ほど前のことだった。22歳のとき、8500万円の借金とともに父から牧場を引き継いだのだ。当初、まだ自分の肉に自信が持てなかったころは、ほかの生産者と一緒に「宮崎牛」のブランド名で売っていたそうだ。

だが尾崎さんはそのままで終わるような凡庸な男ではなかった。すべてを前向きに、しかも楽天的に考え、人生をよりよく生きようとする男の前には、幸運の神さまが必ず現れる。よく言われるように、幸運の神さまには前髪しか生えていない。そして、尾崎さんはその前髪をむんずと摑まえ、アメリカへ渡る。

アメリカの牧場で15ヵ月間働いて、牛の育て方を一から学んだ。砂漠のなかの牧場はなんと15ヵ月の間にたった20日しか雨が降らなかった。牛に飲ませる水も牧草に散布する水も外から買わなければやっていけない場所だった。

水代と電気代を合わせると、年間10億円もかかっていた。その点、尾崎さんの地元宮崎は雨が多い。農地は放っておいても天からの恵みを受け、草が生い茂る。

またアメリカの牧場では、できるだけ早く成牛にするために抗生物質と成長ホルモンをふんだんに配合した飼料を子牛に与えている。そのようにして育った牛の肉が日本に向けて輸出されているのが現状なのだ。

アメリカで働いた経験から、肉の質を決めるのは水と飼料であると確信した尾崎さんは、帰国後すぐにエサの研究に没頭した。牛の排泄物から堆肥を作り、それを土に混ぜ、そこで牛が食べる牧草を栽培する。まあ詳細は企業秘密だから教えてもらえないが、とにかく尾崎さんは牛の肉が美味くなる特別な飼料を開発したのである。

苦心の末に完成したエサで育てた牛を、まず自分で食べてみて、尾崎さんは思わず膝を叩いたという。12年前のことである。自分の牛肉は確実に「宮崎牛」の群れから一歩抜け出した。そう確信した尾崎さんは堂々と「尾崎牛」を名乗ることにしたのである。

「ブランドという言葉はもともと、『ブランディング』といって牛の尻に焼きごてで印をつけるところからきています。ただ松阪牛とか近江牛とか宮崎牛とかでは、漠然としていて無責任だと思ったんです。ワインだってちゃんと生産者を明記していますよね。ブランドが単純に生産地名というのは失礼な話です」

いまではJALの成田〜パリ行きファーストクラスの食事にも使われているように、とても希少な〝幻の肉〟として食通の間で知られている。

いつだったかテレビで尾崎牛が紹介されると、たちまち全国から注文が殺到した。金額を計算すると5億円にもなった。それでも尾崎さんはそんなことには目もくれず、淡々と毎月20頭の出荷ペースを崩さない。

まずは自分自身のために美味い牛肉を作る。その次は愛する女房のため。それから4人の子供たち、そして親しい友人たち、最後が消費者のみなさま方のため、と優先順位を決めているのだ。

「いま1200頭の牛を飼っていますが、将来は2000頭まで増やしたいと思っています。牛1000頭あたり1億5000万円ぐらいかかるんですよ。最近ようやく20億の借金を返したところですが、また8億ばかり借りました。まあ、わたしの人生は、最後の最後でチャラになればそれでいいと思っています」

児孫の為に美田を残さずという考えなのだろう。

尾崎さんは27歳のときに牧場の大きな機械に挟まれて右足を根元から切断するという大事故に見舞われたのだが、それから一念発起して、ゴルフをはじめた。両足が健在のわたしの最高ハンディは19だというのに、尾崎さんはいまハンディ7だというではないか。

久しぶりに爽快な〝怪物〟に出会った夜であった。

「カナユニ」とともにあった、わたしの50年

3月というのはなにかと物悲しい月である。伊勢丹「サロン・ド・シマジ」でも定期異動でわたしのもとを去る者がいた。しかし伊勢丹に入社してシェイカーまで振らされるなんて想像もしなかっただろう。この小さなバーでの経験は彼らにとって一生の思い出になったのではないか。

2016年3月26日土曜日の「サロン・ド・シマジ」は混みに混んだ。そんななか、前書生のカナイが卒業証書を持って嬉しそうに現れた。そこにはちょうど中学校を卒業したばかりの、将来の書生候補リトルK.S.が居合わせた。二人の対面ははじめてであったが、堅い握手を交わしていた。

午後8時、わたしは一人赤坂に急いだ。その夜はあの「カナユニ」が、49年と3ヵ月の輝ける歴史に幕を閉じる夜であった。わたしのためにバーマンの武居がカウンター席を一

つ空けて待っていてくれた。

「カナユニ」のような名店がどうして閉店しなければならないのかというと、ビルが古くなり、いまの耐震基準を満たすためには建て替えなければならなくなったからである。

わたしがはじめてここを訪れたのは、まだ25歳のころ、「週刊プレイボーイ」の編集者になったばかりの新人時代であった。50年前の東京には、「カナユニ」のような洒落たレストランはほかにはまだ存在しなかった。

ここはオーナーの横田宏が脱サラをして作った店であった。美意識の高い横田は、スペインとポルトガルを旅して、格調ある大人の雰囲気の店を見て回り、日本に帰って模倣したのだという。毎晩バンドを入れてラテンやジャズの生演奏を売り物にした。

料理にも妥協しない横田は、開店当時、軽井沢の万平ホテルの料理人佐藤泰春を招聘した。タルタルステーキ、サンビッツ、オニオングラタンスープ、エスカルゴ、それにビーフピラフが「カナユニ」の名物になった。50年間食べ続けても、飽きることはなかった。

その後、シェフは何度か代替わりしたが、横田の偉いところは、味を変えさせなかったことである。雑誌の編集長が代わると雑誌の中身が変わるように、レストランでもシェフが替わると味も変わるのが普通である。横田はその常識を破ったのだ。

それから、バーを大事にして、優秀なバーマンを雇っていた。初代の塚本バーマンはたしか80歳前後でカウンターに立っていた。いつかわたしがエッセイに書いたように、その老バーマンはきれいな白髪で大学教授のようないい顔をしていた。

話を聞くと、なんと、若いとき日本郵船の客船でバーマンをしていた彼は、禁酒法時代にシカゴに渡り、アル・カポネの密売バー「スピークイージー」で働いていたことがあるというではないか。

わたしは当時、アメリカのロアリング・トゥエンティ（狂騒の20年代）に興味があったので、その関係書を読み漁っていた。これは「週刊プレイボーイ」のテーマになると思ったわたしは、すぐに横田オーナーに取材を申し込んだ。なにせ、セントバレンタインデイの大虐殺の当日、首謀者のアル・カポネは塚本バーマンの働く店にいたのである。

われながら大満足の特集が出来たと悦に入っていたら、横田からもの凄い剣幕で電話がかかってきた。

「わたしは『週刊プレイボーイ』を訴える。この記事の内容はひどすぎる。すぐ編集長を連れて店にきて欲しい」

あれはたしか午後3時ごろだったろうか。編集長が不在だったので、副編集長に同行してもらい、まだ開店前の「カナユニ」を訪れた。話を聞くと、横田の逆鱗に触れたのは、わたしの筆が滑って書いた「そんな凄い経歴を持つ塚本バーマンはいまグラスを磨いている」という一文だった。

「わたしは塚本さんを三顧の礼で『カナユニ』に迎えカウンターに立ってもらっているんです。グラスを洗わせたり拭かせたりしたことは一度もありません」

副編集長が「次号で訂正記事を出しましょう」と提案したが、けんもほろろの対応だった。「名誉毀損で裁判にかける」とも言っていた。結局その場は物別れで終わった。これでもう「カナユニ」に行けなくなってしまったな、と寂しく思った。

その夜、たまたま同期の親友ヒロタニとオオワダと3人で飲む約束があった。そこでわたしは彼らにワケを話し、今度はお客として「カナユニ」に乗り込んだ。

驚いたのは横田だった。ビックリした顔でわたしを迎え、それでもやはり「いらっしゃいませ」と挨拶した。と同時に、この強烈な〝じかあたり〟によって、わたしの筆が滑った一文を許してくれたのである。

ヒロタニとオオワダを紹介したのは言うまでもない。それからというもの彼らもよく「カナユニ」を使い、横田オーナーと親しくなった。わたしはもちろん、その後50年間、「カナユニ」の大常連になった。

横田のサービス精神はまさにプロフェッショナルだ。アフターで銀座の女の子を連れて行った翌日の夜に、また別な女を連れて行ったとしても、いつもこう対応するのである。

「いやいや、シマジさん。お久しぶりですね」

オープン当初は、三島由紀夫が一人でカウンターに座ってオニオングラタンスープを啜っていた。石原裕次郎が渡哲也をはじめ石原軍団を引き連れてカウンターを占拠し、ティオペペを飲んでいた。

まだ20代だった腕利きのバーマン武居、マネージャーの浅見、フロアの中野もすでに還暦を迎えている。横田オーナーが従業員一人ひとりを大切にしたからここまで続いたのだろう。その精神は塚本バーマンを守ろうとした「あの時」から変わっていない。

最後の夜、武居バーマンが気前よく開けてくれた1972年のシャトー・ベイシュヴェルを飲みながら、50年間の思い出が走馬燈のように浮かんでは消え浮かんでは消えた。

お客のなかには、いまは亡きお父上の遺影をテーブルにおいて、別れを惜しんでいる家族の姿もあった。

「カナユニ」のみなさま、50年間、本当にお疲れさまでした。「カナユニ」はわたしが生涯でいちばん愛し通ったレストランでした。

シングルモルトの魔力

男同士で和気藹々《わきあいあい》とメシを喰う愉しさは人生の一つの快楽である。

先夜、千日回峰行の満行者、塩沼亮潤大阿闍梨と野球日本代表（侍ジャパン）の小久保裕紀監督と「セオはまだか」のセオとわたしの4人で食事をした。

小久保監督にはその夜はじめてお会いした。わたしを除いた3人は知己の仲であった。指定された食事処はわたしの仕事場から近い広尾3丁目にある「鉄板焼き 高見」。塩沼大阿闍梨が昵懇にしている店らしく個室を押さえてくれていた。部屋の中にも鉄板焼きの装置が据え付けられていた。

料理はどれもじつに美味かった。今度は一人で探険に行ってみよう。バーもレストランも一人で行くと味も雰囲気も相性も明確にわかるのである。それに、塩沼大阿闍梨に紹介された高見店主は、「SHISEIDO MEN」の連載に出てもらいたいくらいのイケメンであった。

その日は遅刻魔のセオが珍しく約束の時刻5分前にわたしを迎えにきてくれた。大阿闍梨と監督は店の前で待っていてくれた。

「シマジさん、なにを飲みますか」と大阿闍梨。

「ハイボールをいただきます」とわたし。

残る3人もわたしの驥尾に付してくれた。毎度のお約束で「スランジバー」とわたしが言うと、小久保監督が「『スランジバー！』ってなんですか？」と鋭く訊いてきた。

「これはスコットランドのバーでは必ず言う乾杯の言葉です。ゲール語で、『あなたの健康を祝して！』という意味です」

わたしがそう説明すると、監督はわざわざ

手帳を取り出しメモを取った。興味ある話を細かくメモするのが習慣らしい。じつにいい習慣をお持ちだ。

乾杯が終わると、まだ酔ってもいないのにセオが真顔で核心を突いてきた。

「一つお訊きしたいのですが、大阿闍梨さまみたいな聖なるお方がどうしてシマジさんのような煩悩の塊というか、欲望の権化みたいな人に興味を持たれたのですか。お二人はまさに水と油だと思えるのですが」

「シマジさんはとてもいい笑顔の持ち主です。それにお洒落です。こうみえてもわたしもお洒落が大好きなんですよ」

「まあ、わたしの話はさておき、先日大阿闍梨さまにお願いした『うでわ念珠』のことですが、どうしても伊勢丹の『サロン・ド・シマジ』で売りたいんです。お寺ではいくらで売っていらっしゃるんですか」

「一つ1000円で販売しています」

「ではうちでも1000円で売らせてください。部長のコンドウは説得済みです。一つくらい儲けなしの商品を売ろうではないか、と」

「今日3つお持ちしました。これはシマジさんにプレゼントいたします」

「ありがとうございます。セオ、お前も欲しいだろ？」

「そんな霊験あらたかな数珠がいただけるんですか。嬉しいです！」

「じゃあ一つお前にあげよう。それからコンドウにも渡しておこう。わたしはいますぐにつけますね」

「ところで、どうして『うでわ念珠』を『サロン・ド・シマジ』に置こうと思ったんですか？」とセオ。

「セオ、いい質問だ。うちの常連客たちはわたしにならって、みんな墓参り大好き人間なんだ。一番人気は上野寛永寺の今東光大僧正の墓なんだが、そのときこれを巻いて行ったら、御利益が倍になると思うんだよ。

先日、上野の西洋美術館にカラヴァッジョ展を観に行ったとき、今先生のお墓にお参りしたんだが、新しいお花がいっぱい置いてあった。沢山の人がひっきりなしにきているんだろうね」

「それはいいことをなさっていますね」と大阿闍梨。

「あのお墓には今先生と奥さまと先生のご先祖が眠っているんです。生前、大僧正自らがデザインなさった自慢のお墓で、わたしも何度も大僧正と一緒に伺いました。その時、こんなことを言われました。

『いいか、シマジ、おれが死んで寂しくなったらいつでもここに遊びにこいよ。そのときはもうおれも耳が遠くなっているから大きな声で話してくれや。まるでおれがいますがごとくなんでも相談しにこい。おれはあの世からお前を見守っているからな。ガッハッハ』」

「そうか。だから大僧正に乗り移って人生相談をしているんですね。免許皆伝をもらったようなものですよね」とセオ。

食事のあと、「サロン・ド・シマジ」本店に河岸を変えて、深夜まで極上のシングルモルトを愉しんだのは言うまでもない。

小久保監督は現役時代、王監督率いるソフトバンクで4番を打っていたとき、優勝がかかった大一番で活躍できず、敗北したことがある。試合後、怒ったファンからチームのバスに生卵をぶつけられたことがあったそうだ。

「悔しくて悔しくて、その胸のうちを監督にぶちまけたら、王さんは『あの生卵をぶつけてきたファンたちこそがソフトバンクの本物のファンなんだぞ』と言われた。その瞬間、目が覚めて感激し、嬉し涙がこぼれました。あのときのことはいまでも忘れられません」

小久保監督が感動的なエピソードを話し出した。やっぱり極上のシングルモルトには極上の物語を引き出す魔力があるようだ。

「シマジさんは野球のルールを知ってるんですか?」とセオが酔っ払ってチャチャを入れてきた。

「大丈夫だ。おれにはタッチャンとヒノがついている」

「大丈夫です。わたしもついていますよ」と相好を崩され大阿闍梨が優しく助け舟を出してくれた。

1ヵ月遅れの里帰り

わが青春時代の故郷に1週間滞在した。約7ヵ月ぶりの一関であった。

一ノ関駅のホームに降り立つと、島地勝彦一関公認バトラーこと松本一晃が迎えてくれた。これから1週間、マツモトのバー「アビエント」に毎晩通うことになる。そこには一関近郊からわたしの熱狂的なファンが集まってくれる。

いつも必ず行く「ベイシー」は、店主の菅原正二(正ちゃん)が師匠の野口久光先生の展覧会設営のため盛岡に出張中で、2日間、店を閉めていた。正ちゃんの帰りを待つしかない。

野口久光さんは、戦前から戦後にかけてのヨーロッパ映画の黄金時代に、映画ポスターデザインの第一人者として活躍した才人である。屈指のジャズ評論家としても知られ、映画ポスター以外にレコードジャケットや演奏家の肖像なども手掛けていた。

そんな野口さんの作品約500点を集めた

「映画誕生120年記念　野口久光　シネマ・グラフィックス展」が、岩手県立美術館で（2016年）8月21日まで長期開催されている。わたしも正ちゃんの案内で、7月中に訪れようと思っている。

一関へは、以前は東北道をドライブして行ったものだが、75歳にもなるとそこまでの元気はない。到着してから2日間はかったるく、帰ってきても2日間は使いものにならないくらい疲労を覚えてしまうのだ。そんなわけで愛車は〝島地勝彦公認隠し子〟ことシラカワに売ってしまった。

クルマで行くと5〜6時間はかかるところを、新幹線「はやぶさ」なら、なんと2時間を切る。しかも、ただ座って寝ていればいいわけで、到着したその日から大量に酒が飲めるのが嬉しいではないか。

初日の晩は迷わず「富澤」に向かった。スズキの塩焼き、ホヤ、ウニを食べた。どうしてここの魚はこんなに新鮮で美味いのか。それは「富澤」の一人娘、佑加ちゃんが毎朝4時半に仙台の市場までクルマを飛ばして買い出ししているからである。高速料金を倹約するために旧4号線を通っているという健気な娘である。

もうサクラマスのシーズンは終わっていた。いつもはそれを狙って5月中旬に一関入りするのだが、今年は妻が心臓の手術をしたため、1ヵ月延期してやってきたのだった。

5月に行けないことを知った「ベイシー」の正ちゃんは、花巻の農協で働く牛崎に相談した。すると幸運にも、牛崎は宮古のサクラマス専門の漁師と親しく、なんと4キロもある立派なサクラマスを広尾の〝シマジ食堂〟「雄」まで送ってくれたのである。やはりなによりも尊いものは友情である。

それから毎夜毎晩、いろんな知人を連れて「雄」へ行き、サクラマスの塩焼きを食べに食べた。そのなかには「乗り移り」のミツハシもいた。ミツハシはあまりの美味さにほっぺを落として帰って行き、翌日そのほっぺを取りにきたらしい。

今回の滞在中にホンマスも食べた。そしてもうしばらくするとオオメマスが出回るはずだ。わたしはこれを「マス3兄弟」と呼んでいる。だが、味はやっぱりサクラマスが白眉である。

「富澤」で腹ごしらえを済ませてから「アビエント」に行った。すでにシマジ教の信徒たちが首を長くして待っていた。なかでも岩手県警の小原博生は、満面の笑みをたたえて迎えてくれた。彼は念願叶って盛岡から一関に転勤してきたばかりであった。

いままではわたしの一関滞在に合わせて盛岡からやってきて、時間ギリギリまで飲み、最終の新幹線に全速力で飛び乗っていたのだが、その夜はスパイシーハイボールを飲みながら、悠然として葉巻を吸っていた。オバラの名刺がまたふるっている。「島地勝彦公認護衛長」だ。

わたしの著作を一関で売りまくってくれている「北上書房」の店長、佐藤周平も待っていた。わたしの真似をして自宅に「サロン・ド・チバ」を作って〝独り遊び〟を愉しんでいる千葉恵一も太いシガーを燻らせていた。

みんなただカウンターに並んでいるだけでこころ通じる仲間である。なんともいい気持ちがする。

翌日もまたほぼ同じメンバーで飲んだ。さらにその翌日は、一関市川崎町にある「格之進」の本店で、熟成肉のすき焼きを試食して欲しいという要請が千葉社長からマツモトにあった。運のいいことに、その日、伊勢丹のバーの「島地勝彦公認サンデーバトラー」の水間良雄がはじめて一関にやってくることになっていた。

ミズマは以前からこうこぼしていた。

「シマジさん、一関の『ベイシー』と『アビエント』に連れて行ってくださいよ。お客さまから、『ベイシー』ってどんなところですかと訊かれたとき、『知りません』と答えるのはバトラーとしていかがなものでしょうか」

なるほどと思い、このたびミズマを一関に呼んでやることにした。

わたしは一関のバトラーを従えて、東京のバトラーを駅のホームまで迎えに行った。そして、両手に花ならぬ両手に執事を引き連れて、一路「格之進」を目指した。

店に入るとすでにスパイシーハイボールが用意されていた。熟成肉のすき焼きははじめてであるが、まずなによりも肉が厚切りで歯ごたえがあってよかった。味付けも甘すぎず絶品であった。

「マツモト、千葉社長に伝えてくれ。これは商品としてイケると思う。熟成肉はすき焼きにしてもこんなにコクがあるんだね」

「このすき焼きは一関でしか食べられないんですか。東京でも食べられるようにしてください」とミズマ。

「そうだよ。一関名物の曲がりネギを使ったらこれは東京でも受けるよ」とわたし。

「社長に言っておきます」と言うと、マツモトはフランスにいる千葉社長に宛ててその場からメールを打っていた。

久しぶりに牛肉を200グラムも平らげた。もう夜の食事はいらない。ということで、愉しいジャズ喫茶「ベイシー」へと河岸を変えることにした。


〈つづく〉

酒と薔薇と男の遊戯三昧

熟成肉のすき焼きで腹を満たした一行が「ベイシー」に到着すると、店主の正ちゃんが満面の笑みを浮かべて、迎え入れてくれた。

そこには、菅原正二を主人公とするドキュメント映画『VIGIL』を撮影しているバー「ガランス」のオーナーバーマン、星野哲也がカメラを構えて待っていた。なんでも、正ちゃんとわたしの対談を映画に盛り込みたいのだという。

そんなわけで「ベイシー」は珍しく静寂に包まれていた。「静寂も音の一種ですよ」と正ちゃんは意味深なことを言った。

感激したことがある。去年（2015年）の11月に「ベイシー」に贈ってあげた、わたしがスコットランドでボトリングしてきたシングルモルト5本が、封も切らず、ピアノの上に飾ってあるではないか。

正ちゃんがここまで貞操観念の強い男とは知らなかった。きっとこの日のために飲まずに我慢していたのだろう。その間、タモリさんも鈴木京香さんも「ベイシー」を訪れているというのにだ。この快挙は尊敬に値する。

まず最初にキルホーマン5年から開けた。VIPテーブルに居合わせた客のなかには、ダイナミックオーディオの厚木常務がいた。

「この人は凄腕のオーディオ商人なんだよ」と正ちゃんに紹介された。

「1000万円近いオーディオセットをどうやって売っているんですか？」とわたしが率直に聞くと、アツギさんは快く答えてくれた。

「それはですね、『このオーディオセットに挑戦してみてください』とお客さまに言うんです」

バトラーのミズマが素早くメモを取っていた。

なるほど、「挑戦してみてください」か。商人の端くれとして素直に感心した。わたしもこれから使わせていただこう。

続いてバルブレア15年を開けた。小さな蒸留所の素朴なたたずまいがいまでも目に浮かぶ。映画『天使の分け前』のモデルになった蒸留所だ。

手元に転がっていた野口久光さんの名著『ジャズ・ダンディズム』（講談社刊）を眺めていると、若かりしころの正ちゃんの写真に目が留まった。わたしの知らない正ちゃんは、なんと角刈りだった。

驚いてみていると正ちゃんが恥ずかしそうに説明してくれた。

「いまでもぼくの髪の毛はこんなに豊富なんですが、若いときはもっといっぱいあって、しかも剛毛だったんです。ですから角刈り以外のヘアスタイルは無理だったのね。父親も祖父も見事なツルッパゲだったのに、どうしてぼくだけがこんなになったのか。

想像で説明しますと、ぼくは高校を卒業すると同時に肺結核にかかり手術を余儀なくされたんですが、当時は、いまのように輸血用の血液が潤沢にあるわけではなかったので、一関修紅高校の女学生から生血を分けてもらったんです。おそらくそのとき、若くて活発な女性ホルモンがぼくの体内にたくさん流れ込んだのでしょう。

その後、オッパイが女のように張ってきて痛くなり、これまた手術をしたんです。ホントにその辺の女子より胸が豊かになってしまったんですから、自分でも驚きました」

オッパイが豊かな角刈りか。これは初耳だ。その場の全員が大笑いした。ハゲる予感のある人は、女子高校生の女性ホルモンいっぱいの血潮を輸血してもらうのも手かもしれない。それにしても正ちゃんは、相変わらず座談の名手である。

正ちゃんが一関に「ベイシー」をオープンして今年（2016年）で早45年を迎える。最近は「まあ、とにかく、4年後の東京オリンピックまでは頑張りましょうや」をおたがいの合い言葉にしている。

3本目は遅れて4月にリリースされたアラン創業20年記念ボトルを開けた。

「誰かが『ベイシー』の後を継ぐのは不可能かもしれないねえ」とわたしが言うと、正ちゃんはこう言った。

「ですから、ぼくが死んだら店ごと爆破してくれと言っているの」

まるでサマーセット・モームの『月と六ペンス』のチャールズ・ストリックランドではないか。壁に傑作を描き上げて死んだとき、タヒチの家に火を放った天才的な画家の最期を彷彿とさせるではないか。

「この店は世界遺産になりますよ」とマツモトがポツリと言った。

撮影が終了すると、カメラを置いたホシノも参加した。ホシノはバーマンらしく、キルホーマンから順々に味わいながら飲んでくれた。

次はグレンファークラス19年を飲んだ。みんなどれにも唸って飲んでいたが、ここでさらに唸った。たしかに美味い！

突然、エルビン・ジョーンズのけたたましい、魂のこもったジャズが鳴り響いた。ミズマはスピーカーの正面の席に移動し、「目をつぶるとまるで生バンドを聴いているようですね」と絶賛していた。

最後にトマーティン26年を開けた。エルビンによく合うコクのあるシングルモルトだ。正ちゃんはわたしが東京から持参したトリニダッドの太いヴィジアを燻らせながら「これぞ〝知る悲しみ〟ですな」と言わんばかりに目を細めた。

再び杯はグレンファークラス19年に戻った。そしてトマーティン26年を何度も往復した。シングルモルトも「知る悲しみ」を味わうと、もう後には戻れなくなる。

夜8時過ぎ、河岸を「ベイシー」から「アビエント」に変えると、そこには昨夜の常連客が待っていてくれた。

「ここはもうシマジ教の聖地ですな」と正ちゃんが皮肉った。

「御意」とオバラ護衛長が重々しく言った。

こんな愉しい夜が4夜も続いたのである。これぞまさに「一関遊戯三昧」である。

そんな愉しい〝酒と薔薇と男の日々〟のさなか、突然、小・中・高の1年先輩、清野翼さんの訃報が届いた。清野先輩は尊敬すべき人であった。伊勢丹のバーにも2度ほどきてくれた。長身で威厳のある雰囲気が大好きだった。合掌

島地勝彦公認・食のストーカー

森田晃一は貪欲な美食家である。なんと彼は、わたしをえこひいきしてくれているすべての食事処を制覇した男なのである。しかも単独行動を常としている。

西麻布の「コントワール　ミサゴ」で久保利弁護士と一緒に山鳥を食べたときも、モリタはたった一人でニコニコしながらカウンターに座っていた。わたしが土切シェフに「彼にも山鳥の刺身を分けてやってくれ」と言うと、モリタはますます相好を崩したエピソードは、以前、書いたような気がする。「島地勝彦公認・食のストーカー」と命名した夜で

あった。

モリタは某有名IT企業に勤める優雅な独身貴族である。しかし不思議なことに、溢れる食欲はあるが、性欲のほうはからっきしらしい。あんなに大牢《たいろう》の滋味を食べていても下半身が仏さまとはどういうわけだろう。まあ、そんなことはわたしが心配する必要はないのだが、肌つやをみるに美食とSHISEIDO MENの恩恵をたっぷり受けているようだ。

モリタは毎週末、伊勢丹のシガーバー「サロン・ド・シマジ」に通ってくる常連客の一人である。葉巻を選ぶ趣味もなかなかのものだ。吸い方が独特で、顔を天井に向けて灰をなかなか落とさない。そしていつも最後の1センチまでしっかり吸い切る。

あるときモリタがわたしに質問した。

「今度ヴェネツィアに行こうと思うのですが、先生、どこかオススメのお店はありませんか?」

わたしはヴェネツィアが大好きで、いままでに5〜6回は訪ねている。

「そうだな、『リストランテ・ダ・イーヴォ』はいい店だよ」と答えると、モリタは3〜4日の強行日程で飛行機に飛び乗り、一人で「イーヴォ」に行ってしまったのである。独り飛行機に乗ることも趣味の一つらしい。独り身の自由を愉しんでいるのだろう。

モリタはどうやら「イーヴォ」が気に入ったらしく、先月もまた再訪したらしい。パリ経由だったそうで、わざわざパリのシガーショップでケドルセのロブストを買ってきて、わたしにプレゼントしてくれた。じつに気前のいい独身貴族である。

わたしはたまに常連客を連れてアフターをすることがある。独身貴族のモリタに「今夜はこのあと空いているか?」と訊くと、いつも微笑みながら「空いています」と言う。もう何度同伴したことか。そのあと「サロン・

ド・シマジ」本店に招待して、オールド&レアなシングルモルトと葉巻を味わってもらう。

ある日、そんなモリタから食事の招待のメールが舞い込んできた。店は銀座の並木通りの入り口にある「マルディ・グラ」だった。ちょうどTBSの『情熱大陸』でそこの和知シェフの番組をみたばっかりだったので、是非行ってみたいと思っていた。かねてからモリタがえこひいきされているフレンチレストランだというではないか。

店に入ると、驚いたことに、スパイシーハイボールのセットがカウンターに置かれていた。モリタはそれほど熱心なシマジ教徒なのである。

「マルディ・グラ」の料理には遊牧民族の香りが漂っていた。それは和知シェフが世界各国を一人旅して獲得してきた味を再現しているからなのだろう。

とくに感動したのは羊のラグマンだ。羊をよく煮込んだトロトロのスープのなかに、手でこねて延ばした麺が入っている。その歯ごたえが堪らなくセクシーなのだ。ラグマンはラーメンの原型ともいわれている。

スケベなわたしは、新しい料理を食べると、新しい女性を抱いたような錯覚に襲われ、独特の高揚感に包まれる。粘膜の感覚が一緒だからだろうか。

すっかり感激して「今度ぜひ『SHISEIDO MEN』の連載に登場してくれませんか」とお願いすると、和知シェフは二つ返事でOKしてくれた。4回にわたりお目見えする予定である。羊のラグマンは巨匠立木義浩の写真で必ずご披露する。とくとご覧あれ。腕利きのシェフの料理はまさに皿の上のアートである。

その夜も食後、本店に寄ってもらい一杯飲んでいると、たまたま恵比寿のオーセンティックバー「オーディン」の菊地バーマンから電話が入った。「今日、いいウリ坊が入ったんですが、近々いらっしゃいませんか?」と言う。

「モリタ、明日の夜は空いているか?」と電話を切らずに訊くと、「はい、空いています」と言う。「じゃあ、明日の夜7時に2人で行くから、よろしくたのむ」と菊地バーマンに返事をした。

翌日食べたウリ坊は成獣のイノシシより肉質が格段に軟らかく、まさに絶品だった。生後1年も経っていないそうだ。

わたしは独身貴族ではないが、普段一人で食事をすることが多い。しかし本当は、一人で食べるより二人で食べたほうがはるかに美味いと思っている。いつもキティちゃんのバッジをつけ、小指にも小さなキティちゃんのネイルアートをしているモリタは、果たしてどう思っているのだろうか。

キティちゃん趣味を脇に置けば、モリタはとてもお洒落な男である。靴はジョン・ロブ、バッグはエルメスをしっかり手入れしながら大事に使い続けている。これで女も食べる趣味があったら、映画『グレート・ビューティー』の主人公そのものである。じつに惜しい。

と、ここまで書いたところで、突然、大好きな集英社の先輩編集者の訃報が届いた。大波加《おはか》弘さん。行年82歳。

約50年前、わたしが集英社の新人としてはじめて働いた研修先は、いまはなき「週刊明星」編集部であった。大波加先輩はその当時デスクをされていた。よく試写会にも連れて行っていただいた。集英社には珍しく東大法学部卒のバランス感覚に優れた尊敬すべき編集者だった。

大波加先輩はわたしが書いた新人日誌をつぶさに点検してくれた。「木村茂副編集長」

と書くところを「木村茂副編集者」としていたのを指摘していただき、恥をかかずに済んだことがあった。

大波加さん、いろいろお世話になりました。慎んで哀悼の意を表します。安らかにお眠りください。合掌

この味はもはや〝麻薬〟である

わたしがまだ神保町の住人であったころ、二十数年間、毎週のように通い詰めたカレー屋「カーマ」の息子、大野将太がサラリーマンを辞めて、名物のチキンカレーの作り方を親父から徹底的に教わり、さらには自分で工房まで作り、チキンカレーをレトルト商品にして、通信販売するという知らせが届いた。

「シマジさんが試食して美味いと言ってくれたら、早速商品化して売らせたいと思います。試作品を10個送りましたので是非召し上がってください。感想を出来るだけ早くお聞かせください」

「わかりました。吟味しましょう」と答えたものの、わたしは〝外食&外マン〟を常として久しい身である。いまさら妻に頭を下げて、ご飯を炊かせ、メイクイーンを茹でさせ、レトルトのチキンカレーを湯煎してもらうなど至難のことである。

「どうしても試食しなければならないレトルトカレーがここにあります。お願いですから、作っていただけませんか」

わたしが神妙な顔をして頼むと、妻はちょっと思案してから、こう言った。

「あなたはわたしが料理嫌いだってことは百も承知でしょう。でも、いいですよ。その代わりに料理代は前金で1万円いただきます！」

「い、1万円ですか⁉　このカレーは950円で売ると言っているんですよ。いくらなんでもそれは暴利ではないでしょうか」

「それではどこか他所で作ってもらったらいかがですか」

「うーん、わかりました。1万円払いますから、いますぐ作ってください。急ぐんです」

背に腹はかえられぬとはこのことだ。仕方なく1万円を現金で支払った。

「完成したら電話をください。わたくしは仕事場で読みかけの本を読みながら待っておりますから。ご飯は固めに炊くんですよ」

いつだったか、わたしは福原義春ご夫妻と日帰りの小旅行をしたことがある。そのときに、やんごとなきご夫婦は敬語で話されているのを知り、なるほどこの調子で会話していれば夫婦喧嘩はありえないな、と確信した。

そして、シマジ家でもこのやんごとなきフォーマットを取り入れたのである。

シマジ格言にも加えてある。

〈おたがいに敬語で上品に話していれば、夫婦喧嘩は絶対にありえない〉

約1時間後、「出来ましたよ」という電話が入った。

早速試食してみた。うーん、懐かしい味がする。神保町を去ってからも月に1回は「カーマ」に通っているわたしは感動して思わず目を細めた。

これはイケる。複雑なスープの味は店で食べるものとまるで一緒だ。但し、チキンは入っているが、あの美味いメイクイーンは入っていない。レトルトにするとジャガイモはくずれてしまうのだろう。だから無理を言って妻に頼んだのである。

早速「カーマ」の親父さんに電話を入れた。

「美味かったです！　お店で食べるのと寸分変わらないチキンカレーでした。これは売れますよ。早く商品化してください。わたしも沢山の方にお中元として贈りたいです」

このチキンカレーは「カーマ」の親父さんが若いころ、料理人としてカナダに住んでいたときに、インド人からマハラジャのチキンスープカレーを教えてやると言われて習ったものだそうだ。

親父さんがこう言った。

「ありがとうございます。早速息子に伝えます。わたしは息子のほうが美味いチキンカレーを作ったと思いました」

親バカであるが、たしかにそうかもしれない。10年以上前の話だが、資生堂の福原名誉会長を「カーマ」にお誘いしたことを懐かしく思い出して、早速このレトルトカレーを福原さんに贈ることにした。

それから京都の瀬戸内寂聴さんにも贈った。瀬戸内さんはすぐにリピーターになったという。立木義浩巨匠にも贈った。「ベイシー」の正ちゃんにも贈った。軽井沢の別荘にいる柴田錬三郎先生のお嬢さん、美夏江さんにも贈った。その他十数人に贈った。みんな「美味しい」と評判だった。代金は息子の将太に支払った。

わたしは1万円払わなければ食べられないのだが、この味なら惜しくない。まあ、神保町までタクシーを飛ばして喰いに行ったと思えばいいか。それでも1万円あればお釣りがくるのだから、高いといえば高いか。

店で食べれば850円である。わたしが行くと奥さんがいつもアイスコーヒーをサービスしてくれる。わたしはそっと千円札をおいて帰ってくる。

どうして「カーマ」のチキンカレーはこんなに病みつきになるのだろう。きっと〝麻薬〟が入っているに違いないとわたしは密かに思っている。しかし息子の将太が伊勢丹「サロン・ド・シマジ」にやってきてこう言っていた。

「お陰さまで保健所の検査も通りました」

日本の厳しい保健所が〝麻薬〟を見逃すはずはないか。

第四章——人生は恐ろしい冗談の連続である。

藤巻、幸夫、とんでもない大バカ野郎！

２０１４年3月15日深夜、昼間のバーマンの仕事で疲れたのか、珍しく12時過ぎにベッドに入り爆睡していると、携帯電話がけたたましく鳴り響いた。

きっと長いこと鳴っていたのだろう。目を覚まして手を伸ばすとすぐに切れてしまった。こんな時間にいったい誰だろうと思い画面を見ると、三越伊勢丹ホールディングスの大西社長からだった。「近くで飲んでいるから、これから『サロン・ド・シマジ』本店に行ってもいいですか」というぐらいの話かなと軽く考えて折り返してみると、大西社長は涙声でこう言うのだった。

「シマジさん、あなたとわたしを繋いでくれた藤巻が、さきほど亡くなりました。誰よりも先にシマジさんに知らせたくて夜分遅くお電話した次第です」

「えっ!?　ふ、藤巻が……」

その後、大西社長とわたしは号泣しながらただただ絶句してしまった。あの元気印の藤巻幸夫が、まだ54歳の若さで、こころに無念をいっぱい抱えて、幽界へと旅立ったのである。

翌日は午後1時から伊勢丹新宿店の「サロン・ド・シマジ」でMXテレビの取材が入っていたので定刻に出勤したが、午後3時になるとバーを抜け出して慈恵医大病院へ飛んで行った。

藤巻のそばを片時も離れず3ヵ月も看病し続けていた美しい婚約者、新村友季子さんの案内で霊安室に入った。そこにはマシンガンのごとくしゃべりまくるあの騒々しい藤巻幸夫ではなく、沈黙の藤巻幸夫が横たわっていた。こんな静かな藤巻はいままでみたことがなかった。

「藤巻！ 幸夫！」

それ以上は言葉にならず、わたしはその場に泣き崩れた。

泣きじゃくる友季子さんから聞き出した話によれば、昨年（2013年）の12月25日、その日は珍しく二人だけで銀座に食事をしに行ったそうだ。ところが途中で藤巻が「友季子、胃が猛烈に痛くなってきた。ごめん、家に帰ろう」と言い出した。ただならぬ様子に、あわてて銀座から六本木の自宅へと向かう道すがら、たまたま慈恵医大病院の前を通りかかった。

「あなた、ここの急患で診てもらいましょう」

友季子さんがそう言うと藤巻は素直に「うん」と頷いた。余程痛かったのだろう。

医者の見立てでは胃炎ではなく急性膵炎で、緊急入院が必要だという。膵炎の治療は一刻を争う。膵液に含まれるタンパク分解酵素によって膵臓自体が消化されてしまう病気だからだ。その激痛は数ある内臓疾患のなかでもNo.1だといわれている。

集中治療室に運ばれる直前、激痛でのたうちまわりながら、藤巻は小さい声でつぶやいた。

「友季子、すぐに籍を入れよう」

「あなた、何言っているの。病気が治ってからでもいいじゃないの」

じつはこれが藤巻幸夫の生涯で発した最後の言葉であった。集中治療室に入ってから、3月15日の夜、容体が急変して息を引き取るまで、藤巻は一語も発せられなかったという。口は動くのに人工呼吸器が邪魔をしたのだろうか。おしゃべりの藤巻のことだ、さぞ悔しかっただろう。

ただ毎日看病している友季子さんが手を握ると、藤巻は力弱く必ず握り返してきたそうだ。「おれは友季子のためにも頑張るぞ」というシグナルだったのだろう。

入院中は何度も奇跡が起きた。血圧が65まで下がったと思ったら、そこからまた120まで戻ったこともあった。持ち前の強靭な生命力を発揮して何度も医師団を驚かせたそうだ。54歳、あまりにも若すぎる死であった。

霊安室から出ると、車椅子に乗った品のいい老女に出会った。

「お母さま、シマジさんよ」と車椅子を押していた方が言うと、老女はわたしの顔をジッとみて、はっきりとした声でこう言いながら頭を下げられた。

「シマジさん。幸夫によく聞かされていました。お世話になりました」

「いえいえ、お母さま、お世話になったのはわたしのほうです」

そう、伊勢丹新宿店メンズ館8階にあるセレクトショップ兼シガーバー「サロン・ド・シマジ」を三越伊勢丹ホールディングスの大西社長に提案して、月下氷人の役を買って出てくれたのは、藤巻幸夫その人であった。

「大西社長、シマジさんはわたしの人生の師匠です。自信を持ってご紹介出来ます」

藤巻は胸を張ってわたしを大西社長に紹介してくれた。はじめて会ったその夜、決断力に富んだ大西社長はこう言われたのである。

「シマジさん、この部屋とそっくりのバーを併設して、シマジさんが選んだお洒落な品々が並ぶセレクトショップを伊勢丹新宿店に作らせてください」

「大西社長、役員会議にかけなくていいんですか？」

「シマジさん、わたしは社長です」

「わかりました。社長、一つお願いがあります。そのバーでシガーを吸えるように出来ませんか？」

「やりましょう。世界一の強力な換気装置を取り付けます。お任せください。ほかには何か？」

「わたしは物書きですから、毎日出勤するのは難しいですが、それでもいいですか？」

「当分は週末だけで構いません。自らシェイカーを振っていただき、伊勢丹で〝文化〟を売ってください」

「今夜は新しい文化が誕生した記念すべき夜ですね。いやあ、嬉しいなあ」

藤巻はいつもの大声で笑った。

藤巻、伊勢丹の「サロン・ド・シマジ」は大成功で、おれが出勤する週末はいつも大盛況なんだぜ。藤巻のアイデアはまさに的中したんだよ。有り難う。

藤巻幸夫と交わした男の約束

先日、藤巻幸夫の一周忌が少人数で、そして藤巻らしく賑やかに、婚約者の新村友季子さんの主催で執り行われた。会場は恵比寿に移転してリニューアルオープンした木下シェフの「オー ギャマン ド トキオ」である。藤巻は白金時代のこの店に週1で顔を出していたのだ。

出席者は、維新の党の江田憲司代表、三越

3月16日夕刻、近親者だけのお通夜が六本木の自宅マンションでしめやかに執り行われた。友季子さんによれば、「藤巻は12月25日、ここを出発して銀座に行き、今日、3ヵ月ぶりに帰ってきた」のだという。

藤巻、幸夫、わたしの最高にして最愛なる愛弟子、いちばん新しい親友、わたしの強力な応援団長、平成の快男児、なんでこんなにせわしなく急いで死んでしまったんだ！

藤巻、幸夫、とんでもない大バカ野郎！

伊勢丹ホールディングスの大西洋社長、小布施堂社長の市村次夫夫妻、それにわたしと友季子さんの6人。木下の見事な料理に舌鼓を打ちながらスパイシーハイボールで藤巻に献杯し通しの一夜であった。

天国の藤巻、聞いているか。わたしたち6人は始終お前のことを思い出しては涙声になったり大声で笑ったりしていたんだよ。

聞くところによれば、市村夫妻はお前が月下氷人となって結婚したというではないか。誰もが羨むくらい幸せなお二人は「わたしたちは藤巻さんがいなかったら結婚していなかったでしょう」と告白された。

いまから5年前、市村次夫さんの経営する長野の小布施堂で開催されたトークセッション「小布施ッション」に講師として招かれたお前が、同じ長野出身の女医、久保田有紀子先生を誘い一緒に小布施に行ったのが、お二人のご縁のはじまりだったそうだね。

久保田先生はお前が突然心臓が苦しくなり飛び込んだ日本テレビ麹町診療所の所長だったというではないか。言ってみればお前の命の恩人だ。お前が帰らぬ人となる直前まで、しょっちゅう病室にきて面倒をみてくれたと友季子さんにお聞きしている。

市村さんと久保田先生は、会った瞬間、双方が同時に一目惚れしたのだろう。「小布施ッション」は大いに盛り上がり大成功のうちに幕を閉じた。そして翌日、お前が朝食会場に行くと、市村さんと久保田先生は仲良く一緒に朝食をとっていた。その親密さを目にしてお前は友季子さんにこう報告したそうじゃないか。「あの二人は一夜にして恋に落ちた」と。

それから2年ほどの交際を経て、二人は目出度く結婚した。世話好きな藤巻が仲介した幾多のカップルのうち、ちゃんと結婚まで辿り着いたのはこのお二人が初めてだと友季子さんに説明を受けた。

木下の店に集まった6名はみんなお前の夭折を悔しがっていたぞ。でも、いちばん悔しいのはお前自身だろうな。全国津々浦々にタネを蒔き、いよいよこれから実りの秋を迎えるという矢先に、突然、あちらへ逝ってしまったのだから。

江田代表が悔しそうにこう言っていた。

「地方創生なんて藤巻に任せておけば簡単にやってのけたでしょう」

「でも藤巻は参議院議員1年生としてはよく代表質問に立っていましたね」とわたし。

「彼のような政治家がこれからの日本を変えていくはずでした。党としても、いや国としても惜しい男を亡くしてしまいました」

実際、伊勢丹新宿店に「サロン・ド・シマジ」というセレクトショップ&バーが誕生するきっかけをつくったのもお前だったよね。大西社長を紹介してくれたあの夜のことは死ぬまで忘れない。

大西社長は涙をこらえながらこう語ってくれた。

「藤巻は人と人をつなぐ天才でした。炎のような情熱を燃やしながらの仕事ぶりは誰にも真似できません。『サロン・ド・シマジ』がこんなに繁盛しているのを天国からみて、ニコニコしながら『どうです、大西さん、わたしが言ったとおりでしょう』と自慢していることでしょう」

急性膵炎であれだけ頑張った患者は珍しいと市村有紀子医師が褒めていたぞ。お腹にいっぱい溜まった膿を出す手術をしたあと、お前の意識は戻っていたと友季子さんは断言している。「あなた、もう少しだから頑張ってね」と声をかけると、お前は友季子さんの手を弱々しく握り返したというではないか。

市村医師はまた、約3ヵ月お前を必死に看病した友季子さんのことも褒めていた。

藤巻、お前はおれにこう言ったよな。

「この秋、友季子と正式に籍を入れて結婚式を挙げます。そのときはシマジ師匠、仲人をお願いしますね」

「いやいや、おれはいままで仲人をしたことがないんだ。第一妻がOKしない」

するとお前は目を輝かせながら食い下がってきた。

「いいでしょう。それでは師匠の奥方役に、若くてきれいなフルボディの女性を用意します」

わたしは微笑みながらこう答えた。

「わかった。そこまで言うなら、禁を破って藤巻と友季子さんの仲人を引き受けよう」

この男同士の約束も、お前がいなくなったおかげで空しい幻となってしまったね。

藤巻幸夫　享年54歳

藤巻幸夫の墓参りに行く前日の天気予報は雨だった。わたしはいつものように深夜1時過ぎに寝たのだが、曇りでもいいから雨だけは降らないでくれと祈って目を閉じた。

翌朝、10時ごろに起きてシャワーを浴び、軽いブランチを取ってから、午後1時に伊勢丹の大西洋社長のところへ向かった。空はどんよりと曇っていたが、奇跡的に雨は降っていなかった。

大西社長は仕立てのいい濃紺のスーツに身を包んでいたが、わたしはハイドロゲンの迷彩柄のポンチョを着ていた。「サロン・ド・シマジ」のブティックで売られている品物である。藤巻にこのポンチョをみせたかったのである。

わたしは秋田の水目桜を素材にした伝統工

芸品である川連《かわつら》漆器で出来た見事な一本入れシガーケースに線香を入れて持参していた。これはわたしのファンであるクツザワ・アツシからの贈り物だ。

藤巻幸夫は富士霊園に眠っている。曇り空の下、東名高速道路を大西社長の社長車は、じつに巧みな運転で走って行った。

大西社長は以前にも一人で行かれたことがあるらしく、霊園の場所はカーナビに登録されていた。わたしたちを乗せたクルマは広大な墓地のなかを縫うように静かに走り藤巻の墓の前に到着した。

大西社長はお墓にかける水を汲みに行かれた。わたしは早速、線香と同時に葉巻に着火した。藤巻は喘息持ちだったのに、わたしの真似がしたくて、無理して葉巻を吸っていたのだ。わたしは藤巻がいますがごとく大きな声でお墓に話しかけた。

「藤巻、ごめん。墓参りがこんなに遅くなってしまったことをまず謝りたい。それにしても藤巻、お前が突然いなくなってしまってお れは寂しいよ。いままで沢山のタネを蒔いて、ようやくこれから収穫にかかろうという矢先の死は、お前がいちばん悔しかったことだろうね。

藤巻の仲介と大西社長の決断でオープンしたメンズ館8階のブティックとバーは、ちょうど3周年を迎えたところだが、相変わらず大盛況だよ。藤巻、お前がいたら満面に笑みを浮かべて、大きな声で『師匠、お目出度う御座います！』と言って喜んでくれたことだろうね」

そこへ大西社長が手桶に水を汲んで戻ってこられた。社長は風呂敷に包んだお供物を出してお墓に供えた。

「藤巻、今日はお前の大好きなシマジさんと二人できたんだよ。どう考えても藤巻の死は不条理過ぎる。これから大きく羽ばたこうとした矢先の死に、いちばん悔しがっているのは藤巻、お前自身だろうね。藤巻が残していった足跡はあまりにも大きくて偉大なものです。あのエネルギッシュな生き方は、誰にも真似出来るものではありません。

藤巻の後にも先にも藤巻は存在しません。不世出の傑出した男でした。これからだというときにお前がいなくなってしまったことが悔やまれて悔やまれて仕方ありません。これから毎年必ず、シマジさんと一緒にお参りにくるからね、藤巻……」

続く言葉は涙に包まれ音になることなく、消えた。わたしもそばで嗚咽《おえつ》していた。大の大人二人を号泣させるほど、藤巻幸夫は魅力溢れる男だったのである。

曇天の空からはまだ雨は降ってこなかった。きっと藤巻が必死にくい止めてくれていたのだろう。その証拠に、クルマに戻った瞬間、堰を切ったように勢いよく降りはじめた。

戒名にはこう書かれていた。

教信院義照幸徳居士　享年54歳

そのお墓に藤巻はお父上と一緒に入っている。天気がよければ大きな富士山がみえたことだろう。

島地勝彦公認ストーカー三浦清豪に捧ぐ

シマジ教の熱狂的信者がまた一人この世を去った。三浦清豪。「名は体を表す」という言葉の通り、豪快かつ清々しい快男子だった。

じつは清豪とわたしは岩手県立一関第一高等学校の同級生である。とはいえ同じクラスになったことはなく、当時はまったく交流がなかったので顔さえも思い出せないくらいの間柄だったのだが、わたしが「週刊プレイボーイ」の編集長になった直後、清豪のほうから〝じかあたり〟してきたのである。

読書家の清豪は開高健の大ファンであった。わたしが開高さんの胸を借りて出した共著『水の上を歩く？』などは全編を暗記するほど読み込んでいた。

わたしが集英社インターナショナルを定年退職して物書きの道を歩み出したとき、いの一番に熱烈なファンになってくれたのも清豪だった。ある日、清豪は自慢気に一枚の名刺をみせてくれた。わたしは驚き、そして感激した。そこにはこう書いてあったのだ。

「島地勝彦公認ストーカー　三浦清豪」

もちろん何の断りもなく清豪が勝手に作った世界一奇妙な友情溢れる名刺だ。しかし、いまでもその貴重な一枚はわたしの机の上に大事に飾ってある。筆が冴えないときなどに、「そうだ、清豪が待っているんだ。よーし、頑張るぞ」と何度励まされたことか。

清豪は2年前（2012年）から肺癌を患い、入退院を繰り返しながら抗癌剤の治療を受けていた。そんななかでもわたしの雑誌連載はもちろん、ネット連載にまで丁寧に目を通してくれていた。そして病室からもよく電話をくれた。

「シマジさん、この間の『Pen』に書いてあったガキの話は面白かったよ。末恐ろしいガキがいるもんだ」

清豪はなぜかいつも「さん」付けでわたしを呼んだ。

「『シマジさん』はやめてくれ。ただの『シマジ』でいいじゃないか」と言うと、清豪は真面目な顔をして言った。

「いやいや、シマジさんはおれにとって特別な人間なんだ。だからこれからも『シマジさん』と呼ばせてくれ」

清豪をはじめ一関一高の同級生有志が集い、わたしの単行本のささやかな出版記念パーティを催してくれたことがある。そのとき手伝いにきていた講談社の担当編集者ハラダを捕まえて、清豪はこう切り出した。

「ハラダさん、セオは元気ですか?」

「セオとお知り合いなんですか?」と怪訝な顔でハラダが尋ねると、清豪はこう応えた。

「いやいや、一度も会ったことはないんだけど、よくネスプレッソの対談に出てくるじゃない。とくに立木さんの『セオはまだか?』っていうあのセリフが大好きなんだ」

ハラダは思わず椅子から転げ落ちそうになった。

「セオが喜びます。明日出社したら必ずこのことを伝えておきます」

「ハラダさん、おれはセオとミツハシに〝じかあたり〟したい。それも銀座の『みよし』で合鴨料理を突っつきながら、ゆっくり話をしたいんだ」

「わかりました。わたしが責任を持って近々にセッティングいたしましょう」

ハラダは清豪の有無を言わせぬ迫力にあっさりと負けた。そしてセオ、ミツハシ、ハラダ、シマジ、清豪の5人がカウンターに並ぶ日がすぐにやってきた。わたしの担当者はみんな仲がいいのだ。

まるで約束したようにセオが遅れると、大男の清豪がやおら立ち上がり大音響でこう言った。

「セオはまだか?」

ハラダはまたしても椅子から転げ落ちそうになり、ミツハシは大笑いした。清豪は嬉しそうに続けた。

「シマジさん、おれはこれが言いたくて仕方なかったんだよ。セオはおれの気持ちを察知してわざわざ遅れてくれているんだろうね」

「清豪、セオはしょっちゅう遅れるやつなんだ。もうちょっとすると『スミマセン、スミマセン』って言いながら、汗かきかき転がるように入ってくるよ」

「スミマセン、スミマセン」と、これまた約束したかのように息急き切ってセオが店に入ってきた。清豪は「セオ、会いたかったぞ！三浦清豪です」と、得意げに例の名刺を差し出した。「島地勝彦公認ストーカー」の文字をみるなりセオはのけぞった。

清豪にとってセオとミツハシははじめて会う相手ではなかったのだ。わたしの文章を通して自分の頭の中ではすでに親密な人間関係が出来上がっていたのだろう。

すっかり打ち解けて合鴨料理を堪能した5人は、その後、広尾の「サロン・ド・シマジ」本店に河岸を変えて深夜まで愉しく語り合い、笑い合い、大いに飲んだ。別れ際、清豪は大きなバッグのなかからラガヴーリン16年を取り出すと、ハラダに手渡しながらこう言った。

「ハラダさん、今日はおれの夢を叶えてくれて有り難う。これはシマジさんに教わった値段の割に上等な味がするシングルモルトです。受け取ってください」

「ミツハシさん、今週中にシマジさんが編集長だったころの『週刊プレイボーイ』と『PLAYBOY』を全冊送るから自宅の住所を書いてくれますか」

「セオさん、ネスプレッソ対談のときは、いつも遅れてきてくれ。おれは立木さんのあのセリフを読むとなぜか全身が痺れるんです」

日曜日、年甲斐もなく寝坊をしてしまい、急ぎ伊勢丹へと向かう車中、バッグのなかで携帯電話がけたたましく鳴り響いた。同級会の幹事長をしている高岡からだった。

「清豪が、昨夜、遅く、静かに、息を引き取った、そうだ」

「高岡、また、一人、おれの、最大の信奉者で、最高の理解者が、亡くなって、しまったのか。寂しい！　切ない！　悔しい！」

清豪、お前のことは死んでも忘れない。伊勢丹の「サロン・ド・シマジ」がオープンして間もないころ、病院を抜け出してやってきたお前をみておれは感激した。あのときの熱い抱擁を覚えているか。まるで岩石みたいだった肉体が少し萎《しぼ》んだように感じたのは気のせいではなかったんだね。タバコも吸わない偉丈夫がいったいどうして肺癌なんかになったんだろう。

清豪、お前の訃報はハラダ、セオ、ミツハシにも知らせるからな。それからあの奇妙な名刺は冥土まで持って行ってくれ。そしてシバレン先生、今先生、開高先生に渡してくれ。3人の文豪は間違いなく椅子から驚愕して転げ落ちることだろう。

最後に〝シマジさん〟から伝えておきたいことがある。いずれ「Pen」の連載が一冊の本にまとまって上梓されるはずだ。この場を借りて、毎回欠かさず読んでくれていた清豪にこころからの献辞を贈りたい。

「Pen連載の最終回まで読めなかった島地勝彦公認ストーカー、三浦清豪に捧ぐ」

江島任さん逝く

また一人、わたしの人生に深く関わった才人が亡くなられた。アート・ディレクターの草分けであり泰斗の江島任《えじまたもつ》さんである。享年81歳であった。

江島さんはまるで野武士のような風貌をしていて、出版業界では〝怖い先生〟で通っていた。立木義浩さんからの紹介で江島さんとはじめてお会いしたのは、わたしがまだ34歳のときだった。

その前年、わたしにとって人生最大の悲劇が訪れた。敬愛してやまない柴田錬三郎先生が61歳の若さで亡くなられたのだ。

柴田先生の最晩年を立木さんが克明に撮影していた。シバレン先生はよほどタッチャンにこころを許していたのだろう、高輪プリンスホテルの庭園の奥まったところにある祠《ほこら》の前で、あろうことか上半身を露わにされていたのだ。

シバレン先生の肉体は病に蝕まれ骨と皮だけになっていた。文豪はいったいどんな気持ちでシャツを脱いだのだろうか。いまとなっては知るすべはない。タッチャンは荘厳な気持ちでシャッターを切ったそうだ。

その柴田錬三郎先生の追悼写真集をデザインしてもらうために、わたしははじめて江島事務所を訪れたのである。

パリへ出張する直前のタッチャンが成田空港から電話をくれた。

「おれがこころを込めてセレクトした柴田先生の写真は江島さんに渡してある。いまからシマジが行くと伝えておいたから電話して訪ねてくれ。一言だけ言っておく。いいかシマジ、江島さんをおれより好きになるんじゃないよ」

「アハハハ。もちろんですとも」

ところが江島さんと会って打ち合わせを進めるうちにタッチャンへの忠誠心が揺らいできた。

「今回、立木さんは印税はいらないと言っています。その分を江島さんのデザイン料と制作費に回せますから、読者に感銘を与える極上の装丁をお願いします」

すると野武士はぼそっとこう言った。

「シマジ、この追悼写真集のデザイン料はいらないよ。柴田先生にお会いしたことはないが、立木とシマジの弔い合戦におれも参加させてくれないか」

初対面のわたしを呼び捨てにしてくれたことにまず感動し、柴田先生の無念の死を共に悲しみたいという江島さんの心意気に鳥肌が立った。

後日、素晴らしいデザインが完成したのだが、なんと柴田夫人から「NO」が出た。例の祠の前で撮った上半身裸の写真が問題になったのだ。タッチャンは写真家として「あの一枚がなくては意味がない」と主張し、柴田錬三郎写真集はお蔵入りすることになってしまった。

わたしは担当編集者として夫人のお気持ちを察することが出来た。一方でまた、タッチャンの芸術家としての矜持も理解していた。

それから2ヵ月ほど経ったある日、大きな段ボール箱が立木事務所から送られてきた。開けてみると、黒い革製の表紙で作られた私家版の写真集『人間、柴田錬三郎、撮、立木義浩』が入っていた。わたしは興奮してタッチャンに電話を入れた。

「シマジへのご褒美だよ。シマジと江島さんとおれの分だけで、この世に3冊しかない写真集だぞ。おれが暗室に入って一枚一枚焼いた印画紙をそのまま江島さんがデザインしてくれたものだから大切にしろよ」

「シマジ家の家宝にします。ありがとうございます！」

それ以上話すと泣いてしまいそうだったのですぐに電話を切った。

月日が流れ、42歳で「週刊プレイボーイ」の編集長になったわたしは、表紙とグラビアページはもちろんのこと、活版ページも江島さんにデザインしてもらうことに決めた。

「シマジ、常々思っていたんだが、週刊誌の活版ページのあの書き文字がダサくて嫌なんだ。特集タイトルをすべて写植で印刷したら、お洒落だぞ」

「素晴らしい発想ですね。早速やりましょう」

「ただそのためには入稿の前日にタイトルを決めておれのところに送ってもらう必要があるんだが、出来るかな」

「万難を排してやってみましょう」

江島さんが日本の週刊誌では前例のない画期的な仕事をしてくれたおかげで、「週刊プレイボーイ」の誌面は格調高く美しいものに生まれ変わった。そして、その斬新なデザインをみた、後にマガジンハウスの社長になられた木滑さんからすぐに電話がかかってきた。

「シマちゃん、活版のタイトルを写植にしたのには驚いたよ。これはまさに革命だね」

この賛辞はすぐ江島さんにも伝えた。

「そうか、やっぱりわかる人にはわかるんだね」

それから1年も経たないうちに「週刊プレイボーイ」は100万部の大台に乗った。私の人生の真夏日を裏で支えてくれたいちばんの功労者は、江島任さん、その人であった。合掌

バーカウンターは人生の勉強机である

物書きにとって新しい本を上梓することは可愛い子供を産むような喜びである。とくに2014年9月15日に書店に並ぶ新刊『salon de SHIMAJI バーカウンターは人生の勉強机である』は感慨深い子供である。これは雑誌「Pen」で連載した人気コラムを書籍化したものだ。

まず第一に、姿形が美しい。デザインが凝りに凝っている。「サロン・ド・シマジ」のトレードマークであるスカルが金で箔押しさ

れていて贅沢極まりない。そして、なんといってもタモリさんの賞賛文がひときわオーラを放っている。

「圧巻である。本書には悪魔と天使が乱舞している」

持ち前の〝愛すべきあつかましさ〟を発揮して、読みにくいゲラ刷りをご本人に送ったところ、きっちり読み込んでいただいた結果の賞賛である。タモリさんが言うように、文章を書く指先に悪魔と天使が宿ってくれたらしめたものである。

タモリさんとの橋渡し役を買って出てくれたジャズ喫茶「ベイシー」のマスター菅原正二にも感謝している。菅原はタモリさんと早稲田大学の学友なのだ。タモリさんは3浪の末に入学した菅原に敬意を表して「菅原さん」と呼び、菅原は愛情を込めて「タモリ」と呼び捨てにしている。

もちろんわたしは「タモリさん」としか呼べない。菅原のことは「正ちゃん」と呼び、正ちゃんはわたしのことを「先輩」だったり「シマジさん」だったり、あるいは酔っぱらってくると「シマジ」と呼んだりもする。ここには当事者同士のみが了解する微妙なニュアンスがあって、それを文章で表現するのは難しい。英語とちがい日本語はなかなか奥が深い。

さて、新しいわが子の肌は全体に淡いクリーム色をしている。「Ｐｅｎ」では真っ黒いページに白抜き文字でかなり読みにくかったのだが、今度産まれた子は白地に墨文字で行間もたっぷり取ってあって非常に読みやすい。

書籍の担当編集者モリタの気合いも相当なものであった。なんとすべての物語のタイトルをわたしに筆で書かせたのだ。モリタはそのお礼として「エッセイスト＆バーマン 島地勝彦」とあらかじめ署名の入ったサイン用のページをわざわざ作ってくれた。さらに、畏友立石敏雄が伊勢丹「サロン・ド・シマジ」の開店祝いとして彫ってくれた自慢の落款まで2色刷で印刷してくれた。落款には「一滴」と彫られている。そのこころは「ひと垂らし」、すなわち「人たらし」という意味である。

モリタの心憎い計らいのおかげで、ファンが持参した本にサインをするとき、わざわざ朱肉を用意しなくてもよくなった。わたしはただ、相手のお名前のほかに一言だけ「スランジバー！」と書けば済んでしまうのだ。スランジバーというのはゲール語で「あなたの健康を祝して！」という意味。スコットランドのむかしからの乾杯の挨拶である。

同書は2011年5月1日号から2014年7月1日号まで連載されたコラムを纏めたものだが、献辞にご注目いただきたい。「Pen連載の最終回まで読めなかった島地勝彦公認ストーカー、三浦清豪に本書を捧ぐ」とある。熱心な読者なら以前わたしが書いた清豪への追悼文を思い出してくださることだろう。ようやくあのときの約束を果たせたのである。てい子夫人にお贈りするので、清豪の仏前に捧げていただけたら本望である。

まったく人生というのはなにが起こるかわからない。「サロン・ド・シマジ」というバーははじめはコラム上の架空の店だったのだが、翌年、伊勢丹新宿店メンズ館8階に現実のバーとしてオープンするなんて、いったい誰が想像しただろう。もちろんそこに集まるチャーミングなお客さまも本書にはたびたび登場する。

わたしの初産はかなりの高齢出産で67歳のときだったのだが、処女作『甘い生活』から数えて今回で13番目の赤ん坊である。愛しいわが子を是非一冊買って、抱きしめてからお読みくだされまじくや。

島地勝彦は墓碑銘作家になった

わたしは2014年現在73歳だが、まだまだやってみたいことがある。いままで長きにわたってわたしをえこひいきしてくださった神さまに、その夢を毎晩、声に出してお願いしている。ベッドに入り眠りに落ちる前、右の掌を丹田に置き、その上に左手をそっと重ね、過去形で3回、こう唱えるのだ。

「わたしは有名な墓碑銘作家になった」

なにやら妖しい呪文のようだが、これは今東光大僧正にこっそり教わった秘術である。願い事をあえて過去形にして唱えることで、言霊がよりいっそうパワフルになるのだ。

仏教徒の多い日本では、亡くなった人に対してお寺から戒名を授かるのが慣例だ。柴田錬三郎先生が亡くなられたときは、高名な人物にのみ許される「院殿号」という戒名をもらった。もちろんタダではない。お嬢さんの話によれば、なんと500万円もしたという。100万円負けてもらってその金額だ。36年前の話である。

墓碑銘作家の原稿料はそんなに高くなくてかまわない。そして、見慣れない漢字が並ぶ戒名よりもずっとわかりやすいのが墓碑銘のいいところである。たとえば、誰かのお父さまが亡くなったとする。するとわたしがお宅へ出向き、その息子さんなり娘さんなりに亡き父の遺徳を取材して、故人の輝ける人生を短い文章に集約するのだ。

予行演習を兼ねて40代のときに自分自身の墓碑銘を作ってみた。

「彼が部屋に入っていくと居合わせた男たちがいままで以上に気持ちがちょっぴり明るくなった そして居合わせた女たちがいままで以上に気持ちがちょっぴり淫らになった」

これはアメリカの名編集者、ベネット・サーフの自伝『アト・ランダム』から冒頭部分を拝借したものだ。ベネット・サーフというのは有名出版社、ランダムハウスの社長を務めた人物である。トルーマン・カポーティの『冷血』もここから出版されている。

欧米には戒名がないかわりに墓碑銘がある。ノルマンディ上陸作戦で命を落としたアメリカ兵の墓には「世界史のなかの輝けるモザイクの一片がここに眠る」とあった。

アメリカの鉄鋼王、アンドリュー・カーネギーの墓には次のような一文が刻まれている。

「己より賢明なる人物を身辺に集める術を修めし者ここに眠る」

敬愛する今東光大僧正が入寂したとき、わたしは柴田錬三郎先生に頼んで墓碑銘を書いてもらった。

〈今東光大僧正は森羅万象を学びて文学を識り　仏門に入りては天台顕密を光《おおい》にす　さらに一流画家たり　且大政事家たりき　将に百年稀有の大才にしてその遺徳を偲びここに刻みて千載の感激と為す　昭和五十三年春佳日　柴田錬三郎書〉

この墨痕鮮やかな直筆の書は現在、伊勢丹のバー「サロン・ド・シマジ」に飾ってある。

さて、将来の墓碑銘作家である島地勝彦に最初の注文をくれたのは、皮肉にも36歳の若さでこの世を去ったわたしの一人娘であった。

彼女はいま六本木近くの寺に眠っている。どんなに忙しくても月に一度の墓参りを欠かしたことはない。現代的なマンション風の墓であるが、わたしもいずれそこに入ることだろう。

変わった娘で、葬儀も戒名も嫌がった。人生初の墓碑銘は、そんな彼女のたっての願いであった。わたしは一周忌に合わせてこう書いた。

〈短い生涯だったけれど沢山の愉しさと美しさをまき散らしながら黄金の翼に乗って潔く飛び立って逝ったひとり娘ここに眠る
父　２００8年6月21日〉

徳大寺有恒はジャグァーに乗って

また一つ巨星が墜ちた。徳大寺有恒さんが亡くなったのだ。文豪・北方謙三をして「スペックを語れる自動車評論家はごまんといるが、文化を語れる自動車評論家は徳大寺有恒をおいてほかにいない」と言わしめた、あの徳大寺さんである。

「現代ビジネス」編集長のセオ・マサルは中学生のころ、徳大寺さんのベストセラー『間違いだらけのクルマ選び』を兄貴の書棚から拝借して読んだ結果、辛口の自動車評論に全身が痺れ「おれは将来かならずジャーナリストになる!」と決意するに至ったそうである。

わたしが徳大寺さんと四十数年前から親しくしていることを知ったセオは、「シマジさん、是非とも会わせてください!」とせがんできた。「それならネスプレッソの対談にお呼びしようか」ということになり、目出度くご対面が実現した。その日、セオのヒゲ面は珍しく紅を帯びていた。

わたしが徳大寺さんと最後に会ったのは、忘れもしない、今年（２０１４年）4月19日、「シガーダイレクト」が主催したパーティだった。そのときはまだまだお元気で、キューバン・ダビドフNo.1を美味しそうに燻らしていた。糖尿病の悪化から足が少し不自由なため、奥さまを同伴されていたのだが、ドン小西さんや馳星周さんらを交えた記念撮影のとき、賢夫人がそっと席から離れたのが印象的であった。不良の男どもに勝手をさせてくれる自然な気配りであった。

葉巻を最初にお教えしたのはわたしである。しかし徳大寺さんはすぐにわたしよりも通になり、モンテクリストNo.2をこよなく愛した。わたしより2年先輩だったが、先輩風を吹かすことなく、いつも同等に付き合ってくれた。

唯一困ったのは革張りのジャグァー（ジャガー）に乗れという脅迫だった。

「ジャグァーはシマジさんの美学にピッタリのクルマだと思います。暫くすると革がシガーの香りを吸い込んで、いい感じになりますよ」

「ぼくは運転が下手なんです。ジャガーのような大きなクルマはとても無理ですよ。第一、財政的にも不可能です」

毎回、そう答えるのが精一杯だった。

わたしは徳大寺さんに大きな借りがある。『痛快！ 自動車学』という単行本を企画したときのことである。当時集英社の社員だった自動車に詳しい編集者を同席させて口述取材をはじめた。徳大寺さんの話はじつに面白く、ホテルに部屋を借りて10日間連続で収録した。

これは大ベストセラーが誕生するぞ、と愉しみにしていると、その編集者が録音したテープを持ったままトンズラしてしまったのである。後になってわかったことだが、彼は当時プライベートで問題を抱え、精神的に病んでいたらしい。

困り果てたわたしは徳大寺さんに緊急電話を入れた。

「徳大寺さん、あろうことか、あるまいことか、担当者が話を録音したテープごと行方不明になってしまったんです。いろいろ手分けして探しているんですが、いまだ杳《よう》として消息が知れません。本当にごめんなさい」

「シマジさん、いいんですよ。若者はなんでもやらかすものです。10日間もシマジさんと一緒の愉しい時間を持てただけで光栄です。シマジさんが言っているじゃないですか、『人生は恐ろしい冗談の連続である』って。そういうことです。すべて忘れましょう」

わたしは胸に熱いものを感じ、電話越しに頭を下げた。普通なら、こんな理不尽なことをやってのけたら罰金だけでは済まされず、確実に絶交だろう。徳大寺さんは寛容の人であった。

11月7日の朝、知人から徳大寺さんの訃報を知らされた。週が明けた10日、ご自宅に電話を入れてみると、賢夫人が出た。

「6日の夕刻、美味いお寿司が食べたいと言うので、兄弟たちとわたしとで行きつけのお寿司屋さんに行きまして、美味い美味いと言っていつになくたらふく食べて帰ってきたんです。ところが玄関で転んでしまい『今夜の入浴はやめにする』とハッキリそう言ってベッドに横になりました。

そうしたら、もの凄いイビキをかくので様子をみに行くと、少し吐いていたのです。『あなた、大丈夫ですか!?』と尋ねても返事がない。体を叩いてみても反応がなく慌てて救急車を呼んだ次第です。深夜1時過ぎでしたか、眠るがごとく静かに息を引き取りました。死因は急性硬膜下血腫でした」

わたしはしばし絶句した。なにか話そうにも、涙が溢れてうまく言葉が出てこなかったのだ。

「先月お送りした『バーカウンターは人生の勉強机である』は届いておりましたでしょうか」

「はい、主人は自分が出てくる章を面白がって何度も読み返していました。そのお礼として今月発売の『ベストカー』の『俺と疾れ!!』にシマジさんを絶賛した文章を書いております。是非読んでください。主人も喜んでくれることでしょう」

電話を切ると、恵比寿駅の有隣堂に疾走した。読みながら歩いているうちに、涙で活字が滲んできた。わたしは人目も憚らず、歩きながら号泣した。もしかするとこれが徳大寺有恒の絶筆かもしれない。徳大寺さん、光栄です。どうもありがとうございました。

考えてみるに、あなたが寝たきりや認知症になった姿など想像も出来ません。きっとこれが、ダンディズムに則ったあなたらしい逝き方だったのでしょう。

もうそろそろ、モンテクリストNo.2を吹かしながらジャグァーを運転して天国に着いたころでしょうか。徳大寺さん、あなたはわたしのこころのなかでいつまでも格好良く生きていますからね。

間違いだらけのオンナ選び

若いときに結婚して、ともに白髪になるまで結婚生活を全うしているご夫婦は、雰囲気が似てくるといわれる。徳大寺有恒さんの奥さまも、まさにそんな感じのご婦人であった。

わたしが名誉会長を務めている「シガーダイレクト」のタケダとキリタの3人で、徳大寺夫人を食事にお誘いして、ダンディな徳大寺さんの思い出を語っていただいた。食事のあとは「サロン・ド・シマジ」本店に移動した。

「みなさまは主人のことをダンディな人だと口を揃えて仰るんですが、わたくしにはそれがどうしてもわからないんですよ。うちにいるときの主人は、ただの太ったおじさんでしたから」

伊勢丹のバー「サロン・ド・シマジ」の〝格言コースター〟にあるとおり、「女房の目に英雄なし」なのだ。天下の徳大寺さんも賢夫人の前では心身ともにリラックスしていたのだろう。

人生で重要なのは運と縁である。果たして徳大寺夫妻のなれそめはどうだったのだろうか。

「高校を卒業したあと、父は短大に入れたかったようですが、そこを1年だけという約束でわたくしはデパートに勤めました。父はわたくしを早くお見合いさせて結婚させたかったようでしたね」

当時の世相からいえば、良家の子女は見合い結婚が普通であった。またそのころのデパートは女性ばかりの職場だった。男性は数えるほどしかいなかった。

たまたま夫人の上司が成城大学のOBの方で、新入社員歓迎会に大学の後輩を呼んだ。そのなかにまだ学生だった徳大寺さんが紛れ込んでいたのである。想像するに、美しい女性に目がない徳大寺さんは、若き日の夫人に会った瞬間、ひと目惚れしたのではないか。

「いまでいえばストーカーでしたね。わたくしの仕事が終わるのをみはからって、毎日、入り口で待っているんですから、困りました」

情熱の男、徳大寺さんらしいエピソードではないか。

「わたくしの親友が主人のお友だちを好きになってしまいまして、その方に会いたいがために主人を呼ぶよう頼まれまして、わたくしが主人を呼ぶわけです」

徳大寺さんは自分が呼ばれているのだと錯覚していつも飛んできたそうである。そして青春のグループ交際がはじまった。

「そのうちにわたくしも主人のことを『悪い人ではないかも』と思うようになり、やがて結婚しました。親友も3年後に結婚しました」

結婚は長すぎた春のあとよりも出会い頭のほうがいいに決まっている。

その後、徳大寺さんは愛する夫人のために馬車馬のように働いた。「レーシングメイト」という会社を立ち上げた。はじめはうまくいっていたが、結局、会社は潰れ莫大な借金が残った。精神的に追い詰められた徳大寺さんは糖尿病になった。30代の前半からインシュリンを打っていた。

「はじめのうちはヒット商品を出し続けていましたが、主人は経営が下手だったんですね。でも会社が潰れたときは、取引先に迷惑をかけないようにと、お詫びしながら私財を投げ打ってお支払いしていました」

ダンディで真面目な正直者は借金から逃げたりはしないのだ。

「だからその後、『ぼくはもう人を使わない。使われない』と言って、物書きの道を選んだのです。シマジさんを拝見していますと、なにやら後ろに主人がいるような気がします」

「いえいえ、わたしは67歳まで雇われ社長をやりましたが、金勘定はまったく出来ませんで、たくさんの有能な先輩後輩たちに助けられてどうにかやってきました。物書き業は68歳から細々とはじめたんですから、徳大寺さんとは比べものになりません」

わたしは神さまは存在すると信じている。そして徳大寺有恒さんの才能を神さまは見捨てなかった。著書『間違いだらけのクルマ選び』が大ベストセラーとなり、クルマはすべて自腹で買った。だから遠慮なしにクルマのすべてをあからさまに書けたのである。これこそがジャーナリスト徳大寺有恒の真骨頂であった。

ジャグァー、フェラーリ、ロールスロイス、レンジローバー、マセラティ、ベントレー、レクサス、BMW、メルセデス、ダッジ・ダコタ——次から次へと新しいクルマに乗り換えたという。仕事上必要なことだったのだろう。

「主人はその日着て行く服に合わせてクルマを選んでいました。とくに気に入っていたのはBMW3シリーズのオープンだったんじゃないかと思います。あ、そうそう、メルセデスには面白いエピソードがあるんですよ。ある日、うちに乗って帰ってきて『いいクルマだよなあ』と言うんですよ。『買ったの?』って訊きましたら、『いや、でも買おうかな』なんて口を濁すんです。『買ったんだ』とはっきり言ってくれたんでしたら、保険に入るんですけど、『買おうかな』では入りませんよね。

ところが翌日女性を乗せたらしいんですね。その女性が灰皿にティッシュを入れたのを知らずに主人は葉巻をのせた。それでメルセデスは見事に炎に包まれてしまいました」

「徳大寺さんは女にモテたからね」

「主人はわたくしによく言っていました。『ぼくは女好きだから』って」

「奥さまの前で堂々とそう言える徳大寺さんが羨ましいですね」

「そんな人にお小言を言っても仕方ないですものね。放っておくしかないでしょう。でもいちばん最初はわたくしも頭にきましたよ。会社を潰してお金もなくて、やっと物書きの仕事をみつけたときに、女の子を作ったんですから。

『あなた、それはないでしょう。わたしも苦労しているのに、そんな精神的な余裕はないですよ』って。でも本人は余裕があったみたいですね。それから主人が自慢するんですよ。『ぼくは女の子とつきあうとき、必ずこう言うんだよ。ぼくには素敵な女房がいて離婚出来ないから、君とは結婚しないよ』って」

それにはみんなで大爆笑した。

「あの性格ですから、女性でもクルマでもモノでも、欲しいと思ったら止まりません。可笑しな人なんです。『買う』って言うときには、だいたいもう買っていますからね。そしていつも、『ぼくはこれしか趣味がないからね』と言うんですよ。

キューバへ行って葉巻を買うときも『ぼくはこれしか趣味がないからね』。新しい万年筆を買うときも『ぼくはこれしか趣味がないからね』。カメラも好きで、『おお、ライカM3だ。これがいいんだよ』『でもあなた、うちにはライカがいっぱいありますよ』と言いますと、『ぼくはこれしか趣味がないからね』です」

わたしはタケダに渡されたトリニダッドのヴィジアを吸い、「これは美味い。105点だ！」と叫んでいた。シガーの香りが広尾の〝平成の千利休〟の茶室に充満しだした。

「葉巻の煙に燻されると主人と一緒にいるような気がしてきます。今朝もゴルフに乗っていましたら、エアコンから主人の葉巻の香りが漂ってきました」

そう言って、賢夫人は上品に笑った。

徳大寺さん、あなたはこんな素敵な奥さまをお持ちになって、日本一の幸せな男だったんですね。もっと早く気がついていたら、わたしは編集者としてあなたに書かせたかった企画があります。

題して『間違いだらけのオンナ選び』。どうですか？　これも間違いなく大ベストセラーになったことでしょう。

上之二郎の〝サマータイム〟が聴けないなんて

　2015年の新年早々、わたしの可愛いフリーの部下だった上之二郎の訃報が飛び込んできた。享年67歳。まだ若すぎる。まさに人生は恐ろしい冗談の連続である。

　大晦日の夜、上之は奥さまと娘さんと水入らずの一家団欒のなか、テレビのお笑い番組を観ながら大笑いするほど元気だったという。ところが元日の朝になると背中が痛いと言って伏せってしまったそうだ。

　夕方になっても起きてこなかったので心配になった奥さまが様子を見に行くと、上之はすでに虫の息であった。慌てて病院に緊急搬送されたのだが、そのまま帰らぬ人となった。死因は心筋梗塞。葬儀は奥さまと娘さんの二人だけで執り行われたそうである。

　そういえば去年（2014年）、上之からひょっこりメールが届いた。そこにはこう書いてあった。

「いまは物書きだけで喰っていくのはなかなか大変なので、近々、ガードマンでもしようかと真剣に考えています」

　わたしはふと、深夜の寒風のなかガードマンの仕事をやって心臓に負担がかかったのかもしれないと思ったのだが、奥さまと電話で話したところによれば、ガードマンは年齢制限で採用されなかったらしい。

　ここ7〜8年、わたしは上之と一度も会っていなかったが、相変わらずの美声で、ジャズの名曲〝サマータイム〟を迫力満点に歌いあげているものと思っていた。上之二郎にジャズを歌わせたら一級品であった。その辺のクラブ歌手は顔色がなかったくらいである。

　もちろん仕事も出来た。「週刊プレイボーイ」編集部で、若き日のわたしが、ニュースを扱う〝ヤングレポート〟の班長をしていたころだ。「石原慎太郎都知事候補からなにか一言、タイトルになる衝撃的な言葉を取ってきてくれ」と命じたことがある。すると上之は猟犬のごとく編集部を飛び出して行った。そして一日中、石原候補にへばりつき、深夜12時過ぎ、興奮した声で電話をかけてきた。

「シマジさん、いいセリフを聞き出せました。石原さんは『おれは白装束を着て闘っているようなもんだ』と言っていました。これでタイトルは出来るでしょう」

当時は美濃部亮吉都知事の全盛期。石原慎太郎をもってしても敵わぬ敵であったのだ。

わたしが「週プレ」の編集長になったころ上之は、その達意の文章力を買われて、若い編集者たちが取材したデータ原稿を纏めるアンカーマンの仕事をやってくれていた。

堂々とした体軀でゴルフにも頭角を現した。「週プレ」の編集部コンペのとき、後ろを行くわたしは彼のニアピンの旗を何本も回収した。ドラコンの旗に「上之」と書いてあるのを何度もみせつけられたものだ。編集部の旅行のときには彼の中古のベンツに乗せてもらったことが何度もある。体の大きな二郎にはベンツがお似合いだった。

「週プレ」編集部のなかで二郎ほど女にモテた男をわたしは知らない。新人のコミネが「どうしたら二郎さんのように女にモテるんでしょうか？」と単刀直入に尋ねたことがある。すると二郎はこう言って若造のコミネを煙に巻いていた。

「簡単さ、商店街のカラオケ店に昼間から行って、おれの場合は〝サマータイム〟を口ずさめば、奥さん連中はイチコロだね。コミネ、まず持ち歌を持て。それから中古でいいから女をラブホテルまで運ぶベンツを買え」

そんなセクシーでエロい色男が大晦日の夜、一家団欒で大笑いしたそうではないか。

そして元日に上之二郎は突然、天国へと旅立った。元日に亡くなるなんて、ある意味では二郎らしくハデな最期だが、もう二度と会えないんだ、もう二度とあの美声が聴けないんだと思った瞬間、思わず涙が噴き出した。

奥さまの話によれば、お前の部屋には上之二郎名義の本やお前がゴーストライターとして書いた本が100冊以上あったそうじゃないか。きっとお前はいまごろ、冬のまっただ中というのに、天国で小洒落たカラオケ店をみつけて、お得意の〝サマータイム〟を気持ちよく熱唱しているんだろうね。

二郎、いままで本当にありがとう。お前のことはけっして絶対に忘れない。どうかやすらかに眠ってくれ。

合掌

徳本満彌さんを偲んで食楽一人旅

野村證券の元常務徳本満彌さんが亡くなられて2015年で早2年になる。徳本さんはじつに気前のいい人だった。わたしは15年以上にわたり、毎年、徳本さんの招待に甘んじて博多でフグとアラを堪能する食楽二人旅に出かけたものだ。ところが5年前、徳本さんの糖尿病が悪化して透析を受けるようになり、この贅沢な旅は中断を余儀なくされたのだった。

徳本さんとはいつも2泊3日の旅で「はかた天乃」の料理人・天野重義さんによる大牢の滋味に舌鼓を打った。1日目はフグづくし、2日目はアラづくしであった。昼にはうどんを食べてからキャナルシティ博多に行ってよく映画を観た。

そんな徳本さんを偲び、わたしはこのほど

一人だけで食の街博多を訪れた。宿はもちろん、徳本さんと泊まっていた懐かしの日航ホテルである。そして「天乃」のご主人にわがままを言って、フグとアラを一度に両方愉しみたいと所望した。

いつものスパイシーハイボールは封印した。ここではやっぱり白子酒に限る。搾りたての牛乳のように濃厚でなめらかなこの店の白子酒は豪勢かつ美味である。大きなフグの白子を軽く炙ってから裏ごししたものを熱燗の日本酒に混ぜるのだ。新鮮な白子だから生臭みはまったくない。味も香りも上品そのものである。

突出しのがめ煮（筑前煮）のあと、最初に出た料理はフグとアラの刺身であったが、天野さんがサービスでブリを2切れつけてくれた。小皿にはアラとブリ用の生醤油、フグ用には博多名産のコウトウネギとポン酢が用意されていた。フグとアラはコリコリと歯ごたえがありながらもねっとり舌に絡みついてきた。ブリも博多ならではの鮮度に満ちたスグレモノだった。

次の料理はみぞれ汁。焼いた甘鯛の切り身に大根おろしの入った汁がかかっていた。その上には刻んだコウトウネギが散らしてあった。続いて、これでもかと脂が乗ったノドクロの塩焼き。さらには丸々と肥えたフグの白子のフライが出てきた。どれもみな徳本さんの大好物であった。わたしは絶品の白子酒を飲みながら久々の滋味を堪能した。

最後に自家製明太子と白菜の古漬けで軽く白いご飯を食べて大満足した。途中何度も「徳本さん、有り難う御座います」と、こころのなかでお礼を述べていたのは言うまでもない。

人生は出会いである。徳本さんに出会っていなかったら、わたしはいまごろこんな贅沢を知らずに東京のフグ料理で満足していたにちがいない。これこそ紛れもない〝知る悲しみ〟である。

徳本さんとよく訪れた「バー・ヒグチ」にも顔を出してみた。

「シマジさん、お久しぶりですね。ここにはシマジさんがボトリングされたすべてのシングルモルトがありますよ」

開口一番、樋口一幸バーマンが胸を張った。

「あれ、グレンドロナックがないね」

「ん？　そうですか。売れてしまったのかな」

「おれが少し飲んだのがあるから帰ったら送りましょう。まずは例の生姜入りモスコミュールを飲みたいですね」

「かしこまりました」

この店のモスコミュールは独特の製法で作られる、名バーマン樋口の傑作中の傑作である。

まずは島原産のひね生姜を丸ごと50度のスミノフに半年間漬け込むところから始まる。店のなかにも沢山の瓶が並んでいるのだが、樋口さんの自宅には生姜を漬け込んだ瓶が大量に鎮座する「生姜部屋」があるという。そして半年経ったところで生姜エキスを含んだスミノフを各瓶から取り出してバッティングする。瓶ごとの味ムラがここで調整される。

樋口さんは器にも凝っている。新潟・燕三条の玉川堂に作らせた銅製のマグカップは5回の試作を経て完成した逸品である。「器も味の一つですからね」と樋口さんは言う。キンキンに冷やした自慢のカップに氷を入れ、自家製ジンジャーウォッカをたっぷり注ぎ、上からジンジャーエールを加えて割る。4分の1に切ったライムを搾り、漬け込んだ生姜の薄切りと一緒に添えて完成だ。

このモスコミュールはどこまでもドライで、さっぱりした飲み口が特長だ。飾りの生姜もいいつまみになる。驚いたことに隣の客もさらに隣の客もみんな同じものを飲んでいるではないか。この店に入ってきた客は皆、まずは黙って樋口式モスコミュールを嗜むようだ。そういえば徳本さんもお代わりしていたっけ。こってりした白子酒のあとで飲むには最適のカクテルである。当然、わたしもお代わりをした。

そのあとはマル島・トバモリ蒸留所のシングルモルト「レダイグ」を飲んだ。これはわたしのシングルモルトの師匠、山岡秀雄さんが「バー・ヒグチ」のためにセレクトしたノンエイジのボトルだそうだ。

「ピート焚きされた麦芽が使われているから、こんなにピーティな味なんでしょうね。ジンジャーの香りも少しします」と樋口さんが説明してくれた。

翌日、帰路につく前に「和食dining 八」に行ってランチを食べた。ここは「八ちゃんラーメン」の大将・橋本進さんがラーメン屋を息子に譲って新しくオープンした店だ。ランチ云々よりもまず橋本さんに会いたかったのだ。脂の乗ったサバの塩焼きを食べながら、話題は自然と徳本さんのことになっていた。

「徳本さんは福岡の支店長時代からよくわたしのラーメンを食べに、深夜に大勢のホステスを連れてきてくれました。引退されたあともシマジさんと一緒に毎年きてくれましたね。あんなにオーラがあって頑丈な方が亡くなるなんて、どうしても信じられません」

「あのころ徳本さんとわたしは『天乃』で鱈《たら》腹《ふく》食べたあと、クラブに行ってカラオケをやって胃袋を落ち着かせてから、深夜12時ごろになると必ず『八ちゃんラーメン』に行っていました。いまはそんなことは到底無理ですが」

「ところでシマジさん、その大きな荷物はなんですか?」

それは日航ホテルの地下にある「アビス

テ」という店で衝動買いした美しい地球儀であった。困ったことに、よその街へ行ってもわたしの浪費癖は一向に治まらないのである。

ちなみにこの地球儀はラピスラズリをメインにさまざまな天然石を組み合わせて出来ている。ラピスラズリは日本語では瑠璃という。ただ美しいだけではなく世界で最初にパワーストーンと認識された「最強の聖石」としても有名だ。

「シマちゃん、これ以上パワーをつけて、いったいどうする気なんだ？」

突然、徳本さんのセクシーなしゃがれ声が聞こえてきた。

窓から逃げられなかった100歳のおばあちゃん

2015年3月2日月曜日午前2時42分、わたしの妻の母親が入院先の奥沢病院で静かに息を引き取った。もうちょっとで101歳になるというのに、義母は窓から逃げられなかった。本名・小関三子。おばあちゃんは見事に人生を全うしてこの世を去った。

危篤の知らせを受け、広尾の自宅からタクシーを飛ばして病院に駆けつけた。わたしが病室に入るころにはすでに呼吸は止まっていたが、おばあちゃんの額に手を置くと、気持ち温かく感じた。ところが10分後に再び触ったときにはもう冷たくなっていた。当直の医者の説明によると、心不全だという。

じつはこの1週間が山場で、このときは3度目の呼び出しであった。そのたびに飛んで行くと、おばあちゃんはまるで溺れかけた人が波間から顔を出すようにして必死に息をするのだが、じつに苦しそうに見えた。人間は

100歳になってもなかなか楽には死なせてもらえないらしい。

意識不明に陥り苦しんでいるときの状態は、脳内にドーパミンが沢山出てきて羽化登仙の心地になり、本人にとっては気持ちがいいものらしい。そう教えてくれたのはわが師、今東光大僧正であった。それでもおばあちゃんが苦しむ様子を凝視していると、早く楽にさせてあげたくて仕方がなかった。

おばあちゃんは自由が丘の有料老人ホームに95歳から入っていたのだが、約40日前、急性肺炎にかかり救急車で運ばれて奥沢病院に緊急入院した。一時は快復して重湯を啜《すす》れるまでになったが、その後、日増しに意識が混濁して行ったようである。

おばあちゃんとわたしは同じ星座のせいか、じつに気が合った。とても明るくて知的な人だった。55歳まで小学校の教員をして、引退後はおじいちゃんと一緒に全国を隈無く旅して回り、第二の人生を愉しんでいた。おじいちゃんは一関の教育長を務めたあと、16年間一関市の助役の職をやり遂げた。これまた立派な男で、大の酒好きだった。一関でも東京でも二人でよく飲んだ。そのおじいちゃんは95歳で亡くなった。

おばあちゃんは90歳を過ぎたころから認知症になっていたのだが、たまにホームを訪ねると「勝彦さん！」と嬉しそうに声をかけてくれた。実の娘の名前をすっかり忘れてしまったおばあちゃんが、なぜかわたしの名前だけは覚えていてくれたのだ。

女房は「おばあちゃん、わたしの名前もわからないのに、どうしてこの人の名前は覚えているのよ！」と怒っていた。そんな妻をよそに、わたしはおばあちゃんをしっかりと抱きしめた。

毎週面会にくる姪と女房の顔をみると必ず「どうやって入ってきたの。危ないから早く帰りなさい！」と言っていたそうである。おばあちゃんはきっと、いまなお太平洋戦争の時代をさまよっていたにちがいない。おばあちゃんの人生のなかで戦争体験がいちばん印象強く記憶に残っていたのだろう。

おばあちゃんはよくホームの事務室に車いすで入っていって、介護の職員たちが働く姿を眺めていた。自分が若いときに働いた小学校の職員室にいる感覚に浸っていたのだろう。その証拠に、すべての介護士を「先生」と呼んでいた。

三子おばあちゃんは、大正3年（1914年）4月21日、一関で生まれた。盛岡の師範学校を卒業して一関に戻ると小学校の教師になり、多くの優秀な人材を輩出した。そのうちの一人がホームを訪ねてくれたこともあった。

おばあちゃんには憲美さんという自慢の一人息子がいた。学年が4つちがうわたしのことをとても可愛がってくれて、よく一緒に飲みにも行った。じつは憲美さんは一関の中学校でわたしの親父の教え子だったのだ。優秀な彼は早稲田大学の英文科を卒業して田舎に帰り、高校で英語の教師をしていたのだが、盲腸をこじらせて29歳で天逝した。おばあちゃんはまだ現役で若かったが、どんなに辛かったことだろう。

おばあちゃん、天国に行ったら、おじいちゃんと憲美さん、そしてわたしの一人娘・祥子に会ってくださいね。天国での暮らし方は3人に教えてもらってください。

あ、そうそう、わたしの一関一高の同級生、高岡繁が火葬場まできて遺骨を拾い上げてくれましたよ。繁ちゃんのお母さんはおばあちゃんの大親友だったそうですね。繁ちゃんは、おばあちゃんが30年も前に親友の高岡トミ子さんに宛てて書いた達筆な長いお手紙を持ってきて棺に入れてくれました。

もう少し暖かくなったら一関の龍澤寺に納骨に参ります。それまでは狭いですが、広尾のマンションにいてください。

おばあちゃんが亡くなった奥沢病院は、奥沢神社の近くにありました。わたしは戦争で一関に疎開するまで、しょっちゅうあの神社の近くで遊んでいたのですよ。おばあちゃんとわたしはつくづく深い縁で結ばれていたように思います。どうか安らかにお眠りください。

輝ける元部下、中村信一郎の墓参り

わたしの「週刊プレイボーイ」編集長時代、身を粉にして働いてくれた多くの若い編集者のなかに、ひときわ輝く存在として中村信一郎がいた。

NHKで3回放映された『全身編集長』のなかで数秒の静止画が出てくる。そのモノクロ写真は、当時の編集部で夜中の4時ごろに撮られたものだ。シンイチローを筆頭にアルガ、トモジが爆睡するなか、オニキだけが上半身裸でどこかに電話をかけている。この貴重な一枚はいま、わたしの仕事場に飾られている。

そのシンイチローが亡くなって2015年で早5年が経とうとしている。日々〝爆睡写真〟をみるたびに、わたしのなかでシンイチローの墓参りをしたいという気持ちが募っていた。

元「週刊プレイボーイ」の仲間たちもそう思っていたのだろう。墓参り第一陣が、寒風吹きすさぶ2月に決行された。オニキ、コミネ、アルガ、セラ、ハセガワの5人が山梨県上野原市の霊園に眠るシンイチローの墓を目指して出発した。

いまだ健脚を誇るオニキは中央本線の上野原駅に着くなり胸を張ってこう言った。

「みんな、シンイチローのお墓まで歩いて行こう！」

「週プレ」の命令系統は体育会系を越して軍隊のそれに近い。5人は黙々とシンイチローが眠る霊園へと歩いて向かった。

中村家の墓はすぐにみつかった。そして一行が持参した花と線香を供えようと準備をはじめたとき、突然、オニキ軍曹が叫んだ。

「コミネ、シンイチローは亡くなってから名前を変えたのか？」

「いえ、そんな話は聞いておりません」

「シンイチローが亡くなったのは55歳だったよな。コミネ、ここをみろ。80歳と刻まれているじゃないか！」

墓石の裏をチェックしたオニキ軍曹がコミネ二等兵に厳命を下した。

「シンイチローの墓は別なところにある。これは墓ちがいだ。コミネ、今すぐシンイチローの奥さんに電話して正しい場所を確かめろ！」

夫人に確認した結果、上野原には「相模湖霊園」と「上野原霊園」の2つがあることが判明した。目指す「上野原霊園」は遠く正反対の山腹にあり、段々になって墓が並んでいるのがみえた。

健脚のオニキ軍曹を先頭に5人の男たちは再び上野原駅前まで黙々と行進した。さすがにそこからは2台のタクシーに分乗して向かうことにした。

オニキはシンイチローと同じ立川高校の出身で先輩に当たる。シンイチローは草葉の陰で先輩の失敗をみて苦笑していたにちがいない。

「オニキ先輩、おれの墓をまちがえないでくださいよ」

「ゴメン、シンイチロー。コミネに任せたおれがバカだった。許してくれ。でもこうしてなんとか辿り着いたぞ」

一行は花と線香を捧げて銘々に黙禱した。

先ほどとはちがい、こちら側からは富士山の威容がくっきりとみえた。シンイチローのお父上の「富士山のみえるところに眠りたい」という希望から、この霊園に墓を買われたのだそうだ。そこに父上と息子がやすらかに眠っている。

2015年6月3日水曜日の天気予報は雨だった。

「シマジさん、明日は大雨だとテレビで言っていますが、ナカムラさんの墓参りは決行いたしますよね？」

「コミネ、大丈夫だ。午後からは晴れるよ。トモジにも言っておけ。天気のことはおれがなんとかするから心配するな」

「晴れ男の魔力はいまだ健在なんでありますか？」

「かなり弱くなったが明日は絶対になんとかする。じゃあ、午後1時に新宿駅でな」

むかし話に花を咲かせながら大笑いしているうちに、3人を乗せた電車は上野原駅に到着した。われわれは迷わずタクシーに乗り込んだ。そして長老のわたしが運転手さんに行き先を告げた。

「運転手さん、上野原霊園まで行ってください。チップをお支払いしますから、墓参りが済むまで待っていていただけませんか？」

タクシードライバーは快諾し、無線を手にすると小さな声でこう言った。

「上野原霊園までダブル」

すると突然、助手席のコミネが反応した。

「野坂昭如《のさかあきゆき》先生に教えてもらったんですが、ダブルって、むかしのトルコ風呂の時代には、チンコとマンコを同時に触り合うことの隠語だったらしいですね」

平成のソープ大王のトモジは「そんな古い話は知らない」という顔をして、返事もしなかった。

「運転手さん、ごめんなさいね。こいつは今日病院から退院したばかりで、まだ社会復帰が出来ていないんです」とわたしが付け加えた。運転手さんはヘンな客を乗せてしまったとでもいうように、コミネの顔を何度もチラチラみていた。

山道は幅が狭くタクシー1台がやっと通れるかという状況だった。「おれのジャガーできていたら両脇をこすりまくっていたね。コミネの忠告を聞いて助かったよ」とトモジは胸を撫で下ろした。

途中、霊園事務所によって線香と花をコミネが買ってきた。シンイチローの墓はすぐにみつかった。

わたしは毎月、六本木の寺に眠る娘の墓参りをしている。今東光大僧正、柴田錬三郎先生、開高健先生のお墓も、それぞれ3ヵ月に一回はお参りしている。そして黙禱ではなく、いわゆる〝いますがごとく〟、大きな声を出してお祈りをしているのだ。

「シンイチロー、お参りが遅くなってごめん。今日はトモジとコミネの3人でやってきた。おれはいまでもお前の大活躍に敬意を持ち、感謝しているよ。

おれはいまエッセイストとバーマンを兼業している。伊勢丹の『サロン・ド・シマジ』の盛況ぶりをみせてあげたいな。先日、お前の高校時代の親友、京都大学の山口栄一教授が奥さまと一緒に訪ねてこられたぞ。

シンイチロー、おれはお前の分まで恋をするつもりだ。どうだ、寂しいか。コミネをそっちに送ってあげようか」

わたしがお墓に向かって語りかけていると、隣でコミネが喚《わめ》いた。

「シマジさん、勘弁してくださいよ。おれもナカムラさんの分までもっとオマンコしたいですー」

「シンちゃん、いま我が国はまさに末世です。そんななかで『週プレ』をどうすればいいか、ぼくにそっと教えてください」とトモジ。

わたしは持参した葉巻に着火して半分まで吸って墓前に捧げた。するとコミネが「千の風になって」の替え歌を即興で歌い出した。

♪わたしのお墓の前で自慢しないでください。線香の代わりに葉巻の吸い殻を置くのはやめてください。ここはお墓で喫煙所ではありません。今日は墓参りだということを思い出してください～

昭和の怪物編集者、川鍋孝文さん逝く

編集者は才能で持っている。その才能に溢れた先輩編集者、川鍋孝文さんの突然の訃報を聞いたときはショックだった。

去年（２０１４年）の集英社４賞のパーティでのこと。わたしが柴田錬三郎先生のお嬢さん、美夏江さんのアテンドで柴田家専用の席に座っていると、小柄な身体をきびきびいわせ、ダンディな川鍋さんがスマートな足取りで美夏江さんに挨拶にこられた。元気いっぱいの川鍋さんを見て懐かしさがこみ上げた。

川鍋さんも柴田先生に可愛がられた編集者の一人であった。川鍋さんが「日刊ゲンダイ」を創刊したときも、柴田先生はそこで時代小説「御家人斬九郎」を連載したくらいである。

「シマちゃん、新宿伊勢丹でバーをやってるんだってな」

「そうなんです。わたしはいまエッセイスト&バーマンと名乗っています。一度遊びにいらしてください」

「行く、行く。この話は堤（わたしの敬愛する兄貴分の堤堯さんのこと）から聞いたんだったかな」

じつは集英社の若いシマジは、文藝春秋の堤堯さんと講談社の川鍋孝文さんに可愛がられ、よく一緒に飲んだ仲なのである。

わたしはこの二人から編集者魂を教わった。二人とも出版業界で音に聞く快男児であった。堤さんは相変わらず「ＷｉＬＬ」で健筆を振るっているが、あの元気だった川鍋さんが瞑目されたのである。

享年79歳。食道癌だった。今年になって食事が喉を通らないと訴え、病院で検査を受けたところすでに末期の状態で、あと2週間で喉が完全に詰まると宣告されたという。

多分、川鍋さんは人間ドックなど見向きもしなかったのだろう。そのときも潔くこう言ったそうである。

「手術で体がぼろぼろになるようなことは御免だ。ホスピスにでも入れてくれ。やれることは全部やった。いつ死んだって構わない」

そうは言っても、やはり無念だろう。川鍋さんは週刊誌一筋でやってきた編集者である。時代の波を摑むのに長けた人で、「週刊現代」時代には１００万部の金字塔を打ち建てた怪物編集長であった。しかしそんなことでは飽き足らず、新しいメディアの「日刊ゲンダイ」を創刊したのである。亡くなるまで現役を貫き（株）日刊現代の取締役会長を務めていた。

病床からも毒のある1面見出しを編集部に送ってきたという。

「筋書き通りの国会審議の茶番　裏の真相を全く報じないこの国タレ流し新聞記事の罪」

〈２０１５年6月4日号〉

根っからの編集者、まさに鬼気迫る一文ではないか。

「どうして日刊紙を考えたんですか？」とわたしが尋ねると川鍋さんはこう言ったものである。

「世の中のスピードが速くなって週刊誌ではとても追いつかないんだ。そう思わないか？」

川鍋さん、あなたもわたしも出版界が元気だった黄金時代を駆け抜けたのでしょうね。

いつだったか、編集者稼業が大学生の憧れの花形職業になったころがありましたね。そのときあなたはこう言いました。

「おれが講談社に入ったころは、一流企業に入れなかった〝はみ出し者〟が編集者になったものだよ。シマちゃんもその手合いだろう？」

まったくその通りですが、いま、われわれが愛してやまないこの出版界に影が差しはじめています。かつての花形職業の面影もすっかりなくなってしまったようです。

日本人は雑誌や本を読む習慣をなくしてしまい、スマホの画面で満足しているようにみえます。若者は時代の流れを敏感に察知して、この業界にはもう川鍋さんのような才能あふれる人材が集まらなくなったような気がします。

11月9日、帝国ホテルで行われた「お別れの会」に出席してきました。会場は沢山の人で溢れていました。川鍋さん、安らかにお眠りください。

合掌

『ZASSHI』に綴じられた野坂昭如さんの才能

今月（2015年12月）9日、野坂昭如さんが亡くなった。85歳であった。

わたしは若い編集者時代から野坂さんとはよく仕事をした。野坂さんは戦後の「焼け跡闇市派」を自認する第一級の作家であった。

わたしが日本版「PLAYBOY」の副編集長のころ、アメリカでたった1機だけ残っていたB29をみつけた。とんでもないことを着想するのが編集者である。わたしは帰国するやいなや野坂さんに「世界でたった1機現存しているB29に搭乗してみませんか」と話をもちかけた。

好奇心の強い野坂さんは二つ返事で快諾してくれて、カリフォルニアはサンディエゴの現地に飛んでくれた。ところが、いざ実物のB29と対面すると、作家はその場に泣き崩れて乗り込むことが出来なかったのである。

それはそうだろう。神戸でB29が落とす焼夷弾の下を掻い潜り妹さんの手を引いて逃げ惑った体験の持ち主だ。だからこの「世紀の特集」には写真ではなくイラストを添えることにした。それでも野坂さんは涙なくしては読めない素晴らしいB29見聞記を書いてくれた。

もう少し前、わたしが「週刊プレイボーイ」編集部にいたころには、「野坂昭如の特別料理」という連載を閃いた。そこでは特製ラーメンも作ったが、合法的な爆弾や麻薬も製造した。

おそらく会社の上層部に呼び出されたのだろう、当時の編集長だった水木顕さんから警告を受けた。

「シマジ、野坂先生の連載は中止にしよう。先生に相談してみてくれないか」

そんなことを正直に野坂さんに言うシマジではない。ホテルのバーで一人ウイスキーを飲みながら悪知恵を捻り出した。そして翌日、水木編集長を部屋に呼んで深刻な顔で説明した。

「昨夜野坂さんに編集長の意向を伝えたのですが、けんもほろろでした。もし連載を止めるなら小説誌に『ケンボーの爆弾』という題名のユーモア小説を書くと言っていました。いかがしましょうか」

編集長は先輩たちから「ケンボー」という愛称で呼ばれていたのだ。

「わかった……」

編集長は担当役員に相談に行った。しばらくして今度は編集長がわたしを部屋に呼び入れた。

「連載は続けよう。その代わりシマジが題材にブレーキをかけてくれ」

「わかりました。極力努力いたします」

わたしはこころのなかで喝采を上げた。

その話は1年後、連載が終わったときに野坂さんに告白した。

「『ケンボーの爆弾』か。面白い。本当にユーモア短編を書けるね」

野坂さんは笑いながらそう言った。結局、その連載は単行本にはならなかった。

その後、野坂さんとはもっと文化的な稀覯《きこう》本を作ったことがある。タイトルがローマ字で『ZASSHI』という不思議な本で、イラストレーターの黒田征太郎さんが表紙のベニヤの板に一冊一冊彫刻刀でドクロの顔を手彫りして色を塗って制作してくれた。デザインは同じK2の長友啓典さんが手がけたものだ。

内容はすべて生原稿のコピーである。言ってみれば作家の生原稿のレプリカである。

野坂さん本人が作家たちに400字詰め原稿用紙2枚の題材自由な原稿を注文して、野坂さんの自宅に郵送してもらったもので、その封筒も印刷されて『ＺＡＳＳＨＩ』のなかに綴じられている。ほとんどの作家が４００字2枚には書き切れなくて、４枚以上になっている。

顔ぶれがまた凄い。吉行淳之介、司馬遼太郎、石原慎太郎、丸谷才一、田村隆一、田辺聖子、村松友視、長部日出雄、石川淳、立松和平、大岡信、結城昌治等、総勢20名である。

この稀覯本は野坂さんが私家版で作ったものをわたしがみて感激して、もっと精密精巧に生原稿を復元しようと試みたものである。そのために凸版印刷が本物の原稿用紙の紙質に合わせてくれた。そして１９９７年10月12日、一冊5万円（税抜）で、集英社から限定５００部を発売した。

いちばん喜んでくれたのは野坂さん本人であった。完成した『ＺＡＳＳＨＩ』をみながら二人で愉しく飲んだものだ。

それから数年が経ったある日、野坂さんから電話があった。

「シマジ、文春の堤堯と日刊ゲンダイの川鍋孝文と近々飲みたい。あなたが幹事をやってくれませんか」

「喜んで！　しかしどうしてまた堤さんと川鍋さんとわたしなんですか？」

「この3人がいちばん面白い編集長だったからですよ」

知的で無頼な大先輩二人の仲間に入れてもらえた喜びを嚙みしめながら、わたしはさっそく川鍋さんにその旨を電話で伝えた。

「そうか、わかった。場所はおれに任せてくれ。野坂、堤、シマジにおれか。面白い会になりそうだな。『金田中』にしようか」

それから1週間もしないうちに、野坂さんが脳梗塞で倒れたという知らせを受けた。まさに人生は恐ろしい冗談の連続である。

稀覯本『ZASSHI』は当分、伊勢丹の「サロン・ド・シマジ」で閲覧できるようにしておきます。好奇心旺盛な方は、是非遊びにきてください。野坂昭如さんは第一級の作家であり、第一級の編集者でもあったのです。

菊地秀一、安らかに眠れ

何度も書くが、まさに人生は恐ろしい冗談の連続である。集英社時代の元部下・菊地秀一が亡くなった。肺癌だった。まだ58歳だった。

菊地は入社以来広告部一筋で活躍していた。その人望と功績から大いに将来を嘱望され、あっという間に部長になった。病に倒れていなければ役員候補だっただろう。

菊地の無二の親友である田中知二は、入社以来、幸か不幸か、わたしの直属の部下となった。そんな縁もあって、菊地とはトモジとともに何度も酒を酌み交わした仲である。

これまた恐ろしい冗談で、ある日突然、わたしは編集部から広告部へ役員待遇部長として異動になった。そこで今度は、幸か不幸か、菊地がわたしの直属の部下となった。23年前の話である。

菊地は博報堂を担当して大活躍してくれた。広告についてはまったくの素人だったわたしを菊地がどれほど支えてくれたことか。

そのころわたしは広尾のマンションに住んでいて、毎年正月には大勢の若者を呼んで大宴会を催していた。そこにも菊地はきれいな奥さんとまだ1～2歳の男の子を連れて遊びに来てくれた。もちろんトモジはいつも同席していた。

菊地は早稲田大学の正規の野球部出身で、阪神に入団した岡田彰布とも親友の仲だった。プロの道に進んでも十分活躍出来ただろうに、なぜか菊地はサラリーマンの道を選んだ。爽やかなイケメンで正真正銘のスポーツマンだった。

菊地の席はわたしの真ん前で、横を向いて座っていた。わたしは生得的な〝どもり〟で「菊地」の「キ」がなかなか出てこない。「キ、キ、キ」と口のなかで音にできず苦しんでいると、勘のいい菊地は「なんですか、シマジさん」と自分のほうから声をかけてくれ、何度もわたしを救ってくれた。

1年後、わたしは再び編集部に戻り、雑誌の担当役員になったのだが、広告部で日本一の売り上げを達成出来たのは、菊地の活躍があってのことである。「1億使って10億稼ごう！」というわたしの乱暴なスローガンに部下たちが賛同して頑張ってくれたからこその金字塔であった。まあ、時代も大いに味方してくれたのだろう。

そのとき、広告部のエースとして大活躍したのが菊地秀一であった。菊地はアイデアマンでもあった。わたしの人脈で有名人を講師に呼んで、代理店の部長クラスを招き小さな勉強会を何度もやった。それも菊地の発案だった。早坂茂三さんなどが喜んできてくれた。

それから多くの年月が流れ、わたしは67歳で集英社の子会社の代表取締役を最後に神保町生活から引退した。

長い人生には、捨てる神もいれば拾う神もいる。三越伊勢丹ホールディングスの大西洋社長が71歳のわたしを起用して、伊勢丹メンズ館8階に「サロン・ド・シマジ」というバー付きブティックを作ってくれた。以来、毎週末、にわかバーマンとしてカウンターに立つことになった。

昨年（2015年）の6月ごろだったろうか、珍しく菊地が家族全員を連れてやってきた。正月に会った坊やは立派な慶應ボーイになっていた。きれいな妹もいた。そして一家4人でスパイシーハイボールを美味そうに飲んでくれた。そこにはいつもの清々しい菊地がいた。

だが年末、訃報を苦しげに伝えてくれたトモジに言わせると、そのころすでに菊地の肺癌はかなり進行していて、あと数ヵ月の命と医者に宣告されていたらしい。そんな気配は微塵もみせず、菊地はいつものように爽やかに話をして帰って行った。

「義理堅い菊地はシマジさんにお別れの挨拶に行ったんでしょう」とトモジがしみじみとつぶやいたとき、わたしはこころのなかで号泣した。わたしなんかよりももっと関係が深く距離が近かったトモジの心境は如何ばかりだろう。

驚くべき話を聞いた。昨年（2015年）の11月に開かれたロート製薬主催のゴルフコンペで、なんと菊地が優勝したというではないか。死を目前にした癌患者がである。菊地はそれほどまでに優秀なスポーツマンだったのだ。

葬儀は青山斎場で行われた。人気者の広告マンにとっては当然の場所だろう。そんななか、トモジが弔辞を切々と読み上げた。それは荘厳にして感動的な弔辞であった。菊地も喜んでくれただろう。わたしも泣いた。

あえてここにトモジの弔辞を紹介したい。人生にとって真の友情ほど尊いものはない。

菊地秀一、安らかに眠れ。

君がこの世を去った前日12月29日。五反田の病院を訪ねると、君は語り始めた、

「俳句を、いや辞世の句を作ろうと思ったけど、いい言葉が浮かばん。いろいろ言葉を探

したけど、『ありがとう』だけだよ。お前にも、みんなにも『ありがとう』。今日は29日か、最悪だな。紅白歌合戦の頃かなぁ。みんな忙しい時に迷惑な奴だな」

そんな風に、最後まで口元ほころばせて話していた。

「いろいろ話したな、日露戦争とか、森の石松とか、ボブ・ディランとか、ベン・ホーガンとか、青くさい事もたくさん言った。でも、無駄じゃなかった。吉田松陰が弟子に送った遺言あったよな」

君は、吉田松陰の『留魂録』のことを語っていた。

「十歳にして逝く者は、その十歳の中に四季がある。二十歳には二十歳の中に四季があり、三十歳には三十歳の中に四季があり、五十歳や百歳にも、その中に四季がある。私は三十歳。一つも事を成せずに去ることは、穀物が未だに穂も出せず、実もつけず枯れていくようなものかも知れない。しかし私は、私なりの穂を出し花が実ったと思っているので悲しんではいない」と松陰は残した。

君の人生は、四季が2回も3回もめぐってきたような、まぶしいものだった。ただ、輝かしい春と夏があまりにも長く、その果実を味わう秋があまりにも短かった。

君と初めて出会ったのは、大学のフランス語の授業だった。あの出会いは運命だったのかもしれない。以来、40年、飲み、歌い、語り合った。

君の早慶戦の決勝ツーベースヒットを僕はスタンドで見ていた。

思い出を噛み締めるように君は語った。

「あの試合の後、学校へ帰るバスの中で、岡田にこう言われた、

『あの一振りのための4年間だったな。仕止めるって事を見せてもらった』

その言葉を聞いて、涙が、ぱっと溢れてき

た。覚えていたら、その意味、本人に聞いてみたいよ」と病室で語る君の瞳は大学生の頃に戻ったように輝いていた。

凄腕の仕事人だった君の不屈の闘病生活にも驚かされた。手術、転移、抗癌剤治療、余命宣告。聞いているこちらの心が凍りつくような話ばかり。それをさらりと言う姿に、何度もお前は、どれほど強いんだと驚かされた。英雄、嵐に向かいて屹立すとは、このことか。

君の闘病中に読んだ小説の一節が、頭の中に刻まれ、何度も何度も甦ってきた。

「どうしようもないことはどうしようもない、わからないものはわからない、解決できない問題は解決できない。それでもじっと我慢をしていれば、その出来事はいずれわたしたちのなかで痛みを抜き取られ、修復不能のまままうずもれてゆく。そしてわたしたちを守る翡翠となる」

君の思い出は、いまでも満天の星のように輝き、その無数の光が、一つにまとまり、硬い硬い翡翠となるには、この後どれくらいの時間がかかるだろうか？

「この病院に来た1日が、一生、生きたような気がする。邯鄲《かんたん》の夢だな。親友になってくれて、ありがとう。握手してくれ。まだ、こんなに力あるぞ」と握った君の手の力は、確かに力強かった。

「ありがとう。またくるよ」と僕が言うと、「もう少し頑張るよ」それが、君と交わした最後の言葉だった。

菊地、こちらこそ、出会ってくれてありがとう。親友になってくれてありがとう。同じ時間を過ごしてくれて、ありがとう。

強運にして洒落者、これほど粋な人はいなかった

また哀しい訃報が届いた。これはしかし、見事な、羨ましいほどの大往生であった。

横山彌太郎さん（94）は京都に移り住むまではよく伊勢丹「サロン・ド・シマジ」のバーにこられた最長老の常連客であった。奥さまに先立たれて一人暮らしだったが、洒落者で、いつもサンタ・マリア・ノヴェッラのオーデコロン〝KYOTO〟をつけていた。

スパイシーハイボールを飲みながら、わたしやほかの常連客たちとおしゃべりを愉しんだあと、「つな八」に立ち寄って天ぷらを摘《つま》むのがおきまりのコースだった。こんな90代にはそうそうお目にかかれない。

わたしがいままでに会った人のなかで横山さんほど粋な方はいなかった。お座敷遊びが大好きで、わたしを何度も赤坂の料亭に連れて行ってくれた。

横山さんは早稲田大学に通う学生のころから小唄を習っていたという。その小唄のお師匠さんの娘に恋心を抱くが、あえなく振られる。まだ10代の多感な横山さんは絶望のあまり山手線の鶯谷のホームから走ってくる電車めがけて身を投げた。しかし強運な横山さんはそれでも死ななかった。

ほどなく赤紙が届く。二等兵として召集され、札幌に連れて行かれた。それはかの有名なアッツ島で全員玉砕した部隊だったのだが、横山さんだけは札幌に残され、難を逃れた。なぜか。

小唄が上手な横山さんは将校に重宝がられ「お前はここに残れ」と言われたのだ。まさに芸が身を助けたのである。将校たちがお座敷で酒を飲むときは傍で唄えということだったらしい。

終戦後は日活の俳優部に就職して、石原裕次郎や浅丘ルリ子などの面倒をみていた。そんなある日、考えごとでもしていたのか、自家用車を運転しながら、京王線の踏切に突っ込んだ。そこに運悪く電車がきて、横山さんは車ごと100メートル以上引きずられた。

だが、ここでも生来の強運がものを言い、命に別状はなかった。

今年（2016年）の正月3日、横山さんは上七軒のお座敷に上がり、芸者を呼んで得意の小唄を披露しながら、大好きなお酒を愉しんでいた。自作の小唄もいくつか唄った。その翌日、横山さんはベッドのなかで帰らぬ人となっていたそうだ。

わたしはピンコロの死に方が最高だと思っている。丈夫な人ほどピンコロで亡くなるものだ。だから横山さんの逝き方は「お見事」と言うよりほかに言葉が浮かばない。自分で興したイベント会社の会長として、最後まで現役を貫いた。

横山さんを紹介してくれたのは、わたしの親友の高橋治之である。高橋は電通時代に仕事を通じて横山さんと知り合ったそうだが、残念ながらわたしは一緒に仕事をしたことはない。

あるとき横山さんは、「サロン・ド・シマジ」のブティックにおいてあったアルニスのコート「森の番人」を買ってくれた。それを着て「明日から京都に住む」と言った。

「シマジさん、是非京都にきてください。本当のお座敷遊びをお教えしましょう」

嬉しいお誘いだった。それが叶えられなかったのは至極残念である。いつみてもすこぶる元気だったので、こんなに早く亡くなられるとは想像もしなかった。

横山さんは常々わたしにこう言っていた。

「銀座はホコリっぽくていけません。お座敷は清楚で静かです」

訃報を伝えると、常連客のヤマグチが一輪のバラの花を買ってきてくれた。その脇にサンタ・マリア・ノヴェッラの〝KYOTO〟の香りを添えて、横山さんの分のスパイシーハイボールをカウンターにおき、みんなで献杯した。

「サロン・ド・シマジ」の常連客が亡くなられたのはこれがはじめてのことである。

合掌

秋山教授、行ってらっしゃい！

「えっ！　本当か！」

伊勢丹メンズ館8階のシガーバー「サロン・ド・シマジ」の常連中の常連、秋山義人が亡くなった。

この世はまさに諸行無常であり、人生は恐ろしい冗談の連続である。そんなことは十分承知しているつもりだが、突然の訃報を受け、わたしは思わず絶叫してしまった。

2016年4月15日の昼過ぎ。ちょうど次のメルマガ原稿を書き終えて送稿するところだった。知らせてくれたのは常連客の一人、結月美妃だった。

秋山は伊勢丹に「サロン・ド・シマジ」がオープンして以来、ずっと通い続けてくれた御仁である。いつもネクタイをきちんと締め、上下紺のスーツを着て英国紳士然とした出で立ちで来店してくれた。

常連客のなかでも彼の右に出る教養人はいなかった。そのため、いつのころからか「秋山教授」というあだ名で呼ばれるようになっていた。育ちがいいオーラを振りまきながら、毎週末、カウンターのいちばん奥の定位置に立っていた。

午後2時ちょっと過ぎが来店の時刻だった。理由は、大好きな葉巻が2時から吸えるようになるからである。〝秋山教授〟はいつもホヨー・ド・モントレーのエピキュアNo.2かショートチャーチルをスパイシーハイボールとともに注文した。そして2本目には必ずホヨーのペティロブストを吸った。酒は最初にたのんだ1杯をチビリチビリと舐めるように飲み続けた。

そして、5時過ぎになると決まって「ではまた明日参ります」とか「また来週参ります」と言って帰って行く。最後に「行って参ります」と笑顔で付け加えるのを忘れなかった。居合わせたお客たちはみな、「行ってらっしゃい」と言って見送った。うちのバーではそのような挨拶が慣習になっている。だから秋山も来店のときは「ただいま」と言ってやってきたものだ。

毎日2回は更新しているフェイスブックの書き込みから推測すると、秋山義人に異変が起こったのは、4月8日の午後4時過ぎだった。どうやら足を踏み外して階段から落下してしまったようだ。

彼はフェイスブックにこう書いていた。

「階段を滑り落ちてしまった。自宅で少し片付けをしていた。階段の上に色々な物が置いてあるので階段の最上段に座って作業をしていた。物を引っ張った拍子に腕がすり抜けてしまい、そのまま階段を滑り落ちてしまった。一瞬何事が起こったのかわからずに下まで滑った。

ちょっと擦り傷が出来て、若干打撲みたいな気がするが骨折ではないと思う。滑って落ちたので被害はそれほどでもない。以前骨折した時とは痛みが違う。自宅にいても外出先でもいつ災難が降りかかってくるかわかったものではない。いつ何が起こるかわからないので一寸先は闇である」

この「一寸先は闇である」にわたしは泣かされた。

すぐさま43件の返信が寄せられた。

「お大事にしてください」

「お怪我なくて良かったです。お大事になさってください」

それに対して秋山は19時59分、「今日はなんだか疲れたのでこれから寝ます」とみんなに返信している。

数日してまたフェイスブックにこんな書き込みがあった。

「秋山さんと連絡がとれません。皆さん心配されています。どなたかご住所かほかに連絡の手段を知りませんでしょうか？　電話も留守電のままです。最悪近くの交番から様子見もありかとおもわれます」

4月8日の20時ごろを最後に、秋山の書き込みや返信は完全に途絶えていた。想像するに、秋山はそのまま意識を失い、眠ったまま天国に旅立ったのではないだろうか。たしか近所に姉上が住んでいるという話だった。あとのことは姉上がよしなにやってくれたのだろう。

秋山はわたしの書友でもあった。だいぶ前のことであるが、わたしが久しぶりに浩瀚《こうかん》な翻訳小説『２６６６』（ロベルト・ボラーニョ著　白水社刊）を読了して感動した旨を伝えると、秋山は丸善の洋書売り場で英訳本を買って読んでくれた。そう、秋山はクイーンズイングリッシュを見事に話した。だから外国人のお客が突然やってきたときなどは大助かりだった。

どうして英訳で読むのかと訊くと秋山は涼しい顔でこう言った。

「だって邦訳を本屋でみたら６６００円もするじゃないですか。英訳なら３０００円もしませんから」

そして1ヵ月後、秋山はわたしと『266 6』の読書談義に華を咲かせたのである。

「シマジさん、ボラーニョがあと5年長生きしていたら、まちがいなくノーベル賞をもらっていましたね」

「アキヤマ、おれもそう思うね。あんなスケールの大きな物語は日本人には絶対に書けない。ボラーニョはタダモノではない」

わたしは秋山を何度も広尾の「サロン・ド・シマジ」本店に誘ったのだが、いつもこう言って断られた。

「わたしは早いときは午後8時半、遅くても10時には寝ていますので、アフターのお付き合いは出来ません」

秋山は生涯で350回もお見合いをした稀有な男だった。しかし結局相手が決まらず母と二人暮らしの独身を通した。そんなわけで伊勢丹の帰りにはいつもデパ地下で弁当を買って帰って行った。

秋山はわたし以上のマザコンだったから、前年90歳で亡くなられたご母堂の死はかなり堪えたようだ。ひょっとすると、大好きな母上のところに行きたかったのかもしれない。あるいは一人暮らしの息子を不憫に思った母上に呼ばれたのかもしれない。

秋山、君がいなくなってわたしがどんなに寂しいか、とても言葉にして言い尽くせはしない。たしか君はまだ66〜67歳だったと思う。君自身、どんなに無念なことであっただろう。

翌日、わたしはサンデーバトラーのミズマに頼み、上野寛永寺の今東光大僧正のお墓に代理で行かせた。そして声を出して祈らせた。

「大僧正、毎週『サロン・ド・シマジ』に通ってくれた秋山義人がそちらの世界に逝ってしまいました。秋山を温かく迎えて大いにえこひいきしてやってください。魅力溢れるなかなかの教養人です」

秋山義人、いままで本当に有り難う！　無類のバー好きだった秋山教授、あの世で素敵なバーを探しておいてください。わたしたちも順番にそちらへ行くことになっていますから。

秋山に献杯！

2016年4月16日と17日の午後、伊勢丹のシガーバー「サロン・ド・シマジ」では、先日亡くなった秋山義人の追悼の儀が行われた。

島地勝彦公認〝ミスター・インデックス〟ことモリマサが白い薔薇を2輪買ってきて、秋山が毎週末陣取っていたカウンター奥の定位置に飾ってくれた。店内にはモーツァルトの「レクイエム」が荘厳に鳴り響いていた。

この2日間は、いつもの「スランジバー！」は取りやめて「秋山に献杯！」と言うことにした。はじめてのお客さまにも事情を話し、同じようにしていただいた。

何人もの常連客が、秋山が愛したホヨー・ド・モントレーエピキュアNo.2、ショートチャーチル、ホヨー・ペティロブストを吸いながら故人の想い出を語り合った。

「秋山さんはいまごろ天国でお見合いしているんじゃないかなあ」と誰かが言った。

「きっと独りで暮らさせるのが不憫でお母さまが秋山さんのことを天国に呼んだんでしょうね」とまた誰かが言った。

「哀しいですけど、秋山さんらしいきれいな最期でしたね。ほんのちょっと血糖値が高いくらいで、あんなに心配して糖質ダイエットをはじめたりするんですから、もし将来、癌がみつかったりしたら気も狂わんばかりに心配なさったでしょうね」と誰かが言った。

そこへ偶然、井上暉堂という僧侶が入ってきた。お願いすると般若心経を唱えてくれた。

何故かみな申し合わせたように黒っぽい服装をしていた。秋山とたまたま中学高校そして大学まで一緒だったというツダなどは、黒のネクタイを締めて家を出たという。しかし、さすがにやり過ぎかなと思い直し、家に引き返して別のネクタイに替えたそうである。

「乗り移り人生相談」の相棒、ミツハシも顔を出してくれた。

「まさにシマジさんがいつも言っているように人生は恐ろしい冗談の連続ですね」

「ミツハシ、むかしの人がこう言っているではないか。『朝には紅顔ありて夕べには白骨となる』と」

「ぼくはまだ大学生ですから、生意気なことを一方的に言うと、秋山さんは優しく『君はもう少し他人の話を聞いてから話しなさい』と諭してくれました。秋山さんはホントに物知りでした」とジンボ。

工事現場の仕事を早めに終えたタニガワがやってきた。

「ぼくは昨日、秋山さんが亡くなられたことを知って急いで最寄りの交番を訪ねたんですが、親族でないので詳しいことは教えてくれませんでした。ただ、しつこく訊いたら『事故死です』とだけ聞くことが出来ました」

「どうして秋山の住所を知っているんだ？」とわたし。

「秋山さんはぼくの結婚式にも出てくれたんですよ。ですから住所はわかっていました」

翌日曜日。元書生のカナイが、秋山が銀行マン時代に愛用していたカルティエのビジネスバッグを抱えてやってきた。土曜は「格之進」のチバ社長と一緒だったが、この日は一人であった。

まだカナイが書生をやっていたころの話だが、ある晩、泥酔して新宿の路上で寝てしまったことがある。翌週、自分のバッグが盗まれたことを泣きながら告白すると、秋山が惜しげもなく高級バッグをプレゼントしたのである。サラリーマンになったいま、カナイは毎日そのバッグを使っているらしい。

恵比寿のバー「オーディン」のキクチマスターが黒装束でやってきた。オーセンティックバーが大好きだった秋山は「オーディン」の常連客でもあったそうだ。

「ル・パラン」のホンダマスターも、一輪の白い薔薇を携えてやってきて言った。

「スパイシーハイボールを2杯ください」

「どうして2杯なんですか」とうちのバーマンのヒロエ。

「1杯は秋山さんに差し上げてください」

秋山の定位置には薔薇の花が3本。その脇にスパイシーハイボールが置かれた。

この1杯は、バーが終了した後、わたしが秋山の代わりに一気に飲み干した。

神戸からシガーラバーのレオンも駆けつけてくれた。秋山が大好きだったホヨー・エピキュアNo.2を箱入りで持参してくれたので、わたしが秋山の代わりに吸ってあげた。ほかの常連客たちも線香の代わりに葉巻を沢山吸ったので、店にあったホヨー・エピキュアNo.2とショートチャーチルもお蔭さまで完売してしまった。

秋山、どうか安らかに眠ってください。君のことはみんな絶対に忘れないからね。それでもまた「ただいま」と言って君が一人でひょっこり現れるような気がしてならない……。

原田隆、本当に有り難う！

わたしの処女作『甘い生活』を編集してくれた原田隆が、出張先の香港で突然、客死した。第一報を受けたときの衝撃は、誰かに後頭部を後ろからハンマーで殴られた以上のものだった。

じつは原田とわたしは2016年9月28日、『知る悲しみ』の文庫化と、このメルマガを単行本にする計画を打ち合わせるために、広尾の日本料理屋「雄」を予約していたのである。

美食家の原田は、超有名店ではないが味を重んずる「雄」をこよなく愛し、ランチにも音羽からわざわざやってくるほどだった。その日は、若い編集者を紹介してくれることになっていた。それなのに、無言の帰国となってしまったのである。

数あるシマジ格言のなかでも、原田は「人生は恐ろしい冗談の連続である」がとくに好きだった。原田、まさか君がその〝冗談〟の主人公になろうとは、わたしは想像だにしなかった。

第一、原田、おれが君の追悼文を書くなんて、いったいどういうことなんだ。原田、君はまだ58歳の現役の編集者ではなかったのか。しかも講談社第一事業局の局次長という要職に就いていたではないか。

わたしの処女作『甘い生活』を編集中、二人して一本一本のエッセイにタイトルをつけていたときに、君がしみじみと言った言葉をいま思い出している。

「シマジさん、わたしは『ホットドッグ・プレス』『FRaU』『キング』で雑誌編集をずっとやってきましたが、じつは単行本はこれがはじめてなんです。でも、こうしてやってみると単行本も刺激的で面白いですね」

集英社時代、開高健文豪の胸を借りて『水の上を歩く？』という共著を世に出したことはあるが、単独で単行本を出すのはわたしにとっても生まれてはじめてのことであった。

そのとき原田が言った。

「序文は誰に書いてもらいましょうか？」

「そうだなあ、可能ならばローマ在住の塩野七生さんにお願いしたいところだが」

「わかりました。それでは早速当たってみましょう。電話番号はご存じですよね」

君はやっぱり雑誌の人であった。逡巡することなく、その場でローマの塩野さんに電話を入れて、見事な序文を書いてもらったね。その勢いで京都に住む瀬戸内寂聴さんにオビのコピーを書いてもらったのには頭が下がった。

原田は幅広い人脈を持つ優れた雑誌編集者であったが、塩野さんとも瀬戸内さんとも面識はなかった。〝じかあたり〟の迫力で二人の作家に書かせたのだから大したものである。しかも装丁は一流の鈴木成一さんに頼んでくれた。われわれの処女作は有り難いことに9刷まで増刷され、いまは文庫にもなっている。

その2年後、君は続けて『知る悲しみ』を編集してくれた。横尾忠則画伯が以前『話の特集』のカバーに描いたイラストレーションをモチーフにして、わたしの目から涙がひとしずくこぼれた絵を横尾さんに描いてもらったのも君のアイデアだった。序文を伊集院静さんに頼んでくれたのも原田、君の功績である。

さらに2年後、わたしの3作目『アカの他人の七光り』を世に出してくれたのも原田、君だった。カバーは南伸坊画伯に描いてもらい、まえがきをわたしの元部下である田中知二に書かせたのも原田、君の発案だったね。

これをシマジワールド3部作として、いまでもわたしは誇りに思っている。

原田、君の存在なくしてこの3部作は誕生しなかった。こころから感謝しているよ。

君の編集能力は白眉であった。また このメルマガを一緒に編集し、上梓しようという矢先のことだった。原田、君の急死にわたしはいまとても戸惑っている。

電話で話したように、カバーは宇野亜喜良画伯に頼み、序文は「ベイシー」の菅原正二さんにお願いしようと思っているのだが、表紙のオビを誰にしたものか思いつかない。原田、天国から降臨してわたしにそっと、とびきりのアイデアを伝えてくれないか。

原田、君とはたくさん酒を飲んだね。でも9月28日、久しぶりに酌み交わすはずだった「サロン・ド・シマジ」本店で、わたしはいま、一人涙ながらに献杯している。

これからも君のことを思い出しては、一人で献杯する夜があるだろう。だから原田、ここで君に「さようなら」とは言いたくない。

原田隆、本当に有り難う！

合掌

第五章——知る悲しみは知らない悲しみより上質な悲しみである。

黒いレースとタンタロスのポート・エレン

約1年ぶりにドン小西さんと飲んだ。彼は一昨年（2012年）、重篤な心臓病がみつかったが、心臓の弁を豚のものに代えて事なきを得た。しかも心臓の血管を450万円もする新発明の人工血管に代えたそうだ。

シングルモルトとシガーを解禁したのはごく最近になってからだという。食事のとき、彼は胸を出してまだ生々しい大きな一文字の傷跡を自慢した。わたしもかつて心臓のバイパス手術をしたことがあるので、対抗して胸を開いたが傷跡はほとんど消えていた。

大変な心臓手術は彼の人生も変えた。8人もいた〝ドン小西牧場〟の美女軍団を、いちばん地味な一人を残して、何の未練もなく世の中に解き放ったのである。そう決意すると連日連夜、白金のフレンチレストラン「モレスク」のカウンターに一人ずつ呼び出しては別れを宣言したという。ドン小西さんの〝良心なき正直者〟は良心を取り戻したのだろうか。

ドンさんはわたしなど足元にも及ばない天下の大浪費家でもある。ほどよく酔いが回ったころ、ホヨー・ド・モントレーのエピキュアNo.2を美味そうに燻らし、ニタニタしながらこう訊いてきた。

「シマジさん、アンダーパンツはいくらぐらいのを穿いてるの？」

「おれはイタリアのガロの赤いヤツを愛用している。一枚6800円もするんだけど、そのわりに大したブツは入っていないんだ」

「勝ったね！　おれなんてフランス製の黒いシルクのレースで、5万円もするんだぜ」

「黒のレースって、それは男ものなのか？」

「もちろん。歴とした男ものだよ」

「ゲイの連中が好んで穿くヤツじゃないの？」

「言われてみるとそうかもしれない。この間の夜、一人残った地味女とベッドインしたときもそれを穿いていたんだぜ」

「えっ、もうそんなに回復したんだ」

「ちょうどバイアグラが効いてきて、黒いレース生地のなかで魚肉ソーセージみたいにおれのナニが膨らんできたんだよ」

「魚肉ソーセージとはうまい比喩だね」

「レース越しにうっすらと色白の魚肉ソーセージがみえるんだよ。地味女はまるでサカリがついたメス犬みたいに顔を紅潮させて、ううって唸りながら、レースの上からパクリと咥えてきやがった。やっぱり5万円の価値はあったね」

「よかったね。やっぱりドンさんはそうでなくっちゃ面白くないよ。でももっと元気になったら魚肉ソーセージから元の〝良心なき正直者〟に戻るんじゃないの？」

「どうかなあ。じつはいまカワイイ犬を飼っているんだ。そいつを近くの幼稚園に通わせている。週に3回、午後1時から7時まで預けているんだけど、迎えに行くときに結構幸せを感じるんだよ。シマジさんは犬はダメだったよね？」

「おれは昔からずっと猫派なんだ。でも子供のころに飼っていたチャコというオス猫のことを思い出すと、どうしてもほかの猫は飼えないんだ。ドンさんほどじゃないにしても、女に関しては多穴主義なんだけど、猫に関しては一匹主義を通しているんだよ」

「ヘンなところで義理堅いんだね。それにしてもシマジさんのところのシングルモルトは美味いね」

「原稿料をすべてシングルモルトとシガーとお洒落に使っているからね。こういうすぐに消えてなくなるものにお金を使うのがおれの流儀なんだよ」

「そこにある高そうなボトルは何なの？」

「これはダンカン・テイラーが最近売り出したタンタロス・シリーズのポート・エレンだよ。これは別格だから最後に飲もうか」

「タンタロスってどういう意味なの？」

「もともとはギリシャ神話に出てくる王様の名前なんだけど、『欲しいものが目の前にあるのに手が届かない苦しみ』のことを指しているんだ。こうやって外枠に鍵がかかる仕組みになっているから、ボトルは見えているのに主人以外には開けられない」

「なるほど。シングルモルトの貞操帯みたいなもんだね。で、いくらするの？」

「お金のことを言うと下品になるよ」

「おれだってパンツの値段を言ったじゃないか」

「驚くなかれ、なんと24万8000円もする」

「おれのパンツ5枚分か。もったいぶったわりには大したことないね」

「ドンさんのベンチマークは5万円のパンツなんだね。あっ、もう2時じゃないか。そろそろお開きにしよう」

「ちょっと待って。せっかくだからそのポート・エレンを一杯ぐらい飲ませてよ」

「もちろんいいよ。うちのボトルは全部口が開いているから、タンタロスの苦しみとは無縁だよ」

ついに海を越えたシマジの魔力

人呼んで「人たらし」。なにを隠そうわたしのことである。女たらしと人たらしは似て非なるものである。そこには毅然とした品格の差が存在する。女たらしはリビドーを満足させるためなら、なりふり構わず何でもする類のものだが、人たらしというのはもっと文化的なものである。

そのむかし、嫌がる開高健文豪を押し倒して人生相談をやってもらえたのも、人たらしのなせる技だったのかもしれない。そして、新潮社の厚く高い城壁に守られた塩野七生女王を口説き落とし『痛快！ ローマ学』（集英社インターナショナル刊）の仕事をしてもらったときのスパイもどきの編集術は、まさに人たらしの醍醐味であった。

わたしが考える編集者の冥利とは、凡庸な者なら絶対に不可能だと諦めるようなことを、軽くアクビをかましながら悠々とやってのけることである。そしてある意味では、部下の才能を見込んで徹底的にほめながらこき使うのもまた、人たらし編集者の才能と言えるのかもしれない。

そんな上司の下で働く部下は堪ったものではない。愉しいかもしれないが、それ以上に疲れることだろう。かつてのわたしにも、ランナーズハイのごとく〝ゾーン〟に入り、気がつけば5週連続で「週刊プレイボーイ」のトップ記事を担当させられていたトモジという有能な部下がいた。

さて、最近、わたしの人たらしビームは日本人に飽きてしまったのか、もっぱら外国人に向けられている。そう、ついにシマジは海を越え、国境を超えて〝外国人たらし〟にレベルアップを果たしたのである。

告白するがシマジの英語力は明治時代の人間みたいなものだ。読解力はまあまあであるが、ヒアリングはからっきしダメで、まったくもってまともにしゃべれない。それでもなぜか多くの外国人がシマジの魔力に魅せられて、驚くほど法外な願いを聞き入れてくれる。そして自ら進んで気の利いたことをやってくれるのだ。

伊勢丹の「サロン・ド・シマジ」に定期的にやってくるフランス人のペンちゃんなどは、いまやすっかり〝シマジ教〟の信者である。いま韓国に住んでいるペンちゃんは土日を利用して月に一度は顔をみせるのだが、日本にくるたびに万年筆をはじめとしたシマジセレクションの高級品を大量購入してくれる。また、読めもしないのに日本語のシマジ本を何冊も買ってくれた。

スコットランドはスカイ島にあるタリスカー蒸留所のマーク所長も〝外国人たらし〟の術にかかった一人である。満を持して来日し東京を皮切りに日本各地で新製品「ストーム」の販促活動を所長自ら展開しようという矢先、わたしがその「ストーム」の取材で蒸留所を訪れることを知ったマークは、成田行きを惜しみなくキャンセルして、スカイ島に降り立ったシマジを熱いハグで迎えてくれた。

マークは伊勢丹の「サロン・ド・シマジ」がオープンしたころ、わざわざ表敬訪問までしてくれた男だ。そんなマークの男気に応えるため、わたしは「Ｐｅｎ」誌上に渾身の力を込めてスカイ島の紀行文を書き下ろした。そのおかげかどうかはわからないが、いま「ストーム」はバカ売れして品切れ状態が続いているそうだ。

「いや〜、名文です。シマジさんもやるときはやるんですね」と、ネスプレッソのユーモア座談会でのくだけた話し言葉に慣れている「現代ビジネス」のセオ編集長も感嘆の声を上げた。

フランス人、スコットランド人ときたので、ついでにイタリア人をたらしこんだエピソードも公開しておこう。

お相手はナポリ在住の天才シャツ職人サルヴァトーレ・ピッコロである。ピッコロは名前の通り小柄な男だがハートは誰よりもデカい。ここだけの話だが、じつはこの天才職人とわたしとのコラボで今年（２０１４年）の6月ごろに〝シマジスタイル〟のシャツを発売するのだ。

わたしが高温多湿で不快を極める日本の夏を想定して、背中に大きなスリットが入ったデザインを提案すると、「それはグッドアイデアだ！」と言って、ピッコロは二つ返事で快諾してくれた。この新たなるシマジセレクションは、ただいま鋭意製作中である。

このようにわたしの魔力がおよぶ範囲はいつのまにかワールドワイドになってきた。人たらしの術は究極の〝えこひいき〟に直結し、輝ける文化を生む源泉なのである。古希を過ぎて再びフィーバーモードに入ったシマジの将来に、乞うご期待！

若年性シマジホリックに罹った中学生

世の中には末恐ろしい中学生がいるものだ。父親の本棚からこっそりわたしの本を持ち出しては自分の部屋にこもって熟読しているという。わたしもそれなりにおませな少年だったと思うのだが、むかしのシマジ少年と比べてみても、どうもこの中学生は格がちがうようだ。

足澤大輔はまだ2年生のくせに自ら立候補して中学校の生徒会長に選ばれた。1年生のときには全校集会で、宮沢賢治の「雨ニモマケズ」を暗唱した。しかも賢治が生前使っていた岩手の方言で披露して、１０００人を超す聴衆を驚かせたという。

大輔が通う千葉市立花園中学校は千葉市内でいちばん生徒数が多いマンモス校であるが、そんな校内でも大輔は知名度抜群で、みんなから「ダイスケ、ダイスケ」と親しげに声をかけられる人気者である。

さて、どうしてわたしがダイスケの存在を知ったのか。それはわたしの万年筆の師匠である足澤公彦が伊勢丹の「サロン・ド・シマジ」によく連れてくるからである。

足澤が168キロの巨軀を揺すって愉しそうにウイスキーを飲めるのは、いつも運転手を買って出てくれる愛妻晴美さんのお蔭である。そして、間に挟まった中学生のダイスケはいつも好奇の目をマスターに向けている。女でも子供でも「マスターが大好きです!」という目力はビンビン伝わってくるものだ。

わたしは一度、ダイスケを取材して「Pen」に文章を書いたことがある。ダイスケが千葉市国際交流協会から選抜されて昨年(2013年)の夏休みにヒューストンの中学校に体験入学してきたときのことだ。そこでダイスケは大いなる実験をやってきた。明治時代、ジョン万次郎が英語習得のために考え出したいわゆる〝空耳英語〟が本当に通じるのかどうかを、アメリカの中学生や先生たちを相手に試してきたのである。

〝Good morning.〟は「群馬に行く」、〝Nice to meet you.〟は「納豆、密輸」、〝What time is it now.〟は「掘ったイモいじるな」といった具合に、早口の日本語で話すと見事に通じることが判明したというではないか。ダイスケに教わった空耳英語の傑作は「岐阜には割烹着でこい!」というものだ。これは〝Give me a cup of coffee.〟である。

足澤公彦が可愛がっているダイスケは、じつは実子ではなく奥さんの連れ子である。それでも足澤は本当の息子以上に可愛がっているからほほえましい。ダイスケは実の父親を「パパ」、足澤を「お父さん」と呼んでいる。

ダイスケが小学6年生になるかならないころ、実の両親は離婚した。不定期だが、それからもパパには会っている。ときには半年ほど間隔が空くこともあった。

ところが最近パパからよく電話がかかってくる。だから2ヵ月に1回は会うようになった。どうしてか。それはパパのパパ、つまりおじいさんが最近他界したからだ。今わの際におじいさんはパパに力なくこう言った。

「ダイスケに、しっかり、会って、やれ……」

またダイスケの母親が出来た人なのである。

「たとえ離婚してもおじいさんはおじいさんです。ダイスケのおじいさんにかわりはないのよ。一人でも毎日お見舞いに通いなさい」

ダイスケは母のその言葉を守り通した。ほかのどの孫よりも、どの子供よりも、どの親類よりも、どの知人よりも、ダイスケはおじいさんの病床に通い続けた。それゆえ、おじいさんは臨終の間際に、可愛い孫のことを案じて息子に「ダイスケに、しっかり、会って、やれ」と言ったのかもしれない。

離婚して子供と別れた多くの父親がそうであるように、ダイスケのパパは子供との共通の話題が少ない。会うとまずお昼を食べる。買い物をする。お茶をする。映画でもみる。晩飯を食べる、といった感じだろうか。「どこに行きたい？」「何が食べたい？」「何か欲しいものはないか？」とパパはせっかちにダイスケに訊く。ここまではよくあるパターンだ。

しかしここからがひと味ちがう。なにせ現在のダイスケのメインテーマは「カッコイイ男になりたい」なのだ。カワユイではないか。「サロン・ド・シマジ」でマスターに会ってから、ダイスケは〝若年性シマジホリック〟に罹ってしまったらしい。ダイスケは胸を誇らしく張ってパパに言った。

「冬物の装い一式が欲しいんだ」

負い目のあるパパは泣く泣く、あるいは喜んでダイスケの言うことを聞いた。

その晩遅く、両手に大きな買い物袋をひっさげて帰ってきたダイスケを、母親は何事かと驚きながら出迎えた。本当に何から何まで一通り買ってもらって帰ってきたのだ。

「ダイスケ、あなた、バカじゃないの。贅沢にも程があるわよ。同じモノの色ちがいがあるじゃない」

ここでもまたダイスケは誇らしく胸を張っていった。

「ママ、シマジファンのぼくとしては、こうするしかなかったんだよ。どっちを買ったらいいか迷ったときに思い出したんだ。そうだ、『迷ったら、二つとも買え!』だった、って」

「でも、パパもよくそんなわがままを聞いてくれたわね」

「ぼくはパパを必死で口説いたんだ。島地勝彦といういま売れっ子の大先生が『迷ったら二つとも買え』と説いているんだよ。パパ、友達はテレビやゲームに興じているけど、ぼくはシマジさんの本に夢中なんだ。ぼくはいま、その本を読んで感動したことや学んだことを中学校生活に活かしている。だから、ヒューストンの派遣生にも選ばれたし、学校の成績もグングン上がって生徒会長にもなれたし、いると思うんだ。パパもシマジさんの『甘い生活』を読んだほうがいいよ、って」

偉いぞ、ダイスケ。困ったときはいつでも伊勢丹の「サロン・ド・シマジ」においで。何でも相談に乗ってあげるから。

それからお前に悪知恵を一つ授けてあげよう。お父さんが毎朝気持ちよさそうに使っているトゥルフィット&ヒルのシェービングセットはスグレモノだぞ。ダイスケもそろそろヒゲが生えてくるころだろう。今度誰もいない日に使ってごらん。あの快感を知った瞬間、君は大人の仲間入りを果たすだろう。

　そして高校にあがったらこのメルマガの最年少会員になって、〝真性シマジホリック〟を目指してくれ。

73年目の年齢不詳化計画

　去る（2014年）4月7日はわたしの73歳の誕生日であった。沢山のお客さまから山ほどのプレゼントをいただいた。これは毎週末バーのカウンターに立っていることへの神さまからのご褒美だと思う。神さまとお客さまにこころから御礼申しあげます。

　しかし、まあ、人生とはなんと速く時が過ぎて行くものだろう。大人向けの「アルセーヌ・ルパン全集」を夢中になってむさぼり読んだ小学校高学年のころがつい昨日のことのようだ。高校生になって親の目を盗んではじめてタバコを吸ったときの苦い味と煙が眼に滲みる感覚も生々しく覚えている。

　中学3年生のとき、近所の悪童たちとコタツに隠しておいた生ぬるいビールを飲んだときのまずさをいまでもたまに思い出す。あの悪ガキどもはいまどこで何をしているのだろう。18歳の春、童貞を失ったときなどは、相手の女に、あっちを向け、こっちを向け、と細かな注文をつけすぎたせいか、「今日おれは生まれてはじめて女を体験した」と厳かに告白するも、まったく信じてもらえなかった。そんなこともあったっけ。

　さて、わたしはいま密かに〝年齢不詳化〟を目論んでいる。その第一歩として、敬愛するレオナール・フジタに変身するための特製ウィッグを手に入れた。これは資生堂のトップヘア＆メーキャップアーティストである計良宏文さんが丹精込めて作ってくれたスグレモノだ。そのうち伊勢丹の「サロン・ド・シマジ」に被って行く日がくるだろう。

ただし一つ問題がある。フジタの代名詞でもあるあのM字形の口髭だ。つけ髭というものは、汗をかくとすぐにズレてしまうのだ。それもズレた口髭ほど間抜けなものはない。それもM字形となればなおさらだ。

そこでわたしは何十年かぶりに自前の髭を生やすことを決意した。恵比寿駅前にある美容室「フェリス」でM字形に整えてもらう交渉が先日成立したばかりである。わたしのファンでもある宮藤店長が喜んで引き受けてくれた。なにを隠そうわたしは後ろ髪をきれいなオカッパスタイルに保つため、どんなに忙しいなかでも週に一度は「フェリス」に通っているのである。

また、せっかくだからこの際、口髭のグルーミングと同時にマニキュアもしてもらうことにした。わたしはバーマンの端くれであるから、指先はきれいなほうがいいに決まっている。しかし、ただきれいなだけではつまらないので、右手薬指の爪にパイプの絵を描いてもらおうかと思案中である。

わたしはむかしから冒険小説の信奉者で、特にジャック・ヒギンズの大のファンである。そんなマッチョな世界観を愛する自分がいる一方で、どうも体のなかにもう一人、〝女シマジ〟が潜んでいるような気がしてならない。部屋を飾り立てたり、小物をたくさん揃えたり、下着に凝ってみたり、マニキュアを塗ろうと思い立ったりする感覚は、男というよりむしろ女そのものではないかと思うのだ。

とはいえ、それはもちろん性格だけの話である。男のハダカは断固拒絶する。醜悪だとさえ思う。やっぱりわたしはいくつになってもフルボディの女が大好物なのである。女を上に乗せて豊かなオッパイを両手で持ち上げたときに感じるあの重みは、男に生まれてきた悦びを再確認させてくれる、幸福の重みだと思っている。

お蔭さまで、「元気こそ正義だ！」と叫べるくらい元気である。毎晩1時過ぎに床に就き朝の10時ごろまで熟睡する。その間トイレに起きることはない。物書きになったばかりのころは塩野七生さんのアドバイスを忠実に守り朝型の生活を目指したが、いまではすっかり元の夜型人間に戻ってしまっている。やっぱりわたしにはこちらのほうが体に合っているのだろう。

今東光大僧正の言う通り、「人生は冥土までの暇つぶし」なのだと最近つくづく思う。大僧正に約束したように、できるだけ素敵な暇つぶしをしようと考えているのだが、いまはとにかく執筆に追われる日々である。書いても書いても次の締め切りが迫ってくる。しかし、そんななかでも毎日3時間は読書に耽り、1時間はシエスタを愉しんでいる。これがいまのわたしに許された最上の暇つぶしなのかもしれない。

そんなことを言うと枯れた老人のように思われるかもしれないが、親しい若者や先輩と食事を共にする悦楽も3日に一度はやってくる。70歳を過ぎてから知り合った新しい友人たちと酒を酌み交わす時間も、これまた格別だ。これはわたしの人生のご褒美ではないかと思っている。これから先も素敵な出会いがもっともっと待っているような気がしてならない。人生はまさに出会いである。

寒い寒い冬が終わり、やっと花が咲いたかと思った途端に葉桜となり、もうすぐそこには真夏の太陽が待っている気配がする。

特製の藤田嗣治《つぐはる》風ウィッグを被ってM字形の口髭を生やし、マニキュアを施した爪にパイプの絵まで描いてもらい、73歳のシマジ・

カッヒコはこれからどこへ向かうのだろうか。お洒落極道もついにくるところまできてしまったようだ。もう後戻りは出来ない。

ピーンポーン。

インターフォンが鳴っている。ドアの向こうで待っているのはフルボディの美女だろうか、はたまた宅配便の兄ちゃんか……。

ムッシュ・スズキの〝エロくてヤバい〟会話術

日本一豪華で格好いい大人のファッション誌「MEN'S Precious」の編集長がハシモトからスズキに代わって、2013年11月で早10ヵ月が経とうとしている。この新編集長・鈴木深という男はとても面白い編集者である。

まずもって出自が素晴らしい。なにせマルセル・プルーストの超大作『失われた時を求めて』を完訳した仏文学者・鈴木道彦の息子である。祖父は辰野隆と並ぶ仏文学の泰斗・鈴木信太郎である。信太郎は辰野と二人でエドモン・ロスタンの傑作戯曲『シラノ・ド・ベルジュラック』の名訳を残している。

スズキは幼少のころから父親と祖父の書斎のなかで遊んで育ったので自然と深い教養を身につけている。それが会話の端々にそこはかとなく滲み出る。

ところが、どうしたことか、ひとたび酒が入るとその深遠なる教養は影をひそめ、俗っぽい二つの形容詞しか発しなくなるのだ。「エロい」と「ヤバい」だけである。

「開高先生とキスしたっていうのはホントですか？」

「本当だよ。しかもディープキッスだ」

「エロいっすよ！」

スズキがご機嫌で続ける。

「それは一回きりですか？」

「ああいうことは一回限りだ」

「ヤバいっすよ！」

華麗なる仏文一族に生まれたサラブレッドは一晩中この調子で話を転がす世にもまれな才能の持ち主である。巧妙にイントネーションを変えながら、二つの形容詞をよりどころに会話を成立させてしまうのだ。これから日本にやってきて日本語会話を覚えようという外国人は、ムッシュ・スズキから「エロくてヤバい会話術」を教わるといいかもしれない。場を間違えさえしなければ、かなり重宝することだろう。

スズキとはその日が初対面だったのだが、むかしにも会っていたような気がした。それにはこういうワケがある。

わたしが集英社で「週刊プレイボーイ」の担当役員をしていたころ、編集部にスズキ・モトイという若い編集者がいた。ある日、猿楽町の「カーマ」でチキンカレーを堪能したあと、神保町の交差点でスズキとすれ違ったので「おう！」とこちらから声をかけたのだが、なんの反応もない。「生意気な野郎だ」と思ってわたしは会社に戻った。

編集部にいると、しばらくしてスズキが帰ってきた。

「スズキ、街中で会ったら挨拶くらいするものだぞ」とわたしが気色ばんで言うと、スズキは涼しい顔をしてこう言い返した。

「シマジさん、それはきっと小学館にいる兄貴ですよ。双子なのでよく間違えられるんです」

わたしはそのときはじめてスズキ・フカシの存在を知った。鈴木基と鈴木深は一卵性双生児だったのである。それから20年あまりの月日が流れ、こうして本物のスズキ・フカシと相対するなんて、人生とはつくづく不思議なものである。

双子の兄弟はソックリな顔をしている。声もほとんど違わない。弟のモトイが「エロい」「ヤバい」を連発しているかどうかは定かではないが、なにせ遺伝子が同じだから、もしかするとやっているのかもしれない。これはかなりヤバいことである。

さて、雑誌の世界では往々にして、凡庸な新編集長がやってくると前任の編集長がはじめた連載を打ち切ってしまうものなのだが、スズキは創刊号からハシモトが担当していたわたしの連載「お洒落極道」をそのまま続けたいと言ってきた。そうなったからにはわたしは気心の知れたハシモトを担当から外したくなかった。

「スズキ編集長、連載を続ける条件としてハシモトをこのまま担当にできないものかな」

「シマジさん、『スズキ編集長』なんてよそよそしく言わないで『スズキ』とか『フカシ』とか呼び捨ててしてください。そのほうがエロいっすよ」

「それじゃあ、フカシ、おれの無理を聞いてくれないか」

「ハシモト先輩がいいと言うならわたしは一向に構いません。ただし打ち合わせのときも立木先生の撮影のときも、わたしを同席させてくれることが条件です」

「もちろんだよ。二大編集長が同席してくれるなんて、物書きにとってこんな光栄なことはない」

そこに少し遅れて「和樂」編集長のハシモトがやってきた。

「シマジさんからのお願いで、連載を続行する条件としてハシモト先輩にこのまま担当してもらいたいということです。わたしは構いませんが、先輩はいかがですか?」

「喜んでやらせてもらうよ。むしろこちらかわかスタイリストになってなにを写真に撮るか考えておいてください」

わたしの誕生日である4月7日、立木義浩先生による静物撮影が広尾の「サロン・ド・シマジ」本店で行われた。新旧二人の編集長はそろって30分前にやってきた。このあたりからしてどこかの某編集長とはモノがちがう。

テーブルの上に置いてあったのは『人間、柴田錬三郎、撮、立木義浩』。この世にたった3冊しか存在しない私家版の写真集をゆっくりとめくりながら、スズキが静かに口を開いた。

「これはヤバいっすよ。それでいてかなりエロいっす」

「お願いしたいくらいだ」

「シマジさん、決まりました。今後ともどうぞよろしくお願いします」

「フカシ、我が儘を聞いてくれて有り難う。感謝するよ。君にはやっぱり名門の才器を感じる。必ずフカシ編集長が喜ぶような原稿を書くからな」

「だから『編集長』はやめてください。ヤバいっすよ」

最近になって、ハシモトから2014年6月6日発売号の締め切りが迫っているという連絡があった。

「今回は『匂い』というテーマで書いていただけませんか?」

「難しいお題だけど、やってみるか」

「お願いします。それから、シマジさんがに

クロコには気をつけろ！

伊勢丹新宿店で働き始めて2014年3月で1年半が経つ。わたしがプロデュースするセレクトショップ「サロン・ド・シマジ」の担当バイヤーたちとは毎月1回、作戦会議を持っているのだが、バイヤー会議というのは、かつてわたしが経験した雑誌の編集会議とよく似ている。どんな特集を組めば読者が興味を持ってくれるのかということと、どんな新商品を並べればお客さんは買いたくなるのかということでは、ブレインストーミングの内容に大きな違いはないのである。

最近は「サロン・ド・シマジ」のブランドで売るオリジナル商品も多い。たとえば「ブロッター」。万年筆で書いたばかりのインクを拭うための吸い取り紙が装着されたブロッターは、むかしは家庭でも職場でもそこら辺に転がっていたものだが、パソコン全盛のいまは絶滅してしまっている。そのブロッターを「サロン・ド・シマジ」の別注で作ってもらい販売しているのだ。税抜きで1万円の商品だが、飛ぶように売れている。

もちろんこれもバイヤー会議で話し合っているうちに閃いたものだ。「サロン・ド・シマジ」の刻印が押してあり、オール革製である。一度これを使うと手放せなくなるはずだ。いままでずっとティッシュを使ってきた人たちが、ブロッターの威力と美しさに感激している。

バイヤー会議では、美しいもの、面白いもの、珍しいものをいつも追求している。ショップには基本的にわたしが愛用しているアイテムを置いているのだが、そうではない新奇なアイテムにも人気がある。

「カブキグラス」という商品がある。まあ、つまるところはオペラグラスなのだが、普通の双眼鏡とちがうのは、手で持つ必要がなくメガネのようにかけっぱなしで観劇が出来ることだ。これを使えば、5万円もする最前列に陣取らなくても、2万円の席で同じぐらいの臨場感を愉しめる。税抜きで3万円なので、一回の観劇で1個分の「カブキグラス」の費用が浮く計算だ。ポール・マッカートニーのコンサートに行ったお客さまなどは、「だいぶ後ろの席だったけど、ポールの皺までみえた」と喜んでくださった。

セレクトショップに併設するバーでは、わたしがスコットランドで買い付けてきたオリジナルラベルのシングルモルトを売っている。しかも巷のオーセンティックバーにくらべれば破格の値段だ。これがまたよく飲まれている。

最近、「サロン・ド・シマジ」の名入りシガーも発売した。チャーチルはこの世を去ってからその名が入ったシガーやシャンパンが登場したが、シマジは存命中にシガーもシングルモルトも世に送り出してしまったのだ。そう考えると胴震いする。もちろんすべて厳選された〝本物〟のシングルモルトとシガーである。

梅雨を迎えるころには「あじさいチーフ」という商品が棚に並ぶことだろう。これは京都の絞り染めを活かしたポケットチーフなのだが、胸ポケットに入れるときれいな花が咲いたようにみえるスグレモノだ。無造作に入れても美しい形になるところが素晴らしい。全部で9色用意している。わたしはいま見本をつけてバーに立っているのだが「それが欲しい。ぜひ売ってください！」と言うお客さまが後を絶たず、すでにたくさん予約が入っている。

わたしが愛用しているクロコダイルの財布は表裏で色を変えてある。片側がスカイブルーでもう片側は濃紺、しかもそこには黄色で大きな十字架をあしらっている。どうして十字架なのか。生来の浪費家であるわたしは財布を開くたびに「神さまお許しください」と懺悔しながら買い物をしているのだ。実際わたしは伊勢丹で働いていて、売っているのか買っているのかよくわからなくなることがある。この美しい財布は税抜きで25万円する。

ある日、「週刊プレイボーイ」の編集者・チカダがやってきた。わたしがその財布をみせつけると、チカダは恍惚の表情で眺めていた。

「チカダ、これは世界に二つしかない逸品だ。一つはあまりの美しさに負けておれが買った。もう一つはここで売っている。どうだ?」

そう言って脅迫すると、チカダは「わかりました。買います」と太っ腹に答えて大人買いして行った。そして会社に帰るとすぐにトモジに自慢してみせたそうだ。するとトモジはこんな名言を吐いたという。

「クロコには気をつけろ!」

「サロン・ド・シマジ」でいちばんの高額商品は、アマゾンで獲れたクロコダイルを贅沢に3匹半も使った4ウェイのバッグだ。ショーウィンドウのなかに鎮座して他を圧倒する輝きを放っている。わたしは伊勢丹に通うときの通勤用として使っているのだが、男のバッグとしてはおそらく最高級の品であろう。思いのほか軽く、とてつもなく美しいこの名品は税抜きで150万円する。

トモジの名言にふさわしいこのバッグは今年(2014年)になって発売したものだが、すでに4個も売れている。しかし、それでも「週刊プレイボーイ」を毎週100万部売ったあの高揚感にはほど遠い。わたしはまだ満足はしていないのである。

これから「サロン・ド・シマジ」を訪れる

お客さまに、一言だけ忠告しておきたい。

シマジには気をつけろ！

わたしのお洒落哲学

先日、伊勢丹の近藤部長から「来週の土曜日はショートパンツでお越しください」と言われた。じつはわたしもショートパンツで「サロン・ド・シマジ」のバーに立ちたいとウズウズしていたところであった。ワードローブを数えてみたらショートパンツがなんと30着もあった。モンクレールも二つある。ここで「なるほど」と思った読者はわたしのエッセイをかなり読み込んでいる賢人である。

どうしてショートパンツ着用を厳命されたのか。それは小山薫堂さんの謎の親友、チャーリー・ヴァイス氏のパーティが催されるからだった。出席者は全員ショートパンツ着用というのが、その夜のドレスコードだったのだ。伊勢丹のツルマキ女史とともに6時過ぎにはバーを抜け出して7時からはじまるパーティの会場に駆けつけた。

シャツはサルヴァトーレ・ピッコロとわたしとのコラボモデルで、背中にスリットを入れた白のウイングカラーにした。これはいま伊勢丹で売れに売れている。上着にはパリ在住でユニークなジャケットを作っている松下貴宏の新作を合わせた。リネン100パーセントのアンコン仕立てで、スモーキングジャケットのような刺繍が施されている。色は濃紺だが、題して「パジャマジャケット」だ。胸ポケットには、これもいま「サロン・ド・シマジ」で爆発的に売れている〝あじさいチーフ〟の白をさして、靴は赤のカーシューを履いた。

下はもちろんモンクレールの白のショートパンツで決まりだ。むきだしの脚は日焼けしてスネ毛がないほうがエロい。幸いなことにわたしの脚にはまったくスネ毛が生えていない。むかしは少し生えていたのだが、会社員時代、出勤前にプールに寄って毎日1000メートル泳いでいたら、いつのまにか体毛がなくなってしまったのだ。

さて、体毛で思い出したことがある。この目で確かめたわけではないのだが、巷間の噂によれば、いま若い女性たちの間ではエステでピュービックヘアをハート形に整えるのが流行っているというではないか。体毛をケアするのは究極のお洒落であるから、じつにいいことだと思う。なかにはパイパンにしてしまう女性もいるらしい。わたしの親友の体験談によると、男女ともに全部剃ってみたところ、皮膚と皮膚が密着して快感が倍増したという。

自慢じゃないが、わたしはむかしからチン毛をちゃんとケアしている。ところがスポーツクラブで見かける男どもはみな自然のままの伸ばし放題だ。たとえ上等な服を身に着けていても日本人の下半身はまだまだ野蛮人なのだ。いつの時代も女性のほうがお洒落を先取りしているということだろう。

一方、若い男性の間では高いお金を払って髭を脱毛するのが流行っているそうだ。「サロン・ド・シマジ」の常連客のなかにもそういう人が数人いる。しかし、それはいかがなものかと、わたしは内心で思っている。男と女のちがいは髭があるかどうかではないか。たとえば中東などに行くと、男はみんな口髭を蓄えている。これはつまり大人の男の象徴なのである。毎朝トゥルフィット&ヒルのシエービングセットを使って髭を剃るあの快感は、男だけに与えられた特権だと思う。

わたしはというと、最近ようやく、レオナ

ール・フジタを真似たM字形の口髭が完成しつつある。しかし、である。「♪お魚くわえたドラ猫 追っかけて〜」毎朝10時ごろ起きてくるわたしの顔をみるなり、女房は決まって『サザエさん』のテーマソングを歌い出す。悪戦苦闘してここまで生やした自慢の口髭だというのに、あろうことか波平さんにしかみえないというのだ。なんて女房だ! またしても「女房の目に英雄なし」である。

ところで、いまわたしがこだわっているのは指のお洒落である。バーマンというのはどうしても指先をみられる商売であるから、そこで気を抜いてはいけないと思うのだ。左の中指にはスカルのシルバーリングを、右の薬指にはマサイ族の魔除けの模様をあしらったポイズンリングをはめている。

ポイズンリングというのは中世の王族の間で流行った指輪で、蓋を開けてなかに毒を忍ばせておける仕組みになっている。もしも戦に負けてしまった場合、敵の手にかかって首を刎ねられる前に自害するためのものだ。21世紀のいま、わたしは毒の代わりにバイアグラを入れている……と言いたいところだが、それはまったくのウソである。73歳になったわたしの下半身はいまやお釈迦さまになってしまった。

下半身の話はさておき、いちばんの自慢はネイルアートだ。右薬指の爪には愛用のパイプを描いてもらった。しかもちゃんと白い煙まで出ている。左中指には自画像が描かれている。さらに左の小指の爪にはドクロを描いてもらった。これらは資生堂が第一級のプロを養成するためにつくった、いわば美容大学院のような学校の矢野裕子先生にお願いして3週間に一度のペースで描いてもらっている。

そのほかの爪もテカテカに光らせている。先日、ドン小西さんと会食したときに自慢してみせたら、「これはおれの負けだな」という顔をしていた。わたしの予想では、メンズ・ネイル・アートはそのうちにきっとブームになるだろう。爪をデコレートするとあらゆることにモチベーションが上がる。これはわたしが身をもって実証済みの〝真実〟である。

お洒落の真髄を身につけるためには優雅なる浪費が必要だ。「メメント・モリ（死を忘れるな）」という言葉があるように、すべての人間は墓場へ向かって行進している最中なのだ。遅かれ早かれ荘厳なる最期が一人ひとりにやってくる。その日まで身の丈いっぱいの浪費をして人生を気持ちよく最大限に愉しむのが、わたしのお洒落哲学である。

文豪・北方謙三を迎えた『夜学夜会』第一回

２０１５年3月20日金曜日の午後7時30分から、伊勢丹「サロン・ド・シマジ」主催の「夜学夜会」第一回が、バーの隣にあるカフェ「リジーグ」で開催された。輝ける第一回のゲストは、いまをときめく文豪・北方謙三さんだ。定員40名のところに50名が詰めかけ、どうにかこうにか着席してくれた。

この「夜学夜会」の趣旨は、プロデューサーであり、わたしの公認万年筆顧問である足澤公彦がしたためた名文に譲るとしよう。

〈夜学夜会へのいざない。

雨露のめぐみで草木が花を咲かせるようになりました。陽光を浴びた風がのどかな気配を漂わせています。わたしたちの額は輝きはじめ、心も新しい何かを求めています。伊勢丹メンズ館では「夜学夜会」をはじめます。

各界の第一人者、名人、達人、巨匠、泰斗、業師、花形と、新鋭から古豪まで博聞なる講師が玄遠なる世界を語ります。

　春風に酔っていただきたいので、20歳以上の方でしたら、男女問わず受講いただけます。

　冷暖自知を信条にされている方や拙誠《せっせい》なる生き方を標榜されている方のご参加をお待ち申し上げます。

　言中に響きあり。万年筆と帳面をお忘れなく。思わず手控えしたくなりますから。

一転語との出合いがきっとあります。〉

テレビ朝日アナウンサー・小松靖さんの清らかな声で紹介されるやいなや、ゲストの北方謙三さんが堰を切ったようにしゃべりだしたので、会場はどよめきに包まれた。北方さんがこんなにもおしゃべりだとは誰も想像していなかったのだろう。何を隠そう文豪は夜な夜な銀座でクラブ活動をして話術を磨いているのである。

「今日はお洒落な人が多いですね。ではわたしが思うお洒落について語りましょう。シマジさんは毎週末バーに立って、新しい商品を褒めまくって売ろうとしているでしょう。『似合うねぇ』とか『安いだろう』とか言いながら。

　だけどね、いいですか、みなさん、『たかが服』ですよ。寒いときに着て、暑いときに脱ぐものなんだ。正直な話、身に纏えればなんでもいいはずだ。しかし『されど服』でもある。本当のお洒落というのは、この『たかが服、されど服』という境地からはじまる。高い服だからと有り難がって着ているようでは、それは服に着せられているだけのことです」

　そういう北方さんは今回の「夜会」に合わせて、シングルボタン、ピークトラペル、ワインカラーのベルベット製夜会服を纏っていた。

「シマジさんに一つ苦言を呈したい。折角バーマンを標榜しているのに、なぜ今日は最初から結び目がついたボウタイをしているんですか？」

「面目ない。おっしゃる通りです。結ぶのが面倒だったので、今夜は簡易的なボウタイできてしまいました」

「おれの理想はね、クラブでお姉ちゃんと話し疲れてボウタイの結び目を解く。すると首から垂れた2本の線が妙に色っぽく映る。そして映画『カサブランカ』に出てくるようなアップライトピアノの上に飲みかけのグラスを置いて物悲しげにピアノを弾く。ところがおれは楽器という楽器がからきしダメなんだ。だから音楽が出来るヤツにおいしいところだけ持っていかれるような悔しい思いをいままでに何度経験したことか」

そう言って、その夜のリュート奏者、金子浩さんを眺めながら苦笑した。

「ところで、シマジさんは相変わらずシャツの左下のサスペンダーで見え隠れする部分に〝K.S.B〟っていう刺繍を入れているの？」

「入っているよ」

「Bっていうのはバロンのことだっけ？」

「いやいや、バートです。準男爵、その人一代限りの爵位です」

「そうか、わかった。K.S.Bとは、〝カツヒコ・シマジ・バート〟ってことか。それでは今夜は貴族の話をしよう。

英国の貴族というのは普段仕事をしない。靴だって執事に履かせてもらい、自分たちはポロをやったり音楽を聴いたり、そして今夜のわれわれのように夜会にいそしんだりするわけだ。そうやって文化を生み出している。では、彼らに『あなたの仕事はなんですか？』と訊くとしよう。答えは必ずこうだ。『もし戦争が起きたなら、いの一番に戦場に行き、そこで死ぬことです』

一方、平民であれども貴族の心意気を持って懸命に励んだ人たちがいる。彼らは『ダンディ』と呼ばれます。ダンディの乗るクルマはなにか。それはロールスロイスでもベントレーでもなく、ジャグァーです。

そうだ、クルマについてのジョークを一つ教えてあげよう。『T型フォードは絶対に追い越せない』という話がある。T型フォードは世界ではじめてベルトコンベアによる流れ作業を導入して作られた大衆車です。出回った数があまりにも多いから、道路を走っていてT型フォードを追い越しても、その前をまたT型フォードが走っているという状況が生まれるわけです」

会場は北方さんの知的なジョークにドッと沸いた。

「あるとき、珍しく電車に乗ったことがあるんです。ちょうど下校時間だったんでしょう。高校生たちがひそひそおれのことをみながら、『あの人、北方謙三の真似してるよ』とか言ってるのが聞こえるわけ。『なに言ってやがる。おれは本物だぞ』と思いながら、まさか名乗り出るわけにもいかないから、グッとこらえて睨みつけた。そしたら高校生たちが『あっ、また真似した!』って喜んじゃっている。あのときはホントに参ったよ」

再び大爆笑が巻き起こった。

「おれはシガーが好きでよくキューバに行くんですが、キューバでは男にも女にもモテモテなんです。通りを歩いていたら、『お前はサムライか?』と声をかけられたから、『ああ、あそこの店で13人ばかり斬ってきたところだ』ってジョークを言ったら、相手は目を輝かせていたね。

女たちはおれに抱きつきながら『イチ、イチ』って耳元で囁くんだ。じつはカストロは勝新太郎の大ファンでね、キューバ国民はみんなんな『座頭市』を熱心に観ているんだ。あとで勝新さん本人に『北方、キューバでは随分いい思いをしたらしいな』って言われたことがありました」

たしかに北方謙三は勝新太郎に似ていなくもない。

ここで突然、会場が華やいだ。花魁姿のお福さんが駆けつけて、お祝いの口上を述べてくれたのだ。お福さんのおいど(お尻)を触ると幸運になれる。北方さんも両手でたっぷり触っていた。

そして最後に座頭市なみにドスのきいた声で文豪はこう締めくくってくれた。

「おれは細菌です。いまみなさんに感染しています。潜伏期間は3日から1週間、発症する場所は、もうおわかりですね。そう、書店の前です。みなさん、またお会いしましょう」

文豪は割れんばかりの拍手に送られて会場を後にした。隣のバーの壁には柴田錬三郎先生愛用の万年筆と北方謙三先生愛用のパイプが同じ額に入って飾られている。

飢えたオオカミ、ロンドンを食い荒らす

2015年8月、シングルモルト・ボトリングの強行軍を終えて、わたしたちはスコットランドからイングランドにやってきた。

このままヒースロー空港から羽田空港に帰ってもいいのだが、「Pen」の編集者のサトウがファッションページの撮影でロンドンに残るというので、そのチャンスに便乗して、わたしもロンドンに滞在することにした。ミネ・カメラマンは先に東京へ向けて出発した。

二人でランチを食べながらサトウがさも心配気にこう言った。

「シマジさんの方向音痴には今回の旅行でも改めて驚きましたが、これからシマジさんを一人にするのは、正直、もの凄く心配なんです。ですから夜10時に必ずぼくに生存確認の電話をくださいね」

「大丈夫だよ。ロンドンではむかしからよく迷ってきたから少しは学習している。本当にどうしようもなくなったら、お前の携帯に連絡するよ」

「そうしてください。お願いします」

まず目指したのはニューボンドストリートにあるスマイソンの本店だ。お馴染みのロンドンタクシーに乗り込み「スマイソン」と丁寧に発音してみたが、運転手にはまったく通じない。仕方なくマップをみせて「ヒア!」と言って指さした。すると運転手が「ああ、スミスン」と言うではないか。

そのむかしダンヒルに行こうとタクシーに乗って「ダンヒル!」と何度叫んでも、まったく通じなかった苦い思い出が蘇った。そのときもマップをみせて「ヒア、ヒア」と訴えたら「ああ、ダウンヒル」と運転手は大仰に答えた。

ロンドンっ子のコックニー・イングリッシュならさもありなんと思いながら、スミスン本店に到着。まだ少し早いのだが、長年愛用しているシャープペンシル付きの手帳の2016年版を買った。その後、店内を物色していると、スマイソンのイメージカラーであるナイルブルーの大きなバッグをみつけてしまった。

「これはちょうど1週間前に入荷したイタリア製の新商品です。日常生活にも小旅行にもピッタリのサイズです。いかがです、美しい鞄でしょう?」と、若い男性店員がわかりやすい英語で説明してくれた。

「美しいものは迷わず買え」をモットーにしているわたしである。もちろん即決した。タグに「K.S.B」のイニシャルを刻んでくれと頼んだら、2時間後に仕上がるという。

わたしを2時間もボンドストリートに放つというのは、牧場に飢えたオオカミを放つようなものである。しかもその日は土曜日。翌日は日曜日だから高級店はほとんど閉まってしまう。買い物のチャンスはいましかない。まあ日曜でも高級デパートメントストアのハロッズが開いているのだが。

まずはペンハリガンのショップに向かい、ブレナムブーケのバス&シャワージェル、オーデコロン等を3本ずつ購入。その足でトゥルフィット&ヒルに立ち寄ってシェービングクリームを3個買い、再びスマイソンまで、道に迷いながらやっとの思いで辿り着いた。わたしの頭のなかには羅針盤が欠如しているらしい。

翌日はもちろんハロッズを訪れた。このデパートは魚屋が発祥なので魚売り場が壮観である。イートインコーナーには有名なオイスターバーがある。そこで軽く白ワインを飲みながら生ガキを食べた。小腹を満たしたところで、わたしは満を持して地下のシガー&パイプ売り場を目指した。

珍しいシェイプのダンヒルのパイプを2本とコイーバのロブストを買った後、最上階の食堂まで上がって行ってシガーを愉しんだ。それまではホテルの玄関先の吹きさらしで吸う毎日だったから、久しぶりにギネスを飲みながらゆったりと寛いでシガーを吸った。やっぱり伊勢丹「サロン・ド・シマジ」のバーはスグレモノだと再確認した次第だ。

今回の旅行中、わたしは自分でデザインをアドバイスしたグロースヴァルトの革製クロスボディバッグを肌身離さず持ち歩いていた。嬉しいことに、エジンバラのホテルで一度「そのバッグはどこで売っているのかね？」と素敵な初老の紳士に訊かれた。

二度目は面白いことに、ハロッズのなかで「そのバッグは何階で売っていますか？」と紳士に訊かれたのだ。わたしはたどたどしい英語でこう答えた。

「これは東京の伊勢丹デパート新宿店メンズ館8階にある『サロン・ド・シマジ』だけでしか売っていません」

ちゃんと通じたかどうかは、神のみぞ知るである。

日本初の空港型市中免税店に期待すること

2016年1月27日、日本ではじめての空港型市中免税店「Japan Duty Free GINZA」が銀座三越8階にオープンした。

ここには外国人観光客はもちろんのこと、日本人もパスポートと航空券や船旅のチケットを持参すれば、ブランド品が無税で買えるシステムになっている。この日はプレオープンのパーティで、嬉しいことにわたしも招かれていたのだ。

まずシャンパンの祝杯があった。政府からも菅官房長官が出席されていた。日本空港ビルデング株式会社の鷹城社長をはじめ、当然のことであるが、三越伊勢丹ホールディングス大西社長の華やかな顔もあった。

いつものことだが、日本のパーティでシャンパングラスが配られると、ほとんどの人がグラスのステム部分を指でつまんで乾杯する。だが、よくよく観察していると、菅官房長官、鷹城社長、大西社長はしっかりとカップを握って乾杯していた。さすがである。

欧米のパーティではステムを持ってシャンパンやワインを飲む人はまずいない。日本人はそんなことをするとシャンパンが温まってしまうと思い込んでいるようだが、それは大きなまちがいだ。シャンパンは温まらないうちに飲み干すものである。

第一、格好が悪い。指を大きく使ったほうが美しいではないか。これは外国映画を観れば一目瞭然である。わたしの大好きなイギリスのテレビドラマシリーズ『ダウントン・アビー』でも、パーティのシーンを注視すると皆がそうしていた。

本題に戻ろう。すでに市中免税店がある韓国などでは、年間7000億円ほどの売り上げがあるそうだ。日本はまだ2000億円だという。これからが勝負だろう。

一店一店区切られた店舗はとても豪華な印象であった。ティファニーをはじめ、ブシュロン、ジミー・チュウ、ヴァレンティノ、サルヴァトーレ・フェラガモ、グッチ、ボッテガ・ヴェネタ、サンローラン、バレンシアガなど、世界の名だたるラグジュアリーブランドが軒を連ねている。

随所に高性能のコンピュータシステムが駆使されていて、見事なコンピュータ・グラフィックスでいろいろな情報が送り出されていた。

資生堂のブースで「SHISEIDO MEN」を探したら、ちゃんと置いてあったので安心した。これは伊勢丹の「サロン・ド・シマジ」でも売っているイチオシの男性用化粧品である。タバコのコーナーに行くと、シガレットは並べられていたが、わたしが淫するシガーは見当たらなかった。高級時計のコーナーはまだ工事中で後日オープンするとのことだった。

この大企画は中国からの爆買い軍団はもちろんのこと、多くの外国人が押し寄せてくる

4年後の東京オリンピックを射程に捉えているのだろう。今後は、日本の芸術的な伝統工芸品なども売られるのだと思う。

わが「サロン・ド・シマジ」ではいま、漆塗りの工芸品のシガーケースを売ろうと目論んでいる。家紋の代わりにドクロマークを染め抜いた最高級の着物セットも売りはじめている。この市中免税店でも上質な着物を置けば必ず売れるはずだ。外国人にとっては、着なくても飾っているだけで価値がある芸術品なのだから。

これはすべてについて言えることだが、一流と二流の間にはそこまでの差は感じられない。だが、一流と超一流の間には、果てしない隔たりが感じられるものである。いまやどの分野でも、超一流のモノを作る卓越した職人が高齢化していて、どんどんいなくなってきている。だから〝別格〟は少なくなった。日本の伝統的な芸術品をここで大いにアピールして、たくさん売ってもらいたい。そして才能溢れる職人たちに喜びを与えてもらいたいものである。

店主がススメる「サロン・ド・シマジ」のスグレモノ

お洒落ほど愉しいものはない。それは他人にまったく迷惑をかけない「自己満足」の世界だからだ。

わたしは大西社長のえこひいきを受け、伊勢丹新宿店メンズ館8階に「サロン・ド・シマジ」という立派なセレクトショップを持っている。2012年のオープンから早3年以上が過ぎたが、お蔭さまで人気を博し、連日大盛況である。

ここに置いてあるものはすべて、わたしが

実際に愛用している品々である。一枚650０円（税抜）するガロのイタリア製アンダーパンツから、クロコダイルを贅沢に3匹半使って完成させた一個150万円もする高級バッグまで、じつに様々な商品がある。

家紋の代わりにドクロのマークを嵌め込んだ男物の着物は、採寸してから京都に染めに出して仕立てる。羽織と草履をセットにして90万円で売られている。お洒落な日本男児なら一着は持ってなければならない文化的必需品であろう。

近々、銀座壹番館とコラボして、高級別珍製のスモーキングジャケットと帽子を、これまたお客さまに合わせて採寸し、4色展開（ワインレッド、パープル、ダークブルー、ブラック）で販売することになっている。たった25万円であなたも一瞬にして英国紳士になれるのだ。わたしはすでにパープルを注文している。ワインレッドはターンブル&アッサーのものを持っているからである。

満を持して発売した柘製作所のドレッシーなパイプには〝salon de SHIMAJI〟の刻印が入っている。こちらは一本3万円。まずは初期ロットとして20本入荷したのだが、瞬く間に完売してしまった。

このパイプは2重構造になっている。いちばん下の容器にタバコを詰めてネジを回すと、今度は上蓋のなかに同じようにタバコを詰める。そしてそこに火を点けると、火の点かないタバコがフィルターの代わりをしてくれて、味がグッとまろやかになるというスグレモノである。しかもどことなく高級カメラの「ライカ」を思わせる外観で、誰が呼んだか「ライカパイプ」と言われている。

15色あるガルーシャのブートニエールの人気も凄い。目下のところ、これと同じガルーシャを対にしたカフスボタンを製作中である。試作品はいまわたしがつけて製作会社のサノ・ナオヒコ社長と話を詰めているところだ。

ガルーシャとは毒針を持つ「アカエイ」のフランス名だとばかり思っていたが、これはルイ15世の時代の革職人の名前らしい。名をジャン・クロード・ガルーシャという。ガルーシャが刀の鞘にエイの美しい革を使ったところ、その技術が国王の目にとまり、「この偉大な職人の名前をエイ革の名称にしよう」となったのだそうだ。まあ、この蘊蓄はサノの請け売りなのだが。

さて、これからお教えするのは女にモテるための〝武器〟そのものである。名付けて「シャンパンステージ」という品物だ。近々店頭にお目見えすることだろう。これを使って女にモテないようなら、ほかのなにを使ってもダメかもしれない。

その武器はシャンパンゴールドのアルミ合金でできている。中心に小さな穴があり、そこからLEDの鋭い光を照射する。シャンパンがなみなみと入ったグラスを上に乗せると、さあ、お立ち会い！　グラスの泡が下から射してくる光を反射して、まるで生き物のようにキラキラと輝いてみえるのだ。

電源にはその辺のコンビニでも売っているボタン電池を使用する。点けっぱなしでも15時間はゆうに保つということだが、3分経つと一度消える設定になっている。

どうして3分なのか？　発明者のタケウチ・カツヤ社長によれば、光が点いている3分のうちに口説けないようでは一晩かけても脈はない、とのことだ。

そのときこそ、シマジ教の秘術〝スケベー光線〟を発射することを忘れてはならない。彼女が「今夜はいいわよ」という妖しい視線を返してきたら、もったいぶらずにこのシャンパンステージをプレゼントしてしまうのが一流の遊び人というものだ。また「サロン・

ド・シマジ」にきて新しいものを買えばいいではないか。

だんだん値段が気になってきただろう。これは一個1万円で売る予定だ。決して安くはないが、これで女心を射止められるのなら高くもあるまい。見本を「サロン・ド・シマジ」のバーカウンターに置いてスパイシーハイボールで実験するつもりである。

はじめから二つ買って、一つは自分に、というのは無粋な気がしてならない。愛する女のためには「唯一無二」こそが粋ではなかろうか。性交、もとい、成功を祈る。

パリから届いたお洒落なプレゼント

わたしは小学校の5年生からメガネをかけ続けている。現在の愛用品は100個以上になる。それは毎日、洋服の雰囲気に合わせて換えているからだ。メガネはいみじくも「アイウエアー」とよばれているではないか。

最近はとくに、パリ在住のデザイナー、ルーカス・ド・スタールの作品に〝発情〟している。愛用するようになってかれこれ3~4年になるだろうか。彼が生み出すメガネはどれも、既成の概念をぶち壊していて、マテリアルが奇想天外なのである。

はじめてルーカスの作品に驚かされたのは、マットなシルバーのフレームだった。一見するとそれほど個性的なデザインではないのだが、スマホのフラッシュをオンにして撮ると、フレーム部分が光を反射して白く輝き、極めてユニークな写真が撮れるのだ。

これはわたしと記念撮影するお客さまに大いに受けた。このメガネは「サロン・ド・シマジ」のセレクトショップでいまでも売っている。

　わたしはルーカスの作品に興味津々で、新作が発売されるとついつい買ってしまう。全体をコルク仕立てにした超軽量メガネがあったり、表が石で裏が革だったり、またオールレザーでも仕上げの色がレッドだったり、ブルーだったり……。本の装丁のように、シルバーのエンボス加工が施されている美しいメガネもある。

　ルーカスは、毎年秋にパリで開催されるメガネ見本市「Silmo（シルモ）」で、２０１２年と２０１４年、メガネ界のアカデミー賞ともいわれる最高栄誉「SILMO D'OR（シルモドール）」を受賞した新進気鋭のデザイナーである。彼はいま世界中のバイヤーばかりか、ほかのデザイナーからも絶大な注目を集めている。

　ルーカスの祖父、ニコラ・ド・スタールは著名な画家で、その作品はルーブル美術館にも飾られているそうだ。きっと祖父の血を受け継いだのだろう。ルーカスのメガネは芸術性が高く、しかもすべてハンドメイドだ。パーツを含め１００パーセント自社工場で作られている。

　フランスの田舎で生まれたルーカスは、２００３年にフランス国立アートスクール「ENSCI Les Ateliers」を優秀な成績で卒業した。その後、数々の有名アイウェアーブランドでデザイナーとして経験を積み、２００６年に独立して自身のブランドを立ち上げた。ブランド名を、堂々と本名を名乗って「ルーカス・ド・スタール」としているところも、自信ありげでいいではないか。

　独立するにあたりルーカスは、元々印刷工場だった建物をモダンにリメイクして、とてもお洒落なアトリエ兼工場をパリ市内に持った。昼間は普通のメガネ工房だが、夜になるとＤＪブースなどが設置されて、ダンスフロアに早変わりするという。しかも地下にはプールまで完備されていて、アイデアに行き詰まったときには、プールにザンブと飛び込むらしい。さすがはフランス人、遊び心満載である。

またルーカスは自分の作品を買ってくれる顧客に対しても敏感だ。わたしが贔屓にしているメガネ店、中目黒「1701」の小村渉店長に「ぼくのメガネを気に入って沢山買ってくれているそのお客さまの顔写真をメールで送ってくれないか」とルーカス本人から要望があったという。

小村は膝を叩いて嬉しがり、わたしには内緒で写真を送った。すると半年もしないうちに、イグアナレザー仕立ての新作がプレゼントとして送られてきたのである。これはまだ世界に1個しか存在しないプロトタイプだという但し書きがあった。

なによりも尊いものは友情である。わたしはすぐさま小村にレンズを入れてもらった。「いくらだ?」と訊くと、小村もまた男気を発揮して「御代はいりません。今回はルーカスの太っ腹にうちも便乗させてもらいます」と言うではないか。上質なえこひいきがさらにまた上質なえこひいきを運んできたいい見本である。

小村の説明によれば、野生のイグアナは獰《どう》猛《もう》で仲間同士でも始終喧嘩ばかりしているので傷が多く、革製品としては使えたものではないらしい。ルーカスはペット職人に依頼して1匹ずつ別々に飼育させ、イグアナ革を見事に商品化することに成功したのだった。いずれまた巨匠・立木義浩の写真で、わたしのイグアナメガネ姿をお披露目するので、暫し待っていてくだされまじくや。

近い将来、「サロン・ド・シマジ」でもこのイグアナメガネを売り出すつもりでいる。値段は税抜きで22万円になるという話であるが、一見の価値は十分にある。あなたがもしメガネフェチなら、買わずにはいられないくらいセクシーで優雅な美しさをたたえている。わたしは当分、このイグアナメガネを外せない。

第六章——元気こそが正義である。

半死のシマジが蘇った操体法の奇跡

シマジは一見すると若々しく元気にみえるようだが、さすがに70年以上も生きていると体中のいろいろなパーツにガタがきているらしい。

去年（2013年）の暮れのことだ。寒空の下で約4ヵ月ぶりにゴルフをしたのが致命傷になったのだ。首から右肩にかけて激痛が走り、年末のクソ忙しいなか、たまらず日赤広尾病院の整形外科に駆け込んだ。診断は首の骨の6番と7番との間に起きた頸椎症であった。

しかしあの痛さはただごとではなかった。ひどい痛みのため横になって寝られず、仕方なくアグラをかいて眠った夜もあった。痛み止めを口から飲んでも効果がないので、恐る恐る肛門から座薬を入れてみたが、それでもやはり治まらず、懇意にしている鍼灸の診療所に毎日通った。しかし痛みはいっこうに引かず、なんとも情けない気分で年を越すことになった。

世の中が「紅白歌合戦」に浮かれるなか、毎年12月31日は三枝成彰さんプロデュースのコンサートでベートーヴェンの交響曲を1番から9番まで通して聴いて過ごしているのだが、今回だけはそんなわけで背中が痛くて痛くて辛抱たまらず、交響曲第3番「英雄」を聴く前に会場を後にした。ベートーヴェンと三枝さんには申し訳ないことをしてしまった。

まだ明るいうちに帰宅したのだが、夜になっても紅白を観る気にはならなかったので、塩野七生さんの『皇帝フリードリッヒ二世の生涯』の下巻を読むことにした。

これは面白い！　フリードリッヒ二世とい

うのは、まるで古代のカエサルが中世に再来したような男である。小気味いい生き様に喝采を送りたくなる。塩野さんは、若いときにはチェーザレ・ボルジアに、60代ではユリウス・カエサルに、そしていまはフリードリッヒ二世に恋をしたのだろう。まるで恋人を自慢しているかのような筆運びである。早く読了したかったのだが、背中の激痛のため普段の3倍ぐらい時間がかかった。

正月中にメルマガの原稿を最低3本は書くと、セオ編集長と担当のヒノに宣言してしまったのだが、さすがのシマジも頸椎症の痛みには耐えられず一行も書けない状態が続いていた。そうはいっても三が日が明けた4日は土曜日だ。新年のあいさつに訪れる常連客たちが待っているというのに伊勢丹の「サロン・ド・シマジ」に出頭しないわけにはいかない。顔に似合わずシマジは責任感が強い働き者なのだ。

1月4日。激しく痛む背中を背負い、青ざめた顔で無口のまま、それでも午後1時ちょうどにマイ・シガーバーに出勤した。ただならぬ雰囲気を察したスタッフが用意してくれた椅子に腰かけて休んでいると、口をきくのもしんどい状態のなか、常連客たちが次々にやってきた。

こんな冴えないシマジをみたのははじめてだという顔をしたスタスタ坊主（ヤマグチ長老）が小声でささやいた。

「シマジさん、無理しないでお帰りなったほうがいいですよ。あとはわたしがうまくやっておきますから」

涙が出るほどやさしいことを言う。「そうだな。今日はもう帰るべきだろうな」と一瞬思ったところに、操体法の泰斗・三浦寛先生が高弟を一人連れて現れた。

首にコルセットを巻いたシマジをみた三浦先生は「どうなさいました?」と静かに訊かれた。

れた。わたしは立っているのもしんどかったので椅子に座ったまま力ない声で事の仔細を説明した。

三浦先生が痺れる右腕を揉んでくれた。そしてシマジの靴紐を解きソックスの上から左右のくるぶしに近いところを揉みはじめ、足の指を一本一本揉んだ。少し痛いけれど何だか首と背中の痛みが軽減されるような気がして心地よかったので、そのまま左右を10分くらいずつ揉んでいただいた。

すると、奇跡が起こった。背中から痛みが消えているではないか！　わたしは立ち上がり、いつものようにシェイカーを振ってお客さまにシングルモルトを振る舞い、自分も少しだけ飲んだ。5日ぶりにシガーも吸ってみた。美味かった。

愛酒家・愛煙家にはわかると思うが、具合が悪いと酒もシガーも体が受け付けないものである。逆に酒とシガーが美味いと感じるときは健康の証拠である。「元気こそが正義」と言いたくなる瞬間こそ、人生における至福のときなのだ。

治療を終えると三浦先生は静かにこう言った。

「本当はわたしが飲む前に治療してあげたかった。明日はそうしましょう。じつは今日の午前中、弟子に言ったんです。『午後からサロン・ド・シマジに行こうか』と。『どうしてですか？』と訊くので『シマジ先生がわたしを待っておられる』と答えたんですよ」

神さまにえこひいきされる男というのは、自分にいちばん必要な人を無意識のうちに呼び寄せるものなのか。この世には科学で証明出来ないパワーがいくらでもあるが、操体法の威力にはシマジ自身よりも「サロン・ド・シマジ」に居合わせたお客さま全員が腰を抜かしてしまった。半死のシマジが蘇ったのである。しかもいつもの血色のいいつややかな顔に戻り、ふてぶてしくもシガーまでふかしはじめたではないか！

こうして2014年は4日目にしてようやく、「生きている」という感覚を味わえた。シングルモルトとシガーを受け入れる「元気」が戻ってきたのである。

翌日再び三浦先生が現れた。今度は鍼を持参してきて、シマジの右親指と人差し指の間に深々と打ち込んだ。その日は足には触れず背中のいちばん痛むところを中指で押さえて気を送ってくれた。先生の気がもの凄い勢いで、まるで鍼が刺さっているかのように痛みのポイントに刺さってきた。

その夜シマジは久しぶりに夢も見ずに爆睡した。

三浦先生、シマジをえこひいきしていただき有り難うございます。このご恩は一生涯忘れません。また、メルマガ会員のなかにわたしのように苦しんでいる者がいたら、どうか救ってあげてください。会員はわたし同様、えこひいきが大好きな人間ばかりなのです。

あの素晴らしい便をもう一度

いままさに人生の小春日和にいるせいかすっかり忘れていたのだが、わたしが大腸癌の手術をしてから、昨年（2013年）の12月27日をもってちょうど7年が経過したことになる。その後は転移もなく〝快腸〟そのもので、いまでは常人とまったく変わらない生活を送っている。

そうはいっても大腸を15センチも切断した後遺症はときどき現れる。ウンコが一度に全部放出されず、3回に分かれて出てくるのである。しかも困ったことに時間差があるのだ。

終わったかと思い、ズボンを穿いてトイレを出ようとすると、再び便意が押し寄せてくる。仕方なくもう一度しゃがむと、今度は少し軟らかめの便が出る。これで終わりかと再びズボンを上げると、またまた便意をもよおす。その便はさらに軟らかく下痢状の場合もある。

3年ほど前まではこれが毎日恒例の現象であった。わたしのウンコはいつも3段式ロケットで、しかもやや遠慮気味に放たれた。

手術直後にはNASAで開発されたという特別な介護パンツを穿いていた。そのころわたしはまだ勤め人だったので、大変苦労したものだ。なにせ自分の意志とは関係なく便が漏れて出てきてしまうのだから。NASAの介護パンツは悪臭を外に漏らさないスグレモノであったが、わたし自身はいつも気色の悪い思いをしていた。

介護パンツを2ヵ月ぐらい穿いていたような記憶がある。それを卒業してからは、通勤電車の中で不意にもよおすと、次の駅で途中下車してよくトイレを探し回った。青い顔をしてやっとの思いでトイレに駆け込み、しゃがみこんだ瞬間、空しくもオナラを一発放出するだけの日もあった。どうやらガスと固体の便との区別が出来ず、まちがって便意を促してしまうらしい。

手術後3年くらいまではゴルフ場の藪のなかにしゃがんだ経験が何度もあった。ティッシュペーパーなどではとても間に合わないので、わたしのゴルフバッグには常にトイレットペーパーが一本収納されていた。「踏ん切りがつかない」という言葉があるが、あれはもともと「糞《ふん》切りがつかない」からきているのではないかと、茂みの中で真剣に考えたものだ。

医師によると、わたしの場合、肛門に近い

ところを15センチも切除したことが原因らしい。じつは手術の前日、ことによっては人工肛門になる可能性もあるというので、看護師から人工肛門の使い方を教わっていた。あのときばかりは心底滅入った。どんなにお洒落をしてダンディズムを気取ってみても、人工肛門ではあまりにもやるせない。

担当の看護師はやさしくこう言った。

「いまの人工肛門はとても進歩していて、これをつけてゴルフをされる方もいるぐらいですよ」

ということはつまり、女とベッドを共にするときだってへっちゃらなのだろうとわたしは勝手に解釈したのだが、それでもやはり、どう考えてみても格好悪い。第一オスとして弱そうにみえるではないか。自称絶倫男のわたしもこれで打ち止めかと真面目に考えてしまった。

6時間に及んだ大手術の後、担当医の「シマジさん、シマジさん」と呼ぶ声が遠くから聞こえてきた。わたしは力なく声をふりしぼり、こう尋ねた。

「肛門は？」

「大丈夫でした。人工肛門は必要ありません」

わたしはそれを聞いて思わずニンマリした。それからまた意識を失い闇のなかへと落ちて行った。

人工肛門のことを思えば3段ロケット便ぐらいたいしたことではない。人間は欲深いもので、命拾いしたことなどすぐに忘れ去り、ウンコの出方にまで文句をつけたくなるのである。しかし、あの快便後の爽快感が懐かしい。肛門が裂けるような野太いウンコが懐かしい。もういちど糞《ふん》切れがよくなったとしたらどんなに幸せなことだろう。

2015年、毒蛇のたくらみ

わが愛しい読者のみなさま、あけましておめでとうございます。そして本年もどうぞよろしくお願いいたします。

大晦日恒例の「ベートーヴェン全交響曲連続演奏会2014」を聴いて帰ってくると、すでに元旦の午前1時を過ぎていた。わたしの2015年はこうしてスタートした。

その数時間前、恐れていた事態が現実のものとなった。第2代島地勝彦公認ストーカーことシラカワに呆気なくみつかってしまったのだ。挙げ句の果てに女房とシラカワとわたしとで軽い食事までしてしまった。これは前代未聞であり、わたしとしては不覚の極みであった。

シラカワは馴れ馴れしく妻に尋ねた。

「奥さまもベートーヴェンがお好きなようですね」

「はい。いまから52年前、まだわたくしが学生だったころ、ここ東京文化会館で小澤征爾さんが指揮するベートーヴェン第九の合唱団の一員として参加したくらいです」

「えっ！　シラーの詩をドイツ語で歌っていたんですか!?　そのときシマジ先生はどうしていたんですか？」

「おれは女房に買ってもらった一番安いチケットで最上階の一番ステージに寄った隅っこの席から首を長くしてみていたんだが、ついに女房をみつけられなかった」

「きっとシマジ先生は居眠りしていたんでしょう」

「しかしシラカワ、どうしてお前がド演歌ではなくベートーヴェンを好きになったのか、理解に苦しむところだが……」

「じつは3歳から小学校6年生までバイオリ

ンを習っていたんですよ。才能がないことに気がついて断念した不幸な経験があったんです」

「なんだって！　人はみかけによらぬとはこのことだね。ことによると〝神童シラカワ〟が誕生して、あのステージでバイオリンを奏でていたかもしれなかったんだな」

シラカワはコンサートがはじまる前にちゃんと今東光大僧正の墓参りを済ませ、お墓をきれいに掃除してきたと勝ち誇ったように顔を輝かせた。いや、この顔の輝きはSHISEIDO MENの力かもしれない。

「いつもの大晦日より沢山のお花とお供え物で溢れていましたよ。葉巻も置いてありましたから、きっと〝文豪〟がいらしたものと確信していたんですが……」

じつはこの日、1年の疲れがどっと出て寝坊をしてしまい、交響曲第5番「運命」からしか参加出来なかったのだ。しかし、ちょうど1年前、頸椎症を患い、激痛のあまり痛み止めをガンガン飲んだせいで睡魔に襲われ、交響曲第3番「英雄」のはじまる直前に観念して席を立った。それを思うと、今回の大晦日ははるかに幸せであった。

マンションに帰りエレベーターを降りると妻と左右に別れて「サロン・ド・シマジ」本店に入り、エアコンのスイッチを入れた。それからトリニダッドに火をつけてポート・エレンで一人静かに新年を祝った。わがままとえこひいきの人生がまだまだ続きますように、とわたしの神さまに祈願したのだ。

昨年新調したこのエアコンも、タニガワの人脈による上質なえこひいきでダイキンの最新型を手に入れてもらったのだ。8畳に満たないリビングに業務用の14畳タイプは大き過ぎるけれど、お蔭で原稿を書いている離れた小部屋まで温めてくれる。もう床暖をつける必要はなくなった。

さて2015年はなにをしようか。まずはゴルフを再開したい。去年は首の故障から丸々1年間、一度もクラブを握ることはなかった。4月7日の74歳の誕生日が過ぎたら必ずはじめよう。そう思うだけでいまからわくわくするではないか。

ゴルフの愉しさは一緒に回る相手次第である。次から次へと仲間の顔が浮かんでくる。羽佐間正雄さん、伊集院静さん、太刀川恒夫さん、高橋治之さん等々。武器としてヨネックスの新製品をすでにゲットしてある。ブランクを考えると、1ラウンド100を切れば自分自身を褒めてやりたいところだが、まあ無理だろう。

去年のうちに密かに決定していることなのだが、一つ朗報がある。開高健先生との共著『水の上を歩く？』が、「Pen」を発行するCCCメディアハウス社からPenBOOKSとして復刻される予定である。これはわたしが言うのもおこがましいが、天下の名著であり奇書である。絶版になって久しく、読者諸君にご迷惑をかけてきた一冊である。古本市場では文庫版でも何千円もするそうだ。

『バーカウンターは人生の勉強机である』を作ったモリタ・チームがまた情熱を込めてお洒落な装丁に仕上げてくれることだろう。序文は元「サントリークォタリー」の谷浩志編集長が書いてくれる。どうしてあんなユニークなジョーク対談が誕生したのか、その秘密のすべてを明かしてくれるはずである。これはわたしにとっても今年の最大の愉しみである。

もう一つ決まっている一大事業がある。なんと、スコットランドの5つの蒸留所から、「サロン・ド・シマジ」ブランドでボトリングしてくれないかというオファーがきているのだ。どうやらあちらのウイスキー業界では、「サロン・ド・シマジ」のラベルを貼って売り出すと予約で完売してしまうらしいという噂が拡がっているようだ。まことに嬉しいことであり、自慢すべき快挙でもある。

夏には「Ｐｅｎ」編集部のサトウと信濃屋のキタカジ・バイヤーを従えて渡英する予定である。どこの蒸留所なのかはまだ秘密にしておこう。下の粘膜はかなり怪しくなってきたが、わたしの上の粘膜はまだまだ信用に足る感度を保っている。だから期待してくだされ。格別な樽を選んでくるつもりである。

それから新年早々、読売新聞の夕刊で４回にわたり「バーマンの流儀」という読物を連載することになった。第１回は１月13日、第２回は20日、第３回は27日、そして最終回が２月３日に載る予定である。

わたしはいま、そんなことを想いながら、第二次世界大戦前にＳＰで録音されたモーツァルトの名曲をＣＤに焼き直した傑作選を聴いている。飛鳥新社創立35周年記念出版「モーツァルト・伝説の録音」である。これは近年稀にみるスグレモノだ。伊勢丹の「サロン・ド・シマジ」でも昨年末からシナトラに暫く休んでもらい、いまはモーツァルトが流れている。そしてもちろん、商品としても絶賛発売中である。

35歳でこの世を去ったモーツァルトはまさしく「夭折の天才」である。一方、悪さをしながら91歳までしたたかに生きてやろうと毒蛇のようにたくらんでいるシマジは、まさしく「淫聖の凡夫」である。みなさん、どうか末長くお付き合いくだされ。

そう書いたところで、凡夫には凡夫らしい才能が一つだけあることを思い出した。元旦は午前４時ごろベッドに入り、目を覚ましたのはなんと午後３時過ぎであった。一度もトイレに起きることなく11時間も死んだように爆睡したのである。まるで20代のような睡眠力ではないか。並みの老人にはマネのできない芸当であろう。

このようにシマジの人生はじつに愉しい。淑女紳士諸君、わたしに負けずに一度しかない人生を大いに愉しむことである。それこそがシマジ教の奥義である。

さあ、また一杯飲み、一本燻らすとしようか。

妖しい黒いアザの恐怖

常日頃「年齢不詳」を標榜しているわたしも、今年（2015年）の4月7日で満74歳になった。その日は昼ごろから夕刻まで原稿を書き、夜はクジラに関するドキュメンタリー映画を制作しているニューヨーク在住の映画監督、佐々木芽生さんを励ますパーティに出席した。ご指名を受けて乾杯の音頭までとってきた。

「クジラと日本人は江戸時代から共存共栄している仲です。アメリカをはじめオーストラリア、ニュージーランドがヒステリックに捕鯨問題をとやかく言ってくる根底には、日本人にもっと輸入牛肉を喰わせようという意図が隠されているのではないでしょうか。そんな意味から、わたしは佐々木監督をこころから応援しています。それではみなさん、スランジバーー！」

この説は小泉武夫教授の請け売りなのだが、わたしもその通りだと思っている。

クジラの舌のことを〝サエズリ〟と言うのをご存じだろうか。このおでんは本当に格別なのだが、可哀想に、外国人にはその滋味がわからないのだろう。サエズリのおでんの味は、わたしが文豪・開高健からはじめて教わった〝知る悲しみ〟である。

パーティが終わり、一人で「サロン・ド・シマジ」本店に帰ると、ケドルセ・ロブストを燻らしながら、ポート・エレン10thリリースを飲んだ。その夜のポート・エレンはいつもより香り高く特別な味がした。

じつはわたしには誕生日の1ヵ月ほど前から、一つの大きな心配ごとがあった。ある朝突然、左足の踵の下のほうに、親指の爪ぐらいの大きさの真っ黒いアザが出現したのである。しかも痛くも痒くもない。もしやこれは皮膚癌ではないのか!? 左足首切断などという最悪の事態になったら、もうゴルフが出来なくなってしまう……そんな恐怖が日に日に募っていたのだった。

むかし、知り合いから恐ろしい話を聞いたことがある。彼の友人が、左足の親指に出現した黒いアザを放っておいたところ、後日、皮膚癌と診断されて足首を切断することになった。ところが、処置が遅かったため、すでに癌細胞が全身に回ってしまっていて、その後1年余りで命を落としてしまったというのだ。妖しい黒いアザほど危険なのである。

月に1回、糖尿の数値をチェックしてもらっている久武朋子先生に相談してみると、東京逓信病院の皮膚科部長、江藤隆史先生を紹介してくださった。わたしは珍しく早起きして、朝の9時から江藤先生の診察を受けた。

その3日前の4月3日、わたしは上野寛永寺にある今東光大僧正のお墓を参り「和尚、このアザは癌でないことにしてください。いつもの法力で奇跡をお願いします」と、いますがごとく声に出してお祈りしてきた。

驚いたことに、和尚の墓はきれいに掃除され、生き生きとした美しい花まで飾られてあった。きっと訪ねる人がたくさんいるのだろう。わたしが日頃バーマンをやりながら、大僧正のお墓をパワースポットとしてお客さまに奨励しているからかもしれない。これは本当に嬉しいことである。

「シマジさんのことは久武先生からよく聞いています。早速診察しましょう」

江藤先生はとてもおだやかな方だった。そのお顔をみた瞬間、わたしは最愛の部下、タナカ・トモジを思い出した。ヒゲの形、大きな二重まぶた、ふくよかな腹、そして声までがトモジにそっくりなのだ。「トモジ、どうしてお前が皮膚科の先生をしているんだ？」と叫びたくなるくらいに雰囲気が瓜二つだった。

そんなわけで、わたしは江藤先生に深い親近感を抱いた。もしも皮膚癌だったらすべてをこの〝トモジ先生〟に委ねよう。

「うん、うん、なるほど。それではベッドの上で壁のほうを向いて、ホールドアップのように両手をあげて、両足をわたしのほうに向けてください」

後ろを向いているわたしには〝トモジ先生〟がなにをしているのかはわからなかったが、再び対面すると、先生は小さな黒い皮膚の欠片を持っていた。そしてニコニコしながらこう説明してくれた。

「これは単なる内出血です。アザですね。どこかに踵をぶつけた記憶はありませんか？」

「それがどうしても思い当たるフシがないんです。ある日突然現れたとしか思えません。それで、もしかして皮膚癌じゃないかと心配になって先生を紹介していただいたのです」

「大丈夫、これは皮膚癌ではありませんよ。癌だったらもっと醜い形状をしていますから。ところで、シマジさんは若いときからゴルフをおやりでしょう。顔にシミが沢山ありますね。いい機会ですからそれを取ってしまいましょう。まず今日はいちばん大きいこれからいっちゃいますか」

というわけで、踵にできた妖しい黒いアザは皮膚癌ではなかった。今先生、〝トモジ先生〟、有り難う御座います！　わたしは思わず快哉を叫んだ。命拾いしたうえに、なんと顔のシミまできれいにしてくれるというではないか。シミの部分をマイナス180度の液体窒素で凍傷の状態にすると、数日後、カサブタになって剝がれ落ちるそうである。

そんなわけで、これから数ヵ月間、〝トモジ先生〟のもとに通うことになった。半年後には、年齢不詳に磨きがかかり「ピカピカの74歳」になっていることだろう。これは誕生日前日、4月6日の話である。

元祖〝会いに行けるエッセイスト〟も3周年

若いお客さまの話によると、「AKB48」という女性アイドルグループが秋葉原で、毎日、ステージに立って歌っているという。しかもCDを買ったファンには、その娘たちが握手をしてくれるというではないか。

わたしはエッセイスト&バーマンである。毎日せっせと原稿を執筆しては、毎週末、伊勢丹メンズ館8階に出勤し、「サロン・ド・シマジ」のバーカウンターに立っている。そこでは、わたしに興味を持った人たちが全国津々浦々からやってきてくれて、握手をしたり、スマホの写真に収まったり、買っていただいた著書にサインをしたりしている。こんな物書きは世界広しといえど、きっとわたしがはじめてで、いまのところわたしだけであろうと自負してもいる。

これはもう、「KSB74」と呼ばれるべきではないだろうか。「KS」はカツヒコ・シマジのイニシャルであり、最後の「B」はバートト（準男爵）の略である。決してバカという意味ではない。そしてわたしは当年（2015年）取って74歳になる。

バーの隣のブティック・スペースでは、わたしが愛用するありとあらゆるモノが売られている。シューズやソックスからアンダーパンツに至るまで、わたしが着用しているのとまったく同じモノが売られているのだ。

先日などは、『六三四の剣』や『JIN－仁－』の作者として有名な漫画家の村上もとかさんが夫婦でやってきて、わたしが薦める快眠ベッドパッド「エアウィーヴ」を二つ買ってくださった。常連客がサインをねだると、村上さんは気前よく絵入りの素敵なサインをコースターの裏に描いてくれた。

午後1時から8時まで休憩も取らず、ずっと立ちっぱなしでいられるのは、小学生のころに「廊下に立ってなさい！」と担任の先生に言われて、立ち続ける訓練を積んだおかげだろう。まったく疲れを感じたことはない。

そして、もちろん、「エアウィーヴ」によるところも大きいのだと思う。

最近は、スウェーデン製の「NOXプレミアムオーガニックチョコレート」が飛ぶように売れている。これはアサイーとバオバブとカカオから出来ている100パーセントオーガニックのノンシュガー・チョコレートである。わたしは毎朝起きると、葉巻を吸いながら、これを1個食べることにしている。そして夜寝るときもまた1個。ポリフェノールの塊のようなこのチョコレートがわたしの元気の素である。シングルモルトのツマミにも最適だ。

それから近々、マカの錠剤を売ることにしている。これは「乗り移り人生相談」の相棒ミツハシに教えてもらった強壮サプリメントだ。ミツハシは毎日1粒摂取しているそうだが、74歳のわたしは毎朝卵を1個食べた後に2粒飲んでいる。濃縮酸素水を水に5滴垂らして一緒に飲み込むのだ。この濃縮酸素水も近日、店頭に並ぶ予定である。

「元気こそが正義である」と自作の格言コースターにあるように、そのほかの正義は〝まやかし〟だと思っている。また、元気はお洒落の要諦でもある。「健全な精神は健全な肉体に宿る」といわれているが、真実は、「不健全な精神を宿すために健全な肉体が必要」なのである。

さて、2015年8月24日から9月1日までの8日間、わたしは日本を留守にする。

「Pen」の編集者サトウ・トシキと、「現代ビジネス」の「遊戯三昧」でシブい写真を撮ってくれているミネ・タツヤと連れ立ってスコットランドへ飛び、五つの蒸留所を回ってくるのだ。今年（2015年）の暮れには「サロン・ド・シマジ」の冠をつけて新たなボトルをリリースする予定だ。

今回訪れる蒸留所はグレンファークラス、トマーティン、アラン、ザ・バルヴェニー、それからブルックラディの5ヵ所である。もちろん、とびっきりの樽を選んでくるつもりだ。わたしの舌を信じて愉しみに待っていてもらいたい。

9月12日には、伊勢丹「サロン・ド・シマジ」がいよいよ3周年を迎える。その日わたしは、ドクロの紋が入った着物を着て、特製ウィッグを被り、レオナール・フジタに変装する予定である。その着物もこれを機に売り出すことになっている。日本男児なら、夏用と秋冬用にそれぞれ一着くらいは着物を持っておくべきであろう。

この3年間を振り返ると、「サロン・ド・シマジ」ではじつにいろいろなことがあった。まったく見知らぬ男と女が巡り会い、結婚して子供まで生まれた。目出度いことである。

いつも通ってくる三羽烏の早稲田の学生は

全員「内定」をゲットして、ここから巣立とうとしている。これまた目出度いことである。

晴れて転職が決まった若者もいる。彼は地方で働いていて、2ヵ月に一度の頻度で訪れてきてくれていたのだが、この10月からは毎週来られるようになると欣喜雀躍していた。

人生は「メメント・モリ」である。こころのなかにいつも「死」を思いながら、今日という一日を思い切り愉しむことが〝シマジ教〟の奥義である。その教えを広めるために銀製のスカルの指輪を売っているのだ。いままでに83個売った。カウンター越しにお客さまのスカルとわたしのスカルをくっつけて、わたしの〝元気〟を充塡してあげることもある。

果たして何歳までこのカウンターに立っていられるだろうか。わたしはあと12年間はなんとか続けたいと、密かに思っている。そのとき、さらなる進化を遂げたロマンティックな愚か者は「KSB86」になっているはずだ。

己を忘れて他人のために尽くしなさい

瀬戸内寂聴さんの〝最後の法話〟を聞くために天台寺がある岩手県の浄法寺町に前日から乗り込んだ。同行者は、わたしがパソコンの操作で困ったときに助けてもらう〝マコト・サポート〟ことサトウ・マコトと、巨匠・立木義浩に「セオはまだか！」と叫ばせるセオ・マサルだった。

2015年10月10日、午後3時40分東京発の東北新幹線「はやぶさ」は、午後6時1分に二戸駅に到着した。たったの2時間21分！

その速さにわたしは驚愕した。

宿泊先の「天台の湯」で寂聴さんと久しぶりに会うことが出来た。「あなた、お若くなったんじゃないの」と言われて嬉しかった。寂聴さんは93歳で、わたしの19歳上だ。一時、腰を悪くして寝たきり状態になったのだが、自力で快復された。その生命力は見上げたものである。天台寺の観音さまが寂聴さんを守ってくれたのだろう。

わたしはこの世に法力というものが存在すると固く信じている。寂聴さんが法話をする明日の天気予報は曇り時々雨であった。でも心配はしていなかった。寂聴さんの法力で雨は降らないはずである。

翌日は朝からどんより曇っていたが、午後1時25分、法話がはじまると同時に、一瞬、薄日が射してきた。そして約1時間後、法話が終了すると同時に、雨がポツリポツリと落ちてきた。

法話の当日、わたしの〝愛人〟であるお福さんが、なんの前触れもなく突然天台寺に現れた。元妻の阿久津さんと一緒だった。そして、寂聴さんの〝最後の法話〟の口上をやりたいと無理難題を言う。愛人とはそういうものである。

お福さんに弱いわたしは寂聴さんにその旨を伝えてお願いした。艶やかな花魁の衣装を着て満面に笑みを浮かべるお福さんをみるなり、寂聴さんは「おきれいだわ。どうぞ威勢のいい口上をやってちょうだい」と言って、その場で鷹揚に快諾してくれた。

全国津々浦々からやってきた約2500人がところ狭しと座って境内を埋め尽くしていた。お福さんの登場に「なんだ?」と思ったのだろう、一瞬ざわめいた聴衆も、彼女の鈴の音に幻惑され、すぐに静まり返る。そして、見事な口上がはじまった。

「お江戸から参りましたお福と申します。わたくしは女で御座いますが、もしかすると男かもしれません。いや、お福は女で御座います。本日は瀬戸内寂聴先生の有り難い法話をひとこと、ひとことを聞き漏らすことなく、みなさまとご一緒に拝聴いたします。寂聴先生のお声を聞くだけで、みなさま、開運まちがいなしで御座います」（以下省略）

お福さんの張りのある美声に聴衆は酔いしれ、大爆笑した。一瞬のうちにお福さんはすべての人のこころを摑み、気持ちよく揺さぶった。あたたかい拍手に包まれながら降壇するお福さんを見届けて、〝旦那〟としてもホッと胸を撫で下ろした次第である。

そしていよいよ寂聴先生の登壇だ。透き通るような甲高い声が境内に響き渡った。天台寺の名誉住職である瀬戸内寂聴さんによる〝最後の法話〟が万雷の拍手に迎えられてはじまったのである。

「みなさま、お天気が悪いところをこんなにおみえになられて、本当に有り難う御座います。わたくしはこの間まで病気になって立ち上がれなかったのです。足が弱り腰が痛くなって病院のベッドで寝たきりになっていたんです。この世に神も仏もないものかと思ったくらいです。しかも病院で胆嚢癌だと宣告されたんですよ」（以下省略。「女性自身」２０１５年11月17日号〜12月15日号に全文掲載）

そのとき寂聴さんは70歳で大腸癌の手術をされた宇野千代さんのことを思い出したという。「どうして癌を手術なさったのですか？」と尋ねたら、「いらないものだから取っちゃったの」と彼女は言ったそうである。

宇野千代さんは98歳で亡くなった。死に顔はきれいだった。寂聴さんはそのとき同席していた喪服を着た女優の山本陽子さんよりも宇野さんの死に顔の方が美しかったと語った。寂聴さんは宇野さんに相談しているような気持ちになり、「癌はニキビのようなものなので、すぐに取ってください」と医者に告げたそうである。

執刀したドクターは名医だった。手術のとき全身麻酔をされたが、「あんな気持ちがいいものはなかった。多分、人間は死ぬときもあんなふうに気持ちよくなるんじゃないかしら」と今回の手術で悟ったという。

「最期の瞬間はみんな平等に脳のなかにドーパミンが噴出して、夢見心地のなかで死んで行くんだよ」と今東光大僧正に教えてもらったことを思い出した。

いつものように質疑応答がはじまり、ある紳士が質問した。

「先生、天台宗のいちばん大切な教えはなんですか？」

「それはね。己を忘れて他人のために尽くせという教えです」

寂聴さんは胸を張って答えた。これは天台仏教の有り難い教えである。「忘己利他」と書いて「もうこりた」と読ませる。よく寂聴さんは「もう懲《こ》りた」といってわたしたちを笑わせてくれたものである。

なお、法話を聞いたお福さんのコメントが、わたしの敬愛してやまない黒木純一郎先輩がやっている「池袋テレビ」でみられるので、是非、鑑賞してください。

2泊3日の、じつに愉しい男旅

瀬戸内寂聴さんの有り難い法話を拝聴したあと、サトウ・マコトとセオ・マサルとわたしの3人は、夕刻には新幹線「はやぶさ」の人となっていた。

そのまま乗っていればまっすぐ東京に帰れるところを、快楽男たちは盛岡駅で降り、一ノ関駅に停車する「やまびこ」に乗り換えた。目指すはジャズの殿堂「ベイシー」とオーセンティックバー「アビエント」であった。

待ち時間は40分あった。駅の食堂で盛岡名物の冷麺に舌鼓を打ちながら、サトウがセオに言った。

「セオさん、ここの駅で売っている味噌カツは最高ですよ。シマジさんと法話を聞きにくるたびによく食べたものです」

健啖家のセオは目の色を変えて味噌カツを探しに行った。そして新幹線に乗るやいなや、ものすごい勢いでバクバク喰った。

「たしかに絶品ですね。こんなに美味いなら二つ買っておけばよかった」

一ノ関のホームに降り立つと、島地勝彦一関公認執事のマツモト・カズアキがニコニコしながら出迎えてくれた。

「シマジさんはすごいですね。どこへ行っても公認○○がいるんですね」とセオが羨ましそうに言った。

「セオさん、お荷物をお持ちしましょうか」

「いや、これは軽いから大丈夫です。あれ、どうしてぼくの名前をご存じなんですか?」

「わたしはシマジさんの連載をすべて読んでおりますので『セオはまだか?』のセオさんのことはずっと前から存じ上げております。それからこちらは〝マコト・サポート〟のサトウさんですよね」

「はじめまして、サトウです。一関にはマツモトさんがいてくれるので、シマジさんのパソコンのことをお任せ出来て助かっています。もしあなたがいなかったら、『マコト、ちょっときてくれ!』と一関まで呼び出されるところでした」

「それは十分ありうる話ですね」とセオが付け加えた。

マツモト・バトラーの運転でさっそく市内

へと向かった。道中、マツモトが「あそこにみえるのがシマジさんのマンションですよ」と余計な説明をしてくれた。今夜はホテル「ベリーノ」に宿泊する予定だというのに。

ジャズ喫茶「ベイシー」に着くと、〝正ちゃん〟こと菅原正二が満面の笑みで気持ちよく迎え入れてくれた。店内にはカウント・ベイシーオーケストラのレコードがフルボリュームで鳴り響いていた。

正ちゃんはとっておきのマッカラン1996年をテーブルの上に置いて待っていてくれた。バーマン・シマジは慣れた手つきで〝トルネード加水器〟を使い、5つのグラスに酒を満たした。しかしマツモト・バトラーは「ではのちほど。店で待っています」と言い残して帰って行った。

もう一人のお客は、一関でいちばん大きな本屋「北上書房」の店長サトウ・シュウヘイだった。シュウヘイはわたしの新刊が出るたびに大量に売りさばいてくれている恩人だ。われわれがいたのはVIPテーブルで、ほかの客は少し離れた席に座り、真剣にジャズに聴き入っていた。

正ちゃんとシュウヘイにサトウとセオを紹介して乾杯した。「じつにいい雰囲気ですね。歴史を感じます」と言ってサトウはカメラを取り出した。

「菅原さん、是非、ネスプレッソの連載でシマジさんと対談していただけませんか」とセオ。

「それはいいアイデアですね。いつもここで二人の会話を聞いていますが、もしわたしが編集者だったら、一冊の本にしたいくらい面白いやりとりですよ」とシュウヘイが言った。

「シマジ先輩とわたしが話す内容はヤバい話ばかりだから、文字にするのはちょっと難しいかもよ」

「うちはどんなヤバい話でも載せます！」とセオが意気込んだ。

「正ちゃんには美しい奥さんがいて、しかも恐妻家なんだ。だから無理かもしれないね」とわたし。

「ぼくも大の恐妻家です。心配な気持ちはよくわかりますが、そこをなんとかお願いします！」と再びセオ。

正ちゃんはわたしが進呈したトリニダッドのシガーを燻らしながら、ただただ笑っていた。スピーカーからはサッチモの迫力ある歌声が流れ出した。

セオは「いや〜、ベイシーは最高ですね！」と言いながら、テーブルに出ていたフランスパンを一皿ペロリと食べてしまった。こいつの胃袋はいったいどうなっているんだろう。じつはそれは正ちゃんの夕食らしかったのだが……。

3時間後、わたしたちはシュウヘイを連れて「ベイシー」を出た。向かった先はもちろん「アビエント」である。

カウンターではわたしの熱狂的なファン、チバ・ケイイチがいまかいまかと待っていた。チバはわたしを真似て自宅に〝サロン・ド・チバ〟を作ってしまった男である。遅れて正ちゃんが「ベイシー」を閉めてから合流し、愉しい宴は深夜まで続いた。

翌日はホテルのロビーに午前11時に集まり、マツモト・バトラーの運転で「富澤」に新鮮な三陸の魚介を食べに行った。エッジの立ったウニ、サバの塩焼き、脂がのったキングサーモンの塩焼き、それから新米のひとめぼれに舌鼓を打ち、みな大満足で店をあとにした。

じつに愉しい2泊3日の男旅であった。なんとマツモト・バトラーは新幹線のホームまでアテンドしてくれた。

新幹線のなかでセオがしみじみと言ったも

のである。

「今回一関にきてみて、なんでいつもシマジさんが1週間も滞在しているのか、その理由がわかりました。今度、女房と一緒にきてもいいですか？」

しかし、わたしの頭のなかは今夜中にメルマガの原稿を送らなければという心配事でいっぱいであった。

75年目の〝包茎手術〟

まったく歳は重ねたくないものである。単なる老化現象らしいのだが、わたしは緊急に目の手術を受けることになった。病名は眼瞼下垂。加齢によって皮膚や筋肉がたるみ、瞼が垂れ下がってきて、左右がアンバランスになってしまうのだ。

そのむかしお会いした栄養学の泰斗、三石巌博士がそうであったことを思い出す。当時93歳でおられた三石博士は、話しているとだんだん右瞼が下がってきて、仕舞いにはすっかり閉じてしまうのだ。博士は右の指で絶えず瞼をひっぱり上げていた。

これまた皮膚科の泰斗、東京逓信病院の皮膚科部長、江藤隆史先生に診てもらったところ、医療保険の適用範囲だから早いうちに手術をしたほうがいいとの診断を下された。両瞼の無駄にたるんだ部分を少し切除してお目々パッチリにするという、まさに〝目の包茎手術〟である。

わたしは「SHISEIDO MEN」の連載をしているので、言ってみれば〝美の宣伝部長〟でもある。見苦しい顔で立木義浩巨匠に撮ってもらうわけにはいかない。そんなわけで、もっと年齢不詳の妖しい〝イケ爺〟になるために、手術を決断した次第である。

入院したのは2016年5月9日の月曜日だった。手術は翌日の午前中に行われた。局部麻酔で痛くも痒くもなく、約1時間で無事終了した。執刀医は形成外科の利根川守先生であった。

その後は、両瞼の上からガーゼをあてがわれ、患部をアイスノンで絶えず冷やしながら、仰向けの姿勢のまま安静にして2日間耐えた。手術当日は瞼が赤く腫れ上がり、まるで歌舞伎の隈取りのようだったが、時間とともに少しずつ落ち着いて、徐々にみられるようになっていった。

術後5時間ぐらいすると麻酔が切れて少し痛みが出てきたので鎮痛剤を服用したが、薬を飲んだのは2回きりであった。

火曜と水曜は引き続きアイシングをしていたため本も読めず、ベッドの上で仰向けのまま、ただただ妄想の世界を駆け巡っていた。

まだまだ見苦しい状態だったが、木曜の朝には院内の売店まで降りて行き、〝センテンススプリング〟を買って舛添都知事の特集記事を読んだ。知事は東京大学で「吝嗇は大罪である」という人生の大事なことを学ばなかったようである。

ついでに仲のいい磯田道史さんが監修した『江戸の家計簿』(別冊宝島)も買って読んだ。驚いたことに江戸時代の人たちはタンチョウヅルまで食べていたそうだ。値段も書いてあった。一羽2両。現在の価格で12万600円ほどしたという。

野鴨は一羽1分。いまの価値に換算すると1万5750円。キジとヤマドリは一羽300文で、現在の4740円ほどだそうだ。さらには、トキも食べられていたらしい。こちらは一羽700文、現在の価格で1万1060円とあった。読んでいるうちに最近食べたヤマドリの滋味が思い出されて仕方がなかっ

やっぱりタンチョウは見かけ通り別格だったようである。正直に告白するが、さすがのわたしも天然記念物までは食べたことがない。かの明治天皇はタンチョウの肉が入ったお雑煮が好物だったとどこかで読んだことがある。一度食べてみたい気もするが、やっぱりこれはやめておいたほうがよいか。

江藤皮膚科部長は朝夕必ずわたしの部屋に顔を出してくれた。嬉しいことに、先生はわたしのエッセイの大ファンだというが、それにしてもどうしてこんなに頻繁にいらっしゃるのだろうか。看護師さんたちもわたしのことを余程のVIPだと錯覚しているようだ。察するに、どうやら江藤先生は、わたしのイニシャル「K.S.B」を「カッヒコ・シマジ・バカ」と読み解いた妻の姿をみてみたかったらしい。担当編集者たちでさえ、いまだ姿どころか影さえもみたことがないという

にである。江藤先生は人一倍好奇心旺盛な方なのだろう。

入院生活最後の夜は、持参した読みかけの『写真で見るヴィクトリア朝ロンドンとシャーロック・ホームズ』（アレックス・ワーナー編　日暮雅通訳　原書房刊）を開き、再び読みはじめた。これはシャーロキアンを唸らせるなかなかの名著である。こういう良書を出す出版社には頑張って欲しいものだ。

入院生活でいちばん困ったのは葉巻が吸えないことだった。寝ても覚めても葉巻のことが頭を離れず、トイレで自分のイチモツを摘むと、ロブストサイズのあのまったりとした味を思い出すほどだった。

金曜の正午、いよいよ退院の許可が下りた。わたしが真っ直ぐに駆けつけたのは銀座の「玉木」である。病院食では満足できず、あの懐かしのハヤシライスが食べたくて仕方なかったのだ。ここのハヤシライスは病みつ

きになるほどの日本一の味だと確信している。大牢の滋味とはこのことであろう（木金のランチタイムに行けば出してくれるから、読者諸君、一度お試しあれ）。

腹を満たし仕事場に帰ってきて最初にしたのは、もちろん葉巻に火を点けることであった。しっかり湿度管理して、まさに〝半立ちの魔羅〟状態でヒュミドールのなかに寝かせてあるトリニダッド・レイエスを一服した瞬間の幸せは、なんと表現したらいいだろう。まるで恋する女の乳首を吸っているような錯覚に襲われ、こころの底から「生きていてよかった」と実感したものである。

うっとりしているところへ女房が入ってきた。

「なにその顔？　メガネザルみたいじゃない」

これがわが妻の第一声であった。ショーンKにはなりたくないにしても、ショーンSくらいにはなったつもりだったのだが、どうやら妻の目にはメガネザルにしか映らなかったようだ。

賢明なる読者諸君、わたしのプチ整形の成否を確かめたかったら、伊勢丹「サロン・ド・シマジ」まで〝じかあたり〟しにきてくだされまじくや。

シマジは91歳までは生きる（かもしれない）

人生は本当に運と縁とセンスである。1億3000万人のなかで実際に出会う人というのは極々わずかなものである。それでもそこから幸せになったり不幸になったりするのだから、人生は面白い。

今回のテーマは、毎日のようにランチを食

べに行く食事処「雄」でよく出会う紳士が、わたしの体重を3キロ減らし、血糖値とヘモグロビンA1cを正常値にしてくれたという実体験についてだ。

この紳士は中塚克敏さんといって、エイトレント株式会社の社長である。会社の本業はレンタル事業だそうだが、新規事業として日本恒順株式会社と共同開発した健康サプリメント「フレグラ8」を1年前から販売している。

今年(2016年)のはじめ、中塚社長はその「フレグラ8」を気前よく1箱プレゼントしてくれた。これは1ヵ月分で、1日分6粒入りの小袋が30セット入っている。中身は中国の「8年熟成恒順香醋」である。

一つひとつの粒はグミのような形状をしていて、柔らかいカプセルのなかに液体の8年熟成恒順香醋が少量入っている。外側のグミのような皮を噛み切ると香醋が出てくるのだが、わたしはすっぱいものが苦手なので噛まずにそのまま飲み込んでいる。

毎日飲み続けて、かれこれ半年になるだろうか。そして自分自身の体をつかった臨床試験は、驚くべき結果をもたらした。なにせ、忙しくてロクに運動もしていないというのに、体重がみるみる減って行ったのだ。と同時に肝臓の数値にも変化が見られた。GOTが17になり、GPTは10まで下がった。

総コレステロールは139、HDLコレステロールも41となり、ずっと高かった中性脂肪値は99になり(集英社の広告担当役員のころは接待費を年間1億円使ったのが祟って、なんと1800もあった。主治医によれば10万人に1人の奇跡的な数値だという)、空腹時血糖値は114、ヘモグロビンA1cは6・6まで落ちた。

そんなわけで、75歳のわたしは何も節制をせずに、まったくの健康体になってしまったのである。まさに快挙である。

わたしは感激して、伊勢丹の「サロン・ド・シマジ」にも「フレグラ8」を置いてもらうよう中塚社長にお願いした。美しいもの、面白いもの、珍しいものを置くことにしているセレクトショップに、わたしが身をもって効果を実証した健康サプリメントを置くことで、メタボに悩む人や生活習慣病の人を助けたいと切に思ったのだ。

わたしと同じで新しい商品に目ざとい伊勢丹の大西洋社長も毎月1箱買って行く。ほかにもう何人も常用しているが、そのなかにサンデー・バトラーの水間良雄も当然いる。彼はこの3ヵ月間で3キロ強痩せたと言っていた。

そしてこのほど「8年熟成恒順香醋」に含まれる有効成分「フレグライド1」のヒト試験結果に関する記者発表会が品川インターシティで行われた。東京農業大学辻野義雄教授の発表によれば、熟成香醋に含まれているフラグライド1の摂取によって内臓脂肪の減少がみられたという。

ジムに通ってせっせと運動しても、内臓脂肪はなかなか減らないものである。ところがフレグライド1は内臓脂肪細胞サイズの小型化を引き起こす。この働きにより、メタボリック症候群、動脈硬化、高脂血症などの生活習慣病の予防や改善が期待できるという。わたしの生活習慣病が克服されたのも、それらのフレグライド1が働いてくれたからだろう。

わたしの想像では、このフレグライド1の発見は、ビタミンの発見と同じくらいの価値を持つのではないかと思っている。

これからは、ますますの自信を持って美食に耽り、シングルモルトと葉巻をこころおきなく愉しんで良し、とお墨付きをもらったようなもので、この調子なら91歳までは生きられるような気がしている。

ちなみに伊勢丹の「サロン・ド・シマジ」にくれれば、8年熟成恒順香醋の液体をソーダで割って出している。これはヒロエ・バーマンの発明である。二日酔いでこられたお客さまがよく飲んでくれている。

第七章——ロマンティックな浪費から文化は生まれる。

『極道辻説法』無断CD化事件

突然、大阪の矢野隆司から電話がきた。

「おとうさん、おとうさん、新年から喜ばしいことでして。またぎょうさん印税が入ったのとちゃいまっか？」

ヤノがわたしを「おとうさん」と呼ぶわけは「Nespresso Break Time @Cafe de Shimaji」の連載を読んでいただければ理解出来るだろうが、ヤノ・タカシは決してわたしの〝隠し子〟ではない。

まだわたしが「週刊プレイボーイ」のペーペーの編集者のころ、ヤノは学生の分際でありながらわたしに〝じかあたり〟してきた。当時の大人気連載、今東光大僧正の「極道辻説法」の熱狂的なファンであったヤノは、連載に出てくる「シマジ」に会ってみたくなり、居ても立ってもいられずわざわざ上京してきたのである。

その後ヤノは今東光研究の泰斗として、その道ではわたしなど到底足元にも及ばない存在となった。唯一、ヤノがわたしにどうしても敵わないのは、生前の今東光大僧正に直接会っていないことくらいである。

さて、どうしてヤノのおとうさんが儲かるのか。じつはわたしはまったく蚊帳の外であったのだが、ヤノの報告によれば、1977年にCBS・ソニーから発売された、いまとなっては幻のLPレコード『極道辻説法』と『和尚の遺言』が、合本としてCD化され2013年末に発売されていたのである。

さっそくアマゾンで取り寄せてみて驚いた。36年前にわたしが書いたライナーノーツがそのまま使われているではないか。ソニーミュージックともあろう大手がどうしてわたしに連絡もなく勝手に発売してしまったのだろう。伊勢丹の「サロン・ド・シマジ」にくれば生シマジに会えるというのにだ。

カバーに使われている今東光大僧正の破顔した素敵な写真は集英社の社員カメラマン崎山健一郎さんが撮影したものである。ほかの写真もすべての版権は崎山さんにある。ライナーノーツにはわたしのほかにも横尾忠則画伯が文章を寄せている。さらに「極道辻説法」を毎週纏めてくれていたアンカーマン・清水聡さんの文章もそのまま使用されている。

思い出すのも切ないのだが、大僧正が入寂するちょうど1年前、CBS・ソニーのプロデューサー荒井宣明さんから、当時「週刊プレイボーイ」で大変な人気を博していた「極道辻説法」をレコード化しないかという相談を受けた。わたしは新奇な面白いことにはすぐ大賛成するタチなので、迷わず和尚を口説いた。好奇心の強い大僧正も二つ返事で承諾した。

収録当日、大僧正はわたしと一緒に意気揚々とスタジオへと向かった。録音のための小さなブースに入った大僧正は予め録音されていた若者の悩み相談を聞くと、当意即妙に答えていた。いまでもその姿が昨日のことのように瞼に浮かぶ。

改めて聴いてみて、どんな質問にも一気にさわやかに回答するその技は、いまわたしがやっている「乗り移り人生相談」など足元にも及ばないと痛感した。しかも張りがあって若々しい美声である。若いときから比叡山で経文唱《とな》えて鍛えた声なのだろう。

「人間は死んだらどこへ行くのか」という質問には「おれも死んでないからわからねえ」と答える。全編に、やさしさがない交ぜになった毒舌がフルスロットルで炸裂している。ときに笑い、ときに涙ぐみながら誠心誠意若者の悩みに小気味よく回答している。

相談や質問は、「週刊プレイボーイ」編集部に届いた手紙を元にわたしが創作したものである。相談者役の声はすべてその当時のCBS・ソニーの若い社員たちの声である。もう彼らだっていい歳になっているだろう。

「ヤノ、おれに何の相談もなくそのCDは出たんだな」

「おとうさんには顧問弁護士がいるんですか？　いなければうちの会社の顧問弁護士を使って内容証明を送るべきですよ」

「顧問弁護士ならおれにもいるよ。相当な大物だぞ」

「えっ、どなたですか？」

「TMIの総師田中克郎弁護士だ」

「凄いじゃないですか。六本木ヒルズの3フロアを使って300名からの弁護士を抱えている、あのTMIの田中弁護士ですか!?」

「そうだ。田中先生はおれのファンで、おれの顧問弁護士になってあげると先生自ら言ってくれたんだよ」

「それでしたらすぐに田中先生に相談すべきです！」

「ヤノ、まあ待て。その前に上野寛永寺の今東光大僧正のお墓に参ってどうしたらいいか相談してくるよ」

「そんな悠長なことを言っている場合じゃありません！　むかし東芝EMIがビートルズのレコードを勝手にCD化して大問題になり、もめにもめて、しばらくの間ファンがCDでビートルズを聴けなかったことをおとうさんはご存じないんですか？　ケンカ好きな今東光大僧正は泉下でカンカンに怒っていらっしゃいますよ」

「オスカー・ワイルドが言ってるじゃないか。『すべてのことは、ほどほどに、いえいえ、ほどほど以上にほどほどに』とね」

調べてみたら、集英社がCBSソニーに渡していることがわかった。

世界の夢の図書館をめぐる旅

好奇心旺盛なわたしの大事な読者には本物の教養を身につけてもらいたいので、たまには本の話を書こう。

わたしは三日にあげず恵比寿駅のアトレ5階にある本屋「有隣堂」に通っている。そこでは平積みされたいわゆるベストセラーには目もくれず、ひたすら棚に差してある本を眺めている。そうしていると、本のほうから「わたしを読んでください」とシグナルを送ってくるのだ。このようにして選ばれた本たちがわたしを裏切ったことはただの一度もない。

最後まで読み終わり多大なる感銘を受けると、その本は伊勢丹新宿店メンズ館8階の「サロン・ド・シマジ」に「シマジ推薦本」として並ぶことになる。この半年間のラインナップを振り返ってみると『復刻版 絵草紙 うろつき夜太』『人生なんて、そんなものさ』『2666』『絶倫の人』『皇帝フリードリッヒ二世の生涯（上・下）』『開運言玉』、そして最新が今回取り上げる『世界の夢の図書館』である。

本書はなんといっても装丁が美しい。どのページを開いても写真にうっとり見とれてしまう。それに大判のオールカラー224ページということを考えると破格に安い。はじめは翻訳本かと思ったが、エクスナレッジ社が独自の取材をもとに日本で編集したものであった。

世界中の荘厳な図書館が全部で37館収められているのだが、そのトップには「フランス国立図書館リシュリュー館」が堂々と掲載されている。設計者は「歴史とは復活なり」と言ってルネサンス期の様式を模範としたジャン＝ルイ・パスカルである。パスカルは高さ18メートルの丸天井に小さな円窓を16個つけた。換気のためにそれらは開閉式になっている。

ここはもともとフランス王立図書館に端を発している。本好きの王さまシャルル5世の蔵書917冊からはじまったそうだ。その後1537年にはフランソワ1世が、国内で発行される書籍をすべて収めるよう義務づける法令を発布した。なんとこの法令はいまも生きているというから驚きである。かの太陽王ルイ14世は財務総監コルベールに命令してさらに蔵書を充実させた。どうやら王さまにも本が好きな人と嫌いな人がいるようで面白い。フランスが誇る〝知の殿堂〟は18世紀前半に国立図書館として整備された。

次に登場するのは「コインブラ大学ジョアニナ図書館」である。ここは別名「バロック・ライブラリー」とも呼ばれている。コインブラは1139年から1255年までポルトガルの首都だった。ポルトガル最古の名門コインブラ大学は、1290年、ときの国王ディニス1世によってこの地に設立された。その敷地内にある図書館は、芸術や学問を強力に支援したジョアン5世の名を冠して1728年に建てられた。

この建物は図書館というよりもクラシックな大聖堂を思わせる風格を備えている。天井には見事なフレスコ画が描かれていて、観光スポットとしても有名である。そして、ここには珍しい住人が棲んでいる。コウモリである。閉館して夜の帳が下りるころ、コウモリたちはいっせいに館内を乱舞し始める。貴重な本を食い荒らす害虫を退治しているのだ。だから図書館員たちはコウモリをとても大切にしているという。ただしどこに潜んでいるのか昼間は姿をみせない。

続く第3の矢は「王立エル・エスコリアル

聖ロレンソ修道院図書館」である。1984年に世界文化遺産に登録されたエル・エスコリアル修道院の敷地内にある。単純な形態、厳正な総体、気負いなき気品、虚飾なき威厳が具現化された建物はエスコリアル様式と呼ばれている。この図書館は修道院と神学校を結ぶ通路にあたるため、幅9メートル、長さ54メートルと細長いのが特徴である。

さあ、いよいよ「大英図書館」の登場だ。構想から約30年の年月を費やして実現したレンガ造りの壮大な図書館は、イギリスの誇りをかけて完成した。地下5階、地上9階の巨大な建物は、国際列車ユーロスターが乗り入れるロンドンの主要ターミナルの一つ、セント・パンクラス駅の隣に存在する。入り口前の広場には巨大なニュートン像が、館内には愛書家として知られたジョージ3世の胸像が自らの蔵書8万5000冊を背に立っている。一日平均1万6000人が利用するという、名実ともに世界に冠たる〝知の殿堂〟だ。

さらに「バーミンガム公共図書館」「オックスフォード大学ボドリアン図書館」と続き、「大英博物館図書館」が紹介される。19世紀半ばに建設され1973年までは大英博物館図書館の閲覧室として使われていた建物である。亡命中のカール・マルクスが毎日のように通い、ここで『資本論』を書き上げたことは有名だ。大英博物館の東洋調査部で働いていた南方熊楠が、資料整理のかたわら原書からたくさんのコピーを書き写した場所でもある。もちろん英国留学中の漱石も足繁く通った。

本書には、プトレマイオスI世が築いた世界最古の図書館「アレクサンドリア図書館」に関して、「火災や異教徒の襲撃により紀元5世紀頃には滅んだこのアレクサンドリア図書館がまさにあったとされる場所に」200

2年、新アレクサンドリア図書館として蘇ったという記述がある。

しかし、私が敬愛する塩野七生さんの『ローマ人の物語』によれば、アレクサンドリア図書館はアレクサンドリア戦役において焼失したと記されている。

「カエサル下の兵士たちによって敵の軍船団は炎上し、それが引火して、ヘレニズム文化の本山でもあった有名なアレクサンドリア図書館も、四十万冊の蔵書とともに焼失した」

はたしてどちらが真実なのだろうか。

巻末になってようやくアジア最大の規模を誇る「中国国家図書館」が出てくるのだが、情けないことに日本の図書館は影も形もない。日本人はみな「痴」に走り「知」を忘れてしまったのではないか。書籍や文字を大切にしない民族はいずれ滅びる。そんな気がしてならないのだが……。

わたしはこの本を興奮しながら一気に読み終えた。いまはもう3周目である。ページをめくれば気持ちはすぐに荘厳な図書館のなかに入って行く。あのカビ臭い匂いが、堪らない。

ロアルド・ダールの優雅な毒

親愛なる読者諸兄諸姉は、世界的天才名短編作家ロアルド・ダールをご存じだろうか。

もしかするといまの若い人たちの間ではジョニー・デップ主演の映画『チャーリーとチョコレート工場』の原作者として、〝児童文学作家〟と認識されているかもしれない。しかし半世紀前のダールは、世界中の大人の読者をゾクゾクさせる第一級の名短編作家であったのだ。わたしの世代は20歳ころからダール独特の優雅な毒を盛られた「奇妙な味」に酔いしれて育ったものだ。

翻訳も秀逸であった。『キス・キス』は開高健が、『あなたに似た人』は詩人の田村隆一が訳出している。

このたび『キス・キス』に田口俊樹による新訳版が出た。翻訳にも賞味期間があると訳者は書いているが、わたしも同感だ。言葉は生き物である。その時代その時代の息吹が感じられないと、老人はともかく若者には読み辛いことだろう。坪内逍遙訳のシェークスピア全集は紛れもない名訳ではあるけれど、残念ながら現代のわれわれにはリズムが合わない。

そんなわけで、わたしは久しぶりのダールを新訳版で愉しんだ。アメリカの富豪夫婦を描いた残酷な物語「天国への道」を読んで、この傑作が書かれたころは、現在の「ジョン・F・ケネディー国際空港」が「アイドルワイルド空港」と呼ばれていたことを知った。読書にはこういう発見がつきものである。

最初の訳者である開高健は生前わたしにこう言っていた。

「シマジ君はロアルド・ダールが好きやろう。ダールはモームに似て、シニカルな作家や。冷酷さ、残酷さにかけては右に出る者はおらんわな。男に対して意地悪なことを書いとるが、それ以上に女に対してなお意地が悪い。まあ、そこがダールの魅力ちゅうもんや」

ソフィスティケートされたダールの世界をのぞいて感じるのは、まさに「人生は恐ろしい冗談の連続」ということである。

わたしがいちばん好きな作品は『あなたに似た人』のなかに収録されている「南から来た男」という短編だ。これをはじめて読んだときの衝撃はいまでもよく覚えている。何度読んでも「畏れ入りました」と脱帽するしかない。このたび新訳を読んでみたのだが、結末を知っていてものめり込まずにはいられなかった。名作というものはそういうものなのだろう。

モームの『月と六ペンス』と同じように、この奇妙な物語を運んでいく語り手は「私」である。あまりにも摩訶不思議で、世の通念を逸脱したストーリーを破綻なく展開していくためには、どうしても「私」という「常識人」の存在が不可欠なのだろう。

アメリカ海軍の練習艦の士官候補生がホテルのプールサイドでオイルライターを自慢してみせびらかしていた。彼の側には今日知り合ったばかりのイギリス人の娘がいた。デッキチェアには「私」ともう一人「南から来た男」が座っていた。

「私」はアメリカ人の青年に勧められるままにタバコを1本もらった。青年が「南から来た男」にタバコを渡そうとすると、小男の彼がいった。

「ありがと、でも、私、葉巻があるんで」と鰐革のケースから葉巻を取り出して端をカットした。

「火をつけさせてください」とアメリカ人の若者がライターを掲げて言った。

「この風じゃつかないです」

「つきますとも。つかないことはないんです」

「つかないことはない？」

それではそのライターが10回連続でつくことと、わたしの持っているキャディラックを賭けますか、と葉巻を持った「南から来た」小男が若者を誘い込んだ。しかし若者は金目のものはなにも持ち合わせていない。途方に暮れていると小男はいった。

「あなたはあまり生活には役に立たない左手の小指を賭けてください」

たしかに左の小指がいままでの人生で役に立ったことはない。しかもこの賭けは絶対におれが勝つ、と若者は自信満々にこころのなかで考えた。キャディラックに彼女を乗せて爽快に海岸を走りたい！

話し合いの結果、小男が泊まっている別館の部屋のなかでこの残酷な賭けをやることになった。「私」は審判をやらされた。メイドにチップを渡し、肉切り包丁、金槌、釘を持ってこさせ、ヒモでテーブルの上に若者の左手をしっかりと縛りつけた。賭けがはじまる前に小男は審判にキャディラックのキーを渡した。

若者はオイルライターに右手の親指をかけて、着火した。

「1回！」と審判の「私」は声を大きくして言った。「2回！」「3回！」「4回！」「5回！」「6回！」「7回！」──。

結末は『あなたに似た人』を読んでもらいたい。もちろん伊勢丹メンズ館の「サロン・ド・シマジ」でも絶賛発売中である。

もう一つダールの傑作に『来訪者』という作品がある。これは半世紀前に「PLAYBOY」誌に掲載されたものだが、永井淳訳が出版される前に頑張って原文を読んで、ぶったまげた思い出がある。こちらもそのうち田口俊樹による新訳版が出るということだ。いまからあの優雅な毒の味が愉しみでしかたがない。

現代版『甘い生活』に酔いしれた夜

講談社の単行本担当編集者ハラダから電話があった。

「シマジさん、もろにシマジさんを題材にしたような映画『グレート・ビューティー』の試写会に行きませんか?」

「ああ、その映画なら知っている。ミラノ在住の随筆家内田洋子さんから、是非観てくださいといってDVDが送られてきたんだが、リージョンコードの関係でうちでは再生できなかったんだ」

「第86回アカデミー賞最優秀外国語映画賞受賞作品で、舞台はシマジさんが大好きなローマです。現代版『甘い生活』らしいですよ」

「ハラダ、締め切りに追われている真っ最中だけど、行くしかないな」

ジェップ・ガンバルデッラという主人公の作家は、若いときに発表した小説『人間装置』が高い評価を受け、大きな文学賞を受賞、莫大な印税を手にして悠々自適の生活を送っている。その後は筆を絶って久しく、有名アーティストのインタビュー記事を雑誌に寄稿することが主な仕事だ。

ジェップは65歳、独身。コロッセオに手が届きそうな赤いアパートに住んでいる。昼間は新進気鋭のアーティストの展覧会や芸術的パフォーマンスをみることで時間をつぶしているが、夜は〝俗物王〟と化して毎夜毎晩ローマの街を徘徊し、上流階級のパーティやレセプションに顔を出す。そこでフルボディのセレブ美女たちに囲まれては、明け方まで乱痴気騒ぎに興じるのだった。

物語は美しくて哀しく空しいのだが、全編、極めつけのナポリ・ファッションのオンパレードだ。ジェップを演じるトニ・セルヴィッロは線が細いがなかなかの名優である。その退廃的なイメージはフェデリコ・フェリーニの傑作『甘い生活』でマストロヤンニが演じたゴシップ紙記者によく似ている。

これは現代版『甘い生活』というよりむしろ続編ではないのか、とわたしは直感した。あの嫉妬深い女房と離婚したマストロヤンニが小説を書いて有名になり、芸能記者を辞めて、アフリカからの移民女性をメイドに雇って、華麗なる独身生活を謳歌している、という設定ではないのか――。

省略という技法を巧みに使い、物語はもの凄いスピードで流れていく。知り合いのストリップ小屋でその友人の美しい娘のストリッパーと出会う。ジェップは娘と恋に落ちるがフィジカル・コンタクトは持たない。「君は稼いだお金をなにに使っているんだ?」という彼の質問に娘がただ一言「治療費」と答えるシーンにはドキッとさせられる。それ以上は説明されない。

夕なずむ海岸でジェップが童貞をなくした初恋の女性を回想するシーンにはこころを打たれたが、これもやはり『甘い生活』のラストシーンに通じるものがある。永遠の恋情とは「報われぬ恋」なのだ。冒頭のシーンも強烈だ。ローマを訪れた日本人観光客の突然死からはじまるのは、「メメント・モリ(死を忘れるな)」と言いたいのだろう。

映画のなかでヴァチカン美術館の作品が観られたり、ボルケーゼ美術館の内部が垣間見られるのも驚きである。

この作品は2014年8月にBunkamuraル・シネマで封切られるが、その前に是非、フェリーニの『甘い生活』を観ることをお薦めする。そうすれば『グレート・ビューティー』に流れる息を飲むほどの美しさ、どうしようもない空しさ、怠惰、倦怠がよく理解出来るのではないだろうか。

わたしは感動のあまり上映が終わってから暫くの間、席を立てなくなってしまった。帰り際、エレベーターの前でばったり会った親しい編集者がこう話しかけてきた。

「シマジさんはこういう映画が大好物でしょうね。正直、僕には、あと5回は観ないと理解出来ない作品でした」

「『甘い生活』は観たことあるの？」

「だいぶ前にDVDで観ましたが、内容はよく覚えていません」

「もう一度観たらこの映画が言わんとすることがよくわかると思うよ」

その後、ハラダといっしょに酒を飲んだ。

「どうでしたか。ナポリ・ファッションに凝っているシマジさんそのものだったでしょう？」

「うん、あの主人公はまさに締め切りのないシマジだな。ただ、彼はいつもシガレットだったけど、おれは毎日シガーを吸っているぞ」

報道アート写真の季節

東京都写真美術館恒例の「世界報道写真展」の季節がやってきた。福原義春館長から「今年は戦争写真の残酷さがない印象を受けました」という一文とともにチケットが送られてきた。

むかしの編集者は、雑誌の使命は「おや、まあ、へぇ」だと教わったものだ。「おや」っと驚き、「まあ」と感心して、「へぇ」と納得する。そんな題材を載せれば雑誌は必ず売れるということだ。「世界報道写真展」には、驚き、感心、納得のすべてが揃っている。ここに展示される報道写真はどれも、100分の1秒、1000分の1秒の一瞬を捉えた〝アート〟だとわたしは思っている。

じっくり2時間かけてみて回ったわたしが驚き、感心し、納得した作品をアトランダムに紹介しよう。

スティーヴ・ウィンターというカメラマンが「ナショナル・ジオグラフィック」誌向けに撮影した作品が、組写真部門の第1位である。

かつてアメリカで絶滅が危惧されていたクーガーが、このところ増加傾向にあるらしい。クーガーは極端に人目につかない猛獣であるのだが、夜の丘の上に堂々と姿を現した一頭がバッチリ写されている。しかも背後にはロサンゼルスの美しい夜景が広がっているではないか。

夜だから当然、スローシャッターでないと何も写らないはずだ。しかもかなりの至近距離で撮っているようにみえる。どうしてこの一瞬が撮影出来たのだろうか。これはもう驚くほかない。今度、立木義浩大先生に会ったら仕掛けを訊いてみよう。

次に驚愕したのは単写真部門の第1位、アルゼンチンの「ラ・ナシオン」紙に載ったエミリアーノ・ラザルビアの作品だ。ポロの試合中に選手が振り落とされ、乗っていた馬の下敷きになる瞬間を捉えている。これなどはまさに1000分の1秒のシャッターチャンスしかなかっただろう。

その選手はパブロ・マクドナウといって、個人では世界ランキング5位の名手である。世界でもっとも重要なアルゼンチン・オープン選手権で事故は起きた。不幸中の幸いというべきか、彼のチームはこの大会で優勝したという。その後のパブロがどうなったのか気になるところであるが、いままさに落下しようとしている彼の顔には貴族のような品格が漂っている。

次は感動的な一枚。2013年世界報道写真大賞受賞作品である。カメラマンはジョン・スタンマイヤー。彼は名うての報道カメラマンで、「タイム」誌の契約写真家としてこの10年間で18回も表紙を飾っている。

被写体は、アフリカのジブチの夜の海岸で携帯電話を空に掲げて隣国ソマリアからの安い電波をキャッチしようとするアフリカ出身の労働者たちである。望郷の念にかられる男たちの切ない心情がよく表れている。

ジブチはアフリカからヨーロッパや中東へと渡る出稼ぎ労働者たちの通過地点なのだ。祖国に残してきた家族や恋人に必死の思いで連絡を取ろうとする男たちの孤独な姿が月明かりに照らされ、背景に静かな夜の海面が広がっているところが堪らない。これぞまさに〝報道アート写真〟である。

スチール写真は、みる者にじつにさまざまなことを想像させてくれる。その限定的な構図のなかには、動画では表現出来ない多くの情報が詰まっているのだ。

次はタスリマ・アクテルが撮った単写真3位の作品である。

2013年、バングラデシュの首都ダッカ近郊のサバールで8階建てのビルが倒壊し1100人以上が死亡した。その悲惨な事故現場の瓦礫の中から、熱く抱き合ったまま絶命した若い男女が発見された。ビルが倒壊する瞬間、二人は必死に抱き合ったのだろう。

もともと6階建てのビルの上に無理矢理2階分を増築して衣料品工場が建てられたために、工場の機械の重さに耐えかねて倒壊したというのがこの事故の原因だという。二人の関係はわからないそうだ。恋人か、兄妹か、あるいは社内不倫の仲だったのだろうか。重い瓦礫に挟まれながらも彼女をしっかり抱いて離さない男の愛の執念がひしひしと伝わってくる。

最後はマグナム・フォトに所属するピーター・ファン＝アットマールが撮った組写真2位の作品だ。

4度目のイラク従軍中の2007年4月7日、乗っていた軍用車が爆破されボビー・ヘンラインは瀕死の重傷を負った。同乗者はみな死亡し、生き残ったのはボビーだけだった。彼は全身の40パーセント近くにひどい火傷を負い、また左手首を切断しなければならなかったにもかかわらず、リハビリ期間中は冗談を言ってほかの負傷兵を励まし続けた。

そんな姿をみたセラピストは彼にコメディアンになることを勧めた。そしていまボビーはコメディアンとして生計を立てている。とあるモーテルのプールで一人泳ぐボビーの姿を撮ったアットマールの作品は、痛々しくも感動的だ。

毎年欠かさずみている「世界報道写真展」で、いまでも忘れられない作品がある。両足を膝の上から切断された男がプールに飛び込む瞬間を捉えた作品である。プールサイドには左右の義足がきちんと並べて置いてある。彼はいったいどのようにして飛び込んだのだろう。その謎はいまだに解けていない。

人は泣きながら大人になる

足澤公彦はわたしの有能な万年筆顧問である。2014年9月に発売された『salon de SHIMAJI バーカウンターは人生の勉強机である』のサイン用として、ペリカンM1000のペン先が3Bという極太万年筆を、ドイツのコレクターからネットオークションで落札してくれたのもタルサワだ。そこまでしたくなるほど本書は美しいデザインに仕上がっていたのだ。

「タルサワ、今回もこころから感謝しているよ。ところで『オーパ!』の名カメラマン高橋曻は、たしかいまぐらいの季節に亡くなったよね」

「高橋事務所の部屋番号は309でした。それをひっくり返すと高橋さんの命日の9月3日になります。あれは2007年でした。忘れようにも忘れられません。しかも亡くなられた歳が開高先生と同じ58歳だったんです」

「それは大いなる運命のいたずらだね。そういえば曻ちゃんもかなりの万年筆狂だったそうだね」

「はい、晩年はとくに万年筆ウイルスに冒されていました。遺作になった『開高健 夢駆ける草原』は、わたしが差しあげたモンブラン149マイスターシュテュックのクーゲル太字で書かれたものです」

「タルサワは曻ちゃんの万年筆顧問もやっていたのか。ところで曻ちゃんは開高先生と何ヵ国を何日間一緒に旅をしたの?」

「11ヵ国、延べ443日だと仰っていました。だから高橋さんと話していると、3分の1は開高先生の思い出、3分の1は仕事のこと、そして残りの3分の1は万年筆のことでした」

「泣かせるね。開高先生とお揃いのモンブランで〝思い出〟を書いていたわけだ」

「でも、開高先生の使っていた70年代のものとはちがって製作年代がもっと若かったので、『ペン先が硬くてインクがスラスラ出てこないんだ』と嘆いていました」

「インクはなにを使っていたんだ?」

「はじめはヤンセンの『ゲーテ』を使っていましたが、緑の深みがもう少し濃いほうがいいと言って『ディケンズ』に代えられました」

「そうだ、いつだったか『開高健とボジョレー・ヌーヴォーの会』で、昇ちゃんとタルサワが開高先生そっくりのコスプレ姿で登場してきたことがあったよな。あのときは度胆を抜かれたよ」

「あれは高橋さんが亡くなる2年前でした。高橋さんが突然、『タル、今年のボジョレーの会でコスプレしようぜ』と言い出したんです。高橋さんは開高さんから譲り受けたスリーピースのスーツを着て、わたしも先生からいただいた白いオーバーオールを着ました。

会がはじまって少ししたところで高橋さんが登場。さぞ盛り上がるかと思ったら、会場がシーンと静まりかえってしまいました。みんな開高先生の亡霊が現れたのかと思って驚いたのでしょう。なにせ高橋さんは身長も体重もバストもウエストも開高先生と全く同じサイズで、歩き方や立ち方までそっくりでした」

「あれにはさすがのおれも驚いたよ。すっかり開高健になりきってニコニコしながら『旅人 開高健』にサインしていたよね」

「でも、あのころから高橋さんは不吉なことを言っていました。

『おれは再来年で58だ。開高先生がお迎えにくるような気がしてならない。きっと先生と同じ58歳でお陀仏になるだろう。ただ、その前にどうしても書かなくてはならないものがあるんだ』

『よしてください。いくら敬愛してるからといって、なにも死ぬ年齢まで同じにすることはないじゃないですか。きっと開高先生も天国で、おれの分まで長生きしろよって仰っていますよ』

『…………』」

高橋昇の遺作『開高健 夢駆ける草原』のあとがきにはこう書かれている。

「思い出は限りなく浮かんできて、そしていつのまにか寂しくなってしまうのだ……。いつもそうなのだ。

『光あるうちに光の中を歩くんや、生きているうちに生を楽しむんやデ』

先生からの教えである。

(歩いているか、楽しんでいるか)

そう自分に問いかけている自分がいて、

(はい、歩いています、楽しんでいます)

そう返事をしながら、本当は思い出の中を歩み、思い出を楽しんでいることに気付く」

タルサワは高橋昇を思い出して感極まったのか、わたしの前で号泣した。そのとき、わたしは開高さんから教わったモンゴルの古い俚諺を思い出していた。

「人は、泣きながら、泣きながら、大人になる」

続・人は泣きながら大人になる

人は誰しも、ときに魔が差すことがある。

島地勝彦公認書生のカナイ・ヨウスケが命の次に大切にしている鞄を深夜の路上で盗まれた事件は、まさに魔が差した出来事としか言いようがない。

早稲田大学文学部の3年生であるカナイにとって、伊勢丹の「サロン・ド・シマジ」は贅沢すぎるバーかもしれない。それでも彼は毎週、アルバイトで稼いだお金を握りしめてわたしに会いにきてくれる。水を飲んで葉巻を吸うだけの日もあれば、気前のいい常連客にご馳走になる日もある。大人に可愛がられる魅力がカナイにはあるらしい。

カナイは「サロン・ド・シマジ」のあとに決まって、新宿3丁目のオーセンティックバー、「ル・パラン」にも立ち寄っている。事件が起こった夜も看板まで「ル・パラン」に長居していた。きっとそこでも常連客の大人におごってもらったのだろう。

深夜3時過ぎ、酔いどれのカナイはいつものように明治通りを渋谷まで歩くつもりだった。しかしそこでつい魔が差した。伊勢丹前の道路脇にうずくまると、泥酔のあまり体を横にしてしまったのだ。大事な鞄を枕にしておけばよかったのだが、その夜は『バーカウンターは人生の勉強机である』がいっぱい入った伊勢丹の紙袋を枕に夢の中をさまよったらしい。

そのまま2時間以上も眠り続けた。目を覚まし、ふと気がつくと脇に置いたはずの鞄が消えていた。財布やパイプが入った大切な鞄だ。その瞬間、カナイは正気に戻り、白みゆく暁の路上で、自分の不甲斐なさにさめざめと涙を流した。

財布がなくなったこともショックだったが、それ以上にパイプをなくしてしまったことに愕然とした。わたしが25歳のときに銀座の菊水で買った古いダンヒルで、カナイに〝永久貸与〟したものだったのだ。その喪失感たるや若い彼には生涯最高レベルであったらしい。

不幸中の幸いというべきか、「サロン・ド・シマジ」で買ったペリカンM800は上着の胸ポケットに差していた。そして小銭が700円ほどズボンのポケットに入っていた。おかげでいつものようにトボトボと渋谷まで歩き、早朝の電車に揺られて横浜の実家まで帰ることが出来た。

その日は夜までずっと、自分の大失敗を思い出しては悔し涙を流したそうだ。そしてカナイは意を固めてわたしに電話を掛けてきた。

「カナイ、嫌なことは早く忘れてしまえ。ただ、すべてはお前が悪いんだから盗んだ奴を恨むんじゃないぞ。この一件をこれからの人生の教訓にしろ。命まで盗まれたわけじゃないんだから、まだマシじゃないか」

「本当に、すみません、でした……」

そう言ってカナイはまた泣いた。

この事件が起こるちょうど2週間前、カナイはベトナムのホーチミンにいた。ホテル・マジェスティック・サイゴン本館にある「Breeze Sky Bar」を訪れ、敬愛する文豪・開高健が「ナイフの刃のよう」と絶賛した、大振りのグラスにオリーブが3つも刺してあるドライマティーニを啜るためだ。

煌びやかなネオンサインが頭上に浮かぶオープンエアーのテラス席から見下ろすと、昼間は茶色く濁って汚かったサイゴン川が幻想的な灯りに照らされて美しく変貌していることに驚き感動した。かつてベトナム戦争の従軍記者としてこのホテルの103号室に滞在した開高文豪も、毎日こうして川の流れを眺めていたはずだ。

開高文豪を追いかけているうちにこんなところまできてしまった。これまでの自分の人生は、ここに座り、この一杯を飲むためにあったのではなかろうか——。そう思うにつけ、さまざまな郷愁が胸に去来して、気がつくと涙を流している自分がいた。帰りの通路に巨匠・立木義浩が撮影した着物姿の文豪の写真を発見し、嗚咽しながら一人合掌した。

カナイは最近、アルバイトでホテルの結婚式のウエイターをやっている。ウエディングパーティを目の当たりにして働いていると、感極まって泣いてしまうことがよくあるらしい。

ついこの間もこんなことがあった。参列した新郎新婦の友人をみわたすと金髪茶髪にギラギラしたスーツやボディコンのドレスだらけであった。カナイは給仕をしながら聞き耳をたて、失礼な想像力を逞しくしていた。どうやらショットガン・マリッジ（できちゃった婚）のようだ。

担当したのは新婦側の親戚席だった。新婦はおばあちゃんっ子のヤンキー娘で、中高時代、親に叱られるといつも祖母の家に泣きながら走って行き、おばあちゃんに優しく諭されては、ちゃんと謝るために家までついてきてもらっていたそうだ。涙ながらに語る新婦のスピーチを傍で聞き、カナイは思わずもらい泣きしてしまった。

一度涙腺が緩むともう止まらない。お色直しの付き添いにおばあちゃんが指名され、新婦とともに滂沱の涙のなかを歩いてくる姿をみたとき、カナイは二人にも負けないほど泣きじゃくっていた。あとに続く友人たちのスピーチのときも、まるで自分の身内の結婚式であるかのように、感動の涙を流したそうだ。

「いまの若者はよく泣くんだね」

わたしがそう訊くと、カナイは反論した。

「ぼくがこんなに泣くようになったのはシマジ先生のせいです。NHKのドラマ『全身編集長』の最後のほうにあった、開高先生が茅ケ崎海岸で『シマジ編集長にクビにされてもうたわ。わはぁー、ほな、さいなら』と言う一連のやりとりをみてから、ぼくは急に涙もろくなってしまったんです。

いまでもあのシーンをみると、かならず泣いてしまいます。まるでダンカンさんに開高文豪が乗り移っているかのようで本当に切なくなるんです。BGMもたまりません。アントニー・アンド・ザ・ジョンソンズの哀愁溢れる名曲です」

「そうか。おれが涙を流すのは葉巻を咥えながら原稿を書いていて煙が目に沁みたときだけだけどな」

カナイ・ヨウスケはそのうちに開高健を題材にした優秀な卒論を書くだろう。頭に入っている知識はほかの誰にも盗まれることはないのだから。

シマジを越えたインチキ野郎

今年（２０１４年）わたしをいちばん笑わせてくれた小説はスウェーデンの作家、ヨナス・ヨナソンの『窓から逃げた１００歳老人』であったが、ノンフィクション部門では小峯隆生の『若者のすべて』がダントツであった。著者のコミネという男は、かつてわたしが「週刊プレイボーイ」編集部でこき使っていたフリーの記者／編集者である。

鋭い読者ならお気づきだろう。『若者のすべて』というタイトルはルキノ・ヴィスコンティ監督の映画からの借用である。そしてわたしの『甘い生活』はむろん、フェデリコ・フェリーニ監督の映画からいただいたものである。この辺にコミネのしたたかさが窺われる。

書籍化を担当した編集者はどちらも講談社のハラダだ。ブックデザインも同じ巨匠、鈴木成一さんである。『若者のすべて』には元上司であるわたしが序文を寄せている。敬愛する書友、福原義春さんからも感想が届き「面白い。一気に読んだ」とあった。

本書は、１００万部を売っていた全盛期の「週刊プレイボーイ」編集部がどんな世界であったのかを、フリー編集者のコミネがゴミ箱に座り、床に寝起きしながらつぶさに観察したドキュメントである。笑いと涙の壮絶な６年間を回想したものだ。これから編集者になろうとする若者にとっても必読の書であろう。

何度も言うように、出版社は編集者の才能で保っている。コミネはわたしの期待した通り正規の社員編集者にはない独特の才能を発揮してくれた。わたしはいまでも感謝している。はじめはデータ原稿を横書きにしていたようなバカな若者が、よくぞここまで成長したものだと、感慨深く読んだのであった。

ここで一部を抜粋しよう。作家の野坂昭如さんが田中角栄元首相に挑んだ真冬の衆議院選挙に〝不肖コミネ〟が体当たり取材を敢行したときのことだ。長岡入りしたコミネは企画担当のナカムラシンイチローに電話を入れた。

「ご苦労さん。それでコミネさ、ホテル、もう2部屋取ってくれないか？」

「えっ、やっと一部屋押さえたんですよ」

「立木先生が12月7日からそっちに行くから、きちんと取材できるように調整頼むぞ」

「立木先生って、あの開高先生の『風に訊け』を撮っている巨匠ですか？」

「そうだよ。失礼のないようにお願いします」

（中略）

「わ、わかりました。でも、部屋が取れなかったらどーするんですか？」

「おまえが外で寝るしかないな」

「凍死するであります」

「なんとかするんだな」

（中略）

立木先生がアシスタントを引きつれてやってきた。

俺は面と向かっては言えなかったので、靴の紐を結ぶふりしてしゃがみながら言った。

「立木先生、アップと引きは必ず押さえてくださいね」

その絵柄があれば、必ずニュースページはなんとかなったのだ。

俺はホッとして、外に出ようとした。しかしその瞬間、立木先生の怒号がそれを制した。

「コミネ!!　おまえ、誰に向かって言ってんだ!!」

すげぇー怒気が含まれていた。俺は弾かれ

たように、玄関の土間の上で土下座した。

小学生の頃から親父に「おまえはなんでそんなにアホなんや！」と叱られ、殴られ続けてきた。バカなのは生まれつき。しかし、その叱責の過程で俺は世界一早く美しく土下座ができるようになっていた。

「す、すみません。いつも言えと中村さんから言われていることで、その、つい……」

「俺はおまえが生きている年月より長く、写真をやっているんだよ」

「申し訳ございません。ご自由にお撮りください」

「アップと引きはいらないのか？」

「そ、それはその、あったほうが、よいではありますが……」

俺は恐る恐る頭を上げた。苦笑している立木先生がそこにいた。

「おまえは、聞いたとおりのコミネだな」

「はっ？」

「島地から聞いた。そーとーなバカだとな。本当にバカだな」

「すみません」

「じゃ、いくぞ。コミネ、さっさと立ち上がれ」

と立木先生。俺は土下座から立ち上がり、その日の取材を開始した。

と、まあ、ほんの一部を抜粋してもこんなに愉快なのである。あのころの若者たちは夢と欲と野心に燃えていた。もちろん携帯電話もパソコンもない時代である。

序文を寄せたぐらいではまだ足りないと思ったわたしは、毎週水曜日に連載している「Nespresso Break Time @Cafe de Shimaji」の11月のゲストにコミネを呼んだ。もちろんタッチャンも同席した。

「コミネ、今日はアップか、引きか？」

「勘弁してください！」

ところでお前、いま何しているんだ？　とわたしが訊くとコミネはおもむろに名刺を取り出した。それをみた瞬間、巨匠とわたしは腰を抜かした。

名刺にはこう書いてあった。

「筑波大学　非常勤講師　知的コミュニティ基盤研究センター客員研究員　小峯隆生」

巨匠が叫ぶ。

「このインチキ野郎め！　でもコミネ、お前はシマジを越えた」

詳しくは対談に譲るとしよう。乞うご期待！

今日の極道は明日の王道

お蔭様でというべきか、〝アカの他人の七光り〟によってというべきか、『バーカウンターは人生の勉強机である』に重版が入った。この場を借りて御礼申し上げたい。

そんな矢先、さらなる喜びが訪れた。読者の皆様にはこんな矢継早に新刊を出してしまって申し訳なく思っているのだが、『お洒落極道』が小学館から発売されたのだ。いや、なかには歓迎してくれる方もいるかもしれない。

本書は「MEN'S Precious」創刊時から5年間連載されたエッセイの集大成である。そしてまた、73年にわたる美しい（と自分では思っている）浪費の歴史でもある。

わたしは著書にサインを求められると必ず、読者のフルネームに加えて何か一言添えるようにしているのだが、この本には今東光大僧正の驥尾に付してこう書くことにした。

「人間さまは美を追求する唯一の動物である」

意味は本文を読んでいただければ一目瞭然

だろう。大僧正はいつもこう仰っておられた。

「人間ほど面白い動物はいねえんだぞ。人間っていうやつは本能的に美しいものを求めるんだ。だから美しい絵画を描き、美しい曲をつくり、美しい文章を書き、美しい家を建て、美味い料理をつくる。そのなかで歌い、食べ、恋をして遊ぶ。そういう美を追求することが出来るのは、動物のなかで人間さましかいないんだ。蝶が花に寄ってくるのは花が美しいからではなく、花の甘い汁を吸うだけの目的で飛んでくるんや」

前作同様、本書もズバ抜けて装丁が美しい。

ここでこっそりお教えしたいことがある。本文に対応する写真はすべて巨匠・立木義浩によるものだが、もちろんカバー写真もそうである。そしてその美しいカバーをはずすと、モノクロ写真の表紙が出現する。おもてのカバーが昼の仕事場だとすると、なかの表紙は寛いだ夜のイメージである。

よくみていただきたい。パルタガス・ショーツから優雅な煙が立ち上がっている。上質な葉巻は煙まで美しい。さらによくみてくだされ。もう一本はトリニダッド・レイエスである。こちらの葉巻からはリングがはずされている。

最近の葉巻は糊の質が悪いので温まってこないとなかなかリングがはずせない。無理に剝ぎ取ると葉巻の表面に亀裂が走ってしまう恐れがある。だからやむを得ないのだが、半分以上吸ってからはずすのがよさそうだ。

バーで吸うときはもちろんだが、自室で独り燻らすときにも、わたしはちゃんとリングをはずすようにしている。それがジェントルマンのエチケットである。「おれはこんな上等なシガーを吸っているんだぞ」と周囲にみせびらかすのは下品な人間のやることだ。

さて、本書を手に取ったら、まずは序文から読んでいただきたい。女だてらに男のダンディズムを研究し尽くした服飾史の泰斗、中野香織教授が達意な文章を寄せてくれた。シマジの美意識を透徹した頭脳で的確に分析している。一読して感服し、感謝した。

わたしの生態を見事に見透かした香織教授の序文から一部を抜粋しよう。

〈ちりばめられる蘊蓄は、史実に忠実かというよりもむしろ、ワクワクするかどうかを基準に選ばれています。人間は古来、「3つの退屈な真実よりも、ひとつの美しい嘘を好む」（本文）という信念に則って。

事実（ファクト）に夢（フィクション）をまぶしたファクション。正確さよりもときめき。ファクションこそが逆説的に、夢を構成要素にもつファッションにおける「正しさ」であることは、ヴォーグの編集長だったダイアナ・ヴリーランドも言明しています。

「今日の異端は明日の正統」というシマジさんの格言にならうならば、今日の極道は明日の王道。なにごとにおいても道を極めることは、覚悟をもって「極上の暇つぶし」を味わいつくすための王道でもあるということを、甘くて苦い諦観とともに、本書は教えてくれるでしょう。〉

本書が完成するまで、わたしはこの序文を読まなかった。勉強家の香織教授にならどう書かれても仕方がないと覚悟していたのだ。若いときに本ばかり乱読しないで、ちゃんと正統な勉強をすべきだったといまさらながらに反省している。

「人生でいちばん愉しくて飽きないものは勉強である」

猛省の末、71歳になったときに作ったシマジ格言である。時すでに遅しとはこのことだ。

万年筆で書いた「お洒落極道」というタイトルはまさに自家撞着である。読んで字のごとく、「道楽」とは道を楽しむことであり、「極道」とは道を極めることである。しかし、道楽という言葉にはどこかアマチュアっぽい香りがつきまとう。極道のほうがプロっぽい。あえて「極道」としたのはそのためだ。

すばらしき出鱈目小説の世界

傑作小説が映画化されると、ほとんどの場合、落胆するものである。わたしが今年（2014年）読んだ本のなかで一番のお気に入りである『窓から逃げた100歳老人』をもとにした映画『100歳の華麗なる冒険』も例外ではなかった。

この映画は新宿ピカデリーで上映されているとのことだったので、伊勢丹に出勤する前に、島地勝彦公認書生・金井洋介を連れて午前9時10分の回を観に行った。ガッカリした。スウェーデン映画だからか、ぜんぜん金をかけていない。しかも小説の出鱈目で面白い話が3分の2はカットされているのだ。

それでも100歳老人アラン・カールソン役のロバート・グスタフソンという俳優は素晴らしかった。少年時代を除くすべての年代を一人で見事に演じ分けていた。100歳のアランは歩くときもヨタヨタと危なっかしいのだが、若きアランは敏捷に動き回るのだ。聞くところによると、グスタフソンはまだ51歳。俳優、プロデューサー、脚本家、監督、なんでもござれの才人らしい。

原作を読む前に映画を観に行った御仁もいる。伊勢丹の「サロン・ド・シマジ」に毎週末顔を出してくれる「ル・パラン」の本多バーマンである。彼は驚くほどの読書家であり、かつ映画マニアでもある。そんな本多の感想は「なかなか素晴らしかった。85点をあげたいです」というものだった。こういう作品の場合、先に映画をみてから原作を読んだほうがいいのかもしれない。

ここで書生の感想文を全文紹介しよう。

〈猫のモロトフとの生活から始めたのは、うまい手法だと思った。というのも、小説では最後まで読まないとなぜ100歳になるアランが老人施設にいるのかが分からないのだが、導入を分かりやすくしてやることで初見の人に状況説明がうまく出来ていたと感じたからだ。しかし、映画版だとなぜ施設から逃げ出したのかが全く描かれていない。

小説では絶体絶命の時にアランがいつでも、「なんとかなるさ」と言いながら、死を覚悟したその時々の相手なんて意に介さず、なんとなく生き残ってしまう。ヘルベルト（アルベルト・アインシュタインの弟という設定）の場合、原作では「死にたいといつも願っている可哀相なバカ」で、生きたいアランと死にたいヘルベルトとの対比がうまく出来ていて、ストーリーのあちこちで笑えた。しかし映画では妻のくだりがないのでただのバカとして描かれている。

アランが99歳、猫のモロトフを狐に殺される時、今まで他者に否定的な感情を持ったことのないアランがはじめて怒りを感じて復讐を考え、自分の家ごと吹き飛ばしてしまった。そして老人ホームに入ったものの、繰り返される日常、うるさい規制、そしてアルコールのない生活に「そろそろ生きるのにうんざりした。100歳までに死のう」と決意し、100歳の誕生日に窓から逃げ出すのだ。

小説では、100歳ではじまる現代とアランの過去を行き来しながら、窓から逃げ出すその日までを追いかけてストーリーが展開していく。読み進めて行くうちに一番の謎「なぜ逃げ出したのか」が分かるようになっていて、凄まじいプロットの出来に驚いたものだ。

冷戦のくだりは原作以上かもしれない。原作では偽造書を双方に送り続けて二重スパイをやるのだが、映像の利点を生かして007や往年のスパイ映画のパロディ・シーンを存分に使って偽造書作成から受け渡しまでをコミカルに描いている。原作通りのウォーターゲート事件、スターウォーズ計画を発案させた冷戦篇終了という流れでなく、ホワイトハウスの庭の「壁は壊さない」というレーガンの発言の録音が誤解を生み、ゴルバチョフにベルリンの壁を壊す決断を促すことになって冷戦篇が終わるのはなかなかうまい構成だと思った。

制作費は10億円だったらしい。アジア、中東、東南アジア篇を削ってしまったのは残念。シマジ先生の仰るとおり金日成、金正日親子の話は観たかったし、個人的にはイランで拘束されてチャーチル暗殺計画に携わり、自分の脱出時に結果的にチャーチルを助けてしまうところが非常に面白かったのだが——。

ほかにも、ヘルベルト・アインシュタインの妻でバリ知事、後にパリのインドネシア大使になるバカなアマンダが登場しないのも惜しい。偶然と買収によってバリ随一の金持ちになる彼女が、最後は100歳のアランと結婚し、去勢されていたはずのアランが手術の失敗で実はセックスも出来てしまうことをラストで明かすというバカバカしいストーリーも好きだった。

スウェーデン映画『ミレニアム』のヒットを受けて、ハリウッドでも『ドラゴン・タトゥーの女』がデヴィッド・フィンチャー監督、ダニエル・クレイグ主演で製作されたように、ハリウッド版で原作完全映画化を観たになった一日は笑うことのなかった日である」。18世紀フランスの文人、シャンフォールの言葉らしい。

作者のヨナス・ヨナソンの祖父は、孫たちに嚙みタバコを嚙みながら「お話」を聞かせたという。「でも……おじいちゃん、それほんと?」と聞くと、「ほんとの話しかしない人の話をきいてもつまらんぞ」とこたえたそうな。〉

わたしが原作を読んでいちばん痛快に笑ったのは、若きアランが金正日少年を膝の上にのせて「わたしはスターリンとも昵懇の仲だよ」と見栄を張る場面だ。金少年は「それじゃあスターリン小父さんに電話してみる」といってクレムリンに電話を入れる。アランは絶体絶命。しかし電話の向こうから伝えられたのはスターリンの訃報だった。

人生とはまさに運と縁とセンスである。

い気がする。その時はパート1、パート2に分けてやるべき長さのコメディだ。ただ、やはり頭の中で描く自分だけの映画として読むのがふさわしい本なのかもしれない。

アランが去勢されていたことの説明が、原作・映画とも本筋に恋愛描写を交えない作りになっていて秀逸。ただ、映画版のアランは最初から爆発物が大好きでしょうがない天然の爆弾魔のようなキャラクターとして描かれている。

原作ではたまたま実験中に問屋さんを爆破してしまい序盤に精神病院に入れられるのだが、映画版を観ていると病棟送りもなんだか納得してしまう。ただ、原作の、父を失って稼ぐあてもないのでしかたなくグリセリン工場の使いっ走りをするうちに爆発物のスペシャリストになった、という記述からはかけ離れてしまったのではないかと思う。

原作の訳者後書きにこうある。「最も無駄

出版社は多士済々の才能で成り立っている

集英社の退職者による「集英会」という集まりがある。61歳の誕生日で定年を迎えると、希望者は誰でも入会することが出来る親睦会だ。ただし出世して取締役や常務や専務や社長や会長になった者は、相談役や顧問という役目から完全に外れないと会員にはなれない。たしかこの会は若菜社長、長野専務のころに出来たものだと記憶している。

文藝春秋の社員は退職すると自動的に社友となりその肩書の名刺を持てるそうだ。これはわたしの兄貴分である堤堯さんから聞いた話だからまちがいない。しかも住所は自宅になっている。何かしら肩書があったほうが初対面の方にいい印象を与えることだろう。さすがは面倒見のいい菊池寛が創った会社だ。

集英社の場合は定年まで全うしなければ集英会に入る資格はもらえない。途中で退職した人は会員になれないらしい。でもまあ、それは当然のことかもしれない。終着駅まで行かずに「さようなら」と途中下車した人と、最後まで運命をともにした人とでは関係の濃さがちがうのだから。

わたしは51歳で役員待遇になり本社の取締役を3期務めてから、57歳で集英社インターナショナルの代表取締役になり67歳まで勤め上げた。そのあと非常勤顧問を1年だけやって自由の身になった。そこから先はご存じの通りで、エッセイの著作を14冊出し、71歳にして伊勢丹新宿店でバーマンになり、いまでは「エッセイスト&バーマン」という肩書で世の片隅にはびこっている。

集英会には68歳のときに新人として迎え入れてもらったのだが、新年会への出席は5年ぶり、2度目のことであった。

会場の山の上ホテルに着くと、すでに懐かしい顔、顔、顔が集まっていた。新人として参加した61歳のムラカミの顔もあった。この男は出来る男だった。第一、姿形がいいのだ。

86〜87歳になられた販売部のハセガワ専務はこの寒いなか、今年（2014年）に入ってからすでに5回もゴルフをしているという。だからだろう、日に焼けて黒光りした顔に精気が漲っているではないか。

95歳にしていまだ補聴器も使っていないカナザワ先輩は相変わらず矍鑠《かくしゃく》とされていた。集英会でいちばん長生きされているのはもちろんこの方だ。

会長のオハカさんはむかしの集英社の編集者としては珍しく東大法学部卒である。現在83歳だが、とてもそんなふうにはみえない。わたしが新人で「週刊明星」編集部に仮配属されたとき、この若きエリートはすでに副編集長をされていた。よく面倒をみてくれて、新作映画の試写会に何度も連れていっていただいた。

久しぶりに多くの先輩方と会話が出来て愉しかった。長いこと運命をともにした先輩、同期、後輩の集まりはやはり刺激的である。

「シマジ、NHKの『全身編集長』をみたぞ」

「先輩、ありがとうございます」

「じつは伊勢丹の『サロン・ド・シマジ』には何度も顔を出しているんだが、君がいると高いモノを売りつけられると思って、わざと君がいないときを狙って行っているんだ」

「有り難う御座います。でも今度は勇気とお金を持ってわたしのいる日に遊びに来てください」

「シマジ、お前が親会社の小学館から『お洒落極道』を出したのはおれたちにとっても名誉なことだよ」

「有り難う御座います。嬉しいお言葉です」

ある先輩が近寄ってきて、わたしの顔をまじまじとみながらこう言った。

「シマジは死んだという噂を聞いたが、まだ生きているじゃないか」

　すると別の先輩が間に入ってこう言った。

「それはスナミのまちがいじゃないの」

　そう、人生は恐ろしい冗談の連続である。わたしより入社が2年遅い元気印のスナミが去年（2013年）の夏に亡くなったのだ。「月刊リベラルタイム」で連載している、コレクターばかりが登場する「ロマンティックな愚か者」というページの取材先で訃報を知らされて驚愕した。肺癌だったらしい。

　風讃社という編集制作会社が運営するwebサイト「ナビブラ神保町」の編集長・校《めん》條真《じょうしん》さんは大の中日ドラゴンズファンで、ドラゴンズグッズならなんでも集めている熱狂的なコレクターである。その校條さんが事務局長を務める「われらマスコミ・ドラゴンズ会」の会長こそがスナミだったのだ。

　彼はわたしよりも大胆不敵な見上げた男だった。1988年に中日ドラゴンズが優勝したとき、「祝　1500万熱狂ファンに　優勝おめでとう！　中日ドラゴンズ」と、「週刊ヤングジャンプ」の内容とはまったく関係ない文言を表紙のど真ん中にデカデカと印刷して売り出した伝説の編集長である。

　出版社は多士済々の才能で成り立っている。現役の堀内社長もきてくれていたのがほほえましい光景だった。彼とは毎年若菜さんの命日に墓参りを欠かしたことがない。若菜さんと長野さんがこの会にいらっしゃらないのがいたく寂しかった。

現代のミケランジェロは光の魔術師である

文豪・開高健はかつて、巨匠・立木義浩のことを「ミケランジェロ」と呼んでいた。二人は「週刊プレイボーイ」の人気連載「風に訊け」ではじめて対面した瞬間から急速に意気投合した。「オーパ!」は高橋昇が専属で撮っていたが、アラスカにハンティングに行くときには、文豪は迷わずミケランジェロを指名した。

開高さんがハンティングを好んだのは、きっとヘミングウェイの高みに登りたかったのだろう。そんな旅の途中、ロスのホテルに滞在したときのことだ。水泳を日課にしていた文豪が「ミケランジェロ、水中から撮ってくれないか」と言ってプールに飛び込んだ。タッチャンはすぐに水着に着替えて水中カメラで文豪の強大なお腹を撮影することに成功した。ミケランジェロはこうなることを先読みして、水中カメラと水着を用意していたのだ。さすがである。

わたしはいまミケランジェロと月に2〜3回会って一緒に仕事をしている。毎週水曜日に更新される「現代ビジネス」の「Nespresso Break Time」と、金曜日に更新されるSHISEIDO MENの「イケメンバーマン&シェフ」と、雑誌「MEN'S Precious」の連載「お洒落極道」で写真を撮ってもらっているのだ。

いつも思うことだが、タッチャンことミケランジェロはまちがいなく天才である。前回の「お洒落極道」の撮影風景を活写してみよう。

約40年前に知り合って以来、ミケランジェロは一度たりとも現場に遅れたことがない。二人の若いアシスタントを引き連れて、必ず

5分前には颯爽と現れる。ミケランジェロはいつも、わたしが「平成の千利休の茶室」と豪語する「サロン・ド・シマジ」本店にやってきて撮影しているのだが、わたしの仕事部屋兼プライベートバーは本当に狭い。ところが、もうかれこれ5年以上もここでブッ撮りや対談をしているのに、一度も「狭い」と文句を言ったことがない。そればかりかスタイリストがついたこともない。

「シマジ、今日はなにを撮るんだ?」

「まず2320年前に発行されたアレクサンドロス大王の銀貨をお願いします」

「ただ撮っても面白くないぞ。そうだな、シングルモルトのボトルの首に巻こうか」

カメラを構え被写体をみた瞬間に閃くのだろう。いつも同席しているスズキ・フカシ編集長とカミヤマ・アツユキ副編集長は、お互いに顔を見合わせて、「さすが!」という顔をする。

ミケランジェロはわたしが古い銀貨を作り替えてネックレスにしたものを手に取ると、ボトルの首に格好よく巻き付けて、接写レンズで覗いた。二人のアシスタントにストロボの当てかたを厳しく指示する。

「もっと右側を強く。そうそう、うん、もっと近づけろ!」

写真のキモは光の配剤らしい。だから現代のミケランジェロは光の魔術師なのだ。

「OK、これは終わった」

一流のカメラマンは仕事が早い。

「次はなんだ?」

「ナポレオン3世の銀貨をシガーカッターに作り替えたものです」

「ただブッ撮りしてもしょうがないな。そうだ、ヒュミドールのへりに置いて撮ろう」

フカシとカミヤマはミケランジェロの判断力に敬意を表し、黙って頭を下げた。二人はいつしか天才マジシャンが繰り出す手品をみ

天才は優れたアイデアは即座に採用する。そのボトルのオープナーがついたトナカイの角は、読売新聞のフジワラ記者が北欧の土産に持ってきてくれたものだ。わたしのことを書いた、読売夕刊の「バーマンの流儀」という全4回の小さなコラムのお礼だった。

撮影はあっという間に終わり、アシスタントが機材を片付けて一足先に部屋を出ると、いつも4人で祝宴が催される。

「ところでシマジ、アレクサンドロス大王の銀貨は本物なんだろうね」

「もちろん本物だよ。詳しくは『MEN'S Precious』を読んでください。今回の三つのお宝の物語と出所を詳しく書いてあります」


るような傍観者の顔になっている。神技を持つカメラマンと仕事をすると編集者は楽チンなのである。

「はい、OK。次は？」

「これはサマーセット・モームの『月と六ペンス』の6ペンス銀貨です。ただし裏をみてください。1941と刻印されているでしょう。わたしの生まれ年です。それを指輪にしたんです」

「ずいぶんと小さいな、どうしようか」

するとここでカミヤマが素晴らしいアイデアを提案した。

「この壁にかかっているトナカイの角にはめてみたらどうでしょう？」

「カミヤマ、いいこと言うね。よし、それでいこう」

「今日の異端は明日の正統」を体現した天才数学者

遅ればせながら映画『イミテーション・ゲーム』を観てきた。この映画は今年（2015年）のアカデミー賞で8部門にノミネートされ、みごと脚色賞を受賞した注目作であるが、わたしの興味の中心は、現代に蘇ったシャーロック・ホームズをテレビドラマで見事に演じているベネディクト・カンバーバッチが、天才数学者アラン・チューリングをどこまで演じ切るか、であった。

冒頭に「これは実話に基づく物語である」という字幕が映されると、映画の世界にグッと引き込まれた。そう、この物語は英国政府が50年以上も隠し続けた驚愕の事実に基づいているのだ。

「世界一の数学者」を自負するチューリングに、ときの政府から密命が下った。ナチス・ドイツが頭脳を結集して作った暗号機「エニグマ」の暗号を解読しろ、という難題だった。すぐさま、チェスの英国チャンピオンや言語学者、数学者ら6名が、エニグマ解読チームを結成すべくロンドン近郊のブレッチリー・パークに集結する。

もちろんチューリングもその一員となるのだが、狷介《けんかい》固陋《ころう》にして変わり者の彼はほかのメンバーとなかなかうまくやっていけない。

そこにクロスワードパズルの達人、ジョーン・クラークという女性が加わると雰囲気がガラリと変わっていく。彼女の支えもあり、チューリングはついに暗号解読マシンを完成させ、エニグマを破ることに成功した。そのマシンは「クリストファー」と名付けられた。少年時代に同じ寄宿学校で知り合った同性の〝初恋の人〟の名前だった。

爬虫類のような顔をしたカンバーバッチが

演じるチューリングは圧巻だった。同性愛者のチューリングが天才女性ジョーンに好意を寄せて、針金で作った婚約指輪を贈るところが切ない。人間の心理はエニグマの暗号より難しいようだ。男と女の愛は肉体関係なしには成立しないのか。結局、ジョーンは別な男と結婚する。

記録映像でチャーチルがちょっとだけ映されるが、エニグマ解読においてはチャーチルの功績も大きい。チューリングが要求した10万ポンドの研究費とチーフの地位を認めたのはチャーチルであった。

ロンドンがナチスのユンカースに爆撃されるシーンとともに『英国王のスピーチ』で知られるジョージ6世の本物の演説が流れるのも最高であった。

チューリングがエニグマの解読に成功したお陰で第二次世界大戦の戦死者は半分以下になったというが、それでも6000万人以上の犠牲者が出た。

最後に「専門家はチューリング・マシンと呼んだ。現在我々はそれをコンピュータと呼ぶ」という字幕が出てくるのが感慨深かった。

この映画では「007」で有名なMI6が登場するが、当時はMI5までしか一般には知られていなかった。MI5やMI6にははじめ、「007」の作者イアン・フレミングをはじめ、スパイ短編小説『アシェンデン』を書いたサマーセット・モーム、H・G・ウェルズ、ジョン・ル・カレなどの作家が従事していたことは有名である。どうやら英国の作家は頭脳も命も国家に捧げるものらしい。

「007」シリーズでジェームズ・ボンドを演じたショーン・コネリーは、あまりにも強烈に色がつきすぎるという理由から天与のはまり役を降りてしまったが、カンバーバッチの演技をみるにつけ、あのまま続けていてもよかったのではないかと思ってしまった。『イミテーション・ゲーム』のカンバーバッチからはホームズのニオイも色も微塵たりとも感じなかったからだ。

この映画で再三にわたって繰り返される名台詞がある。

「時として誰も想像しないような人物が想像できない偉業を成し遂げる――」

これをシマジ流に言い換えるなら「今日の異端は明日の正統」であろう。

わたしは『イミテーション・ゲーム』を観ている間じゅう、こころのなかでさめざめと泣いていた。隣にいた若くて多感な島地勝彦公認書生のカナイは、辺り構わず声を出してワンワン泣いていた。

書生の泣きっぷりはさすがに度が過ぎるとはいえ、この映画を観て涙を流さなかった人は一度、心療内科を受診したほうがいいだろう。本作と比べてしまえば『アメリカン・スナイパー』などは「凡作」と言うしかない。前評判は高かったが、残念ながら〝格〟がちがうと言ったところか。

戦争の空しさを訴える藤田嗣治作『アッツ島玉砕』

わたしはシングルモルトの目利きでもあるが、書店の棚に潜んでいる面白本を発見する目利きでもある。平積みではなく、書棚に差さった一冊が「読んでくれ！」と絶叫しているのが、わたしには聞こえるのだ。

最近出版された本のなかでは『戦争画リターンズ』（平山周吉著　芸術新聞社刊）が圧巻である。GWの連休中、興奮しながら一気に読了した。軸になっている物語はわたしの大好きな画家、藤田嗣治《つぐはる》が描いた戦争画「アッツ島玉砕」だ。この絵にまつわるあらゆる資料を丹念に漁って書き下ろされた力作である。

もしかするといまの若者たちは「玉砕」という言葉すら知らないかもしれない。わたしが愛用している『新潮日本語漢字辞典』をひくと、「(玉のように美しく砕ける意) 大義・名誉などに殉じたり忠節を守るため、潔く死ぬこと。特に、降伏せずに戦死すること」とある。

戦時中、藤田嗣治は陸軍美術協会会長の任にあった。父親が軍医総監をしていたので、いままでの親不孝をここで一挙に返上しようという気持ちがあったのかもしれない。また、フランスから帰国してまもなく、藤田はトレードマークのおかっぱ頭を自粛して自ら丸坊主になった。

「私の『アッツ島玉砕』は毎日十三時間ずつ二十二日ぶっ通し面会謝絶で描いたもので、ある時は十五時間描きつづけた日もあった。キスカの撤退をラジオで聞き乍《なが》ら描いたときなど、自分の描いた絵がむく〳〵と動いて来るように感じて、自分が自分の絵が恐ろしくなり、線香を焚き、花をそなえて描きつづけた」

この箇所を読んで、わたしは慄然とした。たしかに「アッツ島玉砕」は鬼気迫るものがある。東京国立近代美術館がアメリカから無期限貸与されているこの傑作にして問題作は、いまでもときどき展示される。勤め先が神保町だったので、わたしも2回ほど原画を仔細に鑑賞したことがあるのだが、極めて暗い絵で、よくみないと細部がわかりづらい。下のほうに倒れているのがアメリカ兵で、上のほうで勇ましく軍刀を振り回しているのが日本兵である。

アッツ島の戦いでは、米軍1個師団約1万1000人に対し日本軍はわずか約2600

人であった。米軍は近代的な戦車や火器を装備し、しかも艦隊及び空軍の援護下にあった。一方の日本軍は山崎保代陸軍大佐の指揮の下、火砲数本の貧弱な装備であった。だから最後は肉弾相打つ接近戦にもつれ込み、実際に軍刀が活躍したのかもしれない。

「アッツ島玉砕」はほかの画家の戦争画とともに、敵国アメリカへの復讐を誓うプロパガンダ絵画として全国各地を巡回した。どの会場でも藤田の「アッツ島玉砕」が目玉となった。坊主頭の藤田も軍部の上官に絵の説明をするために各会場を訪れたそうだ。

「『アッツ島玉砕』も少なくとも二百万人の目に触れるものと予想されている」と藤田本人が得意顔で語っていた。青森の老人たちはこの絵をみるなり、感極まってお賽銭を投げたという。

本書を読んで驚いたのは、若きドナルド・キーン少尉が初陣で少し遅れてアッツ島に上陸し、玉砕した日本兵の死屍累々たる惨状を目の当たりにしたという話である。キーン少尉は「強い恐怖に駆られながら、ただそれを見詰めているばかりだった」という。その後ドナルド・キーンは日本文学及び日本文化研究の大家となり、いまでは日本国籍を取得して日本に住んでいる。

「アッツ島玉砕」はもちろん画家の想像力の賜物である。果たして実戦はどうだったんだろうかと、ふとわたしは疑問を抱いた。なにせ、1万1000人対2600人の攻防である。天才はプロパガンダよりも、戦争の残酷さ、空しさを訴えたかったのではないだろうか。

3人目の妻君代夫人の談として興味深い話があった。画壇の連中から浴びせられた「戦争責任の追及をおそれた藤田が日本を捨てた」という批判の声に対して、藤田自身は「日本を捨てたのではない。捨てられたのだ」と夫人にこぼしていたという。

日本に捨てられた藤田嗣治は再びパリに渡り、自らを「レオナール・フジタ」と名乗った。これはわたしの想像だが、日本画壇は藤田の天才ぶりに嫉妬したのであろう。

それにしても本書はいろんなことを考えさせてくれた。残された資料を入念に調べ上げた見事なノンフィクションである。

ぐぁんばれ！「週刊プレイボーイ」

先日、わが古巣「週刊プレイボーイ」（2015年5月11・18日号）に面白い特集が掲載されていた。懐かしの五月みどりさんへのインタビューだ。タッチャンこと立木義浩大先生も忙しいなか、わざわざ登場してくれているのだが、記事中、唐突にどこかへ消えてしまったのは残念であり、礼を失した行為である。タッチャンだからこそ下品にならず格調ある写真が撮れたのに。

発想はなかなか面白かった。5月4日の「みどりの日」に託《かこつ》けて、約30年前、五月みどりさんが協力してくれた「童貞混浴セミナー」の思い出を語る企画であった。

記事は「1984年の『童貞混浴セミナー』は、当時の編集長がいまだに自慢している伝説の企画です」とはじまるのだが、その「当時の編集長」というのは、わたくし〝シマジ〟である。毎号100万部を刷って97～98パーセントの売り上げを誇っていた黄金時代の大企画である。

もしわたしがいまの編集長だったらどうしたか。このぶっ飛んだ企画に参加してくれた勇気ある童貞諸君は総勢で十数名いたはずである。だから「週刊プレイボーイ」本誌で呼びかけて、〝童貞セミナー同窓会〟をやってみるのはどうだろう。

わたしが選抜した童貞軍団のなかには東大法学部の学生もいた。彼らはいまどうしているだろうか。想像するに、五月みどりさんのエロいオーラを浴びて、いまごろみんな大出世しているのではないだろうか。

インタビューのなかで五月さんもこう言っている。

「ほら、この男のコたちの顔を見てくださいよ。楽しそうでしょう。〈中略〉当時ノリノリでやったんでしょうね。もう一回みんなに会えたらすてきだな〜って思います」

いまからでも遅くない。当時の童貞諸君を草の根を分けてでも探す価値はある。当時20歳前後だった若者たちは、いまは50歳を少し過ぎたところだろう。なかには会社の重役になっている者もいるかもしれない。独立して一国一城の主になっているかもしれない。きっと結婚して子供もいるはずだ。

彼らはみな熱烈な読者として毎週欠かさず雑誌を買ってくれていたのだ。是非、〝読者恩返し企画〟として、もう一度五月みどりさんを呼んで「童貞セミナー同窓会」をやってみてほしい。

当時のページ担当はテリーこと田中照雄であった。わたしはテリーと相談して、場を盛り上げる助っ人として、トッカマスクこと小峯隆生を送り込んだ。われわれの期待通り、いやそれ以上に、コミネは大活躍してくれた。

五月みどり女神は童貞読者一人ひとりと向き合い、性なるイチモツを握りながら、「あなた、童貞は恋をして愛する女性に捧げなさいね」とやさしく語りかけたという。

それをみたコミネは突然ハダカになって大浴場にザンブと飛び込んだ。みどり女神は童貞ではない汚れたコミネのチンチンを握りながら、「あなた、なかなかの道具の持ち主ね」と囁いてくれたそうである。

五月みどりさんの聖なる手はコミネの汚らわしいチンチンに触ってもなお清らかなままであった。それはちょうど深山の泉で旅人が行水しても水は汚れないのと一緒である。

いまにして思うと、どうしてあんな破天荒な特集をやれたのだろうと不思議な気分になるのだが、それはやはり開高健文豪が人生相談「風に訊け」をやってくれていたからであろう。開高先生は「週刊プレイボーイ」にとって、まさに〝神棚〟であった。そのおかげで数々の乱暴な企画が実現したのである。

「今日の異端は明日の正統」。まず通念を破らない限り読者を驚かすことは出来ない。

自慢ついでに言わせてもらうと、「小泉今日子 ヌード以上」と謳って、当時人気絶頂のアイドルだったキョンキョンの胸部レントゲン写真を、トップのグラビアで掲載したことがあった。想像力豊かな読者は頭の中でキョンキョンの骨に肉付けして、こっそりオナニーに耽ったにちがいない。

ちなみに、わたしは袋綴じでヌードを掲載したことは一度もない。あれは読者を小馬鹿にした卑怯な手口に思えてならない。それから、いま流行のコケオドシの付録も、雑誌の内容の薄さを証明しているような気がしてならない。雑誌は雑誌であって、決して雑貨ではない。

わが愛する編集者たちよ、もっと読者を大事にしなさい。そうすれば賢明な読者はかならず戻ってくるはずである。ぐぁんばれ！

「週刊プレイボーイ」。

長生きしたかったら、書店に急げ！

明日2015年6月10日はわたしにとって記念すべき一日である。開高健文豪と40代のわたしが丁々発止とやりあった、あの『水の上を歩く？ 酒場でジョーク十番勝負』の復刻版が四半世紀ぶりに発売されるのだ。

親本と文庫版はとうに絶版となり、古本市場で探すしかない現状を考えると、新しく復刻された『蘇生版 水の上を歩く？ 酒場でジョーク十番勝負』は、読者にとっても僥倖であろう。

本書はまず、表紙からして美しい。銀の箔押しにシビれるではないか。ブックデザイナーの松田行正さんと日向麻梨子さんが持てる才能をフルに発揮してくれた。オビの推薦文には親本をボロボロになるまで読み込んでくれた発酵学の泰斗・小泉武夫教授が珠玉の一文を寄せてくださった。

「ユーモアとは何か、ジョークとは何かを知りたかったら本書を読みなさい。そうすると、この本から湧き出てくる笑いの中から、自然に明るい心が開けてきます」

蘇生版の担当編集者・モリタも、あらん限りの情熱を傾けてくれた。裏のオビには本書の膨大なジョークのなかからモリタがいちばん気に入った一節を抜粋している。

「新入社員の新聞記者が、記事はできるだけ簡潔に書けとデスクに言われて、書いてきた。『トム・スミス氏は、昨夜九時、自宅ガレージにて、愛車の燃料タンクにガソリンがあるかどうか調べるため、マッチをすってみた。あった。享年四十四歳』」

モリタは以前、「日本語版ニューズウイーク」の編集者でもあった。彼らしいセンスのいいチョイスである。

開高先生とわたしが大笑いしている見開きの写真をみて、その場の雰囲気を想像しながらじっくり読み進み、読者のみなさんにも大笑いしてもらいたい。ここに収められた8枚の写真は当時サントリーの社員カメラマンだった福井鉄也さんによる傑作である。

笑うと免疫力が増して元気になるという。長生きしたかったら書店に急げ、である。

序文はこの十番勝負を「サントリークォタリー」誌で連載しようと閃いた当時の辣腕編集長・谷浩志さんにお願いした。どうして純文学の文豪と「週刊プレイボーイ」のスケベ編集長がジョークで十番勝負をすることになったのか……。その真実を、いや秘密を元編集長の谷さんが切々と明かしてくれている。

やはり人生は運と縁とセンスである。上質な文化は素敵な出会いから生まれるのだ。

今回の復刻にあたっては、わたしがイタコとなり開高先生を天国からお呼びして、「ジョーク十番勝負」の番外編を一章設けさせてもらった。これは鍾愛してやまない開高先生へのオマージュである。

翌6月11日には、目出度く蘇生した『水の上を歩く？』を開高先生のお墓に納めるために、谷さんとモリタ、島地勝彦公認書生・カナイの4人で、北鎌倉の円覚寺へ行くことにしている。そのあとは上大岡の「割烹相模」で祝杯をあげる予定だ。「相模」は開高先生とよく行った料理屋である。二人でアンコウの胃袋を取り合って食べたことを思い出す。

巻末には1989年12月10日、開高先生のお通夜から戻ったその晩、「文藝春秋」のために徹夜で書き下ろした追悼文「開高健　研ぎすまされた哄笑」が載録されている。

『水の上を歩く？』は同じ1989年の春に初版が出版された。禍福はあざなえる縄のごとし、である。開高先生の命日は奇しくも夏目漱石と同じ12月9日であった。

奥ゆかしい鈴木京香さんの〝お母さん〟

伊勢丹「サロン・ド・シマジ」のバーで毎週末カウンターに立っていると、はじめて入っていらしたお客さまから、唐突に、「マスターはどんなタイプの女性がお好きなんですか？」と訊かれることがある。そんなときは大概、わたしが答えるより先に常連のお客さまたちが、一斉に口を揃え、まるで合唱するかのように叫んでくれる。

「フルボディ！」

たしかに妖艶であることは重要であるが、それ以上にこころ惹かれ、敵わないと思うタイプが存在する。それは「奥ゆかしさ」を秘めた女性である。

高貴、上品、優雅で強く惹かれるものの、一歩近づこうものなら、まるで剣豪の間合いに入ったかのような緊張感に襲われ、それ以上の突進には相当な覚悟が問われることになる。そんな奥ゆかしさと強さを垣間見せる女性と最近知り合った。女優の鈴木京香さんである。

在京一関一高の同窓会で、ジャズ喫茶「ベイシー」のマスター菅原正二とトークショーをやったことは以前にも書いた。その後、正ちゃんが懇意にしているバーへ移動し、恋人のように肩をくっつけ合って飲んでいると、そこへとんでもない僥倖がやってきたのである。鈴木京香さんがフラリと現れたのだ。

なんでも京香さんがはじめて出演した映画の舞台が「ベイシー」だったという縁で、正ちゃんと京香さんとは旧知の仲だという。正ちゃんの上京を知った京香さんがわざわざ会いにきてくれたのである。そこにたまたまわたしが居合わせた、というわけだ。

「こちらは先輩のシマジさんです」

正ちゃんが紹介してくれた。

わたしが挨拶すると、京香さんも「はじめまして」と言いながら、正ちゃんとわたしの間に座った。

「わたしは普段、ほとんどテレビを観ないんですが、偶然、NHKの『セカンド・ラブ』を連続で観ましたよ」

そう告白すると、京香さんは笑いながら「『セカンドバージン』ですね」と訂正してくれた。そこにはあの狂おしいほどの色香をたたえた熟女ではなく、楚々としたやさしい京香さんがいた。

ふいにカウンターのなかにいた大男のホシノ・バーマンが会話に入ってきた。

「京香さん、『おかあさんの木』を観ましたよ。泣けました。京香さんの新たな魅力が出ていて、素晴らしい反戦映画ですね。感動しました」

彼女はただ「有り難う御座います」と答えただけで、わたしに対して「ご覧になりましたか？」とも訊かず、「是非観てください」とも言わなかった。わたしはそこに彼女の生まれ持った奥ゆかしさをみた。

3人の会話は深夜2時過ぎまで続いたのだが、ただただ彼女の魅力に酔い痴れるばかりで、どんなことを話したのかはよく覚えていない。

最後に正ちゃんがわたしを宣伝してくれた。

「京香さん、シマジさんのエッセイは面白いんですよ。『週刊プレイボーイ』編集長時代のシマジさんを題材にしたNHKの再現ドラマ『全身編集長』も素晴しかった。オレなんか3回も観ましたからね。シマジさん、京香さんに諸々送って差し上げたらどう」

「それでは京香さん、事務所の住所を書いてください。今度の週末、伊勢丹の『サロン・ド・シマジ』から送らせていただきます」

わたしが調子に乗って言うと、京香さんは自宅の住所と電話番号を書いて渡してくれた。

次の土曜日、約束通り、『甘い生活』『知る悲しみ』『アカの他人の七光り』の3部作をはじめ、『バーカウンターは人生の勉強机である』『お洒落極道』『蘇生版　水の上を歩く？』とドラマ『全身編集長』のDVD、わたしが3回も観た大好きな映画『グレート・ビューティー』のDVD、シマジブレンドの紅茶を添えてお送りした。落手の報告は後日、正ちゃん経由で伝えられた。

カウンターで一人ニヤニヤしながら本にサインしているところを常連のお客さまがみていて、「マスター、役得ですね」と妬《ねた》まれた。

わたしは書生のカナイに伊勢丹周辺の映画館を調べさせ、その場で『おかあさんの木』のチケットを予約させ、翌日曜日、出勤前に午前中の回を観に行った。

映画『おかあさんの木』は1969年に発表された大川悦生の児童文学が元になっている。小学校の国語の教科書に何度も収録された作品だというから、読者のなかにも知っている方は多いことだろう。

鈴木京香さん演じる〝お母さん〟は、7人の男の子を産み、その全員を兵隊に取られ、たった一人の帰還もみることなく、一人寂しく命を落としてしまう。戦時中の長野県を舞台にした悲しい真実の物語だ。

夫は郵便局の配達員で、正月には養子に出した6番目の子供を含め7人の子供たちが、夫と雪合戦を愉しんでいる。しかし、その雪合戦の組分けが「日本帝国」と「支那国」で、迫りくる軍靴の音を感じさせる。

ある日、夫が心臓発作で急死、未亡人になったお母さんは、畑仕事をしながら子供たちを育て、子供たちもまたお母さんを支えていた。

そんななか、長男が兵隊に取られる。お母さんは息子が無事に帰ってくることを祈願して桐の木を植えた。続いて暴れん坊の次男も出征し、彼の分も桐の木を植えるが、長男の訃報とともに遺骨の入っていない箱が届いてしまう。四男、さらに視力が悪い乙種合格の三男までもが徴兵され、医者の家に養子に出した6番目の子は志願兵として出征し、帰らぬ人となった。お母さんは、それぞれの出征ごとに小さな桐の木を植えたが、戦地に赴いた息子たちはみな命を落としてしまった。

「お国のために」と子供たちを戦地に送り出したお母さんは、兵事係の姿をみて「もううちに来んでくれ」と懇願しながら畑を耕したが、果たして五男の召集であった。

駅で子供にしがみつき、憲兵に殴られながらも行かせまいとするお母さん――。隣で書生がハンカチを手放さず嗚咽していたのを責めることは出来なかった。かくいうわたしも涙ぐんでいた。いや、劇場の全員が、愛する我が子を失いたくないお母さんの気持ちに共感し、震え泣いていたはずだ。

やがて、工科に進んでいた末っ子も戦争に取られ、お母さんはついに一人ぼっちになってしまう。ガダルカナル島から届いた次男と五男の手紙だけが、お母さんのこころの支えになっていた。

「元気で帰ります。そう書いてあるんだね？」

長野の田舎で、文字が読めないお母さんが郵便局員に手紙を読んでもらい、その内容を暗唱しながら鍬《くわ》を振るう。

しかし、戦争が終わると、次男は戦死、五男は行方不明との報せが届く。成長した7本の桐の木に向かって、お母さんは語りかける。

「おめぇらを戦争に行かせるんじゃなかった。母ちゃんが悪かった。みんな、帰ってきておくれ」

調子に乗って筋書きをバラしすぎたが、そんなお母さんの悲しい人生を、奥ゆかしい鈴木京香さんが見事に演じきっている。戦後70年にして、平和とはなにかを改めて考えさせられる大作映画であった。

伊勢丹「サロン・ド・シマジ」のバーには、不肖・宮嶋こと宮嶋茂樹さんがガダルカナル島で撮影した戦没将兵の遺骨の写真が掲げられている。若くして南方戦線に散った英霊にバーで愉しんでもらいたいと譲り受けたものである。

喜劇王チャップリンからの贈りもの

「男は酒場と墓場で裁かれる」――。

これはわたしが若いころに閃いた言葉であるが、なかなかの名文句だといまでも自画自賛している。そしてこのたび、この言葉を体現するかのような大人の映画をみつけた。題名は『チャップリンからの贈りもの』。

チャップリンの映画なら、若いころに何度も観た。彼は切なく悲しい運命に抗って生きる勇気をユーモラスに描く天才であった。そのむかし中野好夫が訳した分厚い『チャップリン自伝』を読んで、彼が、人気絶頂から転落した女優の母親との生活のなかで喜劇の才能を磨いたこと、貧困のなかで絶望を希望に代える術を見出したことなどを知った。

チャップリンはその後、英国からアメリカに渡り大成功したものの、その作風から赤狩りにあいハリウッドを追放され、スイスでその生涯を終えた。故郷を追われた寂しさを癒したい人間が美しいスイスの湖水地方に身を寄せる例は、ココ・シャネルを筆頭に数多見受けられる。

映画のあらすじをみると、「1970年代、埋葬されたばかりのチャップリンの墓が暴かれ、遺体が盗難事件に巻き込まれる」とある。たしかにそんな事件があったことが記憶の片隅にある。これはまちがいなく面白い映画にちがいない。

すぐに書生のカナイに連絡して上映館を調べさせると、なんと恵比寿ガーデンシネマでやっているというではないか。そこはわたしの自宅からまさに指呼の間である。

さっそく次の土曜日、伊勢丹「サロン・ド・シマジ」に出勤する前、10時30分からの回を観ることにした。

舞台は1977年、スイスのレマン湖畔。刑務所から出てきたエディと、彼を迎え入れる旧友で土木作業員のオスマンが主人公だ。二人とも貧しい移民である。オスマンの妻は入院中で膨大な治療費がかかり、一人娘のサミラを大学にあげてやることも出来そうにない。

そんなオスマンだが、かつて自分を助けてくれた恩のあるエディに古いトレーラーハウスを用意する。娘のサミラも陽気なエディに勉強を教わったり、遊びに連れて行ってもらったりするうちにどんどん彼になついていく。

ある日、エディがどこからか拾ってきたテレビを点けると、喜劇王チャップリンの死が報道されていた。墓所は彼らの住むところから目と鼻の先にあった。そして連日の追悼番組を観ているうちに、エディはある名案を思いつく。

「チャップリンは放浪者の友達、移民の友達、貧乏人の友達、つまりわれわれの友達だ」

なんとチャップリンの遺体を盗み出し、身代金を要求しようというのである。

信心深いオスマンはそのアイデアに反対するが、妻の入院費を稼ぐため、そして普段は気丈に振る舞っているものの夜中に母親に会いたくて泣いている娘の姿をみて、作戦に乗ることにする……。

映画紹介を試みると、どうしてもストーリーを書き過ぎてしまい担当編集者のヒノからお小言をくらうのだが、この作品は是非、映画館に行って観てもらいたい。全編に通底するチャップリンへのオマージュが素晴しい。『街の灯』や『キッド』を感じさせる。

貧困や子供とのふれあいがあり、船に乗れば機関室の機械が『モダン・タイムス』のようにせわしなく動いている。エディが途中で道化師の職を得るサーカスのシーンは、そのまま『サーカス』を思い出させるし、鏡をみて化粧しているときに女性がエディの肩に手を置くシーンや、二人組で舞台に出るシーンは『ライムライト』を彷彿とさせる。

そんななか、サーカス団の団長を演じる女性に見覚えがあるような気がしていた。パンフレットをみると、なんとわたしが編集者になるきっかけを作ってくれたマルチェロ・マストロヤンニの娘だというではないか!

そういえばこの作品から感じるチャップリンへの尊敬の念は、『グレート・ビューティー』にみられる『甘い生活』へのオマージュと似ているような気がする。

こうした要素を踏まえてなお、この映画がただのノスタルジアで終わらないのは、喜劇王チャップリンが死んだ後にも、彼の存在によって不幸な人々が幸せになったというハッピーエンドをみせてくれるからであろう。まさに「チャップリンからの贈りもの」なのだ。

ちょうどそのころ、27時間もぶっ通しで同じ番組を流していたテレビ局があったが、そんなものより、この2時間の映画からのほうてっきりコメディだと思って油断していたんです」

まあ、いい。男は、泣いて、泣いて、そしてまた泣いて、一人前に成長していくものなのだ。泣け、書生、気の済むまでな。

がどれほど多くを学べることだろう。

明るくなった劇場で隣をみると、カナイが震えて泣いているではないか。

「なんだ、お前はまた泣いていたのか」

「だって先生、今日観る映画は『むかしの墓泥棒の話だ』と仰っていたではないですか。

塩野七生さんと乾杯した夜

２００９年の10月1日、わたしの処女作『甘い生活』が講談社から出版された。おかげさまで9刷まで増刷された。そしてこのほど講談社＋α文庫に入ったのである。

親本と同じく、なかだえり画伯の絵を使って、鈴木成一さんが美しい文庫にデザインしてくれた。感謝してやまない。序文を引き受けてくれた塩野七生さんが、わたしを過大評価した文章を寄せてくださったことにも感謝してやまない。

しかしながら、品格ある大作家の塩野さんに、「ファック」や「オナニー」といった卑俗な単語を書かせてしまったことには忸怩たるものを感じている。塩野さん、ごめんなさい。

そんなことを思っていたら、日本に一時帰国している塩野さん本人から電話があった。塩野さんは相変わらずの元気な声でこう言った。

「シマジさん、明日夕刻から時間取れます

か？」

「塩野さんの頼みとあらば、いくらでも取りますよ。なにが召し上がりたいですか？」

「そうね、いつか行った銀座の焼き鳥屋がいいわ」

「お安いご用です。何時にお迎えに行ったらいいでしょうか？」

「ではこのホテルに7時にお願い」

「了解しました。では明日、きっかり7時に伺いますね」

わたしはすぐさま「鳥政」のオヤジに電話を入れた。

「オヤジ、大変だ。明日7時過ぎに塩野七生さんが『鳥政』に行きたいと言っているんだよ。なんとか並ばないでいいようにえこひいきしてくれないか」

「承知しました。入り口に近いカウンターを2席押さえておきましょう。前回は30分も外で並ばせてしまったことをお詫びしておいてください」

「オヤジ、ありがとう！　今度講談社から文庫が出るから、いの一番に贈呈します」

そして翌日、塩野さんとわたしは「鳥政」でカウンターの人になっていた。

「オヤジ、シマジコースを頼むよ」

「あなた、ここでもえこひいきされているのね」

「生意気を申せば、えこひいきされてこその〝甘い生活〟です」

「じゃあ今夜はわたしもシマジさんのえこひいきのご相伴に与《あずか》ろうかしら」

塩野さんは隣でスパイシーハイボールを美味しそうに飲んでいた。オヤジが気を使ってくれたのか、最初に手羽の塩焼きが出てきた。それからはペタ、クビカワ、白レバーと続くいつものシマジコースに戻った。

「ここの焼き鳥はホントに美味しいわ」と言って、塩野さんは一本一本を褒めちぎった。

「今夜どうしてシマジさんに会いたくなったかというと、12月中旬に書店に並ぶ予定の新刊『ギリシア人の物語』がやっと校了になったからなの。この高揚感をあなたと一緒に味わいたかったの」

「光栄です。塩野さんは大学でギリシャ哲学を専攻されていましたものね。『ギリシア人の物語』は何巻になる予定ですか?」

「全3巻になるはずです。最後はあなたの好きなアレクサンドロスの登場で締めくくろうと考えていますが、さてどうなることやら」

「それは愉しみです。すぐに読みます。そしてまた書き込みして読んだ本を送らせてください」

「今夜はこれからシマジさんの仕事場のバーに行って飲みたい気分なの」

「嬉しいです。是非、寄って行ってください。だいぶ模様替えしましたよ。そうだ、塩野さんに是非飲んでいただきたいウイスキーが2本あります。1本は英国のストラフォード伯爵から白洲次郎に贈られたブラック・ボトル・ウイスキー、もう1本は1963年モノのグレンモーレンジィです」

「たしかストラフォード伯って白洲次郎のケンブリッジ時代の親友じゃない。それに1963年っていったら、わたしがはじめてイタリアに渡った年だわ。あなた、それを覚えていてくれたのね」

「今夜は『サロン・ド・シマジ』本店で、『ギリシア人の物語』の完成とわたしの『甘い生活』の文庫化を、2本のウイスキーで乾杯しましょう」

作家が本を出すとき、女性が子供を産むのと同じような喜びを感じるものである。しかも書き下ろしの新刊である。塩野さんの興奮はいかばかりか。

わたしは『甘い生活』が文庫化された喜びと誇りを噛みしめながら、塩野さんの『ギリシア人の物語』の校了に何度も何度も乾杯した。

最後に、文庫版『甘い生活』を買い求めてくださった読者のみなさまにお願いがあります。塩野さんが忠告しているように、一気に読み切らないでください。夜寝る前に2〜3本ずつ、気長に読んでくだされまじくや。本書はわたしにとって輝ける人生のドキュメントなのです。

トニ・セルヴィッロの一人二役に大満足

久しぶりに一人で映画館へ行ってきた。恵比寿ガーデンプレイスで観たその映画は『ローマに消えた男』という題名である。大人が愉しめる最高級の娯楽映画であった。

主演は『グレート・ビューティー』のトニ・セルヴィッロである。双子の兄弟の政治家と哲学者を一人二役で見事に演じ分けていた。

兄のエンリコは野党の政治家で党首であるが、支持率がガタ落ちになったためにノイローゼに陥り、天下分け目の国政選挙を目前に、突然パリに住む元恋人の家族のもとに逃亡する。元恋人も夫も娘もエンリコを温かく迎え入れてくれる。そこがこの映画のヘソである。精神的に病んでいた政治家は、元恋人家族とのふれあいのなかで徐々に快復していく。

腹心の部下アンドレアが彼の自宅に駆けつけると、ピアノの上に「一人になる時間が欲しい」とエンリコの書き置きが残されていた。妻のアンナも行き先に心当たりがなく途方にくれている。困り果てたアンドレアは一世一代の芝居を打つ。「エンリコは体調不良で入院した」と、党の同僚にもマスコミにも、その場しのぎの大きな嘘をついたのだ。するとアンナが、夫には瓜二つの双子の弟がいると言い出す。名はジョヴァンニ。大学で哲学の教授をしているという。双子の兄弟は長らく疎遠の仲であった。アンドレアはジョヴァンニを探し出した。哲学の教授は心の病で入院していたが、ちょうど退院したばかりだった。

質素な一人暮らしで狭いアパートには書物が山積みされていた。「とにかくレストランで食事をしよう」と誘いだし、二人はレストランに入った。

アンドレアに電話がかかってきてちょっと席をはずした隙に、同じ店に居合わせた目ざといジャーナリストがジョヴァンニをエンリコとまちがえてインタビューしてしまう。すると、哲学の教授は見事にエンリコになりすまし、質問に対して切れ味鋭い回答をする。

その様子を目撃したアンドレアは、「替え玉作戦で行こう」と心を固めたのである。替え玉の弟のほうが本物よりも弁舌爽やかでユーモアにも長けていた。

作戦は大当たりした。たちまち党首の人気は上昇してメディアにも取り上げられ、党の支持率はうなぎ登りに急上昇していった。

この二役をトニ・セルヴィッロはじつに巧みに演じ分ける。絶えずユーモアが漂っている。

ところが、パリに雲隠れしていたエンリコが新聞で弟が自分の替え玉になって大活躍している事実を知るのである。何十年かぶりに双子の兄弟は電話でほんの少しだけ話し合う。このシーンもこの映画のキモかもしれない。

何十万人ものローマ市民が集結した大集会のステージで、エンリコになりきったジョヴアンニは聴衆のこころを揺さぶる大演説をぶつ。哲学者の教授はドイツの劇作家であり詩人ベルトルト・ブレヒトの言葉を引用してしゃべり出した。

「君は言う　ひどい世の中だと　闇が深まり力が萎える　こんなに長く働いても　状況は厳しい　始める前よりも　敵の目の前にいてかつてなく手強く　その力は増す一方で　とても勝ち目はない　我々は過ちを犯した　それは否定できない　我々は減る一方だ　我々の言葉は　混乱している　言葉の一部は敵にねじ曲げられた　見る影もないまでに　何があやまちで　何がいつわりなのか？　言葉の一部か？　すべてなのか？　誰に頼るのか？　我々は生き延び　流れからはじかれ　取りのこされるのか？　誰も理解せず　誰にも理解されず　それとも自分の運を　天に任せるのか？　そう君は自分に問う　君に必要なのは　誰の答えでもない　君自身の答えなのだ」

この演説はいまの日本人のわれわれにもこころに染み入る言葉ではないだろうか。

ところがローマから姿を消したエンリコに続き、ジョヴァンニも忽然と姿を消すのである。さてエンディングはどうなるのか。それは観てのお愉しみとしておこう。

ロベルト・アンドー監督はこの映画の原作を小説として発表し、脚本も手がけている。「軽快さ」を自分の売り物にしているのだとパンフレットのインタビューで答えている。

本当に見応え満点の映画であった。トニ・セルヴィッロの演技が冴え渡っていた。とくに笑顔が素晴しかった。

中学3年生のK.S.と74歳のK.S.

以前「MEN's Precious」を定期購読している恐るべき中学3年生の話を書いたが、先日、その中学生が再び伊勢丹のバーに顔を出してくれた。今度は洒落たカーディガンを装っていた。ひいき目にはクルチアーニ風にみえた。金持ちのお坊ちゃまなのかもしれない。彼はいま中高一貫制の学校に通っているという。

その日も彼は「サロン・ド・シマジ」特製の紅茶を飲んだ。バーの常連客のアキヤマ教授が相手をしてくれて、こんなアドバイスをしていた。

「英語の辞書はそろそろ英英辞典を使ったほうがいいよ。『Collins Cobuild English Dictionary』がおススメです。君の英語力にますます磨きがかかるはずですよ」

「国語辞典はなにがいいですか？」と若きK.S.がメモを取りながら訊いてきた。そこで老K.S.がすかさず助言した。

「それなら『新潮日本語漢字辞典』はどうだろう。これは国語辞典と漢和辞典が一緒になったスグレモノで、一生使える素晴らしい辞書だよ。その言葉をどう使うのか、文豪はどう使ったのか、丁寧に例文が添えられているんだ」

話がマリー・アントワネットのことに流れて行ったときも、K.S.君は堂々と自分の見解を述べていた。多分、シュテファン・ツヴァイクの傑作『マリー・アントワネット』を読んでいるのだろう。

「君は大学生になったら、ここでシマジさんの書生第2号をやればいい」

アキヤマ教授が水を向けると、中学3年生は目を輝かせてこう答えた。

「シマジ先生さえよろしければそうさせていただきます」

そのとき、わたしの脳裏に感慨が走った。4年後か。わたしは78歳になっている。まだこうして元気にカウンターに立っているだろうか。よし、この中学生の夢を叶えてやるために、一つ頑張るとするか。

そして若かりし日の自分を、懐かしく、昨日のことのように思い出した。

小学5年生になろうとしていたある夜、わたしは突然、オナニーを覚えて感激したものである。同級生の友達もそうだったのだろう。悪友が訊いてきた。

「シマジ、お前はオナニーにどれくらい時間をかけるんだ?」

「そうだね。おれはだいたい40~50分はかかるかな」

わたしが小さな声で答えると、その友人は呆れて「いちど病院に行って診てもらったほうがいいんじゃないか」と心配してくれた。

わたしの遅漏は小学生のときからの持病だったのかもしれない。しかしそれが大人になってからどれほど役に立ったかは、言うまでもない。

読書の話をすると、わたしが小学4年生のとき、雑誌「少年」で漫画『鉄腕アトム』の連載がはじまった。時を同じくして雑誌「冒険王」では『いがぐり君』がはじまり、わたしはたちまち両方の虜になった。しかし、『いがぐり君』の作者福井英一氏が急死してからは漫画を読むのを止めてしまった。

すると今度は、たまたま本屋でみつけた鱒書房の大人向け「ルパン全集」の虜になった。全25巻だっただろうか。わたしの記憶が確かなら、中学2年生になるころには全巻読了していたはずだ。

その後、中学3年生になるまでは新潮社の「シャーロック・ホームズ全集」全6巻を夢中になって読み漁ったものである。

そう考えると現在のK.S.君のほうがだいぶ上を行っているような気がする。第一、お洒落である。しかも法を守って真面目である。

高校生になると同時に、わたしはサマーセット・モームに耽溺した。『人間の絆』や『月と六ペンス』を貪り読んでは、「女は馬鹿だよ」という〝名言〟に興奮していた。バルザックやスタンダールを知ったのもそのころだった。

18歳の春、女を知って手淫から卒業した。よく結婚しても自瀆に耽る男がいるが、わたしにはあの激しい〝賢人タイム〟が堪えられないのである。遅漏が故に〝賢人タイム〟も長く続くものなのだろうか……。

小説は多感な10代で読むべきものである。わたしのように70歳も越すと、小説よりもノンフィクション、とくに歴史ものが面白くなる。浮世のアカが蓄積した灰色の脳細胞には、小説は絵空事のように思えてしまうのだ。

大好きなツヴァイクに巡り会ったのはたしか1962年のころで、わたしはまだ大学生であった。高校生のころまでは読書に飽きると、よく広沢虎造の浪曲を聴いたものである。

2015年の夏のスコットランド旅行では、蒸留所を渡り歩く道中のクルマの中で、半世紀ぶりに虎造の『清水次郎長伝』に聴き惚れた。

一緒に旅した「Pen」の担当編集者サトウ・トシキがいみじくも言ったものである。

「わかりました。シマジさんの歯切れがよくてハイカラな文章は、虎造のリズムと多くの翻訳ものに依るところが大なんですね」

まったくそうかも知れない。中野好夫をはじめコナン・ドイルを訳した延原謙も、むかしの翻訳者はみな名文家であった。

ダニエル・クレイグ最後のボンド

２０１５年の暮れから評判になっている「００７」シリーズ最新作『スペクター』についてわたしなりに論じてみたい。

わたしがはじめて観た「００７」は、いまから52年前の１９６４年、新宿の映画館にかかっていた『ロシアより愛をこめて』だった。当時のわたしはまだ23歳で、人生の10分の1しかわからず、しかも貧乏だった。

そんなわたしにとって、ショーン・コネリー演じる野生的でセクシーな「ジェームズ・ボンド」は圧巻だった。そして翌年公開の『ゴールドフィンガー』ではシャーリー・バッシーの迫力ある歌声を知った。

正直に告白すると、ショーン・コネリーが演じるジェームズ・ボンド以外のボンドは、野生味にもセクシーさにも欠けていて、いまいち好きになれなかった。そしてだんだん「００７」から興味が薄れて行ったのだった。

しかし6代目ボンド、ダニエル・クレイグになってからは、再び観はじめた。ダニエル・クレイグ演じる引き締まった肉体の寡黙なボンドは、ショーン・コネリーの次に魅力的だと思うのだ。

噂によると、ダニエル・クレイグは今回の『スペクター』を最後にボンド役を引退するらしい。お次はいったい誰になるのだろうか。

個人的にはテレビドラマで「シャーロック・ホームズ」を演じているベネディクト・カンバーバッチにやってもらいたい。そしてアクションばかりではなく、スパイの内面の葛藤を巧みに表現してもらいたいものだ。全世界を恐怖に陥れているISにボンドが捕まっているシーンからはじまったら興味津々なのだが。

さて、最新作『スペクター』はどうか。まず冒頭の「死者の祭り」の演出は、『死ぬのは奴らだ』の敵役、サメディ男爵へのオマージュではないだろうか。

ドクロの衣装を身に着けたボンドがフルボディの美女と接吻を交わしながら、スルスルと装束を外していく。帽子を後方ベッドに投げるシーンは、ショーン・コネリー演じるボンドが帽子をかぶっていたころの、コート掛けに帽子を投げるシーンへのオマージュであろう。

ボンドが着る白のディナー・ジャケットもショーン・コネリー時代を彷彿とさせる。列車のなかでの凄絶な格闘は『ロシアより愛をこめて』の作中、疾走するオリエント急行内でスペクターの工作員と戦ったシーンを思い起こさせる。悪の組織スペクターの首領が着るマオカラーのジャケットも、往年のボンドファンにとってなじみ深いものだ。

しかし、今回の『スペクター』はファンの「理想のボンド像」を実現していくために、大活劇の形式を用いている分、前回の傑作『スカイフォール』に比べると、物語の深みにおいて見劣りするような気がしてならない。

半世紀を経てなおボンドをボンドたらしめるものは、どんな秘密道具やスーパーカーで武装しようとも、最後は己の知恵と力と勇気をもって、皮肉という仮面と鍛え抜かれた肉体だけを武器に戦い抜く、突き詰められた「ダンディズム」にこそあるのではなかろうか。そこをもう少し丁寧に描いてほしかった。

それにしてもダニエル・クレイグのボンドはなぜか死の香りがする。また今回、ボンド・ガールならぬボンド・ウーマンを演じた〝イタリアの宝石〟モニカ・ベルッチ（50

歳）は出色であった。

残念なこともある。クラブで格好よく酒を飲むシーンやシガーを吸う粋なシーンが登場しなかったのは、WHO（世界保健機関）のせいなのだろうか。寂しい限りである。次回作に期待したい。

7パーセント・ソルーション

延原謙訳の「シャーロック・ホームズ全集」は中学生のとき耽読した。言ってみればわたしは半世紀以上前からの筋金入り〝シャーロキアン〟である。「シャーロック」と聞くだけで、読んでしまうし観てしまう。テレビは天気予報とニュースをちょこっとしか観ないわたしであるが、NHK BSプレミアムで放映しているBBC制作の『シャーロック』シリーズは毎回欠かさない。そしてこのたび、その番組の制作スタッフが劇場用映画を作ったというではないか。これは観ずにはいられない。

さっそくサンデー・バトラーのミズマに予約させて、日曜日の午前中、「サロン・ド・シマジ」に出勤する前に、渋谷東宝シネマに駆けつけた。

邦題は『忌まわしき花嫁』、原題は“The Abominable Bride”である。わたしの英語力では“abominable”は理解の外にあったので、毎日英語を使って仕事をしているミズマに訊いてみた。

「この単語はいままで使ったこともないですね」

次に訊いたのは「サロン・ド・シマジ」のバーで「教授」と言われている博識のアキヤマである。

「ちょっと待ってください。アバンダン、アブリービエイト、アブディケイト……。アボミナブルですか、思い出せません」

こうなったらわたしの紅茶の師匠ジェフ・トンプソン先生に訊くしかない。電話を入れると、彼はたちどころにこう答えた。

「アボミナブルという単語はそんなに難しい語ではありません。むかしヒマラヤのイエティのことを〝ザ・アボミナブル・マン〟といいました。日本語ではなんといいましょうか、たとえば天候がとても悪いとき〝アボミナブル・ウエザー〟というように、『酷い』とか『忌まわしい』という意味です。この映画の場合、〝ギョッとする〟といったニュアンスで使われたのでしょう」

日本人の英語力はまあこんなものなのである。

さて肝心の映画であるが、テレビシリーズとは打って変わり、舞台は現代からヴィクトリア時代（1895年）の冬のロンドンに戻る。

もちろん街中にはクルマではなく馬車が走っている。ベイカー通りの探偵事務所も古色蒼然とした佇まいである。

最初の出会いでホームズは、ワトソンがアフガン戦争から帰還した軍医であることを、会話をすることもなく、鋭い観察力で見抜いてしまう。ここはテレビシリーズとまったく同じである。

1895年のホームズはこのとき、死後どれくらい経つと死体にアザが残らないかを確かめるために、必死で死体に鞭を打っている。このシーンもテレビシリーズで見られた光景である。

現代版ホームズさながら、二人はヴィクトリア時代の221Bで探偵の仕事をするのだが、この映画はテレビシリーズを念入りに観た人でないとついていけない構成になっている。とくにシリーズ3『最後の誓い』を観ていないと理解に苦しむだろう。

ホームズはある事件の解決のため、潜入捜査をしてコカイン中毒になる。テレビシリーズは、ホームズがMI6の潜入任務に就き、飛行機で東欧へ飛び立つところで終わるのだが、今回の映画はすべてホームズが機内でみている幻覚の世界の話なのである。

その幻覚は、シャーロック作品に詳しい人ならご存じの通り「7パーセント・ソルーション」のコカイン溶液を常用しているホームズ自身の精神世界の投影である。

ずいぶんむかしの話になるが、『シャーロック・ホームズの素敵な挑戦』という映画があった。原題は“The Seven-per-cent Solution”。映画を観ながら、この映画館の中に原題の意味がわかる人は何人いるだろうと思ったことを憶えている。

テレビシリーズ同様、シャーロック・ホームズの兄マイクロフト役のマーク・ゲイティスがスティーヴン・モファットと共同で映画の脚本を手がけている。そのため随所にテレビシリーズ及び原作へのオマージュが仕掛けられているのだが、それが逆にあだとなったのではないか。とにかく90分間にいろいろ詰め込みすぎた感は否めなかった。

本編だけをはじめて観る人はきっと退屈することだろう。わたしの隣の客などは途中から船を漕いでいた。

ミズマにパンフレットを買いに行かせたところ、なんとこの映画にはパンフレットが用意されていなかった。きっと、すべてが幻覚の世界の物語であると書いてしまったら、面白くもなんともないからだと思う。

テレビシリーズの最高傑作は、『ボヘミアの醜聞』を下敷きにした『ベルグレービアの醜聞』だろう。アイリーン・アドラー役で出演しているララ・パルヴァーがフルボディで、とにかくいい女だった。金庫の暗証番号が彼女のスリーサイズになっていることを見抜き、見事に開錠するあたりは、さすがシャーロック・ホームズさまさまと脱帽したものである。

「世界ノンフィクション全集」を知っているか

書物は人生に最大の影響を与えるものである。

わたしは浪人生時代、受験勉強にまったく身が入らず、読書三昧の日々を送っていた。ちょうどそのころ、筑摩書房の「世界ノンフィクション全集」全50巻の刊行がはじまり、毎月1冊ずつ、本屋の店頭に並んだ。

それは、わたしが高校生のころから尊敬していたサマーセット・モームの名訳者、中野好夫を筆頭に、吉川幸次郎、桑原武夫といった当時の第一級の教養人3人が編集したものであった。第1巻が発売されたのは、忘れもしない、1960年の4月中旬だった。

優れたノンフィクションと比べれば、どんな小説も所詮は絵空事であると、その当時からうすうす感じていた。約5年間にわたって、毎月1冊ずつ発行されたこの世界的視野に立った全50巻の書物が、若きシマジに与えた影響は計り知れない。みすず書房の「ツヴァイク全集」21巻を読破したのは、ずっと後のことである。

「世界ノンフィクション全集」の醍醐味は、1953年に人類初のエヴェレスト登頂に成功したエドマンド・ヒラリーによる自叙伝『わがエヴェレスト』や、これも人類で初めてニューヨーク―パリ間の大西洋単独無着陸飛行を33時間かけて成し遂げたチャールズ・リンドバーグが自ら書いた『翼よ、あれがパリの灯だ』などが収録されていることであろう。この二つは第3巻に納められている。

なかでもわたしがいちばん感動したのは第5巻の『タイタニック号の最期』である。これは生き残った人間の自叙伝ではなく、ウォルター・ロードによるノンフィクションの佐藤亮一訳である。タイタニック号と運命を共にしたエドワード・スミス船長が亡くなる瞬間は涙なくして読めなかったと記憶している。

この全集と出会っていなかったら、多分、わたしは編集者にはなっていなかっただろうし、〝名物編集長〟という名誉あるニックネームも頂戴していなかったことだろう。

なぜいまごろ、こんなに古い、女遍歴ならぬ読書遍歴を披露したくなったのか。それには伊勢丹「サロン・ド・シマジ」の常連客の一人、神保明洋という國學院大学の学生との出会いを語る必要がある。彼はとても面白い男で、平成生まれの若者のくせに古本屋巡りが趣味だという。

「シマジ先生、どんな本でもぼくが探し出して差し上げます」

「じゃあ、わたしが青春時代に耽読した筑摩書房の『世界ノンフィクション全集』全50巻をみつけてくれないか。もう一度あの感動を味わってみたいんだ。神保町の古本屋街に行くたびに探すんだが、バラ売りでしかみたことがない。頼む」

軽い気持ちでそう言ったら、ものの1週間も経たないうちに全50巻が一揃い送られてきた。しかもたったの2万5000円である。さすがは名前が「神保」だけのことはあるなと感心したものだ。ちなみに45年前は、黄色い化粧カバーつきで1冊290円であった。

わたしはいま夢中になってこの全集を再読

している。あのころの翻訳者は、いまとちがって味わい深い日本語で訳している。そもそもの文章力がちがうのだろう。

たとえば、リンドバーグの『翼よ、あれがパリの灯だ』の原題は"The Spirit of St. Louis"である。翻訳タイトルのほうが日本人には受けたのは当然である。

学生時代とちがい、いまのわたしは「人生の小春日和」の真っ只中にいて忙しいので、全部を読むにはあと10年ぐらいかかるかもしれない。それでも、一人でいてもワクワクするくらい愉しいのである。やっぱり人生には出会いが重要である。

もしもわたしが三越伊勢丹ホールディングスの大西洋社長に出会っていなければ、バーで神保のような「平成生まれの大正男」にも出会わなかっただろう。そしてこの輝ける「世界ノンフィクション全集」にも再会していなかったはずだ。ここはやはり大西社長に感謝すべきだろう。

人はどうすれば美しく歳を重ねられるのか

伊勢丹「サロン・ド・シマジ」の常連客で〝殺し屋〟の異名をとるヤマモトが、わたしへの誕生日プレゼントとして、とある映画の前売り券を贈ってくれた。

サンデー・バトラーのミズマをお供に、新宿のバルト9で封切りと同時に観たその映画とは『グランドフィナーレ』である。

2014年に大感動した『グレート・ビューティー』と同じく、パオロ・ソレンティーノ監督作品である。面白くないはずがない。

映画を観てこころの底から笑いそして泣いたのは久しぶりであった。圧倒されるほどの映像美で、燦たる夕日に向かう年老いた成功者たちの群像劇が見事に描かれていた。

俳優陣も豪華だ。主役はマイケル・ケイン。世界的な作曲家であり、いまは引退している指揮者を巧みに演じる。その指揮者と60年来の親友でいまだ現役の映画監督を演じるのはハーヴェイ・カイテル。老指揮者の娘を演じるのはレイチェル・ワイズ。ご存じの通り「007」のダニエル・クレイグの実際の奥さんである。

圧巻は80過ぎの老女優を迫真の演技でみせるジェーン・フォンダだろう。

舞台はスイスのアルプスにある実際の高級ホテル。そこに世界的なセレブたちがヴァカンスで集まってくる。

指揮者の娘と映画監督の息子は結婚しているので親戚関係になっているのだが、映画がはじまってすぐにその夫婦は離婚する。原因は夫の浮気が本気になってしまったためだ。理由がふるっている。

「彼女はベッドで最高なんだ」と夫が妻に告白する。

「そんなことはない。お前はベッドで最高のはずだ」と指揮者が娘を慰める。

「パパ、どうしてそう思うの」と娘。

「それはわたしがベッドで最高の技を演じられるからだよ」とパパ。

父と娘は爆笑する。このシーンではわたしも大笑いした。

80歳を迎えた主人公の指揮者にエリザベス女王から特使を通じてある依頼が舞い込む。彼の不朽の名作「シンプル・ソング」をフィリップ殿下の誕生日に指揮してくれないかというのだ。

ところが彼はガンとしてその依頼を拒む。特使が「BBCオーケストラが演奏し偉大なソプラノ歌手スミ・ジョーが歌うのですよ」と言っても彼は興味すら示さないのである。

その理由は感動的に告白される。人はどうすれば美しく歳を重ねられるのだろうか――。それがこの映画のテーマである。

毎晩のように富豪たちがレストランに集う。そのなかに一言もしゃべらない夫婦がいる。ある夜、突然、奥方が夫に平手を喰らわせ席を立つ。残された夫は一人静かに食事をする。

指揮者と映画監督がホテルに隣接する森を散歩していると、件の夫婦が木を背にして激しく愛し合っているところを目撃する。そこでわたしはわが格言を思い出した。

「浮気がバレると実刑はないが時効もない」

この映画の監督パオロ・ソレンティーノは16歳のとき、大好きなマラドーナの試合を観に行った。同日同時刻、彼の両親は別荘の暖房装置の事故で亡くなった。少年はたまたまサッカーの試合を観に行って助かったのである。

以来、ソレンティーノはマラドーナを命の恩人と慕っているという。そんなわけで映画のなかに一見マラドーナを彷彿とさせる男が登場する。天才ソレンティーノ監督自身「スポーツ界の並外れた人物が出てくると、シンプルな動きでも芸術作品になる」とパンフレットのなかで語っている。

『グランドフィナーレ』は前作『グレート・ビューティー』以上の傑作である。登場人物がバラエティに富んでいるのがいい。年老いた登場人物の一人ひとりが哀しくそして愛しい。

これは正真正銘、大人の映画である。是非、映画館で観ることをおスススメしたい。

平成生まれの大正育ち

島地勝彦公認古本ハンター、神保明洋がまたやってくれた。

「もう一度手に取って読みたい雑誌がある。それは戦後まもなく発刊されたエロ雑誌の『りべらる』なんだがねえ」と、わたしがバーのカウンター越しに一言呟いただけで、神保町に猟犬のごとく飛んでいき、懐かしの「りべらる」を5冊も咥えて戻ってきたのだ。

わたしは小学4年生のころから、親の目を盗んで、夜な夜な蒲団の中で懐中電灯の明かりを頼りに「りべらる」を読み耽っていた。その結果、5年生になるころにはド近眼になっていて、メガネデビューを果たしたくらいである。

この雑誌は同級生の友達の家にあったのを見つけ、無断で借りてきたものだった。そのころの家族は8人兄弟なんてのもザラだったから、きっと長兄の愛読誌だったのだろう。ただし同級生たちはみな少年漫画雑誌にしか興味をしめさなかった。

いま改めて見ても「りべらる」の活字は極小で読むのが困難なくらいである。しかし読み進めていくと、エロ本にはちがいはないが、かなり文化的な香りが漂っている。とにかく執筆陣が豪華なのだ。

若き山田風太郎、有馬頼義、北条誠、橘外男のエロ小説が載っているかと思えば、性科学者、高橋鐵の姦通罪に関するエッセイもある。巻頭のモノクログラビアにはスタイルの悪い女のヌードが載っているが、挿絵はなかなかそそるものがある。

創刊は昭和21年（1946年）8月とあるから、太平洋戦争が終わった1年後に誕生したようだ。はじめの2〜3年はペラペラの50

ページの雑誌だったということだが、男たちの欲情を駆り立てることに成功して、わたしが愛読していたころには186ページに増ページされていた。

ヌード写真については「中村立行」というカメラマンの名前を記憶している。どうして覚えていたのか、その理由は忘れたが、「柴田錬三郎」という名も記憶に残っていた。

それから14〜15年後、編集者になったわたしはシバレン先生に巡り会い、親しくなった。そしてある日、その話を告白すると、先生はこう言われた。

「シマジは生まれながらにして『週刊プレイボーイ』の編集者になるよう運命づけられていたんだな。小学生で『りべらる』に興味を持つなんて、異常なおませ少年だよ」

わたしは「りべらる」のお蔭で教科書では習わない妖しい語彙をたくさん会得していた。たしかにシバレン先生の言う通り「梅檀は双葉より芳し」なのかもしれない。なにせ42歳のとき目出度く「週刊プレイボーイ」の名物編集長になったのだから。

一方ジンボは、大学3年生になって、つまり20歳を過ぎてはじめてスパイシーハイボールを飲みはじめた極めて真面目な男である。それまでは法律を破らず「サロン・ド・シマジ」特製のアイスティーを啜っていた。

しかしジンボは、古本・古雑誌についてはー無茶苦茶に詳しく、その知識は趣味の領域をはるかに超えている。歴とした平成生まれであるが、精神は大正時代を生きているのではないか。

たまたまバーの常連のお客さまのなかに気前のいい女性が居合わせていて、「じつはうちに夏目漱石の初版本の全集があるんだけど、あなた、いらない?」と言われた。ジンボは飛び上がって喜んだ。

さっそく彼女のお宅に赴き、大正13年初版の岩波書店刊行の漱石全集14巻をキャリーバッグに詰め、それでも足らず持参したエコバッグにも詰め、さらにはショルダーバッグにまで詰め込んで、荻窪から世田谷の下宿まで徒歩で運んだという。

この全集は気前のいい女性の祖父が購入したものらしい。若い本好きの学生ジンボに貰われて、漱石もさぞや喜んだことだろう。

いまは新刊本が売れない時代だ。出版産業全体の売上は、わたしの現役時代には2兆8000億円あったのだが、それがいまや1兆5000億円まで減少しているらしい。紙媒体の活字の面白さはすでにスマホの便利さに奪われてしまったようだ。

電車に乗る老若男女が、本や雑誌ではなくスマホをいじっている姿をみるにつけ、日本人の脳みそが今後ますますフラットになっていくのではと不安になるのは、わたしだけではないだろう。

ぐぁんばれ！　ジンボ！

生命力の源は食と性にある

瀬戸内寂聴先生の新刊『求愛』（集英社刊）のオビの惹句にはこう書かれていた。

「数え年九十五歳にして初の、寂聴・掌《てのひら》小説集」

「人は、死ぬまで、愛を求める。」

「大病からよみがえり、執筆に執念を燃やし続けてたどり着いたさまざまな『愛』のかたちをつづる三十篇」

こうこられちゃ、買わずにはいられない。

瀬戸内先生は95歳にしていまだ健筆を振るっている。それもみずみずしい30編からなる男と女の愛憎物語をだ。この若々しい着想はどこから湧いてくるのだろうか。

30編のショートショートはそれぞれ400字詰原稿用紙にして4枚くらいの分量だろう。しかしながらそこには仏教でいう人間の「生老病死」がしっかりと詰まっている。短い話のなかで登場人物がよく死ぬのだ。それが不気味でひと味ちがった荘厳さを物語に添えている。

また人生は「運と縁とセンス」では足りず、やはり「運と縁とセックス」のようにも思われた。人が生きる限り「生命力の源は食と性にあり」ともいえる。

ブラックジョークみたいなショートショートがあるかと思えば、微笑ましい短編もある。どれも着想が白眉である。

わたしは久しぶりに小説の愉しさを味わった。いろんな男と女の愛の物語に酔いしれた。95歳の瀬戸内先生がいろんな登場人物に乗り移って、ときには5歳の坊やにまでなって、物語を展開していく。

わたしがいちばん感動した一編は、「恋文の値段」である。エッセイストである女性の家に一通の封書が届けられたところからストーリーははじまる。

その女性作家は「世間には恋多き女と伝えられている割に」は実際の恋愛経験は「片掌《かたて》で数える程もなく、その都度、身も世もなく相手に熱中しては尽す性《たち》なので、自分はむしろ恋下手だと自認」しているのだが、エッセイを書き出すと興に乗って「気焔《きえん》をあげてしまう」。

それが世の性的欲求不満の中年の同性たちに共感を生み、最近人気が上がっている。「六十過ぎて思いがけず訪れた遅い文運だった」。

白い封筒を裏返して女流作家は思わず息を呑んだ。米山哲《てつ》──それは20年前に死んだ彼女の〝秘密の恋人〟であった。

平凡な一介の雑誌記者だった米山が山で遭難死したのである。はじめは単独で山に登ったのかと思っていたが、「マスコミの報道で女のつれがあり、二人は抱きあったまま凍死していたとあったのを見て、五日ほど泣き暮した」。

男には「家庭があり、翔《しょう》という名の男の子が一人いた」。「ふたりの情事は要心深く世間に秘し隠しおおしていた」。そして「どんなに激しい愛戯に溺れた夜でも」男は「午前一時には早苗のベッドから抜けだし帰っていった」。

「封筒の中から色の変った旧い葉書が一枚あらわれた。太いペンのなつかしい」男の筆跡だった。「風邪をこじらせ高熱。今週は行けない。ごめん」。

携帯などなかった時代で、男は毎日、葉書をこまめに送ってきた。その葉書は投函されなかったものだった。

その夜の10時過ぎ彼女の居間の電話が鳴った。受話器から死んだ男とそっくりの声が流れた。恋人の息子の声だった。長いこと認知症だった母が死んで、遺品を整理していたところだという。

「その中にあなたのお手紙が、つまり父へのラブレターが風呂敷包み一杯あるのです」

「率直に言います。つまり、その手紙を買い取って頂きたいのです。……一応古書店に相談したら、三百万円で買うといっているのですが……」

「……どうぞ、古書店へ売り払って下さい。私は不要です。え？　世間に発表されても結構です」

彼女はそう言い放った瞬間「後頭部を金属バットでなぐられたような激痛に襲われ、どっとその場に倒れこんでいた」。彼女に「再度クモ膜下出血に襲われたら、助からない」と言った医者の声が、どこからか走り寄ってくる——。

瀬戸内先生には無断で一部を拝借したが、この『求愛』を一人でも多くの人に読んでもらいたいがために、わたしは敢えてここに借用したのである。

瀬戸内寂聴先生はまさに官能小説の手練れである。95歳にもなって、いまだにこんな目《め》眩《くるめ》く男女の愛の物語を紡ぐ発想力をお持ちであることに、わたしはただただ脱帽した。

これは文芸誌「すばる」の巻頭を飾っていた連載を纏めたものである。わたしはこの30の珠玉の短編を英語に翻訳して、多くの欧米人に読んでもらいたいものだと閃いた。集英社の〝コミック・ダラー〟をもってすれば朝飯前ではないだろうか。

『帰ってきたヒトラー』は何を予言するのか

2年前（2014年）に発売されたドイツの風刺小説『帰ってきたヒトラー』（河出書房新社刊）は面白く読んでいた。ドイツで250万部も売れたこのベストセラーは、アドルフ・ヒトラーの一人称ではじまる。突然、目を覚ますと、どういうわけか地面の上に寝ていて、「私はがらんとした空き地に寝かされているようだ」と。

映画もまったく同じシチュエーションではじまる。

アドルフ・ヒトラーを演じるオリヴァー・マスッチは193センチの長身だが、見事にヒトラーを演じ切っている。むしろ長身が功を奏してヒトラーのイメージをより強烈に醸し出している。ヘアスタイルはもちろんのこと、演説の仕方もとことん研究したらしい。

じつによく似ている。

ベルリンのブランデンブルク門に現れたヒトラーをソックリさんだと思い、観光客たちがスマホで写真を撮りまくる。この映画は本物の群衆のなかにヒトラーを登場させて、いろんな反応をドキュメンタリータッチで映画のなかに挿入している。これがおかしくもあり不気味な雰囲気を出している。

現代に蘇った本物のヒトラーが、ソックリさんと思われて、大衆に大いに受けるのだ。そしてどんどん新しい支持者を集めていく。

大衆とはいつの時代でも、あるときは聡明であっても、突然、お馬鹿さんになってしまうものらしい。絶対悪の極悪人を選挙で選んだのも、当時のドイツの大衆なのである。

小説でも映画でも蘇ったヒトラーがこういうセリフを吐く。

「わたしを選んだのは普通の国民だ。選挙で優れた人間を選び、国家の運命を託したのだ」

ヒトラーをみただけで虫ずが走る人もいる。悪漢防御用のスプレーを放たれ、ヒトラーは朦朧として新聞スタンド店に倒れ込む。親切な店主が店内に運び入れ、面倒をみてくれる。新聞が並ぶ光景をみたヒトラーは、ナチスの広報紙「パンツァーベア」を読みたいというが、そんなものはあるはずもなく、2014年の新聞をひたすら貪り読む。そうして戦後から現代までに起こったドイツの歴史を学ぶのだった。

店主は宿無しのヒトラーにそこでの宿泊を許すが「ただし、売り物には手を出すな」と忠告する。ヒトラーは憮然と言う。「このわたしが盗人にみえるか?」すると店主は「いや、ヒトラーにみえるね」と答える。これはまるでジョークではないか。

ヒトラーが暮らす新聞スタンドにテレビのディレクター、ザヴァツキが訪れる。彼もまたヒトラーを物真似芸人だと勘違いする。会話をするとヒトラーの時代感覚のズレをますます気に入り、天才コメディアンだと確信する。そして「ヒトラーのソックリさんが現代のドイツを闊歩する」という番組を企画する。

それがまた受けに受ける。テレビのバラエティショーにも登場するようになり、人気はますます上昇していく。バラエティのタイトルがまた凝っている。「どこまでヒトラーを笑うことが可能か？」

映画のなかでヒトラーが大道絵描きになって似顔絵を描くシーンが挿入されているのだが、実際、若きヒトラーは画家を目指していたのである。いまでもその夢が忘れがたいという設定が面白いではないか。

小説の終末では、ヒトラーがネオナチに襲撃され重傷を負い、病院に入院する。そこへザヴァツキが恋人と一緒に見舞いにやってくる。ベッドに横たわるヒトラーは政界へ復帰を目論んでいた。そのスローガンが凄い。

「悪いことばかりではなかった」

ザヴァツキが言う。

「明日か明後日、新スタジオと新番組についての協議にベリーニ女史が立ち寄るそうですよ」

ベリーニ女史とは、ベリーニテレビ会社の局長のことで、カッチャ・リーマンという円熟の女優が演じている。中年の色気たっぷりのベリーニ女史は、『民族の祭典』というオリンピック映画を監督したヒトラーの〝愛人〟レニ・リーフェンシュタールを彷彿とさせる。ヒトラーが隣にベリーニ女史を従えて豪華なオープンカーに乗るシーンは、まるで全国遊説にでも出かけるような雰囲気だ。

映画ライターの相馬学さんがパンフレットに書いているように、この映画は「現代を見据え、未来を予言する、おかしくも恐ろしい風刺劇の傑作」である。

どうしたわけか、アメリカ大統領選のドナルド・トランプの動向が気になってきた。

野口久光のシネマ・グラフィックス

2016年7月20日、わたしは午前中から東北新幹線「はやぶさ」に乗って盛岡へ向かった。一ノ関駅でジャズ喫茶「ベイシー」のマスター、菅原正二（正ちゃん）が飛び乗ってきて、盛岡のホームで落ち合うことになっていた。

今回の旅の目的は、岩手県立美術館で開催中の「映画誕生120年記念　野口久光　シネマ・グラフィックス展」を、贅沢にも正ちゃんの案内つきで鑑賞することであった。

野口久光先生は、正ちゃんの学生時代からのお師匠さんである。それはちょうどわたしにとっての柴田錬三郎先生や今東光大僧正、開高健文豪に相当する、深い深い関係なのだ。

青春時代に親炙した先生がその若者の人生にどれほど大きな影響を与えるものか。それは正ちゃんやわたしをみれば一目瞭然であろう。「神さま」と仰ぎ見るほどの魅力ある偉大な先生は、わたしたちの細胞の奥深くにまで入り込んでいる。

「野口久光」と言っても、いまの若者にはピンとこないだろう。この先生は東和映画の宣伝部に籍を置き、当時、日本に輸入されたフランス映画のポスターを独特のタッチで描いていた画家である。

たとえば、『居酒屋』や『モンパルナスの灯』、『眼には眼を』などは、高校時代、わたしも1年後輩の正ちゃんも、一関のオリオン座で食い入るように観た映画である。そしてそのきっかけは野口久光のポスターにこころをキックされたことにある。野口久光のシネマ・グラフィックスはいまみてもやはり芸術性が高い。

岩手県立美術館で催されている野口久光展は8月21日までのロングランだ。映画がまだ大衆の唯一の娯楽であったころの文化的遺産が、なんと500点近く展示されている。野口久光がたった一人で描きまくった莫大な作品群が一堂に会しているのである。

正ちゃんの案内と説明を聞きながら鑑賞していると、2時間があっという間に過ぎて行った。

「観てください。このレタリングの斬新さを。小さな文字もすべて野口先生の手描きです。このチケットにも載っている『大人は判ってくれない』のポスターの原画は、野口先生からフランソワ・トリュフォー監督に贈られました。感激したトリュフォーはそれを続作『二十歳の恋』の主人公の部屋に、まるで肖像画のように飾らせているんですよ」

「じゃあ、その俳優は同一人物なんですね」

「そうです。ジャン＝ピエール・レオです」

「トリュフォーから欲しいと言われるくらいのポスターを描いたんだから、野口先生もさぞご満悦だったでしょうね」

「映画を全部観て、どのシーンをポスターに切り取るか、それが野口先生の腕の見せ所だったんです」

「しかし、どうして正ちゃんは野口先生と親しくなったんですか？」

「シマジ先輩がよく言う〝じかあたり〟ですよ。はじめてお会いしたのは総武線の電車のなかでした。

市川で行われた全国大学対抗バンド合戦で早稲田の『ハイ・ソサエティ・オーケスト

ラ』が見事優勝して意気揚々と東京駅へ引き上げるとき、ふと見ると、ぼくの向かいの席に野口先生が書きものをしながら座っているじゃありませんか。雲の上の野口久光が電車のなかにいたんですよ。運命的出会いというのはこういうことなんでしょうね。

ぼくはそれまで電車のなかで人に声をかけたりしたことはありませんでしたが、そのときばかりはすっくと立ち上がり、数歩前進、『野口先生ですか?』と神をも恐れぬ態度で尋ねました。

『はい、そうですが』と野口先生は下からぼくを見上げた。『ハイソの菅原です』と自己紹介すると、『ああ、ハイソの。ここへおかけなさい』と先生は隣の席にぼくを座らせてくれました。結局、有楽町に着くまで夢中になってぼくが一方的に話をした記憶があります。

『じゃあ、ぼくはここで降りるので、なにかあったら銀座の東宝東和に訪ねていらっしゃい。お茶でも飲みましょう』

ぼくは有頂天になり、翌日、東宝東和にいる野口先生を一人で訪ねました。その後、ダンディな先生の鞄持ちもやりましたし、カウント・ベイシーも紹介していただきました。ぼくの『人生の大学』は『野口久光大学』です。じつは高校生のころから、野口先生が書いていたジャズレコードのライナーノーツを読んで感激していたんですよ。

それにしても野口先生の映画ポスターが全作品、こうして見られるなんて、まず先生本人が驚いていることでしょう。普通、映画のポスターは消耗品で、壁や電信柱に張られて捨てられる運命にあるんですから」

正ちゃんが野口久光の話をし出すと、ちょっとやそっとでは止まらない。野口先生が84歳でこの世を去るまで、正ちゃんは先生にくっついて離れなかったのである。

ジャズ喫茶「ベイシー」の店主として全国から多くのファンを集めるあのオーラの原点は、青春時代の総武線の〝じかあたり〟にあった。正ちゃんの魅力は、野口久光から受け継いだ一子相伝の賜物であるとわたしは確信している。もちろん野口先生は生前何度も「ベイシー」を訪れている。

それにしても凄いコレクションである。映画ポスターが芸術の域に到達して、それが何十年間も保存されていたとは驚きである。

「ここにあるすべての展示品は、根本隆一郎という熱狂的な野口ファンの個人的なコレクションなんです。根本は『おかげでいま家のなかが広々しています』と笑っていましたよ。彼は小学生のころから野口先生の大ファンなんですが、先生には一度も会ったことがないそうです」

野口久光は死してなお人の心を動かし続ける天才なのだと、わたしはさらなる感銘を受けた。

75年目の、ゴジラ事始め

食事も映画も、一人より3Pのほうが数倍愉しめるものである。これは今回後れ馳せながら新宿東宝シネマで、しかもIMAX映像の『シン・ゴジラ』を観て判明した事実である。

メンバーは毎度お馴染み伊勢丹「サロン・ド・シマジ」のバーで、毎日曜日、わたしに仕えてくれているサンデー・バトラーのミズマ・ヨシオと、バーの常連客カネコ・ユータロウであった。両手に華ならぬ左右に同性を従えての映画鑑賞だった。

前々日の日曜日、いまや〝島地勝彦公認お

庭番〟に昇格した元書生のカナイ・ヨウスケが、久しぶりに伊勢丹にやってきてこう言った。

「ぼくは『シン・ゴジラ』を3回も観ました。あれは大傑作ですよ。先生、絶対に観るべきですよ」

その話を聞いていたミズマがこう続けた。

「カネコさんも先生と一緒に観たいと言っていましたよ」

「わかった。火曜日の夕刻なら、都合がいいんだが、どうだろう」

「了解です。早速予約を入れておきます」

そういうとすぐさまiPhoneをいじって席を確保してくれた。わたしにはスマホで映画を予約する能力は到底ないから、映画鑑賞はミズマと同行するしかない。それに今度はカネコが加わるという。

3Pで映画を観るのははじめてである。でも映画が終わったあと、食事をしながらたがいに感想を語り合えるのはきっと愉しいことだろう。

お庭番のカナイが一言忠告してくれた。

「先生、1954年の初代『ゴジラ』はご覧なっていますか」

「いや、残念ながら13歳のおれは観ていない」

するとすぐにミズマが助け船を出してくれた。

「大丈夫です。すぐその辺でDVDを購入してきますから」

そんなわけでわたしはDVDで62年前に作られた第一作を一人で観た。映画『ゴジラ』は子供だましの作品とばかり思い込んでいたのだが、実際に観て、じつは大人用に作られた傑作だと知った。

当時、太平洋上のビキニ諸島では水爆実験が行われていた。それが原因で大戸島付近に巨獣「ゴジラ」が水爆のエネルギーを全身に蓄えて200万年の眠りから覚めるのである。

日本の映画史上『ゴジラ』はまさに不滅の大スターである。ある作品などは1200万人の観客動員記録が残っているそうだ。つまり現在の日本の人口の10分の1が観たことになる。

やっぱりカナイの忠告に従って第一作を観ておいてよかったと感心した。『シン・ゴジラ』には初代へのオマージュがいろんなところにちりばめられていた。スリリングな展開に、はじめから終わりまで1秒たりとも退屈するシーンがなかった。

物語は現在の日本が抱える諸問題に直面しながら進行する。見方によれば、3・11で破壊された福島の原発問題が投影されているかもしれない。また見方によっては、いずれそのうちくるといわれている首都直下型地震、あるいは富士山の噴火といった大災害が想定されているのかもしれない。都心が火の海と化した情景が思い浮かぶ。

登場人物の会話が通常の会話のテンポよりも速いことに気がつく。専門家の話によれば、あれは通常のスピードで収録したセリフを機械にかけてスピードアップしたということだ。それで180分のシナリオを120分に収めたのだという。

あまりに速くて聞き取り辛いところもあったが、全体にはなんら影響なかった。そもそも映像の迫力に圧倒され、あまり気にならない。むしろ早口で話す登場人物たちのセリフが緊迫感を与えてくれる。すべての俳優がみんな熱演していた。

エンドロールで初代『ゴジラ』と同じテーマが流れて終わるのが感動的であった。2時間の大作は、いま多くの日本人が抱えている問題意識を残して幕を閉じた。重要な問題を考えさせてくれる傑作エンターテイメントであった。

映画館を出た3人は、行きつけの食事処「あうん」で感想を述べ合った。これが3P映画鑑賞の醍醐味である。

「『わが国は米国の属国だ』というセリフが凄くリアリティがあってよかったね」とわたし。

「ゴジラをやっつけに行く決死の覚悟の自衛隊の前で、命令を下す隊長のセリフにぼくは思わず泣けました」とカネコ。

「フルCGのゴジラの動きが野村萬斎をモーションキャプチャーしたものだったというのも、豪華なキャスティングですよね。たしかに歩く姿がなんとなく優雅にみえました。それにしてもゴジラの体が溶岩のように赤く燃えているのは、大迫力でしたね」とミズマ。

『シン・ゴジラ』を観た人と観ていない人との間には幸福感格差が生じることだろう。とくにIMAX映像で観た満足感は堪らない。今年(2016年)の日本映画最高の大傑作といっていいだろう。2回以上観る人が多いそうだが、それもわかるような気がする。

最後に3人揃って「サロン・ド・シマジ」本店にやってきた。大興奮したその夜、わたしは迷わずコイーバとポート・エレンを振る舞った。3Pはどうも出費がかさむようだ。

週プレ創刊50周年の〝熱狂〟

「週刊プレイボーイNo.42創刊50周年記念号」には、圧倒された。

最近の週プレの表紙を飾った深田恭子や西野七瀬をはじめ、いまをときめく50人のフルボディの女の子たちが、創刊50周年を祝って、水着ではあるが、グラビアページをうめつくしていた。

最近、お付き合いで久々に銀座でクラブ活動をしたときにも感じたことだが、日本人女性のオッパイもだんだん世界水準以上になってきたなという幸せな事実を再確認できて嬉しかった。

若い男たちよ、この僥倖に敏感たれ！　わたしの若いころにもいるにはいたが、デカパイはごくごく稀であった。日本経済の躍進にともなって食い物の質が向上した結果なのだろう。どの子も水着から溢れんばかりの豊かさで、じつに感動的であった。

「週プレ」の活版の最終ページには「創刊50周年記念タイムスリップ・ノンフィクション　週刊プレイボーイ創刊前夜」という読み物があった。なかを見ると、わたしの運命の師匠、本郷保雄専務の写真と、いまのわたしの写真が隣り合わせで載っているではないか！

「おお！　本郷さん、お懐かしゅうございます」と思わず声に出して叫んでしまった。そう、本郷さんこそ「週刊プレイボーイ」の生みの親なのである。

「週刊プレイボーイ」を創刊する構想は「平凡パンチ」誕生のはるか前からあったと本郷さん自身が語っておられた。特集記事にも書かれてあるように、「プレイボーイ」の商標登録は１９５８年8月23日に出願済みだったのだ。

２０１６年10月8日土曜の昼下がり、いつものようにバーマンとして伊勢丹メンズ館の「サロン・ド・シマジ」に立っていると、現役の週プレ編集部員チカダが目を輝かせながら飛び込んできた。

「つ、つ、ついに、で、で、出来上がりました！　ま、まずは、シ、シ、シマジさんに、み、み、みてもらい、た、た、たくて、い、いのいちばんに、も、も、持ってきました！」

チカダは興奮しながら表紙に「熱狂」と大きく書かれた分厚い本（『週刊プレイボーイ創刊50周年記念出版「熱狂」』）をわたしに手渡してくれた。ページをめくると〝熱狂〟の熱い風が吹きまくっているではないか！　こんなホットな一冊には近ごろあまり出会わない。

「チ、チ、チカダ、こ、この一冊を、お前、一人で作るのに何ヵ月、か、かかったんだ？」

可愛いチカダといると、わたしのドモリもひどくなるらしい。瞬間的に、「意識は稲妻、舌は蝸牛」に戻ってしまうのだ。

「ぼ、ぼ、ぼく一人ではなく、助っ人のフリーの編集者二人にも、て、て、手伝ってもらいましたが、7ヵ月ちょっと、か、か、かかりました」

「うん、よく出来ている！　お、おれを3時間インタビューした特集『シマジ、時々、トモジ』は、タ、タ、タイトルからして秀逸だね。こ、こ、これは売れるぞ！　重版の準備をしておいたほうがいい」

「あ、あ、有り難う御座います！」

その夜、チカダとアフターをして11時ごろ帰宅すると、5時間ほどかけて一気に全ページを読破してしまった。もの凄い本だった。発行人が田中知二というところにも胸が詰まる。

トモジは来月には週プレの〝帰らぬ人〟になる。集英社を定年退職して、子会社である集英社インターナショナルの役員になるそうだ。

トモジ、長いことご苦労さま。おれが集英社を去ってからというもの、お前の才能を愛でて奴隷のようにこき使う上司がいなかったから、寂しかったんじゃないか。トモジ、もしかすると、あの当時、おれたちが胴震いした「熱狂」は、はかない蜃気楼みたいなものだったのかもしれないね。

しかしトモジ、今回、チカダはよくやってくれた。まだまだおれたちの〝面白遺伝子〟は週プレ編集部にいくらか残っているような気がしたぞ。

トモジ、お願いがある。最後の部長特権で、チカダをグラビアから活版に異動させてやってくれないか。あいつはグラビアをもう10年もやっているというではないか。そろそろ活版に行かせて〝熱狂ページ〟を作らせたほうがいい。おれはあいつが週プレの起爆剤になるように思えてならない。

たしかにいまのグラビアページは充実している。毎週、美しい豪華な仕掛け花火を打ち上げているのはよくわかる。でもトモジ、読者に毎週わくわくしながら読んでもらうために必要なのは、やっぱりあの活版のページの逆巻く〝熱狂の毒〟ではないだろうか。そのことはお前がいちばんわかっているだろう。

わたしは久しぶりに天眼鏡を持ち出して、小さな文字をくまなく読んでみたが、トモジ、お前が熱狂して作ってくれた特集記事は、いま読んでも色褪せることなく、こころ打つものが沢山あった。

このムックは、50年の時を経て熟成した「週刊プレイボーイ」の輝ける金字塔である。若い週プレ編集部のみんな、こうなったら「創刊100周年記念」を目指してくれ。取材雑誌こそ出版社の〝ミサイル〟なのだよ。

一気に読了した翌日、この興奮をすぐに誰かに伝えたくて、毎週日曜にバーに来てあれこれ世話を焼いてくれているわたしの熱狂的信者、サンデー・バトラーことミズマにムックを読ませることにした。以下、ミズマから送られてきた感想文をそのまま掲載しよう。

島地さん、

『週刊プレイボーイ創刊50周年記念出版』を

読みました。この本は島地勝彦という情熱と直当たりの漢が、運と縁とえこひいきによって熱狂の渦を作り、周囲を巻き込みながらその時代を駆け抜けたドキュメンタリー作品の側面もありますね。

シマジ編集長なくして週プレなし。その時間違いなく週プレは、島地さんそのものだったのでしょう。そこには今は逢うことができない、私と同い歳のシマジ編集長が熱気を帯びて厳然と存在しておりました。

島地さんの運と縁とセンスが、本郷専務、若菜社長、柴田錬三郎先生、今東光先生、開高健先生との出逢いを生み、その上で上質な脳みそに裏打ちされたえこひいきが生まれる様が如実に伝わりました。

そのような真夏日を持ちつつ、現在はバーマン&エッセイストとして二毛作の小春日和を生きている島地さんですが、島地さんはいつ、どの時代に、どこから切っても島地さんであったんですね。

横尾忠則さんが書いていますね、体ごと情熱をぶつけてきて、企画については自画自賛していたと。「空白も作品です！　たっぷりと原稿料を振り込みました」とのシマジ編集長の台詞は圧巻ですし、横尾さんが断る為に吹っかける無理難題の全てを悠々と受けるのも今の島地さんそのものです。

また、康芳夫さんも「80年代に創刊以来の〝稀代の名（迷）編集長〟島地勝彦君と組んで三浦和義の人生相談をページにしたんだけど、普通はやらないよ。」と書いておりました。島地さんが日頃おっしゃっている〝通念をいかに破るか〟というテーマを地で行く逸話ですね。

この本を通じて、同い歳のシマジ編集長から大いに刺激を受けました。この本を開けば、時空を越えてあの時代のシマジ編集長に逢いに行き、その時代の熱狂の一部に触れられます。記録って大切ですね。この本を発行した知二さんに感謝です。

この本を片手に、現在の島地さんと共に遊戯三昧の日々を突き進もうとの想いを強くした未明でした。

バトラー・ミズマ

本作品は二〇一三年十二月から二〇一六年十月までに配信されたメールマガジンを加筆・修正し、書籍化したものです。

島地勝彦－1941年東京生まれ。エッセイスト。「週刊プレイボーイ」「PLAYBOY日本版」の編集長として、数々のヒット企画、連載を手掛けた。主な著書に『お洒落極道』(小学館)、『甘い生活』『えこひいきされる技術』(講談社)、『バーカウンターは人生の勉強机である』(CCCメディアハウス) など。現在、「MEN'S Precious」「Pen」などの雑誌で連載を持ち、「現代ビジネス」(講談社) ほかのWebマガジンでも執筆中。伊勢丹メンズ館でシガーバーを併設したセレクトショップ「サロン・ド・シマジ」のプロデューサー・バーマンでもある。

講談社+α文庫 神々《かみがみ》にえこひいきされた男《おとこ》たち

島地勝彦《しまじかつひこ》

2017年 5 月18日第 1 刷発行

発行者――――鈴木 哲
発行所――――株式会社 講談社
東京都文京区音羽2-12-21 〒112-8001
電話 編集(03)5395-3522
販売(03)5395-4415
業務(03)5395-3615
デザイン――――鈴木成一デザイン室
カバー印刷――――凸版印刷株式会社
印刷――――慶昌堂印刷株式会社
製本――――株式会社国宝社

落丁本・乱丁本は購入書店名を明記のうえ、小社業務あてにお送りください。
送料は小社負担にてお取り替えします。
なお、この本の内容についてのお問い合わせは
第一事業局企画部「＋α文庫」あてにお願いいたします。
Printed in Japan ISBN978-4-06-281718-9
定価はカバーに表示してあります。

講談社+α文庫 Ⓖビジネス・ノンフィクション

警視庁捜査二課　萩生田 勝
権力のあるところ利権あり——。その利権に群がるカネを追った男の「勇気の捜査人生」！
700円 G 268-1

角栄の「遺言」「田中軍団」最後の秘書 朝賀昭　中澤雄大
「お庭番の仕事は墓場まで持っていくべし」と信じてきた男が初めて、その禁を破る
880円 G 269-1

やくざと芸能界　なべ おさみ
「こりゃあすごい本だ！」——ビートたけし驚嘆！ 戦後日本「表裏の主役たち」の真説！
680円 G 270-1

＊世界一わかりやすい「インバスケット思考」　鳥原隆志
累計50万部突破の人気シリーズ初の文庫オリジナル。あなたの究極の判断力が試される！
630円 G 271-1

誘蛾灯 二つの連続不審死事件　青木 理
上田美由紀、35歳。彼女の周りで6人の男が死んだ。木嶋佳苗事件に並ぶ怪事件の真相！
880円 G 272-1

宿澤広朗 運を支配した男　加藤 仁
天才ラガーマン兼三井住友銀行専務取締役。日本代表の復活は彼の情熱と戦略が成し遂げた！
720円 G 273-1

巨悪を許すな！ 国税記者の事件簿　田中周紀
東京地検特捜部・新人検事の参考書！ 伝説の国税担当記者が描く実録マルサの世界！
880円 G 274-1

南シナ海が〝中国海〟になる日 中国海洋覇権の野望　ロバート・D・カプラン 奥山真司 訳
米中衝突は不可避となった！ 中国による新帝国主義の危険な覇権ゲームが始まる
920円 G 275-1

打撃の神髄 榎本喜八伝　松井 浩
イチローよりも早く1000本安打を達成した、神の域を見た伝説の強打者、その魂の記録。
820円 G 276-1

電通マン36人に教わった36通りの「鬼」気くばり　ホイチョイ・プロダクションズ
博報堂はなぜ電通を超えられないのか。努力しないで気くばりだけで成功する方法
460円 G 277-1

＊印は書き下ろし・オリジナル作品

表示価格はすべて本体価格（税別）です。本体価格は変更することがあります

講談社+α文庫 Ⓖビジネス・ノンフィクション

書名	著者	内容	価格	番号
証言 零戦 生存率二割の戦場を生き抜いた男たち	神立尚紀	無謀な開戦から過酷な最前線で戦い続け、生き延びた零戦搭乗員たちが語る魂の言葉	860円	G 296-1
*紀州のドン・ファン 美女4000人に30億円を貢いだ男	野崎幸助	50歳下の愛人に大金を持ち逃げされた大富豪。戦後、裸一貫から成り上がった人生を綴る	780円	G 297-1
*政争家・三木武夫 田中角栄を殺した男	倉山満	政治ってのは、こうやるんだ！「クリーン三木」の実像は想像を絶する政争の怪物だった	630円	G 298-1
ピストルと荊冠 〈被差別〉と〈暴力〉で大阪を背負った男・小西邦彦	角岡伸彦	ヤクザと部落解放運動活動家の二足のわらじをはいた〃極道支部長〃小西邦彦伝	740円	G 299-1
テロルの真犯人 日本を変えようとするものの正体	加藤紘一	なぜ自宅が焼き討ちに遭ったのか？「最強最良のリベラル」が遺した予言の書	700円	G 300-1
*院内刑事	濱嘉之	ニューヒーロー誕生！患者の生命と院内の平和を守る院内刑事が、財務相を狙う陰謀に挑む	630円	G 301-1
田舎のパン屋が見つけた「腐る経済」 タルマーリー発、新しい働き方と暮らし	渡邉格	マルクスと天然麴菌に導かれ、「田舎のパン屋」へ。働く人と地域に還元する経済の実践	790円	G 302-1
「オルグ」の鬼 労働組合は誰のためのものか	二宮誠	労働運動ひと筋40年、伝説のオルガナイザーが「労働組合」の表と裏を本音で綴った	780円	G 303-1
*裏切りと嫉妬の「自民党抗争史」	浅川博忠	角福戦争、角栄と竹下、YKKと小沢など、40年間の取材メモを元に描く人間ドラマ	750円	G 304-1
参謀の甲子園 横浜高校 常勝の「虎ノ巻」	小倉清一郎	横浜高校野球部を全国屈指の名門に育て上げた指導法と、緻密な分析に基づく「小倉メモ」	720円	G 305-1

*印は書き下ろし・オリジナル作品

表示価格はすべて本体価格（税別）です。本体価格は変更することがあります